566

366

A. Clouzier Scu.

CAUALLERO
DE LOS AMORES
TOM. II.e

# NOUVELLES
# AVANTURES
## DE L'ADMIRABLE
# DON QUICHOTTE
## DE LA MANCHE,
### COMPOSE'ES
*Par le Licentié* ALONSO FERNANDEZ
DE AVELLANEDA :

Et traduites de l'Espagnol en François,
pour la premiere fois.

*TOME II.*

ornamental device / BIBLIOTHEQUE ROYALE stamp

## A PARIS,

Chez la Veuve de CLAUDE BARBIN
au Palais, sur le second Perron
de la Sainte Chapelle.

M. DCCIV.

AVEC PRIVILEGE DU ROY.

# TABLE
## DES CHAPITRES
Contenus dans ce second
Volume.

---

## LIVRE QUATRIE'ME.

ã ij

# TABLE

## LIVRE CINQUIE'ME.

# DES CHAPITRES.

# TABLE

## LIVRE SIXIE'ME.

# DES CHAPITRES.

# TABLE DES CHAPITRES.

Fin de la Table du II. Tome.

---

# ERRATA.

PAge 104, ligne 10. ostez donc.
Pag. 160, lig. 10. lorsqu'ils, lis. lorsqu'elles.
Pag. 199, lig. 5. relevoient, lis. réveloient.
Pag. 222, lig. 7. recommanday, lis. com-
manday.
Pag. 248, lig. 30. Tulle, lis. Thule.
Pag. 251, lig. 7. Mandricar, lis. Mandricard.
Pag. 252, lig. 14. Tombuc, lis. Tombut.
Pag. 427, lig. 1. l'a, lis. l'ait.

NOUVELLES

# NOUVELLES
# AVANTURES
## DE L'ADMIRABLE
# DON QUICHOTTE
## DE LA MANCHE.

# LIVRE QUATRIE'ME.

## CHAPITRE XXXV.

*D'une des plus grandes avantures*
*de Don Quichotte.*

 Endant que Don Quichot-
te, Barbe & Sancho regar-
doient de tous leurs yeux
par la feneſtre, & prêtoient
une oreille attentive à tout ce bruit
qu'ils entendoient, l'hoſte entra dans
la chambre pour leur demander ce

*Tome II.*        **A**

qu'ils fouhaitoient pour fouper : mais les cris du peuple, le char & les trompettes échauffant l'imagination du Chevalier de la Manche, il ne douta point que ce ne fuft une trés-importante avanture ; & aprés avoir en lui-même remercié le Ciel qui lui offroit une fi belle occafion de fe fignaler, il dit à fon Ecuyer : Sancho mon fils, nous ne pouvions arriver ici plus à propos. Une fameufe Infante fe marie aujourd'hui ; & pour celebrer fes noces, il fe tient en cette Ville un magnifique Tournoy. La lice eft ouverte à tous les Chevaliers ; mais déja les plus vaillans ont efté vaincus : un Geant plus fort qu'Orbion, ou que Bradaman, a terraffé tous ceux qui fe font préfentés devant lui, & la frayeur a glacé le courage des autres. Il fe promene fierement dans un char de triomphe, & s'imagine que nul Chevalier deformais n'ofera lui difputer le prix du Tournoy. Les Princes de ce païs en font dans un chagrin mortel, & ils donneroient volontiers toutes leurs richeffes pour qu'il arrivât un Chevalier qui pût abaiffer l'orgueïl du Payen. C'eft pourquoy, mon enfant, hâtons-nous de nous rendre dans la

place. Je croy déja voir toutes les
Dames & les grands Seigneurs qui font
aux feneftres & aux balcons confondre
fur moy leurs regards curieux. Il me
femble les entendre qui difent en admirant mon air martial & ma gentille
difpofition : Voilà fans doute le galant Chevalier qui va reparer l'honneur des nôtres, & abattre le Geant.
Dés que je paroiftray dans la lice , les
trompettes feront retentir l'air de leur
fon bruyant , ce qui animera de telle
forte Rocinantes, que hannilfant d'impatience de combattre, il jettera mille
étincelles de feu, & fera des bonds fi
furieux que peu s'en faudra que la terre ne s'abyfme fous lui. Je m'appro-
cheray du Geant, & lui diray fans ceremonie : Geant fuperbe , je veux te
combattre ; mais à condition que le
vainqueur coupera la tefte au vaincu.
Comme les Geants font orgueilleux,
il ne manquera pas d'accepter la condition, il defcendra de fon char, &
montera fur un Elephant blanc que
mene en leffe un petit Nain, qui eft
fon Ecuyer , & qui monté fur un
Elephant noir porte la lance & le
bouclier de fon Maiftre. Alors nous
prendrons du champ, & piquant tous

deux avec fureur nous nous rencon-
trerons au milieu de la courfe. Il me
frappera dans mes armes ; mais il ne
pourra les perçer, parce qu'elles font
enchantées, & fa lance volera dans les
airs en éclats. Neanmoins la force du
coup me fera ployer la tefte jufqu'à
l'arçon de ma felle, & j'en perdray le
fentiment : mais reprenant vifte mes
efprits, j'appuyeray fi rudement ma
lance contre la poitrine du Geant que
je le porteray par terre, où la honte
& la douleur que lui caufera fa chute
lui feront vomir mille blafphémes contre le Ciel, fuivant la coûtume des
Geants. Comme il eft défendu aux
Chevaliers de combattre avec avantage, je defcendray de cheval, j'em-
brafferay mon écu, & l'épée à la main
je m'avanceray vers le Monftre, qui
fentant redoubler fa rage à ma vûë,
fe levera malgré fa foibleffe, & tirant
un large & pefant cimeterre qu'il porte à fa ceinture, il voudra m'en dé-
charger fur l'armet un coup mortel,
que j'éviteray fort adroitement, &
alors lui coupant une cuiffe d'un feul
revers de ma bonne épée, je le renver-
feray, je l'étendray fur la place où,
fans lui donner le tems de fe relever,

je le frapperay fi heureufement entre le
hauffecol & le cafque, que je lui abat-
tray la tefte. Ce qui réjouïra tous les
Princes, confolera les Chevaliers vaincus, & attirera les applaudiffemens du
peuple. Allons, Sancho, va vifte brider
Rocinantes, & partons tout-à-l'heure.

L'hofte qui avoit écouté tout ce difcours, comme un difcours fait à plaifir, fe mit à rire, & dit au Chevalier:
Sur ma foy, Seigneur Gentilhomme,
il faut que vous ayez la memoire bonne pour avoir retenu toutes ces dro-
leries. Pour moy, j'ay beau les avoir
lûës vingt fois dans les Romans, je
veux mourir fi j'en pouvois feulement
réciter deux lignes de fuite. Mais laiffant à part ces fariboles, dites-moy,
s'il vous plaift, ce que vous fouhaitez
que je vous apprefte pour fouper.
Vous prenez bien voftre tems, mon
ami, répondit Don Quichotte; vous
favez ce qui fe paffe en voftre Ville,
l'affront qu'ont reçû vos Chevaliers,
& lorfque je me prépare à les venger,
vous venez me parler de fouper. Apprenez que je ne veux ni boire ni manger que je n'aye tué le Geant. Cependant je fupplie trés-humblement la
Reine de refter ici, je feray bientôt de

retour. En difant cela il fit la réverence a Barbe , & fortit fuivi de fon E-
cuyer , qui contre fon ordinaire ne
s'oppofa point à la réfolution de fon
Maiftre ; pour n'avoir pas fans doute
de conteftation avec lui, comme il s'y
eftoit engagé par ferment. Ils tirerent
de l'écurie Rocinantes & le Grifon ,
monterent deffus & entrerent dans la
Ville. Il faut favoir que ce jour-là l'U-
niverfité d'Alcala celebroit la récep-
tion d'un nouveau Profeffeur de Theologie. Il faifoit le tour de la Ville dans
un char de triomphe, & plus de deux
mille Ecoliers l'accompagnoient, les
uns à pied & les autres à cheval ou
fur des mules. Don Quichotte & Sancho rencontrerent bientôt les Ecoliers
qui marchoient deux à deux, la tefte
couronnée de fleurs , & chacun une
branche de laurier à la main. Au milieu d'eux paroiffoit un char de triomphe d'une grandeur prodigieufe. Le
devant eftoit occupé par un nombre
infini de chanteurs & de joüeurs d'inftrumens. On voyoit dedans plufieurs
Ecoliers habillés en femmes, dont les
uns reprefentoient les vertus , & les
autres les vices ; & chaque perfonnage
portoit une infcription qui le défignoit.

Ceux qui representoient les vices é-
toient chargés de chaînes, & affis aux
pieds des autres, & ils affectoient un
air trifte & convenable au malheur de
l'efclavage. Dans le fond du char paroiffoit pardeffus tout le nouveau Profeffeur fur un trône, & veftu d'une
longue robbe d'écarlate avec une couronne de laurier fur la tefte. Quel fpectacle pour un Chevalier errant ! le
Maiftre & le Valet parcouroient des
yeux toutes ces chofes ; mais ce qui
parut meriter le plus leur attention,
c'eft que les mules qui tiroient le char
eftant couvertes de tapifferies, & fi-
bien cachées qu'on ne les voyoit pas,
la machine fembloit aller toute feule.
Vive Dieu, Sancho, dit Don Quichotte, voici une chofe furprenante !
je voudrois que les Enchanteurs te
laiffaffent la vûë libre pour un moment, tu verrois que ce fuperbe char
qui vient à nous, eft enchanté, &
qu'il va de lui-mefme par art magique. Par ma foy, Monfieur, répondit
l'Ecuyer, je ne fçay pas comment cela
fe fait ; mais les Enchanteurs ne me
trompent point en cette occafion. Je
vois tout ce que vous dites. J'ay beau
regarder ce char de tous coftés, je ne

voy ni bœufs ni licornes blanches, je
ne voy pas feulement une mouche qui
le tire , & fi pourtant je m'apperçois
bien qu'il s'avance. Sainte Vierge ! s'il
n'y a pas là de la Magie, il n'y en a
jamais eu au monde ! Remarques-tu
bien toutes ces Princeffes qui font dedans, demanda noftre Chevalier? Hé
oui vrayement , repartit Sancho ; à
telles enfeignes qu'il y en a quelques-
unes debout , & que les autres font
affifes , & ont des chaînes de fer aux
bras. Ne vois-tu pas encore , reprit
Don Quichotte, un difforme Geant,
un monftre qui a une robbe rouge,
& une couronne fur la tefte ? Ouï,
Monfieur, répondit l'Ecuyer ; & quand
je ne le verrois pas , je m'en fie bien
à vous. Ce Geant, dit Don Quichotte,
eft un Roy , comme on le peut juger
à fa couronne ; mais je ne te diray pas
de quelle ifle , ou de quel royaume
étranger il eft Roy ; car je pourrois
m'y méprendre , & il ne faut rien a-
vancer témerairement. Mais ces Dames, que tu vois debout devant lui,
font des Princeffes qu'il a enlevées, &
qui n'ont pas eu affez de vertu pour
réfifter conftamment à fes amoureu-
fes pourfuites. Celles qui font enchaî-

nées font aucontraire des femmes
fortes & incorruptibles. C'eſt en vain
qu'il les maltraite & les charge de
fers, elles aimeroient mieux mille fois
mourir que de ſe rendre à ſes infames
deſirs. Allons, mon fils, continua-t-
il, il s'agit préſentement de montrer
qui nous ſommes. Je cours délivrer
ces Princeſſes de la tyrannie de ce
monſtre ; & par le cruel & dangereux combat que je vais avoir avec
lui, tu pourras juger de la deſtinée que
Bramarbas doit attendre de moy. A
ces mots, il piqua vers le char de
triomphe, devant lequel s'eſtant arreſté, il embraſſa ſon écu, mit la
lance en arreſt, & addreſſa ce diſcours au Regent de Theologie : Superbe & démeſuré Geant, toy qui
dans ce char magique promenes fierement ton orgueïl, & te regardes
comme un important perſonnage,
mets tout à l'heure en liberté toutes ces
Infantes. Rends-leur tous les joyaux
que tu leur as volés. Deſcends de ton
char, monte ſur ton Elephant blanc,
& vien éprouver tes forces contre les
miennes. Ne crois pas que je laiſſe en
ton pouvoir ces aimables Dames, dont
la beauté fait aſſez connoiſtre qu'elles

font filles de Soudans, d'Empereurs ou de Califes, & les uniques heritieres de leurs parens. Ne te flates pas non plus que je souffre qu'un payen emporte l'honneur du tournoy. Quand tu ferois soûtenu de toute la puissance des demons, je t'empêcheray bien de t'en retourner aujourd'hui avec la gloire d'avoir vaincu tous les Chevaliers Chrétiens. En achevant ces paroles il fit arrester le char, & ne voulut pas permettre qu'il passast outre. Les Ecoliers voyant que le Chevalier interrompoit leur marche, & s'imaginant que c'estoit quelqu'un de leurs camarades, qui pour se réjouïr s'étoit avisé de s'armer, & de se déguiser de cette sorte, cinq ou six quitterent leur rang, & s'estant approchés de lui, un d'entr'eux lui dit : Seigneur Licencié, rangez-vous, s'il vous plaist, & laissez passer le char. Vous voyez bien que la nuit approche, & que nous n'avons pas plus de tems qu'il ne nous en faut. C'est-à-dire, canaille, répondit Don Quichotte, que vous estes les lâches ministres de cet infame Geant. En attendant que je le combatte, je veux vous faire sentir la vigueur de mon bras. En disant ce-

la , il pousfa fon cheval fur un des
Ecoliers qu'il voulut percer de fa lance ; mais l'Ecolier qui eftoit adroit &
leger , évita le coup. Cependant la
lance du Chevalier s'échappa de fes
mains ; mais il tira promptement fon
épée , & s'eftant avancé fur un autre
Ecolier , il lui en donna fur la tefte un
fi furieux coup, qu'il le porta par terre tout étourdy & dangereufement
bleffé. Alors tous les fpectateurs commencerent à poulfer des cris horribles.
La Mufique cesfa ; voila toût le monde en rumeur. Les uns courent à pied,
les autres à cheval. Les Joüeurs d'inftrumens defcendent du char. Peu s'en
fallut mefme que les Infantes oubliant
que le Chevalier combattoit pour leur
liberté ne fe miffent auffi de la partie.
Ils environnerent tous Don Quichotte , qui faifoit fifler fon épée dans l'air,
& frappoit à droit & à gauche avec
tant de furie & d'agilité que perfonne n'en ofoit approcher : Et fi Rocinantes eût efté plus fringant qu'il
n'eftoit , fon maiftre feroit peut-eftre
forti impunément de cette avanture.
Mais les Ecoliers le ferrerent de prés,
& l'un des plus robuftes s'eftant faifi
de la lance lui en donna du gros bout

fi rudement fur le bras droit que le
pauvre Chevalier en laiffa tomber fon
épée. Comme il n'avoit plus alors
d'arme offenfive, ils le joignirent bien-
toft , & lui faifant vuider la felle &
les étriers , ils le jetterent par tèrre ,
& le foulèrent aux pieds. Ils eftoient
tous tellement animés contre lui qu'ils
l'auroient indubitablement maffacré
fur la place, fi par bonheur pour lui
l'Auteur Pedro de Moya & quelques-uns des Comediens avec qui il
avoit foupé le foir précedent ne fe
fuffent trouvés là. Mais ces gens-cy
l'ayant reconnu , fendirent la preffe,
en criant aux Ecoliers de s'arrefter ,
& en leur difant que c'eftoit un foû.
A ces cris , les Ecoliers cefferent de le
maltraiter , & le laifferent neant-
moins fans fentiment entre les mains
de l'Auteur & de fes camarades, qui le
porterent dans une maifon, où pendant
qu'on le faifoit revenir de fon éva-
noüiffement , les Ecoliers reprirent
leurs rangs , la Mufique recommença,
& le char continua fa marche.

A. Clouzier. f.

# CHAPITRE XXXVI.||

*Quelle fut la suite de cette avanture,*
*& de quelle maniere la belle Reine*
*des Amazones éprouva la chasteté*
*de Sancho.*

S Ancho ayant remarqué de loin le
succés de la bataille, en fut au
désespoir. Il eut toutefois encore la
prudence de ne pas faire semblant
qu'il connût Don Quichotte, & se
mêlant parmi la foule, il passa pour
un Païsan qui étoit venu voir la Fê-
te. Dés qu'il s'aperçeut que les Ecoliers s'étoient remis en marche, il alla vers l'endroit où il avoit vû porter
son maître, & le trouvant sans connoissance, il se prit à pleurer en disant, Ah pauvre Chevalier sans amour,
vous voilà bien éloigné de vôtre compte. Vous comptiez de tüer le Geant,
& c'est vous qui avez la mort sur les
lévres. Maudits soient les Ecoliers avec
leur maudite Procession. Les Comediens consolerent Sancho, & Don
Quichotte, étant revenu à luy par
leuts soins, l'Auteur luy dit, Ouvrez

les yeux, Seigneur Don Quichotte, &
voyez le sage Alquife vôtre ami. Je
suis venu vous secourir dans un si
pressant danger. Le Chevalier regarda l'Auteur, & le reconnoissant il s'é-
cria, ô mon Protecteur & mon fidelle historien quelle joïe pour moy de
vous revoir ! Je sçavois-bien que vous
ne m'abandonneriez pas dans cette pe-
rilleuse avanture ; & je confesse que
sans vous, j'y aurois perdu la vie
par la faute de Rocinantes dont la
vigueur s'est démentie. Donnez-moy
vîte un autre Cheval, & me permettez de retourner au combat. Souffrez
que je vole aprés ces traîtres, & que
j'en tire une vengeance qui fasse fremir les races futures. Oui, je jure par
l'ordre de Chevalerie que j'ay reçû,
que je ne mettray point de bornes à
ma fureur. Je vais courir les ruës, &
faire main basse sur tous les hommes
& sur toutes les femmes que je ren-
contreray dans la Vi'le ; je tüeray jusqu'aux chiens & aux chats. En un
mot je détruiray tous les êtres vivans.
Le Sage Alquife avoit l'ame trop bonne pour approuver une si cruelle resolution. Il en détourna le Chevalier
de la Manche, & lui dit : Seigneur

Don Quichotte, ne fongeons préfentement qu'à vous guerir. Voyons
quelles font vos bleſſures. En même
tems on deſarma & on viſita le Chevalier qui n'ayant été que foulé aux
pieds, n'eût pas beſoin de Chirurgien.
Ce que l'Auteur ayant remarqué, Courage, dit-il, Seigneur Don Quichotte, ce ne fera rien que ceci ; avec une
feule priſe d'un certain baume que je
vous donneray tantôt, je vous tireray d'affaire. Aprés avoir dit cela il
pria deux Comediens d'aller faire une
exacte recherche de tout ce que le
Chevalier avoit perdu dans la mêlée,
c'eſt-à-dire, de ſon cheval, de ſon
morion, de ſa lance & de ſon épée.
Ils s'acquiterent ſi bien de cette commiſſion que rien de toutes ces choſes
ne fut perdu. Cependant la nuit étant
venüe, l'Auteur & ſes Compagnons
prirent Don Quichotte par deſſous les
bras, & le menerent de cette forte
juſqu'au Cabaret où Sancho leur dit
qu'étoit Zenobie. Ils la trouverent
dans la même chambre où on l'avoit
laiſſée. Elle étoit feule & fort impa-
tiente de revoir le Chevalier dont elle s'imaginoit bien que le retarde-
ment étoit cauſé par quelque avantu-

re. Quand elle le vit revenir appuyé
fur deux hommes, elle lui dit, Hé
bon Dieu! Seigneur Don Quichotte,
qui vous a mis en cet état? Ma Princesse, répondit le Chevalier, les armes
font journalieres. J'ay attaqué moy
feul une armée nombreuse, & ce qui
arriva jadis à Roland dans la plaine
de Roncevaux m'est arrivé aujour-
d'hui. J'ay tué tant d'ennemis, j'ay
donné tant de coups, que ne pouvant
plus me foutenir de lassitude, je suis
tombé de foiblesse fur le champ de
bataille, où je ne doute pas que je
n'eusse peri, fi le fage Alquife mon
grand ami ne fût revenu de Constan-
tinople exprés pour m'enlever par fes
enchantemens. Il est vrai, dit l'Auteur;
mais Seigneur Don Quichotte, ne
perdons point de tems s'il vous plaît;
il faut que je vous guerisse & que je
vous mette en état de partir dés demain pour Madrid où vous devez s'il
plaît au Ciel, recevoir des blessûres
plus dangereufes que celles-cy; &
achever des avantures tres-importan-
tes. En difant ces paroles, il fit allumer du feu; & préparer un lit. L'aimable Reine des Amazones defarma
le Chevalier, le deshabilla, & lui frotta
tout

tout le corps d'eau de vie. Que le Le-
cteur mal inftruit des regles de la Chevalerie; errante, ne s'imagine pas que
la Princeffe fit en cela une faute contre la bienféance. Quand les Chevaliers accompagnoient des Infantes,
s'ils fortoient bleffez d'un combat, c'eftoit elles ordinairement qui penfoient
leurs bleffûres. Elles fçavoient pour
la plûpart la Chirurgie, qu'elles appre-
noient exprés pour panfer les Chevaliers; & ce qui eft digne d'admiration, elles s'en acquitoient fi habilement que jamais aucun Chevalier
ne mouroit entre leurs mains, quelques coups mortels qu'il eût receus.
L'Hofte apporta un bouillon que l'Auteur fit avaler à Don Quichotte en
lui difant: Seigneur Chevalier, prenez
cette écuellée de baume qui vaut mieux
que celui de Fierabras. Je foûtiens
même qu'il eft meilleur que celui qu'-
Ariobarzane Prince de Tartarie portoit à l'arçon de fa felle dans une bouteille d'or. Il faut donc, dit alors Don
Quichotte, que ce foit le plus excellent de tous les baumes, car celuy du
Prince Ariobarzane eftoit admirable.
Il faifoit des effets furprenans, & je
me fouviens d'avoir lû que Don Be-

lianis eftant un jour fur le point d'expirer, il y en a même qui difent qu'il
eftoit déja mort, on ne luy en eût pas
verfé une goutte dans la bouche, que
ce Chevalier fe leva fur le champ parfaitement gueri de fes bleffûres. Oh
pour ce baume-cy, reprit l'Auteur, il
ne fait pas fi promptement fon effet;
il faut dormir tranquilement aprés
l'avoir pris: C'eft pourquoy couchez-
vous, je vous prie tout à l'heure. Le
Chevalier fit ce qu'on voulut, on le
mit au lit, enfuite on ferma fur luy
la porte de fa chambre, & on le laifla
repofer. Aprés quoy l'Auteur & fes
Camarades fe retirerent.

Barbe & Sancho eftant reftez feals
pafferent auffitoft dans une autre
chambre où ils fe firent apporter à
fouper. Quand ils furent à table, Zenobie dit a l'Ecuyer, oh ça Sancho,
de la joye, mon ami. Vous eftes encore tout trifte de voftre derniere
avanture. Voftre Maître n'eft point
bleffé, il a feulement les coftes un peu
foulées: mais ce ne fera rien. Je l'ay
fi bien frotté qu'il fera demain gay
comme un pinçon. Allons, faifons
bonne chere, mon Enfant, réjoüif-
fons-nous. Je ne demande pas mieux,

répondit Sancho ; mais il faudra payer
à l'Hoste cette bonne chere , & c'est
ce qui me fâche. Vostre mule & vos
habits de taffetas nous ont déja cousté
assez d'argent... Ma mule & mes habits , interrompit la balaffrée , vous
tiennent trop au cœur , vous ne faites
que me les reprocher. Oh dame , dit
l'Ecuyer , si nous avions gagné quelque Royaume, je n'y regarderois pas
de si prés. Je ne suis pas homme à
crier famine sur un tas de bled ; &
dés demain je dirois à Monseigneur
Don Quichotte de vous achetter une
paire de souliers neufs pour paroistre à
la Cour ; car je me suis aperçû que les
vostres sont tout usez : mais franchement j'ay bien peur que nous ne soyons
jamais Empereurs. Nous avons trop
de malheur pour cela. Dés que nous
voulons cuire , le four tombe. Toutes
nos avantures finissent toûjours à rebours des Empires & des Gouvernemens , & je crois en verité que nous
tomberions sur le dos que nous nous
casserions le nez. Prenez patience mon
cher ami , dit Zenobie ; le bon tems
viendra peut-estre quelque jour. Mais
en attendant goûtons un peu de ce
vin, pour voir s'il est bon. Tope , ré-

pondit Sancho ; oh mardy, je n'ay pas
un efprit de contradiction, & je boi-
rois plûtoft vingt razades que d'en
refufer une. En achevant ces paroles
il prit la bouteille & remplit le verre
de Barbe qui n'en fit qu'une gorgée,
& ayant auffi vuidé le fien de la mefme maniere, il dit à Zenobie, Hé
bien, Madame la Reine, comment
trouvez-vous ce vin ? il m'eft avis qu'il
n'eft pas mauvais, non ? Je n'en ay
point affez bû pour en juger, répondit Barbe; je ne vous en dirai mon fentiment qu'au vingtiéme coup ; car j'ay
oüi dire qu'un bon Juge doit eftre
rempli d'une affaire, pour la bien decider. Par la gerny, s'écria Sancho,
vous feriez fort bien avec noftre mé-
nagere. Elle aime comme vous ce fy-
rop plus que fon honneur ; & je vais
parier qu'elle en vuidèroit trois pintes
en filant feulement une fufée. Je me
fçais bon gré, dit Zenobie, de ref-
fembler à voftre femme. De lui ref-
fembler ! répartit Sancho, non pas
s'il vous plaift ; elle n'a pas comme
vous de balaffre aux joües. Que vous
eftes defobligeant ! reprit Barbe, vous
prenez plaifir à me dire des chofes
offenfantes, vous me haïffez ; mais

vous avez beau faire, je veux eftre
de vos amies. Ils fouperent en s'entretenant de cette forte, & lors qu'ils
eurent bû & mangé à difcretion, c'eft-
à-dire à crever, Barbe, qui eftoit de
ces Dames qui deviennent agaçantes
fur la fin d'un repas, dit à l'Ecuyer,
en le regardant avec des yeux fort al-
lumés: Par ma foy, Sancho, il faut que
nous faffions ce foir la paix; & que
nous nous aimions deformais tous deux
comme de jeunes mariez : mais dites moy auparavant fi vous fçavez ce
que c'eft qu'aimer ? Oüi-da, répondit
Sancho, j'aime Monfeigneur Don
Quichotte, ma femme & mes enfans,
mon grifon & Monfieur le Curé. Ce
n'eft point cela que je veux vous dire
reprit Zenobie ; je vous demande fi
vous n'avez jamais joüié avec des filles?
Oh que fi, repartit l'Ecuyer, il n'y en
a point dans noftre village avec qui
je n'aye joüé ! tous les Dimanches a-
prés Vefpres nous nous affemblons
prés du moulin, & là nous nous di-
vertiffons tous enfemble. Barbe voyánt
que l'Ecuyer ne devinoit pas fa penfée, lui paffa doucement la main fous
le menton, en lui difant: Hé bon Dieu,
mon ami, que vous avez la barbe rude!

Je plains fort les femmes que vous
baiferez. Je n'ay point de femme à
baifer hors la mienne, répondit Sancho en repouffant brutalement la main
de Barbe ; & s'il y en a d'autres qui
fouhaittent d'eftre baifées, que les
meres qui les ont mifes au monde les
baifent fi elles veulent. Il ne faut
point tant me répouffer la main, dit
Zenobie, il n'y a gueres d'Ecoliers
dans cette Univerfité qui ne fuffent
ravis de recevoir cette faveur. Oh je
ne fuis pas moy un Ecolier, repartit
Sancho, que voulez-vous que je faffe
de voftre main ? j'aimerois mieux m'aller coucher tout à l'heure. He bien, repliqua Barbe, puifque vous avez tant
d'envie de dormir, il faut que nous cou-
chions tous deux enfemble, auffi bien
les nuits commencent à devenir froides, & je fuis fort frilleufe de mon
naturel. Oh s'il ne tient qu'à vous é-
chauffer, dit l'Ecuyer, vous n'avez
qu'à me laiffer faire. Je vais demander à
l'Hofte deux ou trois couvertures que
vous mettrez en double fur vous. Vive
Dieu ! s'écria Barbe, voila le plus innocent homme que j'aye vû de ma vie !
Eft-il bien poffible Sancho, que vous
n'entendiez pas la mufique que je vous

chante depuis une heure ? & ne com-
prenez-vous pas que mon intention eſt
que vous me ſerviez de mari cette
nuit, & que vous me careſſiez ? Que
je vous careſſe, répondit Sancho ?
Nôtre-dame que dites-vous ? ho que
je ne m'y frotte pas ! Il pourroit bien
m'en cuire ; car cela eſt défendu dans
le Miſſel ; & voſtre qualité de Reine
Zenobie ne m'empêcheroit pas d'eſtre
bouilli tout vif dans l'autre monde. Èn diſant ces paroles il quitta l'a-
moureuſe Zenobie ; & s'alla coucher
ailleurs.

# CHAPITRE XXXVII.

*Qui fait voir que la Chevalerie erran-*
*te eſt une profeſſion trés-utile au mon-*
*de : Et de la plus louable action*
*qu'ait jamais fait Don Quichotte.*

DOn Quichotte ayant paſſé la
nuit aſſez tranquillement, ſe
trouva le matin fort ſoulagé. Il ſentoit
pourtant de vives douleurs dans quelques endroits de ſon corps ; mais cela ne l'empêcha point de ſe lever, ni
de croire que le baume de Pedro de

Moya ne fût un baume merveilleux.
Barbe & Sancho eſtant entrés dans
ſa chambre pour voir en quel eſtat il
étoit, il dit à la balafrée : Belle Princeſſe, graces au ciel vos blanches mains
& le baume admirable du ſage Alquife
ont gueri mes bleſſures : Et il faut
avouër que vous ſçavez auſſi-bien la
Chirurgie que l'Infante Perſiane, qui
l'avoit apriſe de maiſtre Lugon même.
Je ne ſuis pas fort habile, répondit
Barbe ; mais ne faut-il pas qu'une fille
qui n'a pas de bien ſe mêle un peu de
toutes choſes. J'ay ſervi autrefois chez
un Chirurgien de cette ville, qui étoit
plus ſçavant que tous les Lugos du
Royaume. C'eſtoit un plaiſir de le voir
tailler ſes emplaſtres. Elles eſtoient
toûjours plus rondes que des medailles.
Il faiſoit la barbe & les cheveux à ravir,
& c'eſtoit lui qui panſoit tous les Re-
gens de l'Univerſité. Je faiſois quelquefois ſa charpie, & je travaillois
avec ſes Fraters qui me faiſoient faire
bien des choſes. Ah ah, Madame Zenobie, interrompit Sancho, vous a-
vez donc eſté la ſervante d'un Barbier?
je n'en diſconviens pas repartit Barbe ; car les gens de rien ne doivent pas
ſe méconnoiſtre dans la proſperité.

Seigneur

Seigneur Don Quichotte , reprit l'E-
cuyer en s'adreſſant à ſon Maiſtre,
vous entendez bien ce que dit la Princeſſe , qui n'eſt ni yvre ni endormie.
Il me ſemble que les Reines ne s'a-
muſent gueres à travailler avec des
Fraters. C'eſt tout ce que voudroit faire ſeulement une Ducheſſe , & ſi elle
ne s'en vanteroit pas encore non !
Perfide Enchanteur Panphus dit alors
le Chevalier , en ſoupirant & levant les
yeux au Ciel , Quand ceſſeras-tu de
troubler l'eſprit de la Reine Zenobie ?
ne vois-tu pas Sancho pourſuivit il ,
que la Princeſſe n'a pas le libre uſage de ſa raiſon ? que c'eſt le traître
Panphus , qui lui fait dire toutes ces
impertinences ? Ah ouï ouï , Monſieur,
répondit l'Ecuyer, par ma foy , je n'y
penſois plus. Il eſt vray, c'eſt le ma-
lin Regent de Panthus qui la fait raiſonner ainſi de travers ; Et même il ne
ſe contente pas de lui faire dire des
ſottiſes , il veut encore qu'elle en faſſe:
Car hier au ſoir aprés ſouper elle vouloit.... Oh le maudit Enchanteur !
pendant que vous le teniez renverſé
ſous vous l'autre jour, vous deviez
bien lui enfoncer voſtre épée dans la
gorge , & le dépêcher dans l'autre

*Tome II.*                    C

monde. Je n'y aurois pas manqué, repliqua Don Quichotte, si la pitié de
la Reine Zenobie ne m'eut arresté
le bras : Mais je détruiray cet enchantement à la Cour d'Espagne. J'avoüe
qu'il n'est pas moins difficile à dissi-
per que celui que l'Enchanteur Friston
forma dans Babylone pour enlever
Florisbelle. Le Chevalier des Basilics
acheva cette avanture, & je me flate
que la gloire de celle-cy m'est reser-
vée. C'est pourquoy, allons à Madrid
sans differer. Il me tarde que la Reine
des Amazones n'ait repris sa premiere
forme. Monsieur dit Sancho, il faut
déjeuner auparavant. Madame Zenobie aura volontiers cette patience, &
pour vous, je m'imagine que le baume
du sage Esquife ne vous doit pas avoir
trop chargé l'estomach. J'y consens,
répondit le Chevalier ; mangeons un
morceau, & partons immediatement
aprés. Ils déjeunerent aussi-tôt tous
trois, & ayant ensuite payé l'Hôte,
ils prirent le chemin de Madrid, Barbe se cachant toûjours si bien le visage qu'elle ne fut point du tout recon-
nuë.

　A une petite lieüe d'Alcala, comme
ils cottoyoient un bois qui bordoit le

grand chemin, ils entendirent les cris
comme d'une femme effrayée, & tirer enfuite quelques coups d'arquebufe
& de piftolet. Quoyque ce bruit pa-
ruft affez proche, ils n'en purent découvrir la caufe dans le moment, parce que le bois formoit un coude en
cet endroit. Sancho, dit alors le Chevalier de la Manche à fon Ecuyer,
voici fans doute quelques malheureux
que l'injuftice ou la fortune perfecu-
tent. Haftons-nous, mon fils, d'arriver
à leur fecours. En difant ces paroles, il
fit fentir fi vivement l'éperon à Rocinantes que ce fougueux courfier qui
n'alloit qu'au petit pas, prit tout à
coup, non pas à la verité le petit ga-
lop, mais un trot qui en approchoit un
peu. Pour la mule & le grifon, il faut
dire ceci à leur loüange, dés qu'ils virent leur compagnon aller fi bon train,
cette nouveauté leur donna tant d'é-
mulation, qu'ils fe mirent d'eux mêmes à trotter auffi. Ils s'éclaircirent
bien-tôt de ce qu'ils vouloient fçavoir,
& les yeux de Don Quichotte furent
agreablement furpris d'un horrible
fpectacle. Il vit deux hommes à cheval qui fe battoient avec beaucoup de
courage contre fept à huit voleurs à

pied dont deux avoient des carabines, & les autres eftoient armez feulement d'épées & de bayonnettes. Une jeune fille vêtuë de fimples habits, mais d'une beauté furprenante, eftoit auprés des combattans, & paroiffoit malgré elle fpectatrice du combat. On l'entendoit remplir l'air de fes cris en implorant le fecours du Ciel & des hommes, & on la voyoit faire de vains efforts pour s'échapper des mains d'une femme déja vieille, mais vigoureufe, qui fe montrant d'intelligence avec les voleurs la retenoit, & s'empreffoit à lui fermer la bouche avec un mouchoir. Les deux Cavaliers attaquez dont l'un eftoit le Maiftre, & l'autre le Valet, fe défendoient fort vaillamment. Le premier déja d'un de fes piftolets, & le fecond de fon fufil avoient fait mordre la pouffiere à deux de ces brigands, & ils avoient efté affez heureux pour effuyer impunément la premiere décharge des carabines. Ils auroient pû alors éviter par la viteffe de leurs chevaux les fuites funeftes d'un combat inegal: mais le peril où ils voyoient la jeune perfonne dont je viens de parler, leur infpira tant de compaffion, que quoiqu'ils ne la connuffent pas,

ils aimerent mieux s'expofer à perir,
que de la laiffer entre les mains de ces
fcelerats. Le Ciel ne manqua pas de
benir cette genereufe réfolution. Un
des voleurs ayant eu le tems de re-
charger fa carabine, coucha en joüe
le plus confiderable des deux Cavaliers:
mais celui-ci ne perdant pas fon fang
froid, joignit brufquement fon homme, & relevant la carabine du bout
de fon piftolet qui lui reftoit à tirer,
cette fage precaution fit deux bons
effets, lui fauva la vie, & fut fatale à
la vieille; car la carabine ayant tiré
dans le moment, cette malheureufe
receut le coup dans la tefte, & tomba
roide morte. Son fang rejaillit fur le
vifage de la jeune fille qui dans le
trouble où eftoient fes efprits, fe
crut bleffée, & fe laiffa tomber eva-
noüie fur le corps de la vieille. Le
Cavalier ayant évité le coup de la maniere que je l'ay dit, pouffa fon cheval fur le voleur, & lui appuyant le
bout de fon piftolet contre le front, lui
fit fauter la cervelle. Mais cette mort
ne le tiroit pas d'affaire; car il reftoit
encore quatre ou cinq voleurs, qui n'a-
voient pas, à la verité, d'armes à feu,
mais qui n'en eftoient pas pour cela

C iij

moins opiniâtres ; & il y en avoit un
entre-autres qui estoit prest à le percer de son épée, lorsque nôtre vaillant redresseur des torts, volant la lance basse au secours du parti le plus foible prévint le voleur, & lui perça le
dos d'outre en outre ; laissant sa lance
dans la playe. Quoique le brigand
fust un des plus gros & des plus
grands pendarts du Royaume, il ne put
resister à l'impetuosité d'un coup parti
d'une main si redoutable; il tomba sur le
ventre , & pour me servir des expres-
sions d'Homere, il fit en tombant le
même bruit qu'un chêne que la hache
ou les vents font tomber dans une fo-
rest. Le Chevalier ayant pris goust à
ce choc, tira son épée, & voulut aller charger les autres voleurs : mais ces
scelerats effrayez de la figure de Don
Quichotte s'imaginerent que c'estoit
un Diable qui sortoit de l'enfer pour
les punir de tous leurs crimes, & ga-
gnerent le bois au plus viste.

Le Cavalier & Don Quichotte ne
jugerent point à propos de les poursui-
vre. Ils employerent leurs premiers
soins à secourir la Belle Inconnüe.
Comme ils la trouverent évanoüie &
couverte de sang, ils crurent d'abord

qu'elle eſtoit morte ; mais lui ayant
ſenti du poulx, le Chevalier courut
puiſer de l'eau au bord d'un petit
ruiſſeau qui ſortoit du bois à quelques
pas delà, & en apporta dans ſon chapeau, On n'en eut pas plûtoſt arroſé
le viſage de la Dame, qu'elle reprit
ſes eſprits. D'abord elle jetta les yeux
ſur Don Quichotte, dont l'air & l'é-
quipage n'eſtant guere propre à raſſurer une fille éperduë, elle ne ſçavoit ſi
elle ſe devoit croire hors de peril. Mais
le Cavalier la tira de peine en lui apprenant le ſuccés du combat, & comme le reſte des voleurs avoit pris la
fuite à l'arrivée du brave Chevalier
aux armes argentées qu'elle voyoit.
Enfin il diſſipa la frayeur de la Dame,
qui s'eſtant eſſuïé le viſage, ſe trouva
ſans bleſſure, & fit briller aux yeux
de ſes liberateurs une beauté dont la
veuë les paya de tous leurs ſoins avec
uſure. Dés qu'elle eut entierement repris l'uſage de ſa raiſon, elle leur fit des
remerciemens proportionnez au ſervice receu, & l'Arabe aſſure qu'elle s'en
acquita avec autant de grace que d'eſprit. Ils y répondirent chacun pour
ſon compte : tous deux avec beaucoup
de politeſſe ; mais avec cette differen-

ce que noftre Heros la traita de Souveraine Infante, & lui parla dans des
termes qui firent affez connoiftre que
fon efprit n'eftoit pas moins extraordinaire que fa mine. Le Cavalier de
fon cofté témoigna de la reconnoiffance à Don Quichotte du fecours qu'il
lui avoit prefté fi à propos. A quoy le
Chevalier de la Manche fit une réponfe fi finguliere que le Cavalier & la
Dame ne fçavoient ce qu'ils en devoient penfer, eftant l'un & l'autre
fort éloignez de donner dans le noble
Syfteme de la Chevalerie errante. Cependant Sancho & la Reine des Amazones qui s'eftoient tenu affez loin du
combat, voyant que les voleurs a-
voient laché pied devant noftre Chevalier fe prefferent d'arriver fur le champ
de bataille pour feliciter le Vainqueur.
Oh par la mardy, Monfeigneur D. Quichotte, s'écria l'Ecuyer s'approchant,
pour cette fois nous n'avons receu ni
coups de fronde, ni coups de bâton.
Voila ce qui s'appelle un bon hazard,
ouï! Encore cinq ou fix avantures comme celle-cy, & je vous réponds de
vingt Empires & de quarante Gouvernemens, ou ils feront pardy bien obftinez. Sancho, mon fils, lui répondit

Don Quichotte, fois fans inquietude
là deffus. Les Empires & les Gouvernemens viendront en leur tems: mais
quand la fortune feroit affez injufte
pour nous les refufer, la gloire que
nous recueïllons en rempliffant les devoirs de noftre eftat, peut fervir de re-
compenfe à nos travaux. Ces difcours
du Maiftre & de l'Ecuyér ne firent
que mettre encore plus en défaut la
Dame & le Cavalier fur le caractere
de D. Quichotte. Les coups de bâton
& de fronde avec les Empires & les
Gouvernemens eftoient des chofes qu'-
ils ne pouvoient comprendre. Enfin
pendant que Don Quichotte offroit de
nouveau fes fervices à la Belle Inconnuë, le Cavalier s'approcha de Sancho, & fe mit à le queftionner. Mon
ami, lui dit-il tout bas, comment s'appelle voftre maiftre ? Seigneur Gentilhomme, lui répondit l'Ecuyer, il s'appelloit l'année paffée le Chevalier de la
Trifte figure : mais l'homme propofe &
Dieu difpofe. Il fe nomme à prefent le
Chevalier fans amour, autrement le
Seigneur Don Quichotte de la Manche.
Mais apprenez moy quelle-eft fa profeffion, reprit le Cavalier ? car à le
voir fi richement armé, je juge qu'il

a sans doute quelque important employ dans la guerre. Jusqu'à l'heure
qu'il est, repartit Sancho, il n'est encore que Chevalier errant, & quoyqu'il ait déja bien receu des coups de
bâton, il n'a pû encore se faire Empereur d'aucun endroit : mais les Royaumes ne sçauroient lui manquer. Et
moy qui suis son Ecuyer Sancho Pan-
ca , je compte sur quelque bonne Isle,
comme si je l'avois déja dans la main.
Et cette Dame que je vois sur une mule , dit le Cavalier, qui est-elle ? C'est
la Princesse Zenobie , répondit Sancho, qui est Reine à ce que dit mon
Maistre ; quoy qu'avec sa balafre elle
ait plûtost l'air d'une Tripiere d'Alcala. Et franchement il faut estre Chevalier errant pour ne s'y pas tromper.

A. Clouzier. Sc.

## CHAPITRE XXXVIII.

*Des surprenantes suites qu'eut la vic-*
*toire de Don Quichotte, & qu'on*
*prendroit pour des avantures de Ro-*
*man, si nostre Arabe ne les donnoit*
*pas pour constantes.*

DOn Cesar, c'estoit le nom du
Cavalier, n'eut pas besoin que
Sancho lui en dît davantage pour connoistre de quelle nature estoit la folie
de Don Quichotte : satisfait de cet
éclaircissement, il s'approcha de la
belle Inconnuë, qui s'entretenoit encore avec le Chevalier ; mais à peine
se fut-il meslé à leur conversation,
qu'ils s'ouïrent appeller par le Voleur
que Don Quichotte avoit percé de sa
lance. Seigneurs Cavaliers, leur di- «
soit-il d'une voix foible & interrom «
puë, si la pitié peut quelque chose «
sur vos cœurs, faites-moy la grace «
d'arracher cette lance de mon corps, «
non pour me conserver une vie que «
je ne merite que trop de perdre ; mais «
afin que je puisse avant ma mort vous «
découvrir un secret qui charge ma «

„ confcience , & qui me pefe plus que
„ tous mes crimes enfemble. Je me
„ flate même qu'il ne fera pas inutile
„ que vous en foyez inftruits. Il ne
put dire ces paroles qu'avec beaucop
de peine , & à plufieurs reprifes , à caufe de fon extrême foibleffe. Les Cavaliers furent touchés des plaintes de ce
malheureux , & s'imaginant en effet
que le foulagement qu'il leur demandoit pourroit leur donner lieu de faire
quelque action charitable , ils lui ô-
terent la lance qu'il avoit dans le dos ;
mais l'extrême douleur qu'il en reffen-
tit , & le fang qui fortit de fa playe
lui firent bientôt perdre connoiffance.
Ils crurent même qu'il avoit rendu
l'ame , & ils fe repentoient déja de lui
avoir arraché la lance , lorfque lui
trouvant quelque figne de vie ils jugerent qu'il pouvoit encore eftre fe-
couru , fi l'on prenoit foin d'arrefter
fon fang , & de bander fa playe. Sancho tira auffi-tôt de fa malle je ne fçay
combien de bandes & de morceaux de
linges qu'il gardoit pour les triftes befoins de la Chevalerie errante. Barbe,
qui favoit fi bien faire de la charpie,
mit la main à l'œuvre , & le Valet de
Don Cefar , qui eftoit un peu Chi-

rurgien, vint à bout de l'operation en
mettant fur la playe une efpece de
premier appareil. A force de tour-
menter le bleffé ils lui firent ouvrir les
yeux : mais il n'avoit encore aucune
connoiffance, & ce ne fut que par de
nouveaux efforts qu'il la lui firent revenir. Ils n'en furent pas pour cela
plus avancés, car il fe trouva fi foible
qu'il ne pouvoit parler. Comme ils ju-
geoient qu'il avoit quelque chofe d'important à leur dire, ils faifoient tout
leur poffible pour lui donner des forces ; mais ils auroient perdu leurs peines, fi le Valet de Don Cefar ne fe
fuft fouvenu qu'il portoit parmi fes
hardes un grand flacon d'eau de vie,
qu'il avoit un foin tout particulier de
tenir toûjours plein. Le Voleur n'eut
pas avalé trois gorgées de ce fpecifi-
que, qu'il recouvra la parole comme
par miracle. O Ciel ! s'écria-t-il a- «
lors, que tes jugemens font équita- «
bles ! je reçoy la mort dans le lieu «
mefme où j'ay autrefois commis un «
exécrable meurtre. Il y a environ «
vingt-deux ans qu'avec un de mes «
camarades j'arreftay prés de ce bois «
un riche Laboureur qui revenoit «
d'Alcala accompagné d'une Nour- «

» rice qui portoit un enfant sur ses
» bras. Comme le Laboureur fit quel-
» que résistance, & que la Nourrice
» pendant ce tems-là crioit d'une ma-
» niere à nous faire craindre que les
» Archers de la sainte Hermandad ne
» vinssent à ses cris, je me hastay de
» couper la gorge à cette femme. Nous
» tuâmes aussi le Laboureur ; & aprés
» avoir pris environ six vingts écus
» d'or qu'il avoit, nous portâmes les
» deux cadavres dans le fond du bois,
» où pour cacher la connoissance de
» l'assassinat nous les enterrâmes dans
» une profonde fosse. Cela estant fini
» nous demeurâmes quelque tems
» assez en peine de ce que nous fe-
» rions de l'enfant qui restoit. Quoi-
» que dans l'âge le plus tendre il avoit
» déja tant de noblesse dans la phisio-
» nomie, que nous jugeâmes qu'il se-
» roit un jour un grand homme, si
» nous lui conservions la vie : mais
» mon camarade craignant que ses
» cris ne fussent cause de nostre perte,
» opinoit à la mort ; je me rendis à
» ses raisons, je m'approchay de l'en-
» fant, & j'avois déja le bras levé
» pour lui percer le sein, lorsque je
» me sentis saisir d'un mouvement de

pitié qui fufpendit le coup mortel. «
Ce petit innocent, qui eftoit encore «
trop jeune pour avoir aucun fenti- «
ment de la perte de fa Nourrice, me «
regardoit d'un air riant, capable de «
toucher le plus barbare de tous les «
cœurs. Enfin j'en fus attendri, & «
je réfolus de conferver fes jours, «
quoy que me pût reprefenter mon «
camarade, qui me quitta, ne voulant «
plus, difoit-il, refter avec un hom- «
me qui s'expofoit à fe perdre pour «
fatisfaire une compaffion indifcrete, «
& qui dans des gens comme nous «
ne pouvoit paffer que pour la der- «
niere imprudence. Je fongeay donc «
à pourvoir l'enfant d'une autre Nour- «
rice ; mais je n'ofois le porter au «
premier Village, parce que le La- «
boureur & la Nourrice en eftant, «
leur perte y devoit vraifemblable- «
ment caufer de la furprife, & être «
fuivie de perquifitions. Enfin je me «
déterminay à . . . . Le Voleur fut obligé de s'arrefter en cet endroit. La parole lui manqua tout à coup. Les yeux
commencerent à lui rouler dans la
tefte, & il lui prit une fi grande foibleffe que tous les fpectateurs s'imaginerent qu'il alloit expirer. La belle

Inconnuë en parut trés-inquiéte, &
s'empreſſa fort à le ſecourir. On redoubla la doze du remede qui avoit
eſté la premiere fois ſi ſouverain : il
fit un ſecond miracle : le bleſſé revint
de ſon évanoüiſſement, & fut bientôt
en eſtat de continuer ſon récit ; ce
qu'il fit de cette ſorte, aprés qu'on lui
eut dit où il en eſtoit reſté, car il ne
» s'en ſouvenoit plus. Je me détermi-
» nay donc à porter l'enfant à Tor-
» reſva. Le Ciel qui s'intereſſoit ſans
» doute à ſa conſervation, permit
» qu'eſtant entré dans une maiſon
» pour demander qu'on m'enſeignât
» une Nourrice, j'y en trouvay une,
» appellée Marie Chimenez veuve de-
» puis quinze jours, & qui venoit de
» perdre un enfant de quatorze mois
» qu'elle nourriſſoit. Pour l'engager à
» ſe charger de celui que je lui portois,
» je ne manquay pas de lui dire que ſa
» fortune dépendoit de cette nourri-
» ture : que c'eſtoit un enfant de qua-
» lité, que ſa mere pour des intereſts
» de famille eſtoit obligée de faire é-
» lever ſecretement. La richeſſe des
» langes qui l'enveloppoient autori-
» ſant ma fauſſe confidence, Marie
» Chimenez crut ce que je lui dis,
reçut

reçut l'enfant, & me promit d'en a- «
voir tous les soins possibles. Depuis «
ce tems-là j'ay vêcu sans savoir ce «
qu'il est devenu, ni sans m'en met- «
tre en peine. Ainsi, Messieurs, je «
charge vostre conscience du soin de «
vous informer dans Alcala si quel- «
que Dame de consideration n'a point «
perdu le fils que j'ay donné à Marie «
Chimenez païsanne de Torresva. «

Le voleur ayant cessé de parler, la
Dame & le Cavalier, qui l'avoient
écouté avec beaucoup d'attention, en
furent troublés l'un & l'autre, quoiqu'apparemment par des motifs bien
differens. La Dame surtout paroissant
toute attendrie témoigna à ses liberateurs qu'ils lui feroient un extrême
plaisir de conserver la vie au Voleur,
s'il estoit possible ; parce qu'elle souhaitoit, disoit-elle, de s'éclaircir de
certains faits qui l'interessoient infiniment, & dont il lui sembloit que ce
miserable avoit une connoissance particuliere. Don Cesar qui de son costé
crût avoir peut-estre encore de plus
fortes raisons que la Dame pour de-
sirer la mesme chose, ordonna sur le
champ à son Valet de placer le mieux
qu'il pourroit le blessé sur son cheval

pour le tranfporter au premier Village ; mais Don Quichotte reprefenta
que le Voleur, dans l'eftat où il eftoit
n'ayant pas affez de force pour fe foûtenir deffus le cheval, n'y pouvoit
eftre que couché & lié fortement avec
des cordes : que cette incommode fituation jointe aux fecouffes du cheval
le mettroit en danger de mourir a-
vant que d'arriver au premier Village ;
& enfin qu'il valoit mieux chercher
aux environs quelques païfans qui le
portaffent fur des branches. Don Cefar fe rendit à de fi bonnes raifons. Il
envoya raffembler dans la campagne
quatre ou cinq hommes des plus robuftes. Ce qui ne fut pas difficile à
trouver, le bruit du combat en ayant
attiré plufieurs qui regardoient de loin
ce trifte fpectacle. Quand les païfans
furent arrivés ils couperent des branches dans le bois, & en firent une efpece de brancard, fur quoy ils pofe-
rent le bleffé, qui pria de regarder fi
la Vieille qu'on voyoit étenduë par
terre auprés de fes compagnons morts,
& qu'il dit eftre fa femme, eftoit encore en eftat de recevoir du fecours.
On lui donna cette legere fatisfaction;
mais quand on lui rapporta qu'elle

eftoit morte, il s'écria : Ah ! graces
au Ciel, la malheureufe qui m'a fait
tomber dans ce dernier crime a donc
auffi reçû le châtiment qu'elle meritoit. Il n'en dit pas davantage, mais il
fit affez comprendre que c'eftoit la
Vieille qui l'avoit averti de fe trouver là. Les Païfans eftant prefts à marcher, Don Quichotte demanda à l'inconnuë où elle vouloit faire porter le
bleffé ; elle répondit qu'elle avoit des
raifons particulieres pour fouhaiter
qu'on le tranfportât à Torrefva. Dés
que les Païfans entendirent cela, ils
commencerent à faire des difficultés,
difant qu'il y avoit jufques-là deux
grandes lieuës d'un chemin trés-rude,
outre que le bleffé eftoit trés-pefant.
Don Quichotte qui pour la plus laide
Servante de Cabaret feroit allé par-
delà le royaume de Congo, eftoit fort
eftonné que ces gens refufaffent de
faire deux lieuës pour une des plus
belles perfonnes du monde : & il étoit
homme à les y obliger par force ; mais
Don Cefar leur promit une groffe ré-
compenfe, & rendit par-là le chemin
court & aifé, & le bleffé fort leger.
Les Païfans fe mirent donc en marche ; mais comme la belle inconnuë

eſtoit à pied, il fut queſtion de lui donner une voiture. Don Ceſar lui offrit
la croupe de ſon cheval; mais D. Quichotte remontra en termes fort éner-
giques que la Dame ne pouvoit monter ſur un autre cheval que le ſien,
puiſqu'une des principales obligations
des Chevaliers errans eſtoit de remonter les Demoiſelles délaiſſées. Que Rocinantes eſtoit d'ailleurs ſeul digne de
porter des Princeſſes. Il eſt vray que ce
cheval avoit l'échine & la croupe
d'une longueur ſi prodigieuſe qu'il auroit fort bien porté les quatre fils Ai-
mond, pourvû qu'on lui eût mis des
étayes ſous le ventre. La Dame eût
peut-eſtre mieux aimé accepter l'offre
de Don Ceſar, dont la perſonne lui
inſpiroit moins de reſpect & de terreur que celle de Don Quichotte: mais
elle n'oſoit ſuivre ſon inclination, de
peur de fâcher le Chevalier, dont le
caractere lui ſembloit demander ce
ménagement. Pour vous mettre d'accord, Meſſieurs, dit alors Sancho, la
Princeſſe n'a qu'à monter ſur mon âne,
puiſque c'eſt un membre de Chevalerie auſſi bien que Rocinantes : il a
déja ſervi à des Princeſſes, & Madame
Zenobie, qui l'a eſſayé, ſçait fort bien

ce qu'en vaut l'aulne. L'avis de Sancho fut approuvé. Don Cefar prit l'inconnuë entre fes bras, & la mit fur le
Grifon. Enfuite ils s'éloignerent du
bois & du lieu où venoit de fe paffer
une fi tragique fcene ; mais ils marchoient tous fort lentement, parceque
les Cavaliers ne vouloient point aller
plus vifte que le brancard.

Le fort intereft que l'Inconnuë paroiffoit prendre à la confervation du
Voleur étonna Don Cefar, qui fe mit
à confiderer la Dame avec plus d'attention qu'il n'avoit fait encore. Elle
avoit en toute fa perfonne de quoy
arrefter fi agreablement les yeux, qu'il
ne la regarda plus, malgré la fimplicité de fes habits, que comme un objet tout divin. Elle avoit tant d'agrément & de modeftie, & l'extrême affliction qui fe faifoit remarquer fur
fon vifage lui donnoit un air fi touchant, que fi le cœur du Cavalier n'eût
pas efté engagé ailleurs, il n'auroit pû
fe défendre de fentir pour elle une
paffion trés violente, & quelque prévenu qu'il fuft même pour une autre
beauté, il ne laiffa pas d'eftre émeu de
tant de charmes. La Dame de fon côté en voyant Don Cefar fe fentit tou-

cher pour lui d'une secrette simpathie dont elle ne put se rendre raison. Comme ce Cavalier s'étoit mis à portée de la voir & de l'entretenir, & qu'il brûloit d'impatience de la connoître, il ne put résister plus long-tems à sa curiosité. Madame, lui dit-il, l'étonnement où je suis de vous avoir trouvée sur un grand chemin seule, à pied, & exposée aux insultes de plusieurs scelerats capables de tout entreprendre, me trouble l'esprit, & je rends graces au Ciel d'avoir contribué à vous tirer de cet affreux peril : mais ne puis-je savoir par quelle injustice de la fortune vous estes réduite dans un estat si digne de pitié ? Je me flate qu'estant instruit de vos peines & de vos malheurs, je feray peut-estre encore assez heureux pour pouvoir vous rendre de nouveaux services. A ce discours la Dame fut un peu embarrassée, & garda quelque tems le silence pour se consulter elle-même sur le parti qu'elle avoit à prendre. Enfin elle répondit en ces termes : Seigneur Cavalier, je vous suis si rédevable d'avoir exposé pour moy vos jours, que je ne veux rien vous déguiser. Ce seroit mal reconnoistre vôtre generosité que de me défier de vô-

tre difcretion. Je vais vous ouvrir mon
ame toute entiere , puifque vous le
fouhaitez , & vous apprendre ma déplorable deftinée , qui eft telle que je
ne puis pas feulement me promettre
un afile en aucun endroit de la terre.
Ah ! fouveraine Infante , interrompit
alors Don Quichotte , je ne fouffriray
pas une pareille injuftice. Je ne veux
jamais eftre le redoutable Chevalier
fans amour , fi je ne vous affeure une
retraite dans tous les royaumes de l'U-
nivers que vous voudrez choifir ; & fi
quelque Empereur ou Soudan eft affez
difcourtois pour ne vous pas honorer
dans fa Cour , autant que vous le meritez , vous verrez de vos propres yeux
de quelle étrange maniere je boùlever-
feray tous fes Etats , & le chafferay
comme un Prince indigne de porter la
couronne. Oh par la gerni oui , s'écria
Sancho qui entendit les dernieres paroles de fon Maiftre , n'en doutez point,
Madame la Princeffe , Monfeigneur
Don Quichotte le fera encore mieux
qu'il ne le dit. Hé pourquoy ne le fe-
roit-il pas ? lui qui le veut bien faire
pour des falopes d'Infantes qui ne me-
ritent pas feulement de vous porter la
queuë. Tay-toy , maraud , lui dit Don

Quichotte en colere, ne viens pas te
mesler indiscretement à nostre entretien. Retire-toy, & que je n'aye pas
la peine de te le dire une seconde fois.
Le Chevalier prononça ces mots d'un
ton si severe que l'Ecuyer se retira derriere sans repliquer. Seigneur Don
Quichotte, dit alors Don Cesar au
Chevalier, il n'est pas necessaire de
bouleverser des Empires, & sans détrôner le moindre Prince, si cette belle
Dame veut bien accepter mes services,
je m'offre à lui procurer une retraite
dans le lieu qui lui plaira. Allons, Madame, continua-t-il en regardant l'Inconnuë, faites-nous de grace le récit
de vos malheurs, & soyez persuadée
qu'aprés cela le Seigneur Don Quichotte & moy nous ferons tout pour
le mieux. La Dame alors prit la parole, & dit ce qu'il y a dans le Chapitre suivant.

# CHAPITRE XXXIX.

### *Histoire de la belle Engracie.*

IL n'y a pas long-tems que je vivois
à Alcala dans le sein d'une famille
qui

qui me cheriſſoit, & dont la nobleſſe
& les biens me rendoient digne des
meilleurs partis. Mais pourquoy m'é-
tendre ſur les avantages que je poſſe-
dois ? La fortune ennemie ne me les
a pas ſeulement enlevés, elle m'a ravi
juſqu'à la foy qu'on pourroit ajoûter
à mes paroles. Rien ne parle ici pour
moy : mes ſoupirs & mes larmes ſont
les ſeuls garands de ma ſincerité. L'infortuné Don Fernand mon pere de l'illuſtre maiſon des Peraltes, perit à la
fleur de ſon âge dans la funeſte expedition de cette puiſſante flotte que le
feu Roy Philippe arma contre l'Angleterre. Il commandoit un vaiſſeau
qui fut ſubmergé par la tempeſte. Ma
mere qui eſtoit groſſe lorſqu'elle reçut
cette triſte nouvelle, en eut une douleur qui avança ſon accouchement.
Neanmoins comme elle eſtoit à ter-
me, on eſpera que le fruit qui en pro-
viendroit, ſeroit capable de nourriture, & pourroit reparer la perte que
la famille venoit de faire de ſon chef.
On ne ſe trompa point. Mon frere &
moy fûmes les malheureux rejettons
de cette mourante ſouche, & nous
donnâmes tous les ſignes qu'on pouvoit ſouhaiter d'une forte & ſaine con-

ftitution. Mais helas ! que l'efperance qu'on avoit fondée fur nous dura peu! Ce jeune fils qui eftoit, à ce qu'on m'a dit depuis, la parfaite image de noftre pere, & qui lui a plus reffemblé encore par fes malheurs que par fes traits, fut perdu dés fa plus tendre enfance, fans que nous en ayons rien appris de certain, que ce que j'en puis conjecturer par le récit que cet homme vient de nous faire. Nous eûmes chacun noftre nourrice. Celle de mon frere ayant un jour demandé permiffion d'aller voir une de fes amies qui demeuroit dans un quartier de la Ville fort éloigné du nôtre, Eugenie ma mere qui n'avoit garde de prévoir les étranges fuites de cette permiffion, la lui accorda fans peine. La Nourrice prit entre fes bras fon nourriffon & fortit ; mais la plus grande partie de la journée s'eftant paffée fans qu'elle fuft de retour, on commença au logis à s'inquiéter. On l'attendit encore quelque tems, & à la fin ma mere perdant patience envoya chez la perfonne que la Nourrice avoit dit qu'elle alloit voir. Cette femme répondit que la Nourrice avoit effectivement efté chez elle ; mais qu'elle n'y eftoit plus ; qu'elle eftoit

allée à une lieuë d'Alcala voir son mari
qu'on lui avoit dit estre malade : qu'-
elle n'avoit osé en demander la permission à Dona Eugenie de peur de
ne la point obtenir : & enfin qu'elle
estoit partie avec un Laboureur du
même village qui s'en retournoit , &
qu'elle avoit rencontré par hazard.
Ce rapport causa beaucoup d'inquiétude à ma mere ; mais son inquiétude
fut bien plus cruellement augmentée,
lorsqu'ayant envoyé des gens à cheval chez le mari de la Nourrice , elle
apprit qu'on n'y avoit vû ni la Nourrice ni l'enfant, & que tout le village
asseuroit la même chose. Elle fit faire
durant six mois toutes les recherches
imaginables aux environs d'Alcala , &
tous ses amis s'employerent pour a-
voir des nouvelles de la Nourrice &
de mon jeune frere Don Fernand , car
il avoit esté nommé comme son pere ;
mais tous ces soins furent aussi inutiles que ceux des parens du Laboureur, qui ne purent jamais découvrir
ce qu'il estoit devenu. Ce malheur causa une consternation generale dans nôtre famille. Il n'est pas possible de sentir une plus vive douleur que celle
qu'en eut Eugenie. Et mon oncle Don

Diegue de Peralte en fut en son particulier si touché, qu'estant déja trésaffligé de la mort encore recente de son frere, le sejour d'Alcala lui devint insupportable ; & quoy que pût faire Eugenie pour le retenir, il se retira bientôt à Madrid où il avoit du bien. Il ne laissoit pas toutefois de venir de tems en tems à Alcala pour la voir & l'aider de ses conseils ; car elle avoit tant de confiance en lui, & faisoit tant de cas de sa probité & de sa prudence, qu'elle n'entreprenoit rien sans l'avoir consulté auparavant.

Don Cesar fut extraordinairement émeu, quand il entendit parler de la perte de ce jeune Don Fernand, & conciliant ce récit avec celui du Voleur, il estoit dans une agitation inconcevable ; mais de peur d'interrompre la Dame qu'il vouloit écouter jusqu'au bout, il se contraignit le mieux qu'il put, & laissa continuer Engracie qui poursuivit ainsi son discours :

Eugenie pendant plusieurs années ne fit que pleurer la perte de son époux & de son fils. Rien ne la consoloit, & tout lui estoit une occasion d'en rappeller le souvenir. Engracie, ma chere Engracie, me disoit-elle quelquefois

en me ferrant entre fes bras, je dois
bien vous cherir, puifque vous eftes
le feul de tous les biens qui me reftent.
Mais helas ! la fortune femble prendre
plaifir à m'arracher tout ce que je poffede avec attachement, & peut-eftre
que dans le tems que je vous donne
toute mon attention, la cruelle s'apprefte à vous ravir à ma tendreffe. En
me difant ces paroles & de plus tou-
chantes encore elle m'arrofoit le vifage
de fes pleurs ; & quoique je ne fuffe
qu'un enfant, j'eftois déja touchée de
fes regrets & de fon amour. Mais je ne
penfois guere, dans un âge fi tendre,
que la rigueur de mon fort me dût
auffi enlever à cette mere infortunée.
Ce fut dans ces triftes occupations que
fe pafferent mes premieres années. A
la fin, comme le tems vient à bout des
plus vives afflictions, celle d'Eugenie
fe modera ; & mon éducation devint
l'unique foin de ma mere. Comme on
trouvoit en moy des difpofitions na-
turelles qui meritoient, difoit-on,
d'eftre cultivées, elle me donna des
Maiftres, & me fit parfaitement apprendre tous les exercices qui con-
viennent à mon fexe. Surtout elle fe
fit une étude d'infpirer à mon jeune

cœur le gouſt de la vertu , & de m'é-
lever dans toute la retenuë & la diſcretion que doit avoir une honneſte
fille. Je ne ſortois jamais ſans cacher
mon viſage avec ſoin , ou ſans m'enfermer dans le fond d'un caroſſe pour
n'eſtre pas expoſée aux regards pu-
blics. Toutes ces précautions neanmoins ne me garentirent pas des piéges
de l'amour. Un Cavalier noble &
bien fait me vit un jour de ceremonie publique , & quoique j'euſſe le
viſage couvert de ma mante , ma taille
& mon air ne laiſſerent pas d'attirer
ſes regards. Je m'en apperçûs, & je remarquay même qu'il nous ſuivoit aprés
la ceremonie. Je ne jugeay point à propos d'en avertir ma mere que j'accom-
pagnois , ni de lui faire part de la
découverte que j'avois faite : ainſi ne
pouvant donner le change au Cavalier , ni mettre en défaut ſa curioſité,
il apprit ſans peine qui j'eſtois. Il ne
lui en falut pas davantage pour ſe déterminer à s'attacher à moy. Dés ce
moment il ne ceſſa de m'obſerver , &
il ne perdit pas une occaſion de me
faire connoiſtre ſon deſſein. Si je pa-
roiſſois à la feneſtre , j'eſtois ſeure de
le voir dans la ruë ; & quand je ſortois

du logis, je ne manquois jamais de le
rencontrer. Cependant, malgré tous
ses soins, je fis si bien que je lui cachay long-tems mon visage ; & je m'i-
maginay qu'il pourroit se rebuter à la
fin : mais il estoit bien éloigné d'avoir
cette pensée. Il me poursuivit avec
tant d'opiniâtreté qu'il eut enfin la sa-
tisfaction de me voir. Ce fut à la Comedie. Il vint se placer fort prés de
moy, & de maniere que je ne pouvois sans affectation éviter ses regards
ni lui dérober les miens. Je remarquay son empressement à me considerer, quoique j'eusse le visage caché,
& je crus connoistre en lui un dessein
formé de me plaire. Cette connoissance, je l'avoüe, me donna à mon
tour quelque attention pour lui. Il me
sembla qu'il la meritoit. Sa bonne
mine me frappa ; & soit que j'en fusse
trop occupée, ou que je ne prisse pas
assez garde à moy, ma mante s'ouvrit, & il me vit un instant. Soit fein-
te, soit sympathie, il en parut troublé, saisi, transporté. J'en sentis un
plaisir secret ; mais je ne lui donnay
pas lieu de s'en appercevoir. Il en a-
voit trop fait pour ceder aux difficultés ; & quoiqu'il ne m'eût vûë qu'un

moment, le trait lui en eſtoit reſté ſi
avant dans l'ame, qu'il redoubla ſes
ſoins & ſon amour. Les gens qu'il
avoit mis en campagne pour m'obſerver, l'ayant un jour averti que je devois eſtre d'une aſſemblée chez une de
mes amies qui ſe marioit, il trouva
moyen de s'y introduire. Comme j'en
avois eſté priée dans les formes, j'a-
vois employé le ſecours de l'art pour
paroiſtre dans un eſtat plus convenable à la feſte ; & je n'avois point de
mante pour me cacher aux yeux de
cet opiniâtre Amant. Il eut tout le loi-
ſir de me voir à ſon aiſe. De quels
tranſports ne parut-il point agité ! Il
fut ſurpris ou plutôt, ſi je l'oſe dire,
il fut enchanté de ma vûë. Mon ajuſtement ſans doute eut beaucoup de
part à ſa ſurpriſe : mais quoy qu'il en
ſoit, j'eſtois à cette aſſemblée ſans ma
mère, que quelque indiſpoſition avoit
retenuë au logis. Le Cavalier profi-
tant d'une occaſion ſi favorable ſe ha-
zarda de me parler pendant que tout
le monde eſtoit occupé du bal. Il me
fit la declaration de ſon amour dans
les termes les plus paſſionnés. Quoique je ne fuſſe que trop perſuadée qu'il
eſtoit fortement touché, j'affectay de

prendre tous fes difcours pour l'effet
d'une fimple galanterie. Nous fûmes
féparés par un mafque qui vint me
prendre à danfer. Le Cavalier aprés
cela fit tout fon poffible pour renoüer
l'entretien ; mais je lui en oftay l'occafion. Un autre jour m'ayant rencontrée mafquée dans le tems du Car-
naval, il s'approcha de moy. J'effayay
de lui donner le change ; mais il me
fit bien voir qu'il me reconnoiffoit.
Alors je ceffay de feindre, & je lui
dis des chofes trés-dures ; mais foit
que je les prononçaffe d'un air qui me
trahiffoit, foit qu'il fuft trop amoureux pour fe rebuter, tout ce que je
lui dis ne fervit de rien. Ou plûtôt je
ne fis en le maltraitant que donner
matiere à de nouveaux difcours, qui
cauferent enfin ma perte. Quelle femme peut fe flater de réfifter toûjours à
un homme qui ne lui déplaift pas ?
En l'écoutant elle s'attendrit, en s'at-
tendriffant fon cœur s'engage, & la
correfpondance n'eft pas éloignée de
la fenfibilité. Je me rendis donc à fa
conftance & à la vivacité de fon amour.
Je trouvay qu'il s'exprimoit d'une maniere trop tendre pour ne pas fouffrir
effectivement toutes les peines qu'il

me peignoit. Neanmoins quelque inclination que je commençaſſe à me ſentir pour lui, je ne laiſſay pas de le fuir encore, & d'autant plus cruelle en apparence que j'en étois plus occupée en ſecret, je le mettois au deſeſpoir, & je le tourmentois plus que ſi je l'euſſe haï veritablement. Mais helas ! il n'eſtoit pas la ſeule victime de ma fauſſe cruauté, j'en ſouffrois autant que lui ; je le vengeois aſſez de moy-même. Cependant je réſolus de prendre un parti ; de finir ſon mal, ou de le rendre ſans remede. Je m'informay de ſa nobleſſe & de ſa réputation. J'appris qu'il ſe nommoit Don Chriſtoval de Lune : qu'il eſtoit galant ſans ſe piquer de l'eſtre, courageux, eſtimé de tous les honneſtes gens. Cela me détermina à recevoir ſes ſoins. Je commençay à le mieux traiter. Je lui permis de m'écrire, & de venir la nuit ſous mes feneſtres. Enfin aprés pluſieurs entretiens ſecrets nous nous fiſmes une promeſſe reciproque de mariage. L'impatience que nous avions d'eſtre unis d'un ſi doux nœud fit que nous convinmes qu'une nuit il ſe rendroit dans mon appartement pour prendre enſemble des meſures

là-deſſus , & ſonger aux moyens de
mettre en nos intereſts Don Diegue
mon oncle , que nous jugions à propos de prévenir, avant que de parler
à ma mere. Mais helas ! quelle triſte
nuit ! puis-je m'en reſſouvenir ſans
expirer de douleur ?

La belle Engracie en cet endroit fut
obligée d'interrompre ſon recit. Les
ſanglots lui couperent la parole, & elle verſa un torrent de larmes. Ce qui
fit juger à ſes auditeurs que cette nuit
qui l'affligeoit ſi fort devoit être une
une étrange nuit. Ils lui renouvelle-
rent leurs offres de ſervice , & firent ſi
bien qu'elle continua de cette ſorte ,
aprés avoir eſſuyé ſes pleurs.

Cette fatale nuit que nous avions
choiſie eſtant venuë, mon Amant preſ-
ſé de ſon impatience arriva de trop
bonne heure au rendez-vous. J'étois
à ma feneſtre, je le remarquay , &
je deſcendis pour lui dire qu'il eſtoit
venu trop toſt; que j'entendois encore
du bruit dans le domeſtique, & que
ma mere même n'eſtoit pas couchée.
Don Chriſtoval auſſitôt s'éloigna pour
aller attendre dans une autre ruë qu'il
fût tems de revenir. Une heure aprés ,
jugeant par le ſilence qui regnoit dans

le logis que tout le monde y repofoit, j'allay ouvrir la porte de la ruë. Don Chriftoval arriva dans le moment, je le pris par la main, & l'ayant fait entrer dans la maifon, je le laiffay au pied de l'efcalier que je montay la premiere pour obferver fi quelqu'un ne fe trouveroit point fur noftre paffage, & je lui dis tout bas de me fuivre, & de s'arrêter au haut de l'efcalier. Cependant j'entray dans mon appartement, où je voulus allumer ma bougie avec un fufil, mais comme le tems eftoit pluvieux, la méche fe trouva fi humide, que je fus prés d'un quart d'heure fans en pouvoir venir à bout. Neanmoins cela eftant fait, je retournay vers l'efcalier, afin que Don Chriftoval pût gagner mon appartement à la faveur de ma lumiere ; mais elle s'éteignit à moitié chemin. Je ne laiffay pas d'avancer toûjours en l'appellant tout bas pour le conduire par la main. Il ne me répondit pas ; j'en fus étonnée, & je continuay de l'appeller dans l'obfcurité, jufqu'à ce que rencontrant fous mes pieds quelque chofe qui me fit tomber, j'y portay la main, & il me parut que c'eftoit comme un homme étendu fur la terre &

dont les habits eſtoient fort moites. Je
m'imaginay d'abord que c'eſtoit quelque Domeſtique yvre que le ſommeil
avoit ſurpris en ce lieu-là. J'en fremis
pourtant & je rentrai toute émuë dans
mon appartement pour rallumer ma
bougie. Repreſentez vous quel fut mon
étonnement & ma frayeur quand je
vis que ma main eſtoit toute enſan-
glantée. J'en fus ſi éperduë, que ne
conſervant plus aucune moderation,
je ſortis avec ma lumiere : mais juſte
Ciel que devins-je , lorſque m'approchant toute tremblante de ce corps qui
cauſoit mon effroy , je reconnus l'infortuné Don Chriſtoval , noyé dans
ſon ſang, paſle & ſans vie ! Quel objet , grand Dieu , pour les yeux d'une
amante ! Je laiſſay échapper ma bougie qui s'éteignit à terre. Un froid mortel ſe gliſſa dans mes veines. Mes ſens
furent tout à coup ſurpris d'un ſaiſiſſe-
ment ſi vif que je tombay de foibleſſe
ſur ce cadavre immobile & ſanglant.
J'y reſtay quelque tems évanouïe , &
plus morte , ſi je l'oſe dire , que mon
amant même. Enfin reprenant mes
eſprits , je fis réflexion ſur une ſi horrible avanture, à quoy la nuit ſembloit
ajoûter une nouvelle horreur. Tout

ce que l'imagination, quand elle s'a-
bandonne à d'affreuſes idées peut aſſembler de plus épouventable, s'offrit
alors à mon eſprit ſous les plus triſtes
formes. J'enviſageay toute l'étenduë
de mon malheur : mais parmi cette
confuſion d'images affligeantes, je ne
pouvois comprendre comment & par
qui Don Chriſtoval venoit d'eſtre aſ-
ſaſſiné. Je m'arrêtay pourtant à une
penſée. Je crus que c'eſtoit mes parens & peut-eſtre ma mere qui ayant
eſté avertie du rendez-vous, & perſuadée de la perte de mon honneur, s'e-
ſtoit portée à cette violence pour punir mon amant de ſon audace. Cette
réflexion m'en fit faire d'autres. Je
ſongeay que le même châtiment que
Don Chriſtoval venoit de recevoir
m'attendoit peut-eſtre, ſi je ne preve-
nois au plûtoſt le reſſentiment de ma
famille. O amour de la vie que tu as
de pouvoir ſur les ames foibles, puiſque tu me fis oublier ce que je me
devois à moy-même & à Don Chriſtoval ! La crainte de la mort me fit
prendre le honteux parti d'aller man-
dier un aſile: Et comme le retarde-
ment à ce qu'il me ſembloit, augmentoit le danger, j'allay promptement

rallumer ma bougie. Je me chargeay
de mes pierreries, & de quelque argent que j'avois amaſſé. Aprés cela,
je ſortis du logis. Malgré l'obſcurité de
la nuit je gagnay un fauxbourg de la
Ville. Je frappay à la porte d'une maiſon où je vis de la lumiere. C'eſtoit la
demeure d'une pauvre femme appellée Paule dont le mari, à ce qu'elle
me dit, eſtoit abſent. Comme elle ne
me connoiſſoit pas, je lui dis que j'e-
ſtois une étrangere que la fortune obligeoit à ſe cacher, & que je me refu-
giois chez elle, perſuadée qu'on ne
s'aviſeroit pas de m'y venir chercher.
Elle me receut aſſez bien ; mais quoyqu'elle me pût dire pour m'aſſûrer de
ſa diſcretion, je ne voulus point m'y
fier. Touchée des pleurs que je répan-
dois ſans ceſſe, elle faiſoit tous ſes
efforts pour me conſoler. Je ne ſçay
ſi elle eſtoit inſtruite des recherches
que faiſoit pendant ce tems-là ma famille ; mais elle ne m'en faiſoit rien
connoiſtre. De mon coſté, je n'oſois
m'en informer de peur de luy donner
des ſoupçons. Je jugeay même qu'é-
tant d'une humeur auſſi intereſſée
que je m'apperceus qu'elle eſtoit, elle
pourroit me déceler, dans l'eſperance

d'en eftre bien recompenfée. Cette
crainte m'occupoit à la verité, mais
ce n'eftoit point la ma plus grande inquiétude. Cinq femaines s'eftoient déja écoulées, & j'eftois dans une peine
extrême de ne pas fçavoir ce qui s'e-
ftoit paflé au logis depuis que j'en eftois fortie; Comment ma mere avoit
expliqué ma fuite, & enfin quelle e-
ftoit la deftinée de Don Chriftoval,
que mon amour quelquefois me reprefentoit vivant, quelque raifon que
j'euffe de le croire mort. Tourmentée de cette curiofité, je ne pus refifter
davantage à l'impatience de la fatisfaire. Je refolus d'aller trouver à Madrid
mon oncle Don Diegue. Je me flat-
tay qu'en luy faifant un aveu fincere
de ma faute, je pourrois intereffer fa
tendreffe à m'accorder fa protection.
Je communiquay mon deffein à Paule,
& je lui fis des promeffes qui l'enga-
gerent à m'accompagner. Pour vous
dire le refte en peu de mots, aprés
avoir pris ces habits fimples que vous
me voyez, afin d'eftre moins remar-
quée, Paule & moy nous fommes
forties ce matin d'Alcala, & toutes
deux à pied; car je n'ay pas voulu faire achepter ni louër une litiere ou
des

des mules, de peur que cela ne me
fift découvrir. Mais à peine fommes-
nous arrivées à ce bois où vous m'a-
vez rencontrée, que je me fuis vû fai-
fir par fept ou huit hommes armez
qui en font fortis brufquement. Je me
fuis d'abord imaginée que c'eftoit des
gens que la Juftice & ma famille
avoient envoyez aprés moy. Les feintes demonftrations de furprife & d'é-
pouvente de la perfide femme qui
m'accompagnoit fembloient me confirmer dans cette erreur, mais je n'y
fuis pas reftée long-tems. Ces voleurs
m'ont entourée , & pendant que les
uns fe font mis à me foüiller , les autres aprés m'avoir confiderée avec une
attention profane ont eu l'audace de
porter leurs mains hardies fur ma perfonne. J'ay frappé l'air de mes cris ,
& j'appellois au fecours de ma pudeur
allarmée tout ce qui eftoit capable de
la proteger, quand la fcelerate Paule
dont je ne m'eftois point jufques-là
défiée, craignant fans doute que mes
cris n'attiraffent en ce lieu les Officiers
de la fainte Hermandad a ceffé de fe dé-
guifer, & s'eft efforcée de me fermer
la bouche avec fes mains & fon mouchoir. Elle excitoit même les voleurs

à me foüiller plus exactement, & leur indiquoit les endroits où elle avoit pris garde que j'avois mis mon or & mes pierreries : lors que conduits par le Ciel protecteur de l'innocence vous estes arrivés à mon secours. Voila, Messieurs, ce que vous souhaitiez d'apprendre, & ce que je ne vous aurois pas dit, si je ne vous avois pas à l'un & à l'autre les obligations que je vous ay, & que je ne puis à l'heure qu'il est autrement reconnoistre qu'en vous témoignant une parfaite confiance.

## CHAPITRE XL.

*Où l'on verra ce que c'estoit que Don Cesar.*

AUssitôt qu'Engracie eut achevé son histoire, Don Cesar prit la parole, & lui dit : Madame quoyque je vous sois inconnu, j'ay plus de part que vous ne croyez à vos malheurs. Je connois particulierement Don Christoval, & je vous apprens qu'il n'est pas mort. Il est même entierement gueri de ses blessures, mais je suis obligé de vous dire aussi que ce

Don Chriftoval, qui par tant de raifons vous devoit un éternel amour,
n'eft qu'un traître qui vous a manqué de foy. Que cette nouvelle ne
vous allarme pas, Belle Engracie;
je m'intereffe à voftre fort, & voftre
injure me regarde. Vous en fçaurez la
raifon quand il en fera tems. Cependant foyez affurée que je perdray
plûtoft la vie que de fouffrir que Don
Chriftoval époufe une autre que vous.
Engracie fut étrangement furprife
d'entendre ainfi parler Don Cefar,
qui en lui apprenant la guerifon &
l'infidelité de Don Chriftoval foula-
geoit en même tems & augmentoit fa
fa douleur. D'un autre cofté elle ne
comprenoit pas comment Don Cefar
pouvoit avoir part à fon infortune, ni
pourquoy il prenoit fi fortement le
parti de fa tendreffe outragée. Pendant
qu'elle eftoit dans cette confufion de
fentimens, & qu'elle fe préparoit à répondre à Don Cefar, il paffa prés d'eux
un vieux Cavalier qui s'arrefta tout
court pour confiderer Don Quichotte,
Mais s'il fut étonné de le voir, il le
fut bien davantage lors qu'Engracie
l'ayant reconnu fe jetta brufquement
à terre & courant à lui avec précipi-

tation, elle lui dit : en embraſſant un
de ſes genoux : Ah Seigneur Don Diegue mon cher oncle, j'implore voſtre
bonté. Aprés ce qui s'eſt paſſé je ne
doute pas que vous ne ſoyez prévenu
contre moy. Mais malgré les apparen-
ces qui me condamnent, j'oſe vous
aſſurer que je ſuis plus digne de voſtre
compaſſion que de voſtre colere, puiſqu'il y a moins de crime que de malheur dans ma conduite. En diſant cela
Engracie ſe prit à pleurer ſi amerement que ſes deux conducteurs en furent fort touchez. Mais Don Diegue
la regardant d'un œil irrité, lui répondit : Malheureuſe, n'eſperez pas abu-
ſer de ma credulité. Hé qui pourroit
vous croire innocente, lorſque voſtre
fuite & les bleſſures de Don Chriſtoval parlent contre vous ? Alors Don
Ceſar jugeant que la vertu d'Engracie
avoit beſoin de ſon miniſtere pour eſtre
pleinement juſtifiée, dit au vieillard:
Vous ſerez ſurpris, Seigneur Don Diegue, qu'un Inconnu qui n'a rien dans
ſa perſonne qui vous le rende recommandable, entreprenne de vous rendre témoignage de la vertu de voſtre
niece ; & voſtre ſurpriſe ſera encore
plus grande, quand je vous diray que

je ne connois Engracie que d'aujour-
d'huy. Je ſuis même convaincu qu'en
me voyant avec elle, vous me regardez plûtoſt comme un complice de ſon
crime que comme un protecteur & un
témoin de ſon innocence. Mais ſuſ-
pendez, de grace, voſtre jugement,
& perſuadez-vous, que bien loin de
vouloir flétrir voſtre honneur, j'y dois
prendre autant d'intereſt que vous-
même, puiſque j'ay tout lieu de croire que je ſuis voſtre neveu. Mon neveu, lui répondit, Don Diegue avec
étonnement, & regardant Don Ceſar
comme un impoſteur ! J'admire voſtre
audace de vous dire de mon ſang !
Vous que je n'ay jamais vû. Sçachez
que je n'ay point de parent que je ne
connoiſſe, & que je n'ai jamais eu d'autre
neveu que le fils de Don Fernand mon
frere. Et ſi je vous diſois, Seigneur,
repliqua Don Ceſar, que je ſuis ce
jeune Don Fernand, dont vous & la
vertueuſe Eugenie avez tant regretté
la perte, & que je vous en donnaſſe
des aſſurances ? Ces aſſurances repartit
le vieillard, ſeront moins fortes que
celles que vingt années nous ont donnée de ſa mort. S'il eſtoit vivant au-
rions-nous eſté ſi long-tems ſans en

apprendre aucune nouvelle? C'eſt ce
ſilence de la voix publique, reprit
Don Ceſar, qui rend cette mort dou-
teuſe. Si elle eſtoit certaine, on en
auroit ſceu quelques circonſtances.
Mais Seigneur, continua-t-il, je veux
bien que vous refuſiez d'ajoûter foy
à mes paroles. Croyez-en ſeulement
ce voleur bleſſé que nous faiſons porter à Torreſva. Quand vous ſerez inſtruit de ce qu'il vient de nous dire,
& que vous ſçaurez que mon enfance
a été élevée par cette Marie Chimenez
dont il nous a parlé, peut être trouve-
rez-vous ma conjecture aſſez vrai-
ſemblable pour meriter d'eſtre appro-
fondie. Alors Don Ceſar lui rapporta
tout ce que le voleur avoit dit. Ce rapport étonna Don Diegue qui venant
à conſiderer attentivement le jeune
homme ſentit que ſes entrailles commençoient à s'émouvoir pour lui : mais
ne voulant ſe rendre qu'à des preu-
ves encore plus fortes, il dit à Don
Ceſar : Je vous avoüe jeune Inconnu,
qu'une voix ſecrete me parle en voſtre faveur, & que je trouve en vous
l'air & les traits de mon frere. Permettez moy neanmoins, de douter encore
d'une choſe que je deſire de tout mon

cœur, jufqu'à ce que nous ayons veu
Marie Chimenez. En difant cela, il
fit remonter fa niece fur l'âne de Sancho, & prit avec les autres le chemin
de Torrefva pour s'éclaircir avec plus
de certitude de la naiffance de Don
Cefar.

Dés qu'ils furent arrivés au village,
ils mirent le voleur dans le meilleur
lit de l'hoftellerie. Enfuite, ils firent
venir le Chirurgien du lieu, qui aprés
avoir exactement vifité & nettoyé la
playe, qu'il trouva trés dangereufe,
jugea qu'il falloit laiffer le bleffé un
moment en repos, & fit fortir tout
le monde de la chambre. Pendant ce
tems là Don Cefar paya & renvoya
les païfans, & Don Diegue queftionna
l'hofte fur Marie Chimenez. L'hofte
lui apprit que cette femme eftoit depuis dix ans dans une affliction inconcevable de ne recevoir aucunes nouvelles de fon fils unique qui l'avoit
quittée. Eftes-vous bien affuré, lui demanda Don Diegue que Marie Chimenez foit la veritable mere de cet enfant
dont elle pleure la perte ? Il n'y a pas
affez long-tems, répondit l'hofte, que
je demeure en ce village pour pouvoir vous affirmer une pareille chofe ;

mais s'il vous importe de la sçavoir,
Je vais vous chercher Marie Chimenez,
& vous l'amener ici. Vous me ferez plaifir reprit Don Diegue. Allez la trouver.
Dites lui qu'il y a chez vous une perfonne bleffée qui voudroit bien lui parler pour une affaire de la derniere importance, & qui lui caufera plus de
fatisfaction que de déplaifir. L'hofte
courut auffi-tôt chez la païfane; &
comme ce qu'il venoit de dire ne dé-
veloppoit point la verité, le Vieillard
fe fceut bon gré de n'avoir pas legerement donné dans le rapport du voleur;
Et tandis qu'il flottoit dans l'incertitude, Marie Chimenez arriva. Elle entra toute tremblante dans la falle de
l'hôtellerie où toute la compagnie é-
toit à la referve de Don Cefar que le
Vieillard avoit fait retirer, n'ayant pas
jugé à propos que la païfanne le vît a-
vant que de l'avoir confrontée avec le
voleur, croyant par ce moyen s'éclaircir mieux de ce qu'il vouloit sçavoir.
Cette femme eftoit fi paffe & fi atte-
nuée de langueur, qu'on ne la pouvoit
regarder fans compaffion. Elle prome-
na fa vûë de tous coftez; mais ne
voyant pas dans la falle ce que fans
doute elle fouhaitoit d'y voir, fa triftef-

fe

ſe en redoubla. Ma bonne amie, lui
dit Don Diegue , prenez la peine de
me · ſuivre dans la chambre pro-
chaine ; vous y verrez un homme
qui peut-eſtre ne vous ſera pas inconnu. Cette pauvre femme fut troublée
de ces paroles, & ſuivit le Vieillard ſans
rien dire. Quand elle fut dans la chambre du voleur , on la fit approcher du
lit : Mais à peine eut-elle enviſagé le
bleſſé , que le reconnoiſſant malgré le
long tems qu'elle ne l'avoit vû, ſon
cœur ſe ſaiſit , & ſes yeux ſi accoûtu-
mez à verſer des pleurs en répandi-
rent alors ſi abondamment, que !Don
Diegue en tira un bon augure. Enfin
adreſſant la parole au voleur , elle s'é-
cria tout en ſanglottant : Ah! vous venez ſans doute me redemander l'enfant que vous me confiates il y a vingt-
deux ans : mais, helas ! la fortune me
l'a cruellement ravi , & je ne fais tous
les jours que pleurer ſa perte. Ma bonne femme, interrompit Don Diegue,
ceſſez de vous affliger. Nous venons
moins pour vous le demander que
pour vous en apprendre des nouvelles, & vous remercier des ſoins que
vous avez eus de ſon enfance. Vous
allez voir une perſonne qui y prend

*Tome II.*                              G

encore plus d'interest que nous. En
achevant ces derniers mots, il dit au
Valet de Don Cesar de faire entrer
son Maistre, qui écoutoit de la porte,
& n'attendoit que cet avertissement
pour se montrer. Marie Chimenez à
sa vûë, parut toute transportée, &
s'écria, O mon fils! Antoine mon cher
fils! Elle n'en put dire davantage, l'excés de sa joye & de sa surprise boule-
versa tous ses sens. Son visage se couvrit d'une pasleur mortelle, & elle
tomba évanoüie entre les bras de
Don Diegue & de Don Cesar qui s'a-
vancerent pour la soûtenir. Don Cesar fut vivement touché de la tendresse de sa nourrice. Engracie en pleura
& le Vieillard en fut attendri. Tout le
monde s'empressa fort à la tirer de son
évanoüissement; & quand elle en fut
revenuë, elle se jetta au cou de Don
Cesar, & le tenant fortement embras-
sé: Ah mon fils, lui dit-elle, que vous
m'avez coûté de pleurs! Ma mere, lui
répondit le Cavalier en la baisant avec
beaucoup de tendresse, calmez je vous
prie, pour l'amour de moy cette grande agitation où vous êtes. Je crains
qu'elle ne vous soit funeste. Enfin Marie Chimenez devenuë plus tranquile

aprés ſes premiers tranſports confirma le rapport du voleur, & Don Diegue ne pouvant plus douter que Don Ceſar ne fût en effet ſon neveu Don Fernand, s'abandonna tout entier à ſa joye. Il s'approcha du jeune homme, Mon cher Don Fernand, lui dit-il, je ne puis ni ne dois plus combatre la nature & la raiſon ; & je vous reconnois pour mon neveu, pour le fils de mon frere. En diſant ces paroles, il le ſerra entre ſes bras, & lui fit mille careſſes. Engracie de ſon coſté fut agreablement ſurpriſe de trouver en ſon Liberateur un frere ſi digne de ſa tendreſſe, & ils ſe donnerent tous deux toutes les marques de la plus forte amitié.

Don Quichotte & ſon Ecuyer étoient l'un & l'autre fort attentifs à ce grand évenement, qu'ils admiroient dans un profond ſilence. Le Chevalier le regardant comme un fruit de la Chevalerie errante, s'applaudiſſoit en luy-même d'avoir embraſſé une profeſſion ſi utile au genre humain & ſi feconde en prodiges. Et pour Sancho il entroit ſi fortement dans les intereſts des uns & des autres qu'il en avoit la larme à l'œil. Cependant Don Diegue aprés s'eftre livré à tous les mouvemens de joye que le fang lui infpiroit, crut que l'honneur de fa famille avoit be-foin d'un autre éclairciffement. Il de-manda à fon neveu comment il pou-voit eftre affuré qu'il ne fe fuft rien paffé de criminel entre Engracie & Don Chriftoval, puifqu'il ne la con-noiffoit que de ce jour-là? Pour dé-truire vos foupçons, Seigneur Don Diegue, répondit Don Fernand, je vous diray que j'ay efté long-tems le meilleur ami de Don Chriftoval; qu'il ne me cachoit rien; & qu'il m'a fait au fujet de ma fœur des confidences dont je n'ay pas lieu de rougir aujour-d'hui. Si cela vous eft fufpect, je vous diray encore ce que je fçay par moy-même du funefte accident qui a caufé la fuite d'Engracie: Et je vous appren-dray là deffus des circonftances qui font ignorées de tout le monde. Mais en attendant, voftre délicateffe peut s'en repofer fur moy. Si cela ne vous fuffit pas, Seigneur Don Diegue, dit alors Don Quichotte, & qu'il foit be-foin du témoignage d'un Chevalier er-rant pour vous raffurer fur voftre crain-te, je fuis preft à vous répondre de l'hon-neur de la Belle Engracie, & à faire un défi

public à tous les Chevaliers qui voudront
soûtenir qu'elle a reçû les soins de Don
Chriftoval avec une complaifance cri-
minelle. Don Diegue fut extraordinairement furpris d'entendre parler ainfi
Don Quichotte, de qui la figure à la
verité, lui avoit paru d'abord affez particuliere : Mais la rencontre imprévuë
de fa niéce & de fon neveu avoit depuis attiré toute fon attention. Don
Fernand voyant fa furprife, lui apprit
le nom du Chevalier, & les obligations que lui avoient fa fœur & lui.
Ce rapport augmenta l'étonnement
de Don Diegue : car il avoit jufques-
là regardé l'hiftoire de ce fameux perfonnage dont il avoit lû la premiere
Partie, plûtoft comme un jeu d'efprit
du fçavant Arabe Benengeli, que comme des avantures veritables. Neanmoins malgré fa gravité il aimoit à rire, & il fut bien aife d'avoir rencontré l'original de ces divertiffantes an-
nales. Il eft vrai qu'il fit moins de fonds
fur fon témoignage que fur celuy de
Don Fernand ; mais il crut devoir du
moins faire penfer le contraire au Chevalier, & lui laiffer en apparence tout
l'honneur de l'avanture. C'eft pourquoy fe tournant de fon cofté, Grand

Don Quichotte, lui dit-il, pour vous
montrer le cas que je fais de la parole
d'un Chevalier errant aussi renommé
que vous, je veux bien à vostre consideration, rendre à Engracie mon estime & mon amitié. En achevant
ces mots il alla embrasser sa niece,
& l'assura de sa protection auprés d'Eugenie. Aprés cela le Vieillard se dis-
posant à partir : Deux choses, dit-il à
Don Fernand, me pressent de me rendre
à Alcala. L'impatience de consoler vôtre mere en lui annonçant de si agréable nouvelles ; & l'interest d'Engracie:
car j'ay appris que l'infidelle Don
Christoval doit dans deux jours épou-
ser Dona Anna de Montoya. Il est vrai
que ce mariage s'apprefte, dit Don
Fernand tout troublé : mais il n'est
pas encore achevé ; & j'espere que
Don Christoval instruit de l'innocence de ma sœur, rentrera dans son devoir : ou bien il me fera raison de son
infidelité. Engracie ne put entendre
parler de ce mariage sans sentir une
vive douleur ; mais elle voyoit son
oncle & son frere si déterminez à s'y
opposer, qu'elle se flata qu'ils pour-
roient venir à bout de le rompre ; &
elle auroit esté encore moins affligée,

fi elle eut fçeu toutes les raifons que fon frere avoit de le traverfer. On loüa une mule pour Marie Chimenez, Don Diegue & Don Fernand voulant l'emmener avec eux pour la préfenter à Eugenie, & la faire recompenfer comme elle le meritoit. Quand ils furent prefts à fe mettre en chemin, ils prierent le Chevalier & fa Dame de les accompagner, eftant bien-aifes d'en donner à Alcala le divertiffement à leurs amis. Mais le Chevalier leur dit qu'il étoit fâché de ne pouvoir leur accorder ce qu'ils demandoient; qu'il étoit obligé de fe rendre inceffamment à Madrid pour des affaires importantes : Mais pour adoucir la neceffité d'une fi rude féparation, il leur promit de les aller voir à fon retour. Cette promeffe les ayant confolez, ils prirent la route d'Alcala. Don Quichotte, Sancho & Zenobie prirent celle de Madrid. Pour le voleur, il refta dans l'hoftellerie où il mourut de fa bleffure deux jours aprés : Et en periffant ainfi, dit l'Arabe, il démentit fon horofcope par lequel il étoit menacé de mourir d'un mal de gorge.

## CHAPITRE XLI.

*De l'arrivée de Don Quichotte à Ma-*
*drid, & du démeflé qu'il eut*
*au Prado.*

Noftre Chevalier & fa Compagnie
eftoient trop occupez de cette
avanture pour n'en pas parler. N'eft-
ce pas une chofe admirable, dit Don
Quichotte ? Une Dame eft arrêtée par
des Voleurs, un Cavalier qui ne la con-
noît pas furvient par hazard, & lui fau-
ve la vie & l'honneur ; Elle lui conte
fon hiftoire comme s'il n'y avoit aucune part, & enfin il aprend par elle-me-
me qu'il eft fon propre frere. O merveilleux évenement ! Il faut avoüer
qu'il arrive dans la Chevalerie errante
des chofes qu'on ne voit point arriver
dans le cours de la vie ordinaire : Et c'eft
pour cela fans doute que les plus belles avantures des anciens Chevaliers
errans paffent aujourd'hui pour des
fables. Comment pour des fables ! dit
alors Sancho : Ah mardy, je jurerois
bien que tout ce qui nous eft arrivé eft
veritable. Vous avez fait des merveil-

A. Clouzier

les da☒ la bataille ; vous avez frappé
le voleur par derriere, & dans le tems
qu'il n'y prenoit pas garde. Ceux qui
diront le contraire en auront menti.
Quelle fera la joye d'Eugenie, reprit
Don Quichotte, quand elle reverra fes
deux enfans ! Que de graces elle va
rendre au Ciel ! Je n'en doute pas, dit
l'Ecuyer. Je m'imagine la voir qui ca-
reffe l'un & puis l'autre, & puis encore celui-ci, & puis encore celle-là.
Bref, il me femble que je la vois d'i-
cy qui tire de fon armoire de groffes
poignées d'or & d'argent pour les donner à Marie Chimenez, qui vous em-
poche tout cela auffi joyeufement que
j'empôchay dans la montagne noire les
écus de Cardenio. Enfin finale, Eugenie va tout mettre par écuelle. Ce ne
fera chez elle que feftins & que ré-
jouïffance. Par la gerny, Seigneur Don
Quichotte, nous perdons beaucoup de
ne pas fuivre le Seigneur Don Diegue.
Nous ferions regalez comme des Arche-
vêques ; & je vous affure que la Princeffe Zenobie ne demanderoit pas mieux.
Ils continuerent à s'entretenir de cette
forte, jufqu'à ce qu'ils furent à la vûë
de Madrid. Alors Don Quichotte changeant de matiere, dit à fon Ecuyer :

Enfin Sancho, tu vois Madrid l'heureux féjour de nos Rois, la plus celebre Ville des Efpagnes : Mais je ne fçay mon fils, fi j'y dois entrer fans m'eftre auparavant fignalé par quelque exploit éclatant. Car les fameux Chevaliers errans avant que d'entrer dans les Villes où demeuroient les Empereurs faifoient toûjours quelque action glorieufe, dont le bruit les dévançoit à la Cour, & difpofoit l'Empereur, l'Imperatrice & l'Infante à les recevoir plus agreablement. Rofielair n'entra dans Conftantinople qu'aprés la mort du geant Mandraque, & le Chevalier de la Riche-figure n'entra dans Perfepolis qu'aprés l'avanture du pont malheureux. Je voudrois qu'il y eût ici un femblable pont, qui fuft défendu par quatre vaillans Chevaliers, accompagnez de deux épouventables geants. Dieu nous en préferve, Monfieur, dit l'Ecuyer, nous ne pafferions affurément pas le pont avec toutes nos coftes. Au bout du compte, voftre combat d'aujourd'huy fuffit de refte pour entrer non feulement dans Madrid, mais dans Rome même fi vous vouliez tout à l'heure, & je fuis affûré que le Pape ne vous en demanderoit pas

davantage. Tu as raison , Sancho , dit
noftre Chevalier, je crois en effet que
mon dernier combat fuffit pour meriter que le Roy , la Reine & l'Infante me faffent un accueïl favorable. J'a-
voüe que fi je m'étois battu contre des
Chevaliers, l'affaire feroit plus glorieufe ; mais enfin , mon ami, on ne choi-
fit pas les avantures , & il faut bien les
prendre comme la fortune les prefen-
te. N'en parlons donc plus, allons, hâtons-nous de nous rendre dans la Ville. En parlant de cette forte , il appuya
des deux à Rocinantes ; Barbe & Sancho firent la même chofe , fi bien qu'-
en peu de tems ils ariverent au pré de
faint Jerôme, autrement le Prado.

O miroir des Chevaliers errans ,
s'écrie ici l'Auteur Arabe ! Incomparable Don Quichotte, rendez graces
au Ciel qui vous amene en cette Ville.
On y parle plus de vous qu'on n'a
parlé dans Babylone du Chevalier des
Bafilics. Vos exploits inoüis y font im-
primez , & tout le monde les lit avec
tant d'admiration qu'on ne fçauroit
croire qu'un mortel foit capable de
les avoir faits. Paroiffez pour jufti-
fier voftre renommée. Montrez-vous.
Faites-voir que vous n'eftes pas un

Heros imaginaire. Il n'y a que voftre préfence qui puiffe prouver la verité de vos actions heroïques. Déja le Soleil étoit couché, & par confequent il y avoit du monde au Prado ; car la beauté de cette promenade & les rendez-vous qui s'y donnent y attirent tous les foirs un affez grand nombre de perfonnes. Don Quichotte prit une contenance fiere tenant d'une main fa lance & de l'autre fa rondache. Dés qu'il parut, tous les gens qui le virent furent merveilleufement étonnez de fa figure, & ils fe demandoient les uns aux autres ce que ce pouvoit eftre: mais leurs conjectures ne les fatisfaifant point, ils s'approcherent de luy pour le confiderer de prés. Ils trouverent fon air & fa devife fi ridicules qu'ils ne pûrent s'empêcher de rire. Hé bon Dieu, dit un railleur, que voilà un Chevalier de bonne mine ! je gage que c'eft le Chevalier de la Riche figure qui conduit l'Infante Aurore chez le Soudan de Perfe. Non, dit un autre, je parie que c'eft le Chevalier du Char, qui vient ici défendre la beauté de la Princeffe des Scythes. Noftre Avanturier entendant parler ainfi ces deux hommes, s'arrêta, & leur dit avec

beaucoup de gravité : Meſſieurs , ſi
vous voulez ſçavoir mon nom, vous
n'avez qu'à le demander à mon Ecuyer
qui vient aprés moy. C'eſt un détail
qui le regarde. Vive Dieu ! s'écria un
des ſpectateurs, il faut que ce ſoit ce
Don Quichotte de la Manche dont on
a depuis peu imprimé l'hiſtoire en cette ville. Je le reconnois à ſon cheval.
Il eſt vrai, dit un autre , que voilà un
un vray Rocinantes. Outre cela
voici Sancho & ſon âne ; & cette Dame qui ſe cache eſt ſans doute la fameuſe Dulcinée du Toboſo. Meſſieurs
dit alors Sancho , vous ne vous trompez point en ce qui regarde Rocinantes , Monſeigneur Don Quichotte ,
mon griſon & moy. C'eſt nous-meſ-
mes, graces à Dieu, & nous voici devant vous tous quatre en corps & en
ame : mais pour ce qui eſt de Madame
Dulcinée, elle eſt à l'heure que je vous
parle au Toboſo à remplir peut-eſtre
un manequin d'ordures dans l'écurie
de ſon pere; & ſi cela eſt, malheur aux
Ecuyers qui luy porteront des lettres
de Chevalerie. Elle a tant fait la bête
avec nous , que nous l'avons plantée
là: & nous aimerions mieux que le
diable l'euſt emportée que de la faire ,

je ne dis pas Infante , mais feulement
fimple Comteffe. Pour cette Dame qui
va fur cette mule , c'eft la Reine Zenobie, qu'un Enchanteur a changée en Tripiere. Durant ce tems-là Barbe avoit
grand foin de fe tenir le vifage couvert , & quoyque toute l'affemblée la
priaft de fe découvrir , elle eftoit trop
raifonnable pour le faire. Belle Princeffe, lui dit un Cavalier d'un air go-
guenard , ayez la bonté de nous montrer un peu vos rofes & vos lys. Que
vos blanches mains écartent pour
un moment le voile envieux qui cache vos charmes. Meffieurs , dit alors
Don Quichotte , trouvez bon, s'il vous
plaift , que la Reine Zenobie ne fe dé-
couvre point. Elle eft encore enchantée, & vous pourriez , à l'heure qu'il
eft , affez mal juger de fa beauté. Ces
paroles ne firent que piquer davantage la curiofité des fpectateurs. Ils firent
tant d'inftances au Chevalier pour qu'-
il obligeaft la Reine à fe montrer , qu'-
enfin il fe tourna vers la Princeffe , &
luy dit, Madame : je joins mes prieres à
celles de ces Meffieurs, & je vous conjure de vous laiffer voir. Peut-eftre à
la verité , ne leur paroiftrez-vous pas
auffi belle qu'à moy qui vous vois tel-

le que vous eftes ; mais je leur protefte
que voftre beauté eft incomparable , &
ils doivent m'en croire fur ma parole.
Barbe qui craignoit que les fpectateurs
ne vouluffent plûtoft s'en rapporter à
leurs yeux , n'eftoit pas trop d'avis de
fe découvrir. Elle s'en défendit affez
long-tems ; mais il fallut fe rendre ,
& faire exhibition de fes atraits bala_
frez. Tout le monde auffitôt fe prit à
rire en hauffant les épaules , & il y eut
des jeunes gens qui oferent parler de la
Tripiere dans des termes peu refpe-
ctueux. Un Gentilhomme de Galice
entre autres , s'écria en joignant les
mains , Mifericorde quelle Princeffe !
elle reffemble comme deux gouttes
d'eau à une vieille jument que j'ay
dans mon écurie. Ces paroles firent fur
Don Quichotte l'impreffion qu'on
peut s'imaginer; fes yeux s'enflamerent
de colere , & branlant fa lance d'un air
furieux : Attend , témeraire , attend,
dit-il au Cavalier Galicien, je vais cha-
tier ton infolence. Je te défie ici tout
à l'heure en combat fingulier ; & je
défie en même tems avec toy tous ceux
qui ont outragé la Reine Zenobie, que
je foutiens plus belle que l'Infante Imperia, que la Princeffe Matarofe , &

que la fille même du Roy Olivier;
Toute la compagnie fit un grand éclat
de rire à ce discours; & comme le Galicien entendoit raillerie, il répondit à
Don Quichotte : Seigneur Chevalier,
quoyque vous soyez armé jusqu'aux
dents, & monté sur un coursier plus
superbe que celui d'Alexandre, je ne
laisseray pas d'accepter votre défi;
avec ma seule épée, à pied & désarmé,
je vais me battre contre vous & soûte-
la beauté de ma jument que je ne donnerois pas pour votre Zenobie. Puisque vous estes à pied & desarmé repliqua Don Quichotte, il est juste que
je descende de Cheval, & que je me
fasse oster mes armes ; car les Chevaliers ne doivent point combattre avec
avantage. En disant cela il mit pied à
terre. Sancho fit aussi-tôt la même chose, & courant à son Maistre pour le desarmer, Ah pardy, Monsieur lui dit-il,
vous souhaitiez une avanture avant
que d'arriver à la Cour ; hé bien en
voila une. Allons, défendez bien la
beauté de la Princesse Zenobie, & faites confesser à ce belître de Chevalier qu'elle l'emporte sur celle de sa ca-
vale. Si par malheur vous estes vaincu, je pourray bien aprés vous entrer
en

en bataille contre lui pour mon grifon,
que je foutiensplus beau que fa jument,
quand elle feroit auffi belle que la ca-
vale de Meffire Valentin; qui paffe dans
Ateca pour la plus graffe befte du Chapitre. Don Quichotte bien loin de
vouloir combatre avec avantage, ne fe
contenta pas de quitter fes armes : il
fe dépouilla même de fes habits , &
fe prefenta devant fon homme en
chemife & en caleçon pour ofter
tout foupçon de fupercherie. Quelques perfonnes fenfées voyant que le
Chevalier fe préparoit tout de bon au
combat , effayerent d'en détourner le
Galicien , en lui réprefentant que des
fortes de jeux finiffent quelquefois
fort ferieufement : mais le Galicien fe
fiant à fa force & à fon adreffe , fe
moqua de leurs remonftrances, & tirant une des plus longues épées qu'ait
jamais porté un *Senor Cavallero* , il
fe mit en garde, & s'étendit de forte
que de fon pied gauche à la pointe de
fon épée il y avoit pour le moins deux
toifes de diftance. Don Quichotte de
fon cofté tira auffi fa redoutable épée,
& bien-toft on vit fortir des cruelles
lames mille étincelles de feu. Le Galicien aprés avoir quelque tems tafté le

poignet de son adversaire lui fit sau-
ter l'épée d'un coup de foüet, & puis
laissant tomber la sienne, il joignit
son homme, le prit au colet, & le se-
coüa si rudement & avec tant de facilité, que les anciens Poëtes n'auroient
pas manqué de comparer Don Quichotte en cet état à un arbrisseau
qui sert de joüet au vent du Midy. Le
Chevalier vit bien qu'il n'avoit pas
affaire au foible défenseur de l'armet
de Membrin ; & la peur d'estre vaincu
aux yeux mêmes de la Reine Zenobie
en combatant pour ses interests, le mit
dans une fureur qu'on ne sçauroit exprimer. Il rappella toutes ses forces,
& déchargea sur la temple du Galicien
un si terrible coup de son gantelet
qu'il avoit oublié d'oster, qu'il le ren-
versa par terre sans sentiment & fort
blessé. Tout le monde en fremit ; mais
comme le Galicien s'estoit par son imprudence attiré lui-même ce malheur,
tous ses amis ne crurent pas devoir le
venger en punissant un fou, & ils ne
songerent qu'à lui donner le secours
dont il avoit besoin. Pour Sancho,
dés qu'il vit le Galicien par terre, il
s'écria plein de joye, Courage, Seigneur
Don Quichotte, suivez jusqu'au bout

les regles de la Chevalerie. Ramaſſez
viſte voſtre épée, & l'enfoncez dans la
gorge de ce Chevalier, s'il refuſe de
confeſſer que Madame Zenobie eſt
plus belle que ſa jument. Le Chevalier goûta l'avis, prit ſon épée & s'a-
vança vers le Galicien ; mais pluſieurs
perſonnes le retinrent, en lui diſant
qu'il devoit eſtre ſatisfait d'avoir ter-
raſſé le meilleur Chevalier de toute la
Galice. Qu'il confeſſe dont, dit Don
Quichotte, que rien au monde n'égale la beauté de la Reine Zenobie. Il
confeſſera cela une autrefois, lui répondit quelqu'un de la Compagnie ;
car par ma foy préſentement il n'eſt
pas en eſtat de ſe confeſſer luy-même.
Hé-bien, interrompit alors Sancho,
qu'il diſe donc qu'il ſe donne pour
vaincu. Il m'eſt avis que cela n'eſt
pas ſi difficile à dire. Don Quichotte
auroit fort ſouhaité que le Galicien
eût avoüé ſa défaite ; mais enfin ſe
payant de raiſon, il regarda ſon combat comme une affaire finie, & alla
reprendre ſes habits & ſes armes. Pendant qu'il les remettoit, deux Pages
d'Alvaro Tarfé arriverent au Prado
par hazard, & reconnoiſſant le Chevalier, ils s'approcherent de lui pour le

faluer. Don Quichotte & Sancho les receurent d'un air riant, & leur demanderent des nouvelles de Don Alvar. Le Seigneur Don Carlos & lui, répondit un des Pages, font ici depuis quelques jours, & vous attendent avec beaucoup d'impatience. Je meurs d'envie de les embraffer tous deux, dit D. Quichotte. Vous aurez bien-toft cette fatisfaction, repliqua le Page, Car nous allons, s'il vous plaift, vous conduire à l'auberge du Seigneur Don Alvar. Sancho, treffaillit de joye à ces paroles. Une idée de plaifir & bonne chere vint chatouïller fon imagination, & d'abord que fon Maiftre fut armé, ils fuivirent avec la Reine Zenobie les Pages du Grenadin, laiffant le Galicien entre les mains de fes amis, qui eurent foin de le faire tranfporter chez luy & de le faire panfer.

# CHAPITRE XLII.

*Comment Don Alvar & Don-Carlos receurent le Chevalier & sa Princeße, & quelle fut la joye de Sancho, quand il revit son cher petit Cuisinier boiteux.*

IL estoit nuit, à ce que dit l'histoire, quand nos Avanturiers arriverent à l'auberge de Don Alvar; ce qui fut cause que le peuple n'eut pas le plaisir de les voir. Ils ne trouverent pas le Grenadin au logis; mais cela n'empêcha pas ses Domestiques de les bien recevoir; & pendant qu'un Page l'alla chercher pour luy faire part de leur arrivée, le Maistre-d'Hôtel les conduisit dans un assez bel appartement. Pour Sancho, aprés avoir mené les bêtes à l'écurie, il prit le droit chemin de la cuisine, où il n'eut pas peu d'affaire à embrasser les uns & les autres. Mais lorsqu'il apperceut le petit Cuisinier boiteux, cet ami si digne de sa tendresse, il courut à luy les bras ouverts, & le baisant avec transport aux deux jouës, Ah mon cher petit boiteux, luy

dit-il, que je fuis aife de vous voir encore une fois avant ma mort ; car franchement je vous aime prefque autant
que mon grifon. Je n'oublîray jamais
les regals que vous m'avez faits à Saragoce. Vous me donniez des carcaffes
de poulets d'inde, & des reftes de faul-
ce qu'on auroit pû préfenter à un Empereur ; Et je me fouviens que le foir
vous me faifiez boire d'un certain vin
qui étoit plus doux que du miel ; par
la mardy, toute la nuit je fentois que
je l'avois fur le cœur. Oh-dame, c'eft
ce vin là qui eft bon pour la fanté !
Amy Sancho, répondit le Cuifinier,
le vin de ce païs-cy eft encore meilleur que celui de Saragoce. C'eft ce
que je ne crois pas, repartit l'Ecuyer,
& jufqu'à ce que j'en aye goûté je n'en
croiray rien du tout. Hé-bien, reprit
le boiteux, il faut vous en faire boire
tout à l'heure ; je fuis feur que vous
ferez de mon fentiment. Tant mieux,
dit Sancho ; mais vous pouvez compter
que j'en jugeray bien, car je ne fuis
pas enchanté pour le vin, comme pour
les chofes de Chevalerie. Comment
donc, ami Sancho, lui dit un Page,
les Enchanteurs vous auroient-ils joüé
un nouveau tour depuis voftre départ

de Saragoce ? Bon, répondit l'Ecuyer, eſt-ce qu'ils paſſent un ſeul jour ſans nous faire quelque piece ? Ah ! vrayement vous les connoiſſez bien. Quand ils ſont une heure ſeulement ſans nous pincer, ils s'imaginent encore qu'ils nous donnent trop bon tems. Enfin c'eſt tout vous dire, qu'ils m'ont enſorcelé la vûë de maniere que je voy toutes choſes autrement que mon Maiſtre. Ils me trompent à tous momens, & il n'y a que deux jours qu'ils me firent prendre la jarretiere du Prince de Cordouë pour une croupiere de mulet. Les domeſtiques voulurent ſavoir cette avanture : ce que Sancho leur raconta fort volontiers ; mais ce ne fut qu'aprés pluſieurs repriſes, car le Cuiſinier ayant eſté querir du vin, lui faiſoit de tems en tems reprendre haleine.

Don Alvar arriva ſur ces entrefaites, Don Carlos & un jeune Comte ſon beaufrere futur l'accompagnoient. Ils monterent à l'appartement où étoit Don Quichotte. Ils le trouverent qui s'entretenoit avec Barbe & le Maiſtre d'hoſtel. Le Chevalier embraſſa le Grenadin & Don Carlos, & leur préſenta la Balafrée en leur diſant : Meſſieurs,

vous voyez la grande Reine des Amazones, l'incomparable Zenobie, que
mon heureuse étoile m'a fait rencontrer, & dont je viens défendre publiquement la beauté à la Cour d'Espagne. Le visage de la Princesse s'accor-
doit si mal avec le discours de nostre
Chevalier, que Don Carlos & les autres n'eurent pas peu de peine à garder
leur serieux. Ils se contraignirent pourtant, & Tarfé fit cette réponse à Don
Quichotte : Seigneur Chevalier, vous
me faites trop d'honneur d'estre venu
loger ici avec cette belle Reine, dont
le merite sans doute doit estre rare &
singulier, puisque vous la protegez :
mais quand vostre estime ne feroit pas
son éloge, il suffit de la regarder, pour
savoir à peu prés ce que c'est. Elle a
une phisionomie qui la fait connoistre
d'abord : & je vous asseure que plus je
l'examine, & plus je la trouve digne
du glorieux dessein que vous avez formé pour elle. Le Grenadin & Don
Carlos présenterent à leur tour le Comté au Chevalier, & lui apprirent que
c'estoit à ce jeune Seigneur que la Princesse Trébasine estoit destinée, & que
ce mariage se devoit faire au premier
jour. Il n'en fallut pas davantage pour
engager

engager Don Quichotte à faire une longue harangue au Comte , qui de son costé épuisa tous les lieux communs de sa Rhetorique pour ne pas demeurer en reste de courtoisie avec le Chevalier. Don Carlos & Tarfé prirent ce tems-là pour entretenir Barbe en particulier : Madame la Reine Zenobie , lui dit Don Alvar , faites-nous la grace de nous dire en conscience de quel païs, & de quelle famille vous estes ? Seigneurs Cavaliers, répondit la naïve Barbe , vous me croirez , si vous voulez ; mais je vous jure que je ne suis point du tout la Reine Zenobie. Je suis seulement une pauvre femme d'Alcala , qui vis du travail de mes mains, & de mon honneste mestier de Tripiere. Je m'appelle Barbe de Villatobos, qui est un nom que m'a laissé pour heritage une de mes grand-meres qui m'aimoit beaucoup. Ma vie est pleine de haut & de bas comme la terre de Galice. Je suis vieille à present , mais je me suis vûë jeune, & j'ay esté cajollée aussi-bien que les autres. Je ne vaux rien à present qu'à faire la cuisine : mais personne ne fait mieux que moy une soupe & des fricassées de tripes ; & je défie qui que ce soit de

*Tome II.*           I

mieux faler & poivrer les fauces. Cependant pour mon malheur un Ecolier
aprés m'avoir fait fortir d'Alcala, &
vendre tous mes meubles pour le fuivre, me fit un jour entrer dans un bois
où il m'attacha nuë en chemife à un
arbre, & fe fauva avec tous mes habits & mon argent. Par bonheur le
Seigneur Don Quichotte, à qui le Ciel
a donné plus de charité que de jugement, venant à paffer par là entendit
mes cris, & vint me détacher en me
traitant de Reine Zenobie. J'eus beau
lui dire que je ne l'eftois pas, il n'en
voulut rien croire, & il m'acheta une
mule & ces habits que vous voyez.
Enfin en arrivant hier à Alcala, je le
priay plus que Dieu de m'y laiffer, &
de pourfüivre fon chemin ; mais il n'y
eut pas moyen d'obtenir cela de lui,
& il fallut lui promettre de l'accompagner. De fon cofté il a promis de me
donner cinquante ducats auffi-tôt qu'il
aura foûtenu ma beauté à la Cour.
C'eft pourquoy je fuis venu pour tenir
ma parole, & quand il aura tenu la
fienne, je m'en retourneray dans mon
païs, où je releveray boutique, s'il
plaît au Seigneur ; & je veux mourir,
fi jamais je me fie à aucun Ecolier,

quand il me promettroit la pierre phi-
losophale.

Sancho en ce moment entra dans la
chambre : Bon jour, Messieurs, s'écria-
t-il d'un air gay, je vous souhaite à
tous le ventre libre & le cœur joyeux,
qui sont deux choses necessaires pour
se bien porter, à ce que j'ay ouï dire
au Barbier maistre Nicolas. Ah ! Sancho mon ami, dit Don Alvar en lui
tendant la main, je suis ravi de vous
revoir si sain & si gaillard. Dieu vous
le rende, répondit l'Ecuyer, & vous
fasse toutes sortes de faveurs & de ré-
jouissances. Et moy, mon cher Sancho, dit Don Carlos, ne me recon-
noissez-vous pas, ou ne suis-je plus de
vos amis? Pardonnez-moy, Seigneur
Carlos, repartit Sancho en allant à
lui ; & il faut avec vostre permission
que je vous baise aussi les mains, quoique souvent on baise la main que l'on
voudroit voir coupée. O Ciel ! que
dites-vous, repliqua Don Carlos ? Que
vous ay-je fait, mon enfant, pour me
souhaiter tant de mal ? Par ma foy,
reprit l'Ecuyer, je vous demande pardon. Ce proverbe-là m'est échappé
sans y penser. Voilà justement comme
je les lâchois l'an passé. Dés qu'ils me

I ij

venoient à la bouche, je les crachois
auffi-tôt , & le belître d'Arabe ,
qui a compofé la premiere Partie de
noftre Hiftoire, n'en a pas oublié un.
Il a fait comme le Marchand de noi-
fettes, qui met pefle-mefle les bonnes
& les mauvaifes pour remplir plutôt
le boiffeau. Je dis donc, Seigneur Don
Carlos , que je ne fouhaite pas de voir
vos mains coupées ; j'aimerois mieux
les voir pleines de cet excellent blanc-
manger , & de ces andoüillettes que
vous favez. Par la mardy, toutes les
fois que j'y fonge, l'eau m'en vient à
la bouche. Le Grenadin s'appercevant
que Don Quichotte ne prenoit pas
plaifir à entendre parler ainfi fon E-
cuyer, rompit cet entretien, & dit au
Chevalier : Seigneur Don Quichotte,
comme nous nous intereffons fort à ce
qui vous touche, & à tout ce qui regarde la gloire de la Chevalerie errante, nous voudrions bien favoir les a-
vantures qui vous font arrivées depuis
voftre fortie de Saragoffe. Seigneur
Tarfé , interrompit Sancho , c'eft à
moy de vous raconter tout cela, puifque je fuis l'Ecuyer de Monfeigneur
Don Quichotte. Hé bien , Sancho,
reprit Don Alvar, faites-nous-en donc

un fidéle rapport. L'Ecuyer n'y manqua pas. Il commença par le démeflé
qu'il avoit eu avec le foldat Bracamonte, & finit par le combat du Galicien.
Ce qui réjouït infiniment les trois Cavaliers, furtout l'avanture des Comediens les divertit, auffi-bien que la ceremonie que fit le Bachelier pour def-
enchanter Sancho. Pour Don Carlos
& le Grenadin ils eurent un plaifir parfait : Car Barbe, qui eftoit affife entre
eux deux, leur difoit tout bas les circonftances que Sancho oublioit ou ne
favoit pas. Durant ce tems-là l'heure
de fouper vint, & le Maiftre d'hoftel
parut pour avertir qu'on avoit fervi.
Alors les trois Cavaliers, Don Quichotte & Zenobie entrerent dans une
falle, où ils fe mirent à table, & Sancho retourna dans la cuifine, où il lui
fallut en foupant chanter de nouveau
les exploits de fon Maiftre.

Le grave Chevalier de la Manche
toûjours occupé de fes grands projets
demanda aux Cavaliers fi Bramarbas
eftoit à Madrid ? Il n'y eft pas encore,
répondit Don Carlos ; il eft allé en
Chipre conduire en fon Serrail plufieurs jeunes Demoifelles qu'il a ravies
à leurs parens ; mais il fera ici au pre-

mier jour, & lorſque nous y penſerons
le moins ; car le ſage Silſene le favo-
riſe, & le tranſportera dans cette Ville
en un clin d'œil. Par ma foy, ce Geant
eſt un grand honniſſeur de pucelles !
je vous aſſeure que ſi le Seigneur Don
Quichotte n'eſtoit pas en ce païs-ci,
je craindrois fort pour ma ſœur, &
pour Monſieur le Comte que voilà ;
car vous ſavez, Meſſieurs, quel trai-
tement il garde aux Comtes & aux
Barons de cette Cour.  N'ayez ſur
cela aucune inquietude, dit Don
Quichotte. Mariez hardiment la Princeſſe voſtre ſœur, & que Monſieur le
Comte n'apprehende rien ; je le protege, & lui réponds d'une nombreuſe lignée.  Le Comte ne put s'empêcher de rire de la prédiction ; mais
quoiqu'il ſe ſentît diſpoſé à l'accom-
plir ſans le ſecours du Chevalier, il ne
laiſſa pas de le remercier de ſa protection. Don Quichotte leur parla enſuite du combat qu'il prétendoit avoir
avec le Prince de Cordouë, & enfin
aprés le repas la converſation eſtant
tombée ſur la Reine Zenobie, Don
Carlos & le Comte dirent à Don Quichotte qu'ils approuvoient fort le deſſein qu'il avoit de ſoûtenir la beauté

de cette Princeſſe, qu'elle en valoit
aſſeurément bien la peine. Mais le Grenadin plus ſcrupuleux que les deux autres en matiere de Chevalerie, prit la
parole, & dit : Meſſieurs, je ne ſuis
pas de voſtre ſentiment : je n'approuve point du tout la réſolution du Seigneur Don Quichotte. Je m'étonne
qu'il vüeille ſoûtenir la beauté d'une
Dame dont il n'eſt point amoureux.
Le Heros de la Manche peut-il ſe réſoudre à faire une action qui bleſſe les
regles de la Chevalerie errante dont il
a toûjours eſté le plus rigide obſerva-
teur. Seigneur Alvaro Tarfé, répondit Don Quichotte, je vous avoüe que
je nay point fait de ſerieuſes réflexions
là-deſſus ; mais je ne croy pas faire
une choſe condamnable & ſans exemple. Oh je doute fort, repliqua le Grenadin, que vous trouviez des exemples de cette action chez les anciens
Chevaliers. On en a vû qui accompagnoient, comme vous, des Princeſſes qu'ils avoient defenchantées, ou
tirées de quelque affreux peril ; il les
promenoient par le monde, les con-
duiſoient chez leurs parens, ou les
rétabliſſoient dans leurs droits : mais
ils ne s'aviſoient jamais de défendre

leur beauté. Malepefte cela eft bien
different ! je conviens avec le Seigneur Tarfé, dit Don Carlos, que l'affaire eft delicate ; mais ce qu'il y a,
felon moy, de plus irregulier là-dedans,
c'eft de voir la beauté d'une Dame dé-
fenduë par un Chevalier qui porte un
nom & une devife qui outragent le
beau fexe. Je demeure d'accord , dit
Don Quichotte, que me faifant appeller le Chevalier fans amour , ce
nom femble repugner à mon deffein ;
mais mon intention rend l'un compa-
tible avec l'autre. Je ne foûtiens que
la Princeffe eft belle, que parce qu'é-
tant enchantée elle paroît effroyable :
Je veux que malgré fon enchantement
on rende juftice à fa beauté : Je n'agis
point dans une autre vûë, & par confequent je fais donc un acte d'équité,
& non un acte d'amour. Prenez garde,
Seigneur Don Quichotte, reprit Don
Alvar , prenez garde de vous y tromper. Nos feveres neveux ne feront pas
cette diftinction , & condamneront
tout net cette démarche. Il ne faut pas
qu'il la faffe, dit à fon tour le Comte,
le Seigneur Don Quichotte ne doit
point hazarder une action équivoque :
car perfonne n'a plus d'intereft que

lui à ménager les bonnes graces de la
posterité. Cherchons un temperament
à cette affaire. Croyez-vous qu'il fist
mal de changer de nom, & de choisir
une autre Dulcinée? Pour moy franchement je regarde comme un trés-
grand défaut le mépris qu'il fait des
Dames ; & je ne comprens pas qu'il
ose se passer de Maistresse ; lui principalement qui disoit l'année derniere,
à ce que rapporte son histoire, qu'un
Chevalier sans amour estoit un corps
sans ame, & qu'il vaudroit mieux aimer un objet imaginaire plutôt que
de n'estre pas amoureux. Don Quichotte ne sachant que répondre à un
raisonnement dont il sentoit la force,
tomba dans une rèverie profonde. Don
Alvar le voyant embarrassé dit : Messieurs, en voilà assez pour cette fois.
Laissons le Seigneur Don Quichotte
penser meurement à cela. Il a bon esprit, & il sçaura prendre le parti le
plus convenable à sa gloire. Songeons
qu'il a remporté deux victoires aujour-
d'hui, & qu'il doit avoir besoin de repos aussi-bien que la Reine Zenobie.
En achevant ces mots il appella du
monde, & pendant qu'il fit conduire
Barbe dans une chambre inaccessible

aux Cochers, il mena Don Quichotte
en une autre, où il lui laiſſa un Page
pour le deſarmer & le deshabiller, Sancho eſtant encore alors dans la cuiſine.
Don Carlos ſe retira enſuite avec ſon
prétendu beaufrere, chez léquel il é-
toit logé avec ſa ſœur.

# NOUVELLES
# AVANTURES
## DE L'ADMIRABLE
# DON QUICHOTTE
## DE LA MANCHE.

*❋*❋*❋*❋*❋*❋* *❋*❋* *❋*❋*❋*❋*

# LIVRE CINQUIE'ME.

## CHAPITRE XLIII.

*Des cruelles réflexions qui troublerent*
*le repos de Don Quichotte. Du parti*
*que l'interest de sa gloire lui fit pren-*
*dre. Et de la conversation qu'il eut*
*là-dessus avec son Ecuyer.*

E Page ayant desarmé le
Chevalier sortit, & serma
la porte de la chambre suivant l'ordre qu'il en avoit
reçû de son Maître. Don Quichotte, qui

dans le trouble où ces Seigneurs avoient
mis son esprit, avoit besoin de solitude
pour se consulter lui-même sur le parti
qu'il avoit à prendre, fut bien-aise de
se voir seul, & se coucha pour rêver
plus commodément. Grand Dieu! dit-
il en se tournant dans son lit tantôt
d'un costé & tantôt de l'autre, est-il
possible qu'il ne me soit pas permis de
soûtenir la beauté d'une Dame sans en
estre amoureux? Rappellons ici toutes
les actions des plus fameux Chevaliers
errans; voyons si ce que je prétens
faire n'a point encore esté fait. En disant cela il se mit à repasser dans sa
memoire toutes les avantures des deux
Amadis, d'Esplandian, de Palmerin
d'Olive, & de Palmerin d'Angleterre:
Et ne trouvant pas dans ces Livres ce
qu'il y cherchoit, il n'en demeura pas
là : il parcourut le Miroir de la Chevalerie, Don Belianis de Grece, Tirant
le blanc, Aquilant le noir, Don Flo-
rismarte d'Hircanie & Don Olivante
de Laura. Mais helas! il eut beau faire, le pauvre Chevalier! sa recherche
fut vaine, & il vit bien qu'il ne pouvoit défendre la beauté de la Reine des
Amazones, sans introduire une nouveauté dans la Chevalerie errante. Hé

bien, malheureux novateur, s'écria-
t-il, que vas-tu faire? Veux-tu te démentir, toy qui n'as jamais commis la
moindre prévarication contre les regles de ton état? Tu t'imagines peut-
eftre que ta renommée peut confacrer
ta faute; ou que du moins l'avenir
ébloui de tes faits furprenans te la par-
donnera; mais ceffe de t'abufer: On
ne pardonne point aujourd'hui au
grand Alexandre les indignes actions
que la colere & le vin lui ont fait com-
mettre. Que les Heros fe détrompent,
s'ils croyent pouvoir faillir impunément à l'ombre de leurs lauriers. Si
leurs fautes échappent à la cenfure d'un
fiecle, il en vient un autre qui les dé-
voile à la face de la terre. Il faut donc
que je garde inviolablement les loix de
la Chevalerie errante, fi je veux conferver ma gloire pure & entiere dans
les âges fuivans. D'un autre cofté,
dois-je abandonner la Reine à fon
mauvais fort? La laifferay-je dans
l'horrible état où elle eft? Accorde-
ray-je ce triomphe à la malice des Enchanteurs? Non, il vaut mieux que je
change de devife, & que je devienne
amoureux de cette incomparable Princeffe. Oui, je m'arrefte à cette penfée,

& c'eſt ſans doute le Ciel qui me l'inſpire pour le bonheur de ma vie , &
pour l'intereſt de ma memoire. O vous
qui me voyez prendre une nouvelle
chaîne ! belle Dulcinée du Toboſo,
premiere ſouveraine de mon ame , ne
vous plaignez pas de moy. Je ſerois
encore à vous , ſi vous ne m'euſſiez
pas obligé vous-meſme à quitter vôtre
empire. Le Heros de la Manche s'é-
tant donc ainſi déterminé à ſe rendre
le trés-humble eſclave des trés-rares
perfections de la Reine Zenobie paſſa
le reſte de la nuit à forger dans ſon
imagination des projets auſſi dignes de
la perſonne aimée que du perſonnage
amoureux.

Cependant le jour étant venu , Sancho impatient de revoir ſon Maître entra dans la chambre en diſant: Debout,
Seigneur Don Quichotte , debout !
Les Chevaliers errans ſont aujour-
d'hui bien pareſſeux ! Vous vous cou-
châtes hier dés les poules, & l'on a déja
écumé les marmites, levez-vous donc.
N'eſtes-vous point las d'avoir dormi ſi
long-tems ? Ah ! Sancho mon ami,
répondit Don Quichotte, le reproche
que tu me fais eſt bien injuſte. Je n'ay
pas dormi un ſeul moment de toute la

nuit. Monſieur, reprit l'Ecuyer, c'eſt
peut-eſtre que vous avez trop ſoupé
hier au ſoir. Je ſuis comme vous ;
quand j'ay mangé quelques livres de
pain plus qu'à mon ordinaire, ie ne
dors pas ſi bien que de coutume. Gourmand, interrompit Don Quichotte,
penſes-tu que tout le monde mange
comme toy ſans moderation ? Helas !
ſi le ſommeil n'a point fermé ma pau-
piere cette nuit, tu ne dois pas t'en
étonner. Les veritables Chevaliers errans ne ſont pas nés pour le repos. Leur
délicateſſe ſur les devoirs & ſur les
bienſeances de la Chevalerie leur four-
nit toûjours quelque ſujet d'inquietude. Tu m'as vû indigné des mépris
de Dulcinée briſer courageuſement
mes fers, & revolté contre les Dames
prendre fierement le nom de Chevalier ſans amour : tu me vois aujour-
d'hui dans une autre ſituation. Je veux
encenſer de nouveau les autels de ce
Dieu redoutable qui, comme diſent
les Poëtes, trempe dans du fiel la pointe de ſes fléches; c'eſt-à-dire, Sancho,
que je veux aimer : car outre que je
ſuis d'un naturel trés-tendre, je ſonge
qu'une Maîtreſſe eſt une choſe ſi eſ-
ſentielle à un Chevalier, que j'ay bien

peur qu'on ne me reproche tout le
tems que j'ay paſſé ſans eſtre amoureux. Je n'en voudrois pas jurer, dit
l'Ecuyer, parce qu'il ne faut jurer de
rien. Le monde blâme ſouvent ce qu'il
devroit loüer. On reproche bien à
Monſieur le Curé qu'il eſt trop long
dans ſes Prônes, quoiqu'il ne ſoit jamais plus de deux heures en chaire.
Mais dites-moy, Monſieur, qui eſt la
Dame que vous voulez aimer? Et où
eſt-elle? Elle eſt dans ce Palais, répondit Don Quichotte, & c'eſt la Reine
Zenobie. Fy donc, Monſieur, interrompit bruſquement Sancho; que pré-
tendez-vous faire de Madame Barbe
Zenobie? Quoy! ce ſeroit à elle que
vous voudriez vous recommander dans
vos batailles? Ah pardy! voilà une
bonne chienne de recommandation.
J'aimerois autant me recommander à
l'Antechriſt. Croyez-moy, Monſieur,
laiſſons-là cette marâtre: Que l'Ecolier, qui lui a emporté ſon argent, ſe
faſſe, s'il veut, ſon Chevalier; c'eſt
ſon affaire, & non pas la nôtre; puiſqu'il a fait l'enfant, qu'il le berce.
C'eſt une choſe étonnante, dit D. Quichotte! que tu ne puiſſes pas te mettre dans la teſte que la Reine Zenobie
eſt

eſt enchantée. Je t'ay dit cent fois que
quoiqu'elle te paroiſſe effroyable, elle
eſt pourtant ſans contredit la plus belle
Princeſſe de l'Univers. Retien donc
bien cela, maraud, & ne me donnes
plus la peine de te le répeter. J'ay tort,
Monſeigneur, j'ay tort, repartit l'E-
cuyer : Par la gerny, je me laiſſe toûjours aller à ma maniere de voir, ſans
penſer à la vôtre. Voilà ce que c'eſt
que d'avoir une mauvaiſe habitude !
mais patience, à la fin des fins je me
corrigeray aſſeurément, ou je ne pourray. C'eſt donc, reprit nôtre Chevalier,
la Reine des Amazones que je choiſis
pour maiſtreſſe de ma volonté. Tout
ce que je crains, c'eſt qu'Hiperborean
des iſles flotantes, qui eſt mon rival,
n'en ſoit éperduëment aimé. Cela pourroit bien eſtre, Monſieur, repliqua
Sancho ; car la Princeſſe eſt une Dame
qui preſte ſes denrées à qui les veut ;
qui ſçait fort bien paſſer la main ſous
un menton, & boire des raz . . . .
mais je n'en diray pas davantage ; car
vous ne manqueriez pas de me dire
encore que je n'ay pas vû ce que j'ay
vû ; que mes yeux ſont farcinés, & le
reſte de la litanie ordinaire. Dieu ſçait
pourtant la verité de toutes choſes.

Mais pour revenir à cet Hiperbolan
des isles que vous dites, si Madame la
Reine est amoureuse de lui, il ne faut
pas la prendre pour maîtresse ; il vaut
mieux l'envoyer aux isles. Ce n'est pas
un fait certain, dit Don Quichotte,
qu'elle aime Hiperborean : mais quand
je n'en pourrois douter, mon ami, cela ne m'empêcheroit pas de m'attacher à elle. Les regles de la Chevalerie errante ne me défendent pas de
servir une Dame prévenuë pour un autre Chevalier : Et quand je te dis que
je crains qu'Hiperborean ne soit aimé,
ne pense pas que cette crainte m'af-
flige. Aucontraire je la regarde comme une source de plaisirs, puisqu'elle
offrira une belle matiere à mes plaintes.
Un Chevalier, qui n'a point de rival,
ne goûte pas les delices de l'amour. S'il
est seur de son bonheur, il mene une
vie trop unie. Il faut que l'esperance
& le desespoir l'agitent tour à tour ;
que les soupçons, les craintes inquietes
troublent incessamment son repos. Il
est bon même quelquefois qu'il se per-
suade que sa Dame le hait, afin que
cette pensée lui fasse faire des actions
immortelles. Pour moy qui ay beaucoup de délicatesse, je serois fâché, je

te l'avoûë, de poffeder tranquilement
le cœur de la Reine Zenobie. Je me
fais une image charmante des maux
que j'efpere qu'elle me fera fouffrir ;
& je t'avertis dés à prefent que quand
tu m'entendras foûpirer & gemir, tu
ne viennes pas indifcretement m'interrompre pour me confoler : car tu
fçauras, mon fils, qu'il y a dans les
plus grandes peines de l'amour un fecret plaifir qui les rend agreables. Je
fuis perfuadé qu'Amadis de Gaule trouva mille douceurs dans cette rigou-
reufe penitence qu'il fit fur la roche
pauvre ; & lorfqu'à fon exemple je fis
en chemife tant de fauts perilleux dans
la montagne noire, je puis t'affeurer
que mon ame nageoit dans la joye.
Les tourmens amoureux, te dis-je,
ont des appas infinis pour les Chevaliers qui favent aimer. Tantôt prenant
de tes mains une lyre, que je touche-
ray mieux qu'Orphée ; je l'accompa-
gneray d'une maniere qui ravira le
Roy & toute fa Cour ; & par une cen-
taine d'excellens Vers que je compo-
feray fur le champ, j'exprimeray mes
angoiffes & mes peines fecretes fi fine-
ment, que perfonne, excepté ma Princeffe , n'y comprendra rien du tout.

Tantôt trifte , jaloux , defefperé, je fortiray la nuit du Palais pour aller dans une foreft fort épaiffe , où d'a-bord je feray entendre une voix plain-tive. Je diray aux arbres & aux échos, que je fuis le plus malheureux de tous les eftres , puifque mon Ingrate, qui furpaffe en beauté la belle Helene , me préfere un Chevalier. Je feray enfuite retentir tout le bois de mes regrets en implorant le fecours de la mort. Aprés cela je m'étendray fur l'herbe , & me livrant à ma douleur mortelle, je ver-feray tant de pleurs , je poufferay tant de foûpirs que je tomberay en défail-lance:Enfin je feray prêt à rendre l'ame, lorfque la pitoyable aurore , qui aura du fond des flots entendu mes triftes accens , fe hâtera d'ouvrir la barriere du jour ; & viendra me rappeller à la vie. Alors je me leveray legerement, & j'appercevray un des plus vaillans Chevaliers du monde qui me cher-chera, & qui fur le bruit de mon nom fera venu des extrémités de la Tartarie pour me combattre. Je le vaincray avec beaucoup de peine, & je m'en retourneray au Palais couvert de fang & de bleffures. Ah Sancho! quel bon-heur pour un Chevalier amoureux !

quelle volupté ! Hé pardy, Monfieur, dit l'Ecuyer, fi c'eft pour un Cheva-lier un fi grand bonheur de fe defef-perer, & de n'eftre pas aimé de fa Da-me, il n'eftoit pas befoin de quitter Madame Dulcinée. Elle vous haïffoit comme Pilate, & elle vous auroit don-né fujet de vous pendre à la fin. Je ne l'aurois pas quittée, répondit Don Quichotte, fi elle n'eût payé mes fer-vices que de rigueurs ; mais elle m'a vifiblement fait connoiftre qu'elle me méprifoit : Et il faut que tu faches, mon enfant, que les mépris offenfent un Chevalier, & doivent par confe-quent éteindre fa paffion : au lieu que les rigueurs ne l'offenfant point, il doit avoir une conftance à l'épreuve de l'infenfibilité même. Perianée de Perfe, ce parfait modele des Amans malheureux, n'auroit pas aimé fi con-ftamment Florifbelle, fi elle l'eût mé-prifé ; mais quoiqu'elle haît mortelle-ment ce Prince, bien éloignée d'avoir du mépris pour lui, elle plaignoit quel-quefois le malheur de fon amour : ce qui le payoit de fes fouffrances avec ufure. Mais, Monfieur, reprit San-cho, à préfent que vous aimez Ma-dame Zenobie, il m'eft avis que le

nom de Chevalier sans amour ne vous
convient pas trop bien. Non vrayement, répartit Don Quichotte, il faut
que je change de nom & de devise:
& c'est à quoy je vais songer tout-à-
l'heure. Attendez, Monsieur, repliqua l'Ecuyer; comme c'est moy qui
vous donnay l'année derniere le nom
de Chevalier de la Triste-figure, je
veux tâcher de vous en chercher encore un autre. A ces mots il se teut,
& se mit à rêver en se gratant la teste.
Don Quichotte de son costé ne s'y
épargna pas; mais quoiqu'il eût plus
de facilité qu'un autre à imaginer ces
sortes de choses, Sancho ne laissa pas
de le prévenir. Par saint Quintin, s'é-
cria-t-il, je tiens l'anguille par la
queuë. Oh mardy, quand on a de la
memoire on invente tout ce qu'on
veut. Je viens de trouver un des plus
beaux noms de Chevalier qui soit dans
la Theologie. Il faut que vous vous
fassiez appeller le Chevalier des Voleurs, à cause de celui que vous avez
blessé par derriere. Ce nom là ne me
plaist pas, dit Don Quichotte; j'en
veux un qui ait du rapport avec les
sentimens de mon cœur. Tu n'as pas
si bien réüssi cette fois-cy que l'autre,

quoique tu ayes pris plus de peine.
J'admire comment, fans y penfer, tu
rencontras fi jufte l'année paffée ! cela
me feroit croire que la plus-part des
plus heureufes inventions, des décou-
vertes les plus rares, & des plus brill-
lantes penfées des Auteurs font moins
des fruits d'une contention d'efprit
que de pures faillies, que des ouvrages
du hazard. Hé bien, Monfieur, reprit
l'Ecuyer, faites-vous donc nommer le
Chevalier de la Dame enchantée, puifque Madame Zenobie l'eft. Ah ! par
la mardy, pour le coup, voilà un nom
bien inventé, n'eft-ce pas ? Celui-là
n'eft pas mauvais, repartit Don Quichotte ; & peu s'en faut que je ne le
prenne : mais il me vient une idée toute merveilleufe, & que je croy devoir
fuivre. Je veux faire peindre fur mon
bouclier la Reine Zenobie qui me ten-
dra une de fes mains délicates que je
baiferay amoureufement : & l'on verra
plufieurs petits amours avec des guirlandes, dont les uns voltigeront autour d'elle, & les autres m'enchaîne-
ront. Pour mon nom, je le tireray de
mon écu fuivant l'ufage ordinaire des
Chevaliers errans, & je me feray appeller Le Chevalier des Amours ; nom

qui me paroiſt d'autant mieux ima-
giné, qu'il expiera celui que je porte
aujourd'hui. Bonne ſainte Vierge,
Monſieur, s'écria Sancho, où allez-
vous prendre tout cela ? Il faut que
vous ayez bien de l'éloquence pour a-
voir rencontré une ſi bonne deviſe.
Par ma foy, je défie tous les Corde-
liers de Rome & de Conſtantinople
enſemble d'en trouver une meilleure.

## CHAPITRE XLIV.

*Où il n'y a pas moins de folies que
dans les autres.*

PEndant que l'Ecuyer loüoit l'inge-
nieuſe deviſe de ſon Maiſtre, Don
Alvar entra dans la chambre. Ah mon
cher Tarfé, s'écria Don Quichotte en
allant audevant de lui ! que je vous ay
d'obligation ! ſans vous j'aurois bleſſé
les regles de la Chevalerie errante, &
imprimé une tache éternelle à ma gloire : mais graces au Ciel, elle eſt hors
de peril, & pour me conformer à nos
loix ſacrées, je ſuis réſolu d'aimer la
Reine des Amazones. Ma deviſe &
mon nom ne choqueront plus voſtre
délicateſſe,

délicateſſe, puiſque je veux deſormais
qu'on me nomme Le Chevalier des
Amours. Il lui apprit enſuite de quelle
maniere il prétendoit ſe faire peindre
ſur ſon écu avec la Reine Zenobie. Ce
que le Grenadin approuva fort. Je ſuis
ravi, dit-il à noſtre Chevalier, que
vous ſoyez amoureux, & que vous
ayez fait un ſi beau choix. Mais, Seigneur Don Quichotte, ajoûta-t-il,
n'allez-vous pas tout-à-l'heure trouver la Princeſſe pour l'inſtruire de vos
ſentimens ? Je m'en garderay bien,
répondit Don Quichotte ; un Chevalier diſcret & régulier ne doit pas ſitôt
déclarer ſon amour. Le galant Don
Brianel de Macedoine ne découvrit le ſien qu'aprés qu'il eut placé ſa
Maîtreſſe ſur le trône d'Antioche. C'eſt
pourquoy je tiendray ma paſſion ſecrete juſqu'à ce que j'aye deſenchanté
ma Princeſſe, & que je l'aye fait couronner Reine de l'iſle de Chipre. Mais
en attendant il m'eſt permis de faire
toutes les actions d'un Chevalier a-
moureux. Je veux dés ce jour changer
de nom & de deviſe. Vous avez raiſon, reprit Don Alvar ; & il faut tout
préſentement envoyer chercher un
Peintre. Il appella auſſi-tôt un de ſes

Pages, & lui dit à l'oreille d'aller trouver le premier Peintre qu'on lui enfei-
gneroit, & de le lui amener. Pendant
qu'il donnoit cet ordre, Don Carlos,
le Comte & un autre Cavalier arriverent. Seigneur Don Alvar, dit le
Comte au Grenadin, Don Carlos &
moy nous vous amenons le Seigneur
Don Pedre de Lune, & nous venons
dîner ici ; mais c'eft à condition que
le grand D. Quichotte & fa Dame fans
pareille voudront bien venir avec vous
fouper ce foir chez moy, où ils feront
reçûs par de trés-belles Dames qui font
dans la derniere impatience de les voir.
Le Chevalier ayant accepté la condition, Don Carlos prit la parole : Je
favois bien, dit-il, que le Seigneur
Don Quichotte ne refuferoit pas cette
fatisfaction à des Dames. Car quoiqu'il fe faffe appeller Le Chevalier
fans amour, il ne laiffe pas d'eftre le
plus galant Chevalier du monde. Seigneur Carlos, interrompit Sancho,
avec voftre permiffion, mon Maiftre
n'eft plus le Chevalier fans amour ; il
fe nomme à préfent Le Chevalier des
amours, parce qu'il aime Madame Zenobie. Don Quichotte confirma lui-
même le rapport de fon Ecuyer, &

tandis que Don Carlos & le Comte le
felicitoient là-deſſus, le Page qui étoit
allé chercher le Peintre, parut dans la
chambre : Hé bien, lui dit ſon Maître,
avez-vous trouvé un Peintre ?. Oui,
Monſieur, répondit le Page : il y en a
un là-bas ; & je puis vous aſſeurer que
c'eſt le premier homme d'Eſpagne pour
le portrait. C'eſt ce qu'il nous faut, repliqua Don Alvar ; faites-le monter.
Le Peintre, que le Page avoit prévenu,
& qui ne manquoit pas d'eſprit pour un
Barboüilleur, monta ; & aprés avoir
ſalué la compagnie : Meſſieurs, dit-il,
qu'eſt ce qu'il y a pour voſtre ſervice ?
Monſieur, répondit Don Alvar, il eſt
queſtion d'employer ici toute la force
de voſtre art, puiſqu'il s'agit de peindre le grand Don Quichotte de la Manche que vous voyez, & ſon incomparable Maiſtreſſe que vous verrez bientôt. Meſſieurs, reprit le Peintre, comme il ſied mal de ſe loüer ſoy-même,
je ne vous diray rien à mon avantage.
Je vous diray ſimplement que je déſſi-
ne comme Michel Ange, & que je
peins comme le Titien avec toutes les
graces de Raphaël. Je vais faire tout
mon poſſible pour meriter d'eſtre ap-
pellé deſormais l'Appelles du Heros de

la Manche. Meſſieurs, dit alors le Comte, le Seigneur Don Quichotte eſt en bonne main. Je connois ce fameux Peintre, & je puis vous aſſeurer qu'il n'a pas moins de ſavoir que de modeſtie. Il travaille avec une liberté de pinceau ſi ſurprenante, que je ſuis perſuadé qu'en trois heures de tems il va peindre le Seigneur Don Quichotte & la Reine Zenobie avec toutes leurs avantures, ce qui n'eſt pas un petit ouvrage. Cela eſt vray, dit le Peintre, & vous n'avez qu'à me mettre à l'épreuve quand il vous plaira. Seigneur Don Quichotte, dit alors Don Alvar, vous ſavez que les momens de ces grands hommes ſont precieux : Il faudroit envoyer prier la Reine Zenobie de venir dans cette chambre qui eſt plus commode que la ſienne. Hé bien, Sancho, dit Don Quichotte, va voir s'il eſt jour chez la Reine, & di-lui qu'il y a ici un excellent Peintre qui l'attend. Oui-da, Monſeigneur, oui-da, répondit l'Ecuyer : Je ſçay bien où elle eſt couchée, & je vais vous la chercher tout-à-l'heure. Effectivement il alla frapper à la porte de ſa chambre en criant : Hola-ho, Madame Zenobie, réveillez-vous, s'il vous plaît. La Princeſſe,

qui avoit paffé la nuit tout autrèment
que fon Chevalier, commençoit alors
à fe lever. Elle reconnut l'Ecuyer à fa
voix, & lui ayant ouvert la porte: Ah
Sancho, mon cher ami, lui dit-elle,
c'eft donc vous! quel bon vent vous
amene ici ce matin? Vous ferois-je
bonne à quelque chofe? Non, Dieu
merci, répondit-il, je viens feulement
pour vous dire que vous vous habilliez
promptement, & que vous defcendiez.
Il y a là-bas un Peintre qui vous demande. Un Peintre, repliqua Barbe
étonnée; hé que me veut-il? Il y a
bien des nouvelles, repartit Sancho:
mon Maiftre a inventé une devife digne des trois Rois d'Orient. Il prétend
vous faire peindre avec lui fur fon bouclier avec encore d'autres plaifantes
figures : & tout cela parce qu'il eft
tombé amoureux de vous cette nuit.
Eft-il poffible, s'écria Barbe? Oui
vrayement, repartit l'Ecuyer, malgré voftre balafre, il n'y a rien de
plus veritable. Vous ne l'auriez jamais
crû, n'eft-ce pas? Vous êtes bien heureufe d'eftre la Dame d'un auffi ancien
Chevalier que Monfeigneur Don Quichotte. Ah mardi! quand l'Ecolier
vous laiffa dans le bois, & vous donna

L iij

tant de coups de pied dans le ventre, vous ne saviez pas que c'eſtoit pour voſtre bien. En verité, Sancho, reprit la Tripiere, je ne croy point du tout ce que vous me dites. Si voſtre Maiſtre eſtoit devenu amoureux de moy cette nuit, il feroit venu me trouver pour me le dire. Oh que nenny, répondit Sancho ; les Chevaliers errans ne font pas comme les autres. Ils ne découvrent pas tout d'abord leurs ſecrets. Il faut auparavant qu'ils joüent de la lyre, qu'ils chantent & qu'ils pleurent tout leur ſaoul, & qu'ils ſe deſeſperent dans les bois. Enfin finale ils commencent par faire penitence, tout au rebours des autres. Mais je ne vous en diray pas davantage, car Monſeigneur Don Quichotte ne veut pas que vous ſachiez encore qu'il eſt amoureux de vous : Et comme les Ecuyers ne doivent pas dire les affaires de leurs Maiſtres, je ſuis bien-aiſe de ne vous en avoir lâché qu'un petit mot en paſſant. Dépeſchez-vous de vous habiller, & de me ſuivre là-bas.

Barbe s'eſtant habillée ſuivit l'Ecuyer qui la conduiſit dans la chambre où eſtoit la compagnie. Meſſieurs, dit-il en entrant, voici la Reine Ze-

nobie que je vous amene toute sellée
& bridée. Don Quichotte n'entendit
point ces paroles, parce qu'il achevoit
alors d'expliquer son dessein au Peintre. Tout le monde ayant salué la Princesse, le Peintre fit paroistre tant de
surprise en la regardant, que nostre
Chevalier s'en apperçut, & lui dit :
Seigneur Peintre, je vois bien que
vous estes étonné de ne pas trouver
dans la Reine cette beauté divine que
je viens de vous vanter. Mais apprenez que cette Princesse est enchantée,
& qu'elle n'a pas sa forme naturelle.
C'est pourquoy je vous prie de la peindre, non pas telle que vous la voyez à
l'heure qu'il est ; mais telle qu'elle sera
aprés son desenchantement. Si vous
voulez faire un portrait qui lui ressem-
ble admirablement bien, vous n'avez
qu'à joindre à la beauté de Venus, la
taille majestueuse & l'air fier de Pallas,
vous ne sauriez vous y tromper. Oh
que j'en viendray bien à bout, dit le
Peintre ! Nous faisons tous les jours
de ces portraits-là. Nous ne peignons
même que trés rarement les Dames
telles qu'elles sont. La Reine Zenobie,
reprit Don Quichotte, n'a pas besoin
d'estre flatée ; & si vous ne vous en

fiez pas à moy, croyez en le Seigneur
Don Alvar qui eſtant armé Chevalier,
a comme moy le privilege de voir la
Reine telle qu'elle eſt réellement. Oui,
Meſſieurs, dit le Grenadin, foy de
Chevalier errant, voilà une fort belle
Princeſſe ! Ces cheveux, qui vous pa-
roiſſent moitié blancs & moitié noirs,
ſont du plus beau blond du monde. Ce
front ridé eſt uni comme une glace.
Cette balafre me ſemble un arc-en-
ciel, & enfin tout ce viſage un miracle de nature. Bienheureux mille fois
ſera le Chevalier qui aura l'avantage
de mourir d'amour en voyant ſon aimable petit pié ! Oh pour ſon petit
pié, interrompit Sancho, par ma foy,
Seigneur Tarfé, je ne vous paſſeray
point celui-là. J'ay vû le pié de la Princeſſe, & je ne croy pas que celuy du
grand Turc en approche. Je conviens,
dit Don Alvar, que la Reine peut a-
voir un trés grand pié, mais il faut
ſonger que c'eſt une Amazone qui n'a
pas eu cette éducation molle qu'ont
ordinairement les autres Princeſſes.
C'eſt une Infante accoutumée aux
exercices les plus fatiguans, en un mot
une heroïne qui a eſté élevée dans les
corps-de-garde & dans les camps.

Ajoûtez à cela, dit Don Carlos, que
c'eſt plutôt une perfection qu'un défaut; car enfin il y a des beautés loca-
les, & j'ay oüi dire que les grands piés
ſont autant eſtimés dans la Cappadoce
que les petits en Eſpagne. Cela pourroit
bien eſtre, dit le Peintre, parce que le
goût des nations eſt different : mais
pour revenir à la Reine Zenobie ; comme je n'ay pas l'honneur d'eſtre Chevalier errant, je vous avouë qu'elle
me paroiſt effroyable. Je vous diray
pourtant qu'au travers de ſa diffor-
mité je ne laiſſe pas d'entrevoir quelque choſe de beau ; mais c'eſt ſi confuſément que ce n'eſt pas la peine d'en
parler. Barbe ſe trouvant choquée de
tous ces diſcours prit la parole, & dit
avec ſa ſimplicité ordinaire : Meſſieurs,
je ſçay fort bien que je ſuis vieille &
laide préſentement ; mais je n'ay pas
toûjours eſté de meſme. Je n'avois autrefois ni cheveux blancs ni balafre, &
dans mon jeune tems telle que vous me
voyez, j'ay plus reçû de billets doux
qu'une Abbeſſe. Mais ne m'avoit pas
qui vouloit. J'eſtois ſi reſervée que de
cinquante Ecoliers qui me faiſoient la
cour, j'en congediois prés de la moitié. Tous les Cavaliers firent un éclat

de rire à ces paroles ; mais Don Quichotte redoublant ſa gravité leur dit;
Meſſieurs, faites réflexion, je vous
prie, que la Reine a l'eſprit troublé,
& que c'eſt un Enchanteur qui la fait
ainſi parler. Allons, Seigneur Peintre,
continua-t-il, pouvez-vous commencer l'ouvrage dés à preſent ? Oui, Monſeigneur, répondit le Peintre ; j'ay tout
ce qui m'eſt neceſſaire pour cela : mais
ſi vous ſouhaitez que je faſſe un portrait bien reſſemblant, il faut donc que
la Reine Zenobie ait la bonté de ſe retirer, car ſa vûë gâteroit tout. C'eſt
ma ſeule imagination qui me doit fournir des traits. Hé bien, Meſſieurs,
dit Don Alvar, laiſſons travailler ici le
Peintre, & deſcendons pour dîner,
auſſi-bien je croy qu'on va bientôt ſervir. Alors ils ſortirent tous de la chambre, où le Peintre s'eſtant fait apporter le bouclier de Don Quichotte, mit
auſſi-tôt la main à l'œuvre.

# CHAPITRE XLV.

*Qu'il faut lire sans prévention.*

LEs Cavaliers s'entretinrent en dînant des grandes avantures de nôtre Chevalier; sur quoy le Comte s'écria avec un espece de transport: Ah! Messieurs, quel sujet d'admiration pour les siecles à venir! avec quel étonnement ne liront-ils pas l'histoire incroyable de tant d'actions heroïques? pourvû que quelque Sage des amis du Seigneur Don Quichotte l'écrive plus fidellement que n'a fait l'Arabe Cid-Hamet Benengely. Cet Auteur, dit Don Quichotte, est mon ennemi mortel; & son ouvrage un tissu de faussetés. Hé l'avez-vous lû, lui dit Don Carlos? Il m'est tombé entre les mains, répondit le Chevalier; mais je n'ay pas daigné le lire tout entier. Il est vray, reprit le Comte, qu'il tourne en ridicule la pluspart des choses qui vous arrivent. Tantôt il vous fait prendre des moulins pour des geants, & tantôt des troupeaux de moutons pour des armées. Enfin vous estes, dit-

il, un visionnaire ; & si on l'en croit,
il n'y a jamais eu d'Enchanteurs ni de
Chevaliers errans au monde, quoiqu'en puissent dire les *Palmerins* & les
*Amadis.* Par-là, repliqua Don Quichotte, vous voyez que c'est un Ecri-
vain témeraire, & qu'il n'y a rien de
sacré pour lui, puisqu'il ne respecte
pas des livres si autentiques. Voilà ce
que je ne saurois lui pardonner, dit le
Comte ; mais laissant à part sa témerité ; & à ne regarder son ouvrage
que comme un Roman comique, je
vous asseure qu'il est fort divertissant.
Je croy mesme que c'est un livre parfait dans son genre. C'est de quoy je
ne conviens pas, dit Don Pedre de
Lune. J'y ay trouvé bien des défauts,
car j'ay le malheur de ne pouvoir lire
sans reflexion ; & cela m'empêche de
rire, comme les autres, d'une infinité
de choses qui blessent le bon sens. Oh
pour vous, reprit le Comte, je sçay
bien que ces sortes de livres ne vous
plaisent pas. Vous n'aimez que les ouvrages serieux. Aucontraire, repartit
Don Pedre, j'aime particulierement
les bonnes plaisanteries, & rien ne
me déplaît tant dans ce livre que les
discours serieux que j'y trouve à tous

momens, & trés-fouvent hors de propos. J'admire la diverſité des goûts,
repliqua le Comte. Je connois des
gens qui n'eſtiment que ces endroits
là dans cet ouvrage. Je ne ſuis pas de
leur ſentiment, répondit Don Pedre.
Je ne veux pas qu'un Roman comique
ſoit chargé de diſſertations froides &
de traits ſerieux de morale. Benengely,
ne luy en déplaiſe, tranche un peu trop
du capable. Il ne craint pas aſſez de
fatiguer ſes Lecteurs. Quand par exemple il fait parler le Seigneur Don Quichotte une heure entiere ſur les avantages des armes & des lettres, quel
diſcours ! qu'il eſt ennuyeux ! C'eſt
une mauvaiſe amplification de Rhetorique, qui feroit à peine quelque honneur à un Ecolier. Neanmoins, dit le
Comte, ce livre ne laiſſe pas d'eſtre
aujourd'hui le plus agréable amuſe-
ment de la Cour & de la Ville. Cela
n'empêche pas, répondit Don Pedre,
qu'il ne ſoit rempli de fautes de jugement, qu'il n'y ait des contrarietez
dans les avantures, & que la vray-ſemblance n'y ſoit ſouvent mal gardée. Je
vous en feray convenir quand il vous
plaira. Vous me ferez plaiſir repliqua
le Comte ; car je vous avoué que je

n'y ay point remarqué d'abſurdité.
Pour moy, dit Don Carlos, je l'ay
lû depuis que je ſuis à Madrid; mais
j'ay tellement eſté frappé des traits
malins que j'y ay trouvez contre le
Seigneur Don Quichotte, que je n'ay
fait nulle attention à tout le reſte. Je
l'ay lû auſſi dit Don Alvar, & je vous
diray franchement que j'en ay jugé
comme le Seigneur Don Pedre, Il me
paroiſt que Benengely fait trop ſouvent moraliſer ſon Heros. Outre
cela, il reſpecte ſi peu la vray-ſém-
blance & la raiſon, qu'il n'y a preſ-
que pas une avanture dans ſon ouvrage qui ne ſoit racontée avec quelque
circonſtance qui en oſte la poſſibili-
té. Je trouve encore qu'il s'abandonne trop à l'envie de faire rire ; & qu'il
aime mieux ſortir de ſes caracteres que
que de ne pas ſaiſir l'occaſion de dire
quelque choſe de plaiſant. C'eſt ce qui
luy arrive dés les premiers Chapitres,
quand il fait dire au Païſan qui conduit le Seigneur Don Quichotte au logis : *Ouvrez, Meſſieurs, au Seigneur*
*Valdouinos & au Marquis de Man-*
*touë qui eſt fort bleſſé, & au More*
*Abindarrax qui amene priſonnier le*
*vaillant* . . . *& le reſte.* Je ne me ſou-

viens plus comme il y a. Je confeſſe
ici mon peu de memoire ; quoique
j'aye lû pluſieurs fois ces noms extra-
ordinaires , je ne les ay pas ſi bien
retenus que ce Païſan , qui ne les a-
voit pourtant entendu prononcer qu'-
une ſeule fois confuſément parmi des
diſcours infenſez. Cela me paroiſt bien
remarqué , dit Don Carlos , le Païſan
devoit eſtropier ces noms , la choſe
n'eut pas eſté moins plaiſante , & le
caractere du Païſan auroit eſté conſer-
vé. L'Auteur fait encore la même faute , dit Don Pedre de Lune : C'eſt lorſque le Seigneur Don Quichotte & ſon
Ecuyer apperceurent les moulins à
foulon. Sancho voulant railler , repeta
mot pour mot tout ce que ſon Maiſtre
lui avoit dit la nuit quand il prenoit la
réſolution de tenter cette étonnante
avanture. Il faut que les Païſans du
Toboſo ayent bien de la memoire !
Par ma foy, Meſſieurs , interrompit
alors Sancho, le belître d'Arabe en a
menti quand il dit cela. Et comment
veut-il que je rediſe toute une harangue d'un bout à l'autre ? Moy ſur tout
qui n'eus pas aſſez de memoire pour retenir ſeulement une ſyllabe de la lettre
que Monſeigneur Don Quichotte écri-

vit de la montagne noire à Madame
Dulcinée ; & si pourtant il me la lut
plus d'une fois afin que je pusse m'en
souvenir, si par malheur je venois à
perdre les tablettes de Cardenio. Pour
cet endroit-là, Messieurs, dit le Comte, vous le critiquez assez mal à propos. Il faut l'expliquer benignement ;
Et quoi que Benengely dise que Sancho repeta mot pour mot tout ce qu'il
avoit ouï dire à son Maistre, on voit
bien que ce fut seulement le sens des
paroles. Bon, reprit Don Pedre, l'Auteur
dit une chose qui n'est pas vray-semblable, & vous voulez en imputer la
faute aux Lecteurs, comme s'ils é-
toient obligez de faire des suppléments
& de croire que ce qu'il a dit n'est pas
ce qu'il a prétendu dire. Mais que dis-
je prétendu ? ne fait-il pas parler Sancho dans les mêmes termes dont s'est
servi son Maistre ? Ne nous arrêtons
point à ces minuties, repliqua le Comte. Passons aux avantures. Attendez,
Messieurs, dit Don Alvar, il faut auparavant examiner le chapitre qui traitte
de la maniere dont le Seigneur Don
Quichotte fut armé Chevalier. Nous
aurions tort de le passer sous silence.
Le Seigneur Don Quichotte se met à
genoux

genoux devant l'Hôte, & le prie de
l'armer Chevalier, afin qu'il soit, dit-
il, en état d'aller chercher les avantures par toutes les parties du monde en
donnant du secours aux affligez, &
en châtiant les méchans selon les loix
de la Chevalerie errante. Remarquez
bien, s'il vous plaît, la réponse que
l'Hôte fait au Seigneur Don Quichotte. Il le loue d'avoir formé un si beau
dessein ; dit que lui-même autrefois
s'est donné à cét honorable exercice ;
& pour le lui persuader, il ajoûte qu'il
a esté en divers lieux du monde *solli-
citer les veuves, abuser les filles, duper
les niais,* en un mot *faire du pis qu'il a
pû.* A vostre avis, Monsieur le Comte,
ces plaisanteries-là ne sont-elles pas
fort mal placées, & absolument contre
le bon sens ? Et un homme aussi bien
instruit que le Seigneur Don Quichotte des regles de la Chevalerie ne devoit-
il pas estre choqué d'un pareil discours?
Cependant il n'y replique rien. Benengely est un imposteur, interrompit
Don Quichotte. Le Seigneur Châte-
lain qui m'a armé Chevalier ne me dit
point cela ; & s'il eut esté capable de
me le dire, je n'aurois pas voulu recevoir de sa main le glorieux caractere de

Chevalier errant. Puifque nous en fommes à ce chapitre, Meffieurs, dit Don Carlos, n'avez-vous pas admiré, en le lifant, la moderation des muletiers qui eftoient dans l'hôtellerie ? le Seigneur Don Quichotte bleffe dangereufement deux de leurs camarades ; pour en tirer vengeance ils commencent à lui jetter des pierres : mais l'hofte leur crie de s'arrêter, en leur difant que c'eft un foû, & ils s'arrêtent auffitoft. Il me femble que ces fortes de gens, quand ils font irritez, n'ont pas coûtume d'entendre fi bien raifon. N'eft-il pas vray, ami Sancho ? non vrayement, Seigneur Carlos, répondit l'Ecuyer, il n'eft pas befoin je vous jure, de leur caffer la tefte pour la leur échauffer : je connois mieux ces drôles-là que perfonne, & je puis vous affurer que les coups de bâton font des prébendes qu'ils donnent aifément.

Venons aux avantures, dit Don Pedre ; & pour commencer par celle du Bifcaïn, j'y ay trouvé une circonftance qui m'a fait de la peine. L'Auteur dit que dans l'inftant même que Don Quichotte couroit au Bifcaïn le bras levé, le Bifcaïn prit le couffin du Caroffe & s'en fit un bouclier. Je vous

avoüe que cela m'embaraſſe l'imagination. Je veux bien penſer que le couſ-
fin pouvoit n'eſtre pas auſſi grand que
le doivent eſtre ceux d'un Coche, &
qu'il n'eſtoit pas attaché avec des cour-
royes, comme ils le ſont ordinairement: mais il y avoit des Dames deſſus; le Coche eſtoit plein de monde, le
Seigneur DonQuichotte preſſoit, comment pouvoir prendre le couſſin en ſi
peu de tems ? J'ay beau faire des ſup-
plémens, & travailler avec l'Auteur
pour rendre la choſe poſſible, je n'en
ſaurois venir à bout. Et dans l'avanture des Benedictins, dit Don Alvar,
concevez-vous bien de quelle maniere ils purent arracher la barbe à Sancho ſans lui en laiſſer un poil ? Mais
Monſieur le Comte dira que Benengely a voulu faire rire, & je confeſſe que
cela eſt fort plaiſant. Vous eſtes admirables, Meſſieurs, avec vos obſerva-
tions, s'écria le Comte : ſi vous n'avez
rien de meilleur à dire, les rieurs aſſu-
rément ne ſeront pas de voſtre coſté.
Donnez-vous un peu de patience, reprit le Grenadin, l'Auteur dit que Sancho eſtoit monté ſur un âne, & n'a-
voit point d'épée ; & dans un autre endroit le Seigneur Don Quichotte dit à

fon Ecuyer de ne pas mettre l'épée à
la main pour le fecourir en quelque
peril qu'il le voye. N'eſt-ce pas là une
contradiction ? D'accord répondit le
Comte ; mais encore une fois voila de
foibles remarques. Montrez-moy une
avanture qui ne foit pas contée avec
toute la probabilité imaginable ; & où
il y ait des contradictions manifeſtes
ou des abſurdités. Hé-bien, dit Don
Pedre, je le veux. Il eſt aifé de vous
fatisfaire. Examinons par exemple l'a-
vanture des Galeriens ; peut-eſtre y
trouverons-nous de grandes fautes de
jugement. *Cette chaîne*, dit Benengely, *étoit conduite par quatre hommes,
dont deux étoient à cheval, & les autres à pied. Les hommes de cheval a-
voient des eſcopetes à rouet, les gens
de pied portoient des épées & des demi-
piques.* Nous ne devons pas, nous autres, eſtre furpris que le Chevalier de la
Manche dont nous connoiſſons la force
& la valeur ait mis en fuite les conducteurs de la chaîne ; mais je fuis étonné
que l'Auteur, qui le repréfente armé d'u-
ne vieille cuiraſſe avec une cafaque par
deſſus, une mauvaiſe lance de branche d'arbre à la main, un baſſin de
Barbier fur la teſte, monté fur un trés-

mauvais cheval , & fuivi d'un Païfan
defarmé, n'ait pas pris garde qu'en cet
eftat le Seigneur Don Quichotte ne
devoit pas effrayer quatre hommes
fi bien armés. Vous y regardez de trop
prés, dit le Comte ; ce livre n'eft pas
fait pour eftre examiné de la forte,
mais feulement pour divertir par fa
lecture. Ce feroit dommage , repliqua
Don Pedre, de vous donner un ouvrage parfait à lire ; & fi tout le monde
eftoit de voftre humeur, il ne faudroit
pas prendre tant de peine en écrivant
pour rendre les chofes juftes & bien
entendnës. Si vous ne trouvez que cela qui vous choque dans cette avanture, reprit le Comte , ce n'eftoit pas la
peine d'en parler. Elle en feroit quitte à trop bon marché , répondit D.
Pedre. L'Auteur dit que *les Galeriens*
*avoient des chaînes au cou , & des me-*
*notes aux bras ,* & il ajoûte que *Gines*
*de Paßamont eftoit enchaîné differem-*
*ment des autres avec une chaîne aux*
*pieds fi grande qu'elle luy entortilloit*
*tout le corps. Deux carcans au cou ,*
*l'un attaché à la chaîne , & l'autre de*
*ceux qu'on appelle garde-ami , auquel*
*tenoient deux fers qui defcendoient juf-*
*qu'à la ceinture , où eftoient attachées*

deux menottes qui lui tenoient les mains fermées de deux gros cadenats. De forte qu'il ne pouvoit ni porter les mains à fa bouche, ni baisser la tefte jufqu'à fes mains. J'admire comment ces Galeriens rompirent leurs chaînes en fi peu de tems ; & fur tout Gines de Paffemont qui avoit des cadenats & tant de fers. Je voudrois bien fçavoir de quelle maniere une chofe fi difficile fe fit fi facilement. Mais vous pouvez nous l'apprendre, ami Sancho, puifque l'Auteur dit que ce fut par voftre fecours que Gines fe défit de fes chaînes. Dites-nous un peu par quelle induftrie ou plûtoft par quel miracle vous en vintes à bout ? De quels inftrumens vous fervites-vous ? Aviezvous des limes ? Des limes, répondit l'Ecuyer ? Ah vrayment s'il m'eut fallu limer tant de cadenats, j'aurois eu de la befogne jufqu'à la veille de Pâques. Je veux mourir fi un Serrurier avec tous fes outils l'eut pû faire en huit jours. Contez-nous donc, reprit Don Pedre, de quelle maniere fe paffa la chofe. Je vais vous le dire, repartit l'Ecuyer, en préfence de Monfeigneur Don Quichotte qui peut me démentir fi je ne dis pas la verité. Vous fçau-

rez donc, Meffieurs, que deux Galeriens, qui n'eftoient pas fi bien atta-
chez que les autres, ayant trouvé
moyen de fe détacher pendant que
mon Maître attaquoit le Commiffaire
de la chaîne, commencerent à jetter
des pierres aux Archers fi dru & fi
menu qu'ils les mirent en fuite. Ils dé-
pouillerent enfuite le Commiffaire, &
lui ayant ofté les clefs de la chaîne
dont il eftoit chargé, ils le laifferent
courir aprés fes Camarades; & puis
nous entrâmes dans la montagne noire, où nous délivrâmes avec les clefs
tous les Galeriens l'un aprés l'autre.
Sancho n'avance rien qui ne foit veritable, dit Don Quichotte. Tous les
Forçats, excepté les deux dont il a
parlé, ne furent affranchis de leurs fers
que dans la montagne noire, & principalement Gines de Paffamont que
nous eûmes, avec les clefs même,
beaucoup de peine à débaraffer de fes
cadenats. La chofe eft vray-fembla-
ble de cette façon, réprit Don Pedre;
mais Benengely la conte autrement;
car il dit d'abord que les Galeriens é-
toient fortement liés; aprés cela il dit
qu'ils fe détacherent fans nous apprendre comment. Une autre chofe encore

ne me paroît pas vrai femblable: Il dît
que les Galeriens fe rangerent autour
du Seigneur Don Quichotte pour écouter un long difcours qu'il leur fit. Il
me femble que fe voyant libres, ils
ne devoient fonger uniquement qu'à
fe fauver. Des gens qui avoient la fainte Hermandad à craindre, pouvoient-
ils écouter une harangue fi patiem-
ment? Non, pardy, s'écria Sancho!
mais n'en déplaife à l'Arabe, il en
a menti; je puis vous affûrer qu'ils
n'eurent pas la patience d'écouter mon
Maiftre; car à mefure qu'on les déta-
choit, zefte, ils s'enfuyoient dans la
foreft comme des dains, tant ils a-
voient peur des Archers de la fainte
Confrairie. Puifque nous en fommes
à cette avanture, dit Don Alvar, &
que je m'intereffe particulierement à
tout ce qui touche mon ami Sancho;
Je voudrois bien fçavoir fi les Galeriens lui volerent ou non fon manteau; car Benengely dit le pour & le
contre. Ouï mon cher Sancho, il dit
que vous aviez fait de voftre manteau une maniere de biffac où eftoient
les provifions de bouche que vous a-
viez pris aux Ecclefiaftiques qui accompagnoient le mort; ce que les forçats

çats, dit-il, ne s'aviſerent pas de dérober. Et puis oubliant cela, il ajoûte
dans la ſuite qu'ils volerent voſtre
manteau : quelle contradiction ! Par
la gerny, interrompit l'Ecuyer, voila un franc veillaque d'Auteur de ſouf-
fler ainſi le froid & le chaud. Il eſt
bien vray, Meſſieurs que ſi les Galeriens euſſent tant ſoit peu flairé nos
proviſions, c'en eſtoit fait ; & par ma
foy, mon manteau doit une belle
chandelle à Dieu. Mais, mardy, je
l'ay encore en dépit de tous les Ara-
bes qui ſe meſlent d'écrire des hiſtoi-
res ; & quand je l'auray porté encore
dix ou douze ans, je l'envoyeray à ma
fille Sanchette, pour s'en faire un ju-
pon de nôce. Meſſieurs, dit le Comte,
je demeure d'accord que ces remarques ſont juſtes ; mais au bout du
compte, vous ne critiquez que des bagatelles. J'en conviens, répondit Don
Alvar ; mais que voulez-vous que nous
critiquions ? Ce livre contient-il autre
choſe que des bagatelles ? Que des bagatelles, repliqua le Comte ! Je ſou-
tiens qu'il y a des choſes trés-ſolides.
Quand il n'y auroit que l'examen que
le Curé & le Barbier font des livres
du Seigneur Don Quichotte ; il faut

*Tom. II.*                                    N

convenir que c'eſt un morceau de critique fort plaiſant, trés-fin, & trés-ju-
dicieux. J'avoüe qu'il eſt plaiſant, dit
Don Pedre ; mais pour fin, non, Hé
quelle fineſſe y a-t-il à dire qu'un livre
eſt bon, & qu'un autre eſt mauvais?
Ah que dites-vous, repartit le Comte ? Le Curé fait la critique de chaque
livre, & en dit du bien ou du mal avec
un gouſt & un jugement admirable.
Oüi vrayement! reprit Don Pedre en
riant, & pour preuve de cela je me
ſouviens que le Barbier prenant un livre & l'ouvrant dit, *Voici le miroir*
*de la Chevalerie. J'ay l'honneur de le*
*connoiſtre, dit le Curé, & ſi j'en ſuis*
*cru on ne le condamnera qu'à un ban-*
*niſſement perpetuel, parce qu'il a quel-*
*que choſe de l'invention du Boyardo,*
*d'où le chaſte Arioſte a auſſi tiré la*
*ſienne. Pour cet Arioſte, ajoûte-t-il,*
*ſi je le rencontre, & qu'il parle une*
*autre langue que la ſienne, qu'il ne*
*s'attende pas que je lui pardonne. Ve-*
*ritablement je le reſpecte fort en ſa lan-*
*gue, & j'auray toujours pour lui beau-*
*coup de conſidération.* Je l'ay en Italien, dit le Barbier; mais je ne l'entens
point. *Tant mieux pour vous*, répond
le Curé, *vous n'y perdez pas grand-*

*chofe.* Eft-ce là ce jugement admirable du Curé ? Il trouve l'Ariofte excellent en Italien, & cependant il felicite le Barbier de ne l'entendre pas. Vous voyez bien que le Curé fe contredit, & je ne vous confeille plus de vanter fes décifions. Pour moy, je n'en fais pas grand cas, fur tout quand il fait grace à la *Galatée :* Il devoit la condamner au feu, pour fe montrèr Juge équitable & éclairé.

Avec tout cela, Meffieurs, dit le Comte, le Don Quichotte de Benengely eft incomparable. Les gens qui font profeffion d'avoir de l'efprit en ont tous porté ce jugement ; & vous aurez beau dire, je n'en démordray point. Je n'en doute pas, dit Don Pedre, on eft rarement affez fincere pour avouër qu'on s'eft mépris ; & qu'on a jugé témerairement d'un ouvrage d'efprit. C'eft ce qui fait qu'on eftime encore aujourd'hui plufieurs Auteurs anciens. On ne veut pas fe dédire des premiers fentimens qu'on en a témoignez. Je vois bien, repliqua le Comte, que vous lifez les livres avec trop d'application, & qu'il n'y a peut-eftre pas une avanture dans celui-cy où vous ne trouviez de ces fautes de jugement.

Mais avoüez du moins que les nouvelles en font admirables, & que vôtre critique les doit refpecter. Je ne
vous avoüeray point cela, repartit
Don Pedre : & vous devez vous-même demeurer d'accord que l'hiftoire
de la Bergere Marcelle eft d'une longueur fatiguante. Elle ne contient pourtant aucun incident, & tout le fujet
eft que cetteMarcelle eut beaucoup d'a-
mans, qu'elle les méprifa tous, & que
par fes rigueurs elle fit mourir le Berger Chryfoftome. Il n'y a perfonne qui
ne fente les langueurs de cette hiftoire. Maisà propos de l'amoureux Chryfoftome, parlons un peu, je vous prie,
des beaux vers qui furent lûs à fon enterrement. Qu'en penfez-vous, Meffieurs ? N'en avez-vous pas efté char-
mez ? Ah vous m'en faites fouvenir,
s'écria Don Carlos ! bon Dieu qu'ils
font.... mais je n'en veux rien dire,
puifqu'ils font fous la protection de
Monfieur le Comte. Oh pour les vers,
dit le Comte, je vous les abandonne.
Benengely eft un trés-mauvais Poëte,
je n'ay jamais pû goûter fes ouvrages
en vers. Mais pour revenir aux nouvelles de fon Don Quichotte, celle du
*Curieux impertinent* m'a fait plaifir.

Elle eſt bien écrite, dit Don Pedre, mais c'eſt un morceau détaché, une piece poſtiche, & mal amenée. Il eſt vray, repliqua le Comte ; mais vous ſavez qu'il y a quelquefois dans les livres des digreſſions qui ſont plus agréables que les livres mêmes. N'importe, repartit Don Pedre, c'eſt un défaut que Benengely devoit éviter, ce qu'il auroit pû faire ſans un grand effort d'imagination. Pour l'hiſtoire de la belle Zoraïde & du Capitaine eſclave, elle eſt encore trop diffuſe : mais c'eſt le ſtile de l'Auteur. Paſſons à celle de Dorothée. C'eſt où je vous attens, reprit le Comte. Je vous défie de trouver la moindre choſe à critiquer dans celle là. C'eſt ce qui vous trompe, répondit Don Pedre. Ecoutez-moy ſeulement ſans préoccupation. Dorothée conte ſon hiſtoire au Curé & à ceux qui eſtoient avec luy. Elle leur fait un détail de ſes malheurs dans des termes qui leur perſuadent qu'elle eſt auſſi vivement affligée qu'elle a ſujet de l'eſtre. Neanmoins le Curé ne lui a pas plûtoſt appris que pour ramener le Seigneur D. Quichotte en ſon village il a deſſein de déguiſer le Barbier en Princeſſe, qu'elle s'of-

fre d'elle-même à faire ce personna-
ge , assurant qu'elle le fera mieux que
le Barbier. Je vous demande si Dorothée occupée de ses malheurs estoit
dans une situation à jouër un rôle de
Comedie ? Quand vous voulez que je
pardonne ces fautes de jugement à
l'Auteur de ce livre vous me faites
souvenir de ces curieux de tableaux
anciens : si vous leur dites , Il me semble que ce tableau n'a pas un bon coloris ; ils vous répondent ce n'estoit pas
le talent du Peintre : mais cette action
est violente ; ce racourcissement forcé,
il y a dans ce tableau deux jours differens : Il est vray disent-ils , mais c'est
une licence. Les grands Maistres en ont
quelquefois usé de la sorte. Ce n'est
pas de cette façon qu'il faut regarder
des tableaux tels que ceux-cy , il faut
considerer l'ordonnance , le tout ensemble , & un je ne sçay quoy qui est
divin. Il n'y a rien à repliquer à cela,
dit Don Alvar, & pour vous dire ce
que je pense de l'histoire de Dorothée,
elle me paroist presque toute hors du
vray-semblable. Je ne crois pas qu'une
jeune fille bien élevée puisse avoir assez
de hardiesse & de résolution pour
se déguiser en homme , & aller servir

un Païfan au milieu d'une foreft af-
freufe. Je ne fçaurois croire non plus
que Dorothée ait pû eftre trois mois
chez le Païfan qu'elle fervoit , fans
qu'on la connût pour ce qu'elle eftoit.
Quand fa beauté ne l'auroit pas trâhie,
elle avoit des cheveux longs & en
quantité : comment pouvoit elle les cacher fous fa capeline? Ce n'eft pas tout:
on ne voit perfonne qui parle tout feul
dans un defert , & encore moins qui
parle affez haut pour eftre entendu
diftinctement de trente ou quarante
pas. C'eft pourtant ce que fait Dorothée. Elle parle toute feule dans la foreft, & le Curé & fa compagnie , quoique fort éloignez d'elle, ne perdent pas
un mot de ce qu'elle dit. Cela eft bon
dans le roman heroïque où le merveilleux eft receu : mais non pas dans le
comique, où toutes les actions de la
vie ordinaire doivent eftre reprefen-
tées naturellement. Je ne finirois jamais fi je difois tout ce qui me choque dans cette hiftoire. Et que penfez-vous de celle de Cardenio , dit
le Comte ? Elle eft plus vray-fem-
blable , répondit le Grenadin. Cardenio ne fait rien qui ne foit poffible.
Vous avez raifon, dit Don Pedre, fa

N iiij

fa folie eft bien imaginée, & parfaitement bien décrite : mais lorfque tout
à coup, je m'apperçois qu'il n'eft plus
foû, fans qu'on me dife ce qui l'a rendu fage ; c'eft un merveilleux que je ne
comprens pas. Je le vois entrer en folie lorfque le Seigneur Don Quichotte
lui parle de Romans, & bien-toft a-
prés quand il voit jouër la Comedie
de la Princeffe Micomicona, dont il eft
même une efpece de perfonnage, il demeure fort tranquile. L'Auteur ce me
femble, devoit faire réflexion fur ce
grand changement ; car il n'eftoit rien
arrivé à Cardenio qui puft luy avoir
remis l'efprit. Il n'avoit point encore
retrouvé fa Lufcinde. Au contraire les
avantures de Dorothée dont il avoit
ouï le recit, & qui avoient du rapport
avecl es fiennes, avoient dû l'émouvoir
beaucoup : & dans la fuite lorfqu'il voit
Don Fernand fon mortel ennemi, le
fatal Auteur de fes peines, ne doit-il-
pas vrai-femblablement devenir furieux? Qui l'avoit gueri fi parfaitement?
Enfin j'ignore pourquoy Benengely a
negligé de nous rendre compte de cela. Je veux bien lui pardonner toutes
les circonftances inutiles qu'il a coûtume de rapporter dans le recit d'une

A. clouzier. Culp.

avanture, pourveu qu'il n'oublie pas
les neceſſaires. Meſſieurs, dit alors le
Comte, je commence à croire que
vous avez raiſon ; & je voy bien que
les livres ſans défaut ſont plus rares
que je ne penſois. Je vous jure que dé-
ſormais je liray plus attentivement les
ouvrages d'eſprit ; & que je ne donneray pas ſi bruſquement mon approba-
tion. Aprés cet entretien ils ſe leverent
de table, & remonterent dans la chambre du Peintre. Pour Sancho, il ſuivit
les Pages de Don Alvar, & alla dîner
avec eux.

## CHAPITRE XLVI.

*Du Portrait de la Reine Zenobie.*
*Et de ce qui fit rire Sancho.*

IL y avoit deux heures que le Barboüilleur travailloit, & il s'eſtoit
ſi bien eſcrimé de ſon mauvais pinceau, qu'il avoit déja peint non ſeule-
mèn Don Quichotte & ſa Dame balafrée ; mais juſqu'aux Amours mêmes.
Et le tout ſans contredit paroiſſoit auſſi
correctement deſſiné qu'une enſeigne
de Cabaret. Toutes les figures étoient
*Tome II.*

eſtropiées. On voyoit au Chevalier
une jambe quatre fois plus grande que
l'autre, & outre que la Reine Zenobie avoit la teſte de travers, ſon nez
ſa bouche & ſon menton ſe touchoient
immediatement. Elle étoit coëffée en
cheveux ; mais de maniere qu'elle
avoit tout l'air d'une furie. Pour les
Amours, ils n'eſtoient pas tout-à-fait
ſi mal peints ; mais ils tenoient en forme de guirlandes, des andoüilles &
des cordons de cervelas, noüés de
diſtance en diſtance avec des feüilles
de laurier. Ce qui avoit ſemblé au
Peintre mieux convenir que des guirlandes de fleurs à une Tripiere d'Alcala. Comme le Grenadin & ſa compagnie ne s'attendoient pas à trouver le Portrait ne la Princeſſe enrichi
de ces ornemens, ils eurent beaucoup
de peine à garder leur ſerieux. Le
Peintre de ſon côté n'avoit pas moins
d'envie de rire : Meſſieurs, leur dit-il,
je vous prie de bien examiner mon
ouvrage ; je me flatte qu'il ne vous dé-
plaira pas. Je ſuis ſurpris, lui dit Don
Carlos, que vous ayez pû faire tant
d'excellentes choſes en ſi peu de tems.
C'eſt ce qui ne doit pas vous étonner,
répondit le Peintre ; quand on a la li-

berté de pinceau que j'ay, l'execution
ne coûte rien. Les morceaux les plus
hardis & les plus pleins de feu font
quelquefois nos ouvrages d'un moment. Mais, Messieurs, ajoûta-t-il,
que dites-vous du Seigneur Don Quichotte? trouvez-vous que je l'aye peint
avec cette bonne grace & cette noble
fierté qui inspire du respect aux hommes & de l'amour aux Dames. Oui
vrayement, répartit Don Carlos ; & à
le voir ainsi armé de toutes pieces & à
genoux devant la Belle & jeune Zenobie, on le prendroit pour le Dieu de
la guerre qui, au hazard de réjoüir
une seconde fois l'Olimpe, demande
à la Déesse de Cithere le don d'amoureuse mercy. Messieurs, dit Don Quichotte, admirons plûtost le Portrait de
la Reine. Que ce coloris est vif &
frais ! qu'il y a de noblesse & de grandeur dans cet air de teste ! que tout ce
visage est gracieux ! non je ne crois
pas que parmi les monumens de Rome, il y ait un morceau de peinture
comparable à ce portrait qui efface la
Galatée de Raphaël, la Venus de Me-
dicis, & celle du Titien même. Oui
Seigneur Peintre, poursuivit-il, vous
avez heureusement exprimé par la for-

ce de voſtre pinceau tout ce que l'imaʒ gination peut aſſembler de beautés & d'agrémens. Seigneur Don Quichotte, lui répondit le Peintre, comme vous m'avez aſſûré que la Reine Zenobie eſt parfaite, je l'ay compoſée de tout ce que les plus celebres Princeſſes de l'antiquité avoient de plus beau. Je lui ay donné le front d'Helene, la bouche & le nez de Penelope, le menton d'Andromaque, les yeux d'Angelique, le teint de la belle Niquée & la gorge de Didon. En mettant tout cela enſemble, repliqua nôtre Chevalier, vous avez peint la Reine telle qu'elle ſera quand je l'auray deſenchantée. Dieu en ſoit beni, reprit le Peintre : mais prenez-y garde Seigneur Don Quichotte ; car ſi par malheur elle n'eſt pas auſſi belle que je l'ay repreſentée, je vous avertis que j'en charge voſtre conſcience, puiſque je n'ay travaillé que ſur voſtre parole : & je declare que je m'en lave les mains. Oh ne craignez rien, lui dit Don Alvar ; on ne vous fera jamais de reproche là deſſus. L'Infante des Amazones aprés ſon deſenchantement paroiſtra encore plus belle que ſon portrait ; parce qu'elle ſera alors auſſi charmante qu'elle eſt horrible à pre-

fent. En achevant ces paroles il vit entrer l'Ecuyer du Chevalier des Amours:
Venez, Sancho, lui dit-il, apprenez-
nous ce que vous penfez de ces por-
traits. L'Ecuyer s'en approcha, & fe
mit à les regarder de tous fes yeux:
mais après avoir bien confideré toutes
les figures, il trouva les guirlandes fi
plaifantes, qu'il fe prit à rire de toute
fa force. Sancho mon ami, lui dit le
Comte, peut-on favoir ce qui vous
fait rire de fi bon cœur? L'Ecuyer
pour toute réponfe redoubla fes ris en
fe tenant les côtés. Apprén-nous donc,
animal, dit Don Quichotte avec tranfport, pourquoy tu ris comme un écer-
velé? Ne vous fâchez point, Monfieur, répondit Sancho, je vous affeure que pour le coup ce n'eft ni de vous,
ni de la Princeffe que je ris. C'eft de
ces inventions que les Amours tiennent entre leurs mains. Tu veux dire
des guirlandes, reprit Don Quichotte.
Hé que diable ont-elles de ridicule,
pour exciter ces ris immoderés? Ma
foy, Monfieur, repartit l'Ecuyer,
voilà ma berluë en branfle. Vous ne
devineriez jamais ce que je voy. Par
la mardy, les Enchanteurs font de
droles de corps! aulieu de ces guir-

landes que vous voyez vous autres, ils
me font voir à moy des andoüilles &
des boudins. A ces mots toutes les
perfonnes qui eftoient dans la chambre firent un éclat de rire. Sancho,
Sancho, s'écria Don Carlos, mettez
mieux vos lunettes, mon ami. Pouvez-vous prendre des guirlandes de
myrthe & de laurier pour des boudins & des andoüilles ? Oh-dame,
Seigneur Carlos, répondit l'Ecuyer,
lorfqu'on eft enchanté, on ne voit pas
comme on voudroit bien, non ! Quand
vous me diriez d'ici à demain que ce
font des guirlandes, je n'y faurois que
faire, je vois toûjours des boudins ;
mais des boudins fi bien peints qu'il ne
leur manque que la parole. Meffieurs,
dit alors Don Quichotte, je fuis ravi
que vous foyez témoin vous-mefme de
ce prodige étonnant. Que Benengely
dife encore qu'il n'y a ni Enchanteurs,
ni enchantemens. Eft-il naturel que
ce qui nous paroift à tous des guirlandes paroiffe autre chofe à mon E-
cuyer ? Tous les Cavaliers demeurerent d'accord que Don Quichotte a-
voit raifon, & commencerent à plai-
fanter fur l'enchantement de Sancho.
Noftre Chevalier voulut enfuite faire

apporter ſa malle pour donner quelques ducats au Barboüilleur ; mais ce
genereux Peintre, que Don Alvar a-
voit ſecrettement payé , s'y oppoſa
fortement , & ſortit en diſant à D.
Quichotte, que l'honneur d'avoir peint
le plus grandChevalier & la plus belle
Princeſſe du monde lui tenoit lieu de
récompenſe. Aprés cela la nuit eſtant
venuë , on fit préparer deux caroſſes.
Le Comte & ſon beaufrere entrerent
dans l'un avec Don Quichotte & ſa
Dame ; Don Alvar , Don Pedre &
Sancho monterent dans l'autre , &
ils ſe rendirent tous chez le Comte.

## CHAPITRE XLVII.

*De ce qui ſe paſſa chez le Comte. De*
*l'arrivée de l'Ecuyer noir, & de la*
*conqueſte importante que Sancho fit*
*de l'iſle des Andoüillettes.*

LA premiere choſe que fit le Comte
en arrivant au logis fut de conduire Don Quichotte & Zenobie dans
l'appartement de ſa ſœur , où pluſieurs
Dames les attendoient avec toute
l'impatience dont peuvent eſtre agitées

des femmes qui esperent se réjouïr aux
dépens du prochain. Enfin, Mesdames,
leur dit le Comte , je vous amene le
Héros de la Manche , ce gentil & galant Chevalier dont vous avez ouï raconter tant de merveilles. Les Dames
firent de profondes reverences à Don
Quichotte, & le reçûrent le plus se-
rieusement qu'il leur fut possible ; mais
lorsqu'ils apperçûrent la Tripiere balafrée avec ses habits bizarres, sa taille
démesurée , & son visage affreux, il
n'y eut pas moyen de tenir contre un
objet si ridicule. Elles en éclaterent,
& leurs ris entraînant ceux des Cavaliers & des Pages qui estoient dans la
chambre , cela fit un chorus que le
Chevalier des Amours ne trouva pas
fort réjoüissant. Il en fut scandalisé,
& tout grand serviteur des Dames
qu'il estoit, je ne sçay s'il ne seroit pas
sorti du profond respect qu'il avoit
naturellement pour elles, si Don Carlos, qui en eut peur, ne se fust avisé
de lui dire: Seigneur Don Quichotte,
vous voyez bien que ces belles Dames
ne savent pas que la Reine Zenobie
est enchantée ; & elles en jugent sur
l'étiquette. A ces mots les Dames reprirent leur serieux, firent des excuses
au

au Chevalier, qui leur dit que dés le
lendemain il prétendoit défendre la
beauté de la Reine des Amazones contre tous les Chevaliers de la Cour.
Mais Seigneur Don Quichotte, lui dit
une Dame, ne feriez-vous pas mieux
d'attendre que cette Princeſſe fuſt deſenchantée ? Elle feroit alors, ce me
femble, plus en eſtat de foutenir la
diſpute. Non, Madame, répondit Don
Quichotte; car aprés fon defenchantement elle paroîtra fi éminemment
douée de toutes fortes de perfections,
que nul Chevalier n'ofera mettre fa
maîtreſſe en comparaiſon avec elle.
Sa veuë femblable à celle de la belle
Niquée troublera l'efprit & la raiſon ;
& je ne pourray plus avoir le plaiſir
de me battre pour fa beauté ; ce qui
eſt un plaiſir trés-piquant. C'eſt pourquoy pendant que la Reine Zenobie
n'eſt pas dans un eſtat à m'ofter toute
efperance de trouver quelque Chevalier qui veüille combattre contre moy,
je fuis bien aife de profiter de l'occafion. Oh par la gerny, s'écria Sancho,
qu'ils y viennent ces Meſſieurs les
Chevaliers ! Monfeigneur Don Quichotte leur fera confeſſer à bon coups
de gantelet par les oreilles que Mada-

me Zenobie l'emporte fur toutes les
Dames de la Cour, auffi-bien que fur
les jumens. Cette faillie fit rire tout
le monde ; & Don Carlos voulant
mettre en jeu l'Ecuyer, lui dit : Ami
Sancho, avec la permiffion de voftre
Maiftre, racontez, je vous prie, à
ces Dames ce qui vous eft arrivé depuis voftre départ de Saragoffe. Je le
veux, répondit Sancho, auffi-bien
fuis-je en humeur de donner à ces Dames toutes fortes de fatisfactions. Pren
donc garde à toy, dit Don Quichotte.
Parle avec circonfpection, & ne dis
aucune extravagance. Hé pardy, Monfieur, repartit l'Ecuyer, il faut bien
que je dife vos avantures. Laiffez-moy
faire. Je vais parler comme un Sacrif-
tain ; toutes mes fentences feront autant de paroles. En même tems il fe
mit à raconter les exploits de fon Maître & les fiens avec une volubilité de
langue, & dans des termes qui divertirent fort les Dames. Il n'avoit pas
encore fini, car il ne finiffoit jamais,
lorfqu'un Page vint dire tout haut qu'il
y avoit dans l'antichambre un homme
extraordinairement habillé, & plus
noir qu'un demon, qui fouhaitoit de
parler à la compagnie. Qu'on le faffe

entrer, dit le Comte ; nous allons voir
ce que c'eſt, & ce qu'il nous veut. On
ouvrit auſſi-tôt la porte de la chambre,
& l'on vit paroître le Secretaire de
Don Carlos déguiſé à peu prés de la
meſme maniere que lorſqu'il fit à Sa-
ragoſſe le perſonnage d'Ambaſſadeur.
Il s'eſtoit barboüillé le viſage de noir
de fumée ; il avoit une robe de velours noir, un long bonnet garni de
plumes, de gros pendans d'oreilles,
& au cou une vaſte fraize peinte de
toutes ſortes de couleurs, avec pluſieurs chaînes d'or & d'argent, auſ-
quelles eſtoit attaché une infinité de
medailles & de plaques d'acier. Il ne
portoit point d'épée, on lui voyoit
ſeulement une large bayonnette à la
ceinture. Il n'oſta point ſon bonnet en
entrant, & ſans faire la moindre ci-
vilité à perſonne ; dés qu'il fut au milieu de la chambre, il addreſſa ce diſcours aux Dames & aux Cavaliers :
Princes & Princeſſes ici preſens, vous
voyez devant vous Halimet Salduceen
Micronsfa Maroquin l'enfumé, Gouverneur tyran de l'iſle des andoüillettes, diſcret & unique Ecuyer du ſu-
perbe geant Bramarbas de Taille-enclume Roy de Chipre, Surintendant

de ſes plaiſirs *& cætera*. Je cherche
partout l'arrogant Chevalier de la
Manche. Le voici, interrompit Don
Quichotte. Que lui voulez vous ? Je
viens, reprit l'Ecuyer noir, pour vous
dire que mon horrible Maiſtre eſt préſentement à Valladolid où il a tué plus
de deux cens Chevaliers dans un Tournoy avec une maſſuë d'acier que l'Enchanteur More ſon ami lui a donnée,
& qui eſt la meſme dont ſe ſervit autrefois le redoutable geant Brumaleon,
lorſqu'il tua dans un ſeul combat huit
mille Chevaliers errans. Il eſt dans la
derniere impatience de vous en briſer
la teſte, & il aura cet avantage quand
il vous plaira. Retournez vers voſtre
Maiſtre, répondit Don Quichotte :
Qu'il ſe rende en cette Ville inceſſamment; il y a trop long-tems que cet
Infame ſoüille la pureté du jour par
une execrable vie. Partez ſans retar-
dement, & dites-lui qu'il peut ſe pré-
ſenter devant moy armé de ſa funeſte
maſſuë, que je crains auſſi peu que Don
Lucidaner de Theſſalie craignit celle
de Grindalafo. Avant que je m'en re-
tourne, repliqua Maroquin, il faut
que je me vange de voſtre Ecuyer Sancho Pança. Je me ſuis laiſſé dire qu'il

fe vante infolemment d'eftre plus brave que moy. S'il eft en cette compagnie, je le défie en combat fingulier.
Je veux déchirer fon corps en mille
pieces, & les jetter aux oifeaux de
proye.

Comme Sancho ne difoit rien à tout
cela, & qu'il fembloit aucontraire fe
cacher derriere Don Carlos, le Comte
lui dit : Hé quoy, Sancho, vous ne
répondez point aux menaces qu'on
vous fait ? Je ne fuis pas ici, dit l'E-
cuyer, que le Maroquin revienne une
autre fois, j'y feray peut-eftre. Qu'il
aille à une autre porte, celle-cy ne
s'ouvre point. Ah vous voilà, s'écria
l'Ecuyer noir ! Vous eftes une grande
poule de dire que vous n'eftes point ici.
Vous eftes vous-même un grand cocq,
repartit Sancho, de vouloir que j'y fois
malgré moy. Par la gerny, fi la colere
me prend à la fin, & que je mette une
fois mes ongles fur cette face de
Cuifinier d'enfer, vous pourrez bien
vous en fouvenir plus de quatre jours.
Croyez-moy, les yvrognes n'aiment
pas les raifins fecs. Je n'entens pas
raillerie, & lorfqu'un vieux chien
montre les dents, il ne fait pas bon
s'en approcher. Les gens qui font des

menaces, reprit Maroquin, n'ont pas
d'ordinaire grande envie de se battre,
& je me trompe fort si vous acceptez
mon défi. S'il ne l'acceptoit pas, dit D.
Quichotte, seroit-il digne d'estre mon
Ecuyer? Allons, Sancho, fais voir à ces
Dames que tu ne cedes en force ni en
valeur à nul Ecuyer qui soit au monde.
Bon, Monsieur, répondit Sancho, je
savois bien que vous ne manqueriez
pas de vous mesler de cette affaire.
Hé ventre de moy ! pourquoy faut-il
que je me batte dés qu'il en prend fan-
taisie au premier venu ? Est-ce que je
me suis remis pour cela dans la Chevalerie ? Non pas, s'il vous plaist. Je ne
me suis fait vôtre Ecuyer que pour toucher le salaire de mes services, & que
pour panser Rocinantes & vostre Seigneurie. Au bout du compte, quel profit nous revient-il de nos batailles ?
Des dents cassées, des trous à la teste,
& puis c'est tout. Puisque vous avez
une valeur mercenaire, dit l'Ecuyer
enfumé, & que vous n'aimez que les
guerres lucratives, je vais vous faire
une proposition qui vous doit estre fort
agreable. Si vous estes mon vainqueur,
je vous céderay le gouvernement de
l'isle des Andoüillettes. Toute la com-

pagnie fe récria fur un fi beau prix ; &
Sancho animé du defir de le rempor-
ter, répondit à l'Ecuyer noir: Seigneur
Maroquin, à cette condition·là je fuis
preft à batailler contre vous , pourvû
que ce ne foit point à l'épée ; car le
diable eft fubtil , & fans y penfer nous
pourrions nous donner de la pointe
dans le blanc des yeux. C'eft à dire ,
reprit Maroquin , que vous craignez
les épées. Hé bien laiffons-les là. Auffi
bien ne nous eft·il pas permis de nous
en fervir, attendu que nous ne fommes point encore armés Chevaliers.
Cela eftant , repliqua l'Ecuyer de la
Manche , il ne faut pas choquer les
regles de la Chevalerie. Le Ciel nous en
préferve , repartit l'Enfumé, je les fuis
comme les leçons de ma grand-mere.
Et il fuffira que nous nous battions
fimplement avec des bayonnettes. Non
non , dit Sancho, cela ne vaut rien encore. Les bayonnettes reffemblent trop
à des épées , & il en pourroit arriver
des accidens. Avec quoy voulez-vous
donc vous battre, demanda Maroquin?
Battons-nous avec nos bonnets , répondit Sancho : nous nous les jetterons
de loin l'un à l'autre , & de cette maniere, par ma foy , nous aurons bien

du malheur, fi nous avons befoin de
baume & de charpie aprés la bataille.
Vous n'y penfez pas, reprit l'Ecuyer
noir, on diroit que nous ne ferions que
joüer ; & il n'eft pas ici queftion de
jeu, mais de combat. Attendons à l'hi-
ver prochain, repliqua l'Ecuyer de la
Manche, & nous nous battrons à
coups de pelotes de nege ; ou bien battons-nous dés à prefent à coups de
poing. A coups de poing, foit, repartit Maroquin ; je confens que noftre
affaire fe termine ainfi : Le gouvernement de mon ifle merite affez qu'on
faffe le coup de poing. Mais avant que
nous en venions aux prifes, il eft bon
de convenir de nos faits, & de regler
les conditions du combat. Si je fuis
vaincu, je vous l'ay déja dit, mon ifle
eft à vous : mais fi je fuis victorieux,
vous ferez à ma difcretion, & je prétens vous faire enfermer dans une tour
où vous n'aurez qu'une livre de pain
par femaine. Cela eftant, dit Sancho,
je ne veux point me battre. Hé pourquoy, animal, s'écria Don Quichotte?
As-tu jamais vû ou entendu dire que
les conditions d'un combat aient empêché quelqu'un de fe battre ? Ne fe
bat-on pas comme fi on eftoit feur de
vaincre,

vaincre, fans penfer aux conditions,
quelque dures qu'elles puiffent eftre?
C'eft un ufage reçû dans la Chevalerie
errante. Tant pis, Monfieur, répondit l'Ecuyer ; il eft bon de penfer au
lendemain. Avant que de fe mettre au
jeu, il faut fonger qu'on peut perdre.
Nous furtout qui fommes fi chançeux,
que nous fortons prefque toûjours ef-
tropiés de nos batailles. Voyez-vous,
Seigneur Don Quichotte, quoique je
n'aye pas les mains mortes, je ne fuis
pas trop affeuré de la victoire, non !
Et le combat pourroit bien finir par la
Tour & la livre de pain. Par la mardy,
j'aimerois mieux que le diable eût emporté l'ifle avec tous les Gouverneurs
qui l'ont gouvernée depuis la mort des
deux larrons ! Va, ne crains rien,
mon fils, dit Don Quichotte. Si tu as
le malheur d'eftre vaincu, je te jure
devant toutes les Princeffes qui font
ici, d'obliger le Roy de Chipre à te remettre fain & fauf entre mes mains.
Ce fera la premiere condition de mon
combat. Sancho confolé par cette af-
feurance réfolut enfin de combattre.
Alors les deux Ecuyers prirent du
champ, & venant à fe rencontrer dans
leur courfe, ils commencerent à fe

donner quelques gourmades ; mais la
victoire ne fut pas long-tems in-
certaine, & se declara pour l'Ecuyer
de la Manche : car le Secretaire estant
un jeune garçon assez délicat, il sentoit
plus vivement les coups que son adversaire qui estoit fort & coriace. Et
aimant mieux perdre son isle que de gagner mille gourmades, dés le quatriéme
coup de poing, il demanda une suspen-
tion d'armes ; ce qui luy ayant esté
accordé, Je vois bien, dit-il, que les
immortels favorisent aujourd'huy mon
ennemi. J'esperois qu'il succomberoit
sous l'effort de ma valeur ; & je me
proposois de lui faire observer un re-
gime qui l'auroit rendu de fort belle
taille ; mais puisque les Dieux veulent qu'il demeure gros & gras, afin
qu'il meure d'apoplexie, il seroit inutile de m'opposer à leur divine volonté. C'est pourquoy j'abandonne la victoire, & je me confesse vaincu. Vostre Isle est donc à moy, s'écria Sancho ? Oui, elle vous appartient répondit l'Ecuyer noir, & vous en irez prendre possession quand il vous plaira : je
ne vous demande que le tems de déme-
nager. Vive-Dieu ! dit l'Ecuyer vainqueur, qu'est-ce donc que ceci ? peut-

on gagner une Ifle à la premiere rafle ?
& devient-on ainfi Gouverneur en un
clin d'œil ? ne fuis-je pas yvre, ou en-
dormi ? non ! Je fens bien que je n'ay
pas encore foupé , & que je viens de
recevoir des coups de poing. Sancho,
mon fils, interrompit Don Quichotte,
cela ne doit pas t'étonner ; les Ifles &
les Empires ne fe gagnent pas autrement dans la Chevalerie errante. Sou-
viens-toy , lorfque les peines & les fa-
tigues du métier t'arrachoient des
murmures, que je te difois toujours
de prendre patience ; que le tems de
la moiffon viendroit un jour. Il eft enfin venu. Te voila Gouverneur. Avouë
donc préfentement que quand les Chevaliers promettent des Ifles à leurs
Ecuyers, ce ne font pas des promeffes
vaines. Oh , mardy , Monfieur, répondit Sancho , ne vous y trompez
pas. Ce n'eft point vous qui m'avez
donné ce Gouvernement-ci ; je viens
de le gagner par le travail de mes
mains;& vous n'y avez rien mis du vôtre que quelques *Credo* que vous avez
peut-eftre dit à mon intention. Mais
qui diantre eut jamais deviné que je ferois ma fortune à coups de poing? J'en
ay donné plus de mille en ma vie qui

ne m'ont apporté aucun profit, ni plus
ni moins que fi je les euffe femés dans
la riviere. Oh dame, c'eft qu'il faut
favoir à qui on les donne. C'eft-là le
le fin ! J'eus beau, l'autre foir, fangler
deux horions à un muletier, je n'en fus
pas plus riche : mais pour cette fois-ci,
j'ay battu fur bon bled. Arrive qui
plante, Sancho Pança eft Gouverneur.
Je vais faire bonne chere, remuër les
écus à la péle, & me moquer du ton-
du & du pelé. Il accompagna ces paroles de toutes les démonftrations de
joye imaginables. Tout le monde le
felicita fur fa conquefte, & on ne l'appella plus que Monfieur le Gouverneur.

Lorfqu'il fut tems de fouper, la
compagnie eftant dans la falle où l'on
avoit fervi, le Comte dit aux Dames :
Je croy, mes Princeffes, que vous ne
trouverez pas mauvais que noftre nouveau Gouverneur mange avec vous.
Nous lui devons, comme vous favez,
des diftinctions ; & il ne feroit pas de
la bienfeance de l'envoyer manger a-
vec nos domeftiques. Non vrayement,
répondit une Dame ; & pour lui faire
encore plus d'honneur, je fuis d'avis
qu'on le faffe fouper feul avec la plus

belle & la plus confiderable Dame de
la compagnie : c'eſt à dire avec la Reine des Amazones ; car toutes les Dames qui ſont ici ſe connoiſſent trop
bien pour vouloir ſe mettre en para-
lele avec une pareille Princeſſe. Cette
penſée fut generalement approuvée,
ſurtout des Dames qui, quoique tout
cela ne fût qu'un jeu, n'auroient pû
ſans peine ſe réſoudre à ſouffrir à leurs
coſtés une creature dont le caractere
bleſſoit leur imagination. Pour D. Quichotte, il prit la choſe au pié de la lettre, & regarda la préference qu'on
donnoit à ſa Tripiere comme une juſtice qu'on eſtoit forcé de lui rendre.
On apporta donc une petite table à
deux couverts, ce que Sancho ayant
apperçû : Allons, Madame la Reine,
dit-il à Zenobie, mettons-nous à table ſans façon. Nous aurons plus de
plaiſir à ſouper enſemble qu'avec ces
Seigneurs & ces Dames ; car nous ne
ferons point obligés de manger à petits morceaux, & de boire par compas
& par meſure. Barbe, quoique naturellement aſſez hardie, ne laiſſoit pas
d'eſtre un peu honteuſe de ſe voir le
joüet de tant de monde. Mais comme
elle n'en eſtoit pas venu juſques-là

pour reculer, elle fuivit l'exemple de
Sancho, & alla s'affeoir à la petite table. Don Quichotte, les Dames & les
Cavaliers s'affirent tous à la grande,
& lorfque chacun eut pris fa place,
l'Ecuyer noir, qui eftoit encore là, dit
à Don Quichotte : Adieu, Seigneur
Chevalier, je vais m'en retourner à
Valladolid, & porter voftre réponfe à
mon Maiftre. Attendez, Seigneur Maroquin, interrompit Sancho, apprenez-moy auparavant des nouvelles de
mon ifle. Encore faut-il que je fache
comme on vit chez moy. Cela eft
jufte, répondit l'Ecuyer noir ; & pour
fatisfaire voftre curiofité, je vous diray
premierement que les fciences & les
belles lettres fleuriffent dans voftre ifle.
Vous y verrez des favans de toutes les
efpeces. De grands hommes qui entendent le Grec, l'Arabe, l'Hebreu, le
Syriaque, & le haut Allemand. De
rares perfonnages qui parcourent la
nuit le païs des étoiles avec des lunettes, & qui favent à point nommé
quand il eft jour, & quand il eft nuit.
De ces curieux qui, à force d'aprofon-
dir la nature, ont enfin trouvé le fecret de réduire quatre onces d'or à
deux, & de changer en charbon des

contrats de rente , & des terres d'un
grand revenu. Outre cela vous avez
dans voſtre iſle des Poëtes en quantité.
Des faiſeurs d'Elegies , de Quatrains ,
de Rondeaux , de Sonnets , de Satires ,
de Chanſons & de Tragedies en bouts
rimés. Bon pour des Poëtes , dit l'E-
cuyer de la Manche , je leur donneray
de l'or & de l'argent à poignées , pour
qu'ils faſſent des vers & des poëſies ,
car je les aime d'inclination. Pren
garde à ce que tu feras , interrompit
Don Quichotte , fais des preſens avec
moderation. Il faut nourrir les Poëtes,
mais non pas les engraiſſer ; parce que
les richeſſes endorment les Muſes , aulieu de les réveiller. Monſieur , répondit Sancho , quand vous ſerez Roy de
Chipre , ou Empereur de Trebiſonde ,
vous ferez comme vous l'entendrez.
Pour moy je veux payer rubi ſur l'ongle
la beſogne que je commanderay , afin
qu'on ne diſe pas dans mon iſle que je
retiens les peines des ouvriers. Je ſuis
bien aiſe , ſi je puis , de n'avoir point
ce mauvais renom-là ; les Gouverneurs en ont toûjours aſſez d'autres.
Au bout du compte , ſi vous euſſiez
payé l'Arabe qui a compoſé voſtre hiſtoire , il n'auroit pas dit de vous tant

de fotifes. Je me foucie peu de fes im-
poftures, repliqua Don Quichotte,
elles font trop groffieres pour faire
quelque impreffion fur les honneftes
gens. Oui, mais Sancho, dit alors
Don Alvar, vous ne faites pas reflexion
que fi vous payez vos Poëtes, ils ca-
cheront vos défauts, mon ami, & ne
diront que du bien de vous. Hé pardy,
repartit l'Ecuyer, je ne prétens pas les
payer pour qu'ils difent du mal de
moy. Comment donc, Meffieurs, à
vous entendre parler, il femble que
les Poëtes ne doivent écrire que pour
cracher des injures aux gens. Ah ah!
eft-ce qu'ils ne font pas obligés, auffi-
bien que les autres, de cacher les défauts de leur prochain, au lieu de le
fcandalifer ? Ces difcours divertiffoient
infiniment les Dames qui ne pouvoient
affez admirer la fimplicité de Sancho,
& le bon fens de fon Maiftre qui rai-
fonnoit avec tant de jufteffe, qu'elles
ne comprenoient pas comment il étoit
poffible qu'un homme qui parloit ainfi
fuft le plus grand fou de l'Efpagne.
L'apprenti Gouverneur en fatisfaifant
fa curiofité ne laiffoit pas de fe bour-
rer l'eftomach ; & c'eftoit un plaifir
de le voir les joües enflées queftion-

ner le Secretaire. Seigneur Maroquin,
lui dit il, apprenez-nous à prefent de
quelle humeur font les femmes de
mon ifle. Ont-elles toûjours le fufeau
à la main ? Oh que non, répondit l'E-
cuyer noir. Elles aiment trop le plaifir pour eftre fi laborieufes. Elles ne
font point enfermées comme en ce
païs-cy. Elles jouïffent d'une liberté
qui n'a point de bornes. Mais on peut
dire auffi qu'elles en font un trés-bon
ufage. Tout le monde fe louë de leurs
manieres, il n'y a que les maris qui
s'en plaignent. Hé pourquoy s'en plai-
gnent-ils , repliqua Sancho ? Eft-ce
qu'ils ne trouvent pas leur dîner preft,
quand ils reviennent à la maifon ? ou
leur font-elles la grimace ? Aucontraire , repartit Maroquin , c'eft parce
qu'ils trouvent la nappe mife, & leurs
femmes en trop bonne humeur. Cela
les fâche. La bonne humeur de Madame fait la mauvaife humeur de Monfieur. Voilà de fots maris, s'écria l'E-
cuyer de la Manche , de fe fâcher de
ce qui devroit les réjouïr. Vous avez
raifon, reprit l'Enfumé ; & ce qu'il y
a de plus fâcheux , c'eft que ces fots
maris s'avifent quelquefois d'aller
conter leurs chagrins à la Juftice, qui

à la brutalité de faire enfermer leurs femmes. Oh oh ! dit Sancho, il y a donc auſſi des Juges dans mon gouvernement? S'il y en a, repartit Maroquin ? Je vous en réponds. Et de trés-habiles meſme. Comment ! ils entendent ſi bien les affaires, qu'ils les jugent en dormant : Et tout en dormant ils ne laiſſent pas de ruiner des familles. Ah les veillaques, s'écria noſtre Gouverneur ! ne craignent-ils point aprés leur mort de payer les pots caſſés ? Non vrayement, répondit l'Ecuyer noir, ils ſe croyent là-deſſus en ſeureté de conſcience. Il eſt vray, reprit Sancho, que dans le fond il n'y a pas grand mal à cela. Car j'ay ouï dire au Prieur du Toboſo que le mal que nous faiſons en dormant nous eſt pardonné. Cependant les familles n'en ſont pas moins ruinées. O la maudite vermine que ces Juges ! ne puis-je pas les chaſſer de mon iſle ? Pourquoy les chaſſer, dit Don Carlos ? Ventre de moy, répondit Sancho, n'en voyez-vous pas bien la raiſon ? Quand je ſeray devenu riche à force de gouverner dans mon gouvernement, ces Meſſieurs n'ont qu'à ſe mettre à ronfler, & voilà ma famille au biſſac. Par ma

foy ce n'eſt pas la peine de paſſer les
nuits dans les bois, de ſouffrir le froid
& le chaud, & de danſer dans des couvertures pour gagner des iſles, ſi les
Gouverneurs en doivent ſortir le bâton blanc à la main. Sur ce pié-là qui
diable feroit aſſez fou pour avoir envie d'un Gouvernement ? Mon âne
meſme n'en voudroit pas. Monſieur
le Gouverneur, dit l'Ecuyer noir, vous
vous allarmez mal à propos. Le Gouverneur eſt au-deſſus de la Juſtice.
Quelques biens qu'il ait, & de quelque maniere qu'il les ait amaſſés, il a
l'avantage de ne rendre ſes comptes
que dans l'autre monde : & les Juges
ne ſauroient lui ôter une obole, quand
ils ronfleroient toute leur vie. Que ne
le diſiez-vous donc, repliqua l'Ecuyer
de la Manche ? Pourvû que je n'aye
aucune diſpute avec les Juges, nous
nous accommoderons fort bien enſemble, un Barbier raze l'autre ; ils
n'ont qu'à me laiſſer gouverner à mon
aiſe, & je les laiſſeray dormir tout
leur ſaoul. La ſœur du Comte prit a-
lors la parole. Monſieur le Gouverneur, dit-elle, ne demande pas s'il y a
des Medecins dans ſon iſle. Par la
mardy oui, interrompit Sancho, j'ou-

bliois le meilleur. Apprenez-nous, Seigneur Maroquin, s'il y a de bons Medecins dans mon Gouvernement, car
j'en ay befoin pour me faire la barbe
& les cheveux. C'eft où je vous attendois, répondit l'Ecuyer noir ; je vous
affeure que c'eft un plaifir d'eftre malade dans voftre ifle. Les medecins y
font autant de Machaons, d'Hippo-
crates, & de Galiens. Il y en a un entr'autres qui a des remedes divins, &
qui parle auffi-clairement qu'un oracle fur toutes fortes de maladies. Il
faut que je vous en dife un trait merveilleux. Un Prefident ayant un jour
gagné une plurefie en prononçant un
arreft, on fit venir fix medecins. Nôtre incomparable en eftoit. Ils voyent
le malade, ordonnent des remedes, les
lui font prendre, fon mal augmente,
le voilà bientôt à l'extrémité. Qu'ar-
riva-t-il? Cinq Medecins l'abandon-
nerent, & jugerent qu'il ne pafferoit
pas le Dimanche : mais noftre grand
homme refta feul, & fit fi bien par la
force de fes remedes que le Prefident
ne mourut que le Lundy. Par la mardy, s'écria Sancho, vous m'avez bien
trompé. J'ay crû que vous alliez dire
que ce grand Medecin guerit tout-à-

fait le Préſident. O c'eſt une autre af_
faire, repliqua Maroquin. Tudieu! ſi
les Medecins ſavoient faire de ſi belles
cures, je ne me moquerois plus de leurs
mauvais remedes ni de leur bon latin.
Sancho fit encore au Secretaire quel_
ques autres queſtions dont le ſage Ali_
ſolan ne fait point mention dans ſes
memoires, peut-eſtre parce qu'elles ne
ſont pas venuës à ſa connoiſſance; ou
bien peut-eſtre parce qu'il ne les a pas
trouvées dignes d'eſtre rapportées dans
une hiſtoire auſſi ſerieuſe que celle-ci.

## CHAPITRE XLVIII.

*De la réſolution qui fut priſe au ſujet*
*de la Reine Zenobie à l'inſçû de Don*
*Quichotte, & de l'avanture de la*
*ſerenade.*

L A compagnie ayant ſoupé, l'Ecuyer
noir diſparut, & les Dames voulant faire un peu parler la Princeſſe
Amazone, ſe rangerent autour d'elle.
Madame la Reine Zenobie, lui dit la
ſœur du Comte, apprenez-nous de
grace, pourquoy vous eſtes ſi taciturne-
ne. Vous n'avez pas dit un ſeul mot

pendant le souper. Est-ce un effet de
vostre enchantement ? Ou les Amazones ont-elles coutume de manger
comme des Chartreux? Madame, répondit Barbe, quand je suis avec des
gens de ma sorte, je parle aussi bien
qu'une autre : mais il faut que les petits se taisent devant les grands ; car
j'ay toûjours oui dire que les bonnes
paroles des petits ne valent pas les mé-
chantes paroles des grands. Sur ma foy,
s'écria Don Carlos, la Princesse a raison. On admirera un vieux rebus, un
mauvais quolibet dans la bouche d'un
grand Seigneur, & l'on ne fera point
de cas d'un bon mot qui échappera à
un homme ordinaire. Cela est vray,
dit Don Pedre de Lune ; il en est des
grands Seigneurs, & des gens d'une
condition mediocre à peu prés comme
des Auteurs anciens & des Auteurs
modernes : On change, pour ainsi dire,
en bonne nourriture tout ce qu'ont
écrit les Anciens, & leurs défauts passent pour des beautés. On tourne aucontraire en poison tout ce que font
les modernes, & leurs beautés passent
pour des défauts. Messieurs, dit la sœur
de Don Carlos, laissons-là, s'il vous
plaît, la morale. Voulez-vous bien

nous permettre de parler un moment
en liberté à la Reine Zenobie ? Nous
avons quelque chofe de particulier à
lui dire. Les Cavaliers fe retirerent
auffi-tôt avec Don Quichotte, & Sancho vers une eftrade où ils comman-
cerent à s'entretenir de Bramarbas.
Alors les Dames prierent Barbe de leur
apprendre l'hiftoire de fes malheurs,
ce qu'elle fit dans des termes qui les
divertirent : mais aprés s'eftre diverti
de cette pauvre creature, elles en eurent pitié ; & la fœur du Comte, pouffée par un mouvement de charité, luy
dit: Oh-ça ma bonne amie, il nous paroift par tout ce que vous venez de
nous dire que vous reffemblez aux Comediens, qui fouhaitent que la farce foit
jouée pour aller toucher leur argent.
Je vois bien que pour vous en retourner à Alcala, vous n'attendez que les
cinquante ducats que le Seigneur Don
Quichotte vous a promis : Et comme
il vous doit eftre indifferent de les recevoir de lui ou d'un autre, je vais
vous les donner tout à l'heure, à condition que vous partirez demain avant
que Don Quichotte & fon Ecuyer
foient reveillez. Je ne demande pas
mieux répondit Barbe ; car quoi que je

ne fois Reine que depuis cinq ou fix
jours, je vous affure que je fuis auffi
ennuyée de l'eftre que fi je l'eftois depuis que je fuis au monde. Toutes les
teftes ne font pas faites pour un bonnet. Je fens bien qu'il me fied mieux
de faire des fricaffées de tripes pour les
Ecoliers de noftre Univerfité, que de
me venir quarrer & requinquer à la
Cour. La fœur du Comte tira fa bourfe, & la mettant entre les mains de
Barbe, fans que Don Quichotte & fon
Ecuyer s'en apperçûffent, Tenez,
mon amie, lui dit-elle, il y a là dedans foixante ducats; je vous les donne, mais ne manquez pas de partir
demain de grand matin. Je vous le
promets, Madame, repartit la Balafrée, & cela fuffit, car je n'ay jamais,
Dieu mercy, manqué de parole à perfonne. La fœur du Comte enfuite appella Don Alvar, & lui apprit tout bas
la convention qu'elle venoit de faire
avec Zenobie. Le Grenadin qui n'e-
ftoit pas fâché de fe débarraffer de l'A-
mazone, fe chargea du foin de la faire
partir fecretement. Aprés cela l'heure
de fe repofer eftant venuë, Don Pedre, le Comte, & Dom Carlos allerent
conduire les Dames externes. Don Alvar

var monta en caroſſe avec Zenobie, D.
Quichotte & Sancho, & fit toucher à
ſon auberge. Ils n'en eſtoient pas à
moitié chemin, qu'ils ouïrent un bruit
confus de thuorbes & de guitarres. Ils
firent arrêter le caroſſe pour s'éclaircir
de ce que pouvoit eſtre ; & s'avançant
à la portiere pour mieux écouter, ils
entendirent diſtinctement ces paroles,
qui furent chantées par une aſſez belle voix, avec des accompagnemens
dont l'harmonie eſtoit trés-agreable.

*L'Amour abandonne les Cieux,*
*Il ne veut plus regner que dans mon*
  *ame :*
*Ce Dieu vainqueur des hommes & des*
  *Dieux,*
*Pour me brûler d'une éternelle flame*
*Vient d'allumer ſon flambeau dans vos*
  *yeux.*

*Plus fiere que Venus vous n'eſtes pas*
 *moins belle,*
  *Vous en avez tous les appas :*
  *Les amours vous prendroient*
 *pour elle*
  *Si vous ne les rebutiez pas.*

Là s'arrêta le Cavalier qui chantoit,
 *Tome II.*    Q

& l'on n'entendit plus aucun inftrument. Ce qui fit croire au Grenadin
& au Chevalier que la ferenade eftoit
finie. C'eft dommage, dit Don Alvar,
que nous ne foyons pas arrivez plûtoft, & que nous ayons perdu le commencement. Voila un concert bien entendu, & qui n'a pas mal efté executé. Sans doute, dit Don Quichotte,
la mufique me paroift admirablement
convenir aux paroles, qui font délicates & galantes, & dans le vrai gouft
des anciens Poëtes. Taifons-nous interrompit Tarfé, j'entens accorder les
inftrumens. On va chanter encore.
Effectivement on ouït bien-toft la même voix qui continua de cette forte.

*Mais en vain voftre cœur d'un fier*
    *mépris armé,*
*Declare au Dieu d'Amour une*
    *éternelle guerre;*
*Je feray toujours enflammé:*
*Le plus bel objet de la terre*
*Ne fauroit eftre affez aimé.*

Le plus bel objet de la terre, s'écria
Don Quichotte d'un ton furieux! Eh
que deviendra donc la Reine Zenobie? A ces mots il ouvrit brufquement

la portiere, & se jettant en bas quoyque pust faire Don Alvar pour le retenir, il tira son épée, & courut aux
acteurs de la serenade. Où est ici, dit-
il, le témeraire qui ose dire que sa
Dame est la plus belle personne de
l'Univers? Sçachez, Chevalier, qu'il
n'y a nulle Princesse au monde qui
merite d'estre comparée à la Reine
Zenobie, qui est le Phœnix de la beauté & le plus parfait ouvrage de la nature, puisque c'est elle qui me captive
souverainement, & qui tient toutes les
facultés de mon ame asservies à ses
royales perfections. Confessez donc
que vostre Dame lui cede ou bien pré-
parez-vous à recevoir le châtiment de
vostre témerité. Tous les Joueurs d'in-
strumens qui n'estoient point venus-là
pour se battre, prirent d'abord l'épouvente, & s'enfuirent avec leurs Thuorbes & leurs guitarres. Le Cavalier qui
donnoit la Serenade demeura seul, &
mit l'épée à la main sans faire attention
au discours extravagant qui lui estoit
adressé. Dans le chagrin qu'il avoit de
voir troubler son concert, il n'estoit
pas homme à marchander nostre Chevalier, & il se préparoit à le percer,
lorsqu'il s'apperçeut que Don Qui-

chotte au lieu de se mettre en garde s'a-
vançoit sur lui le bras levé pour le pour-
fendre. Cela fut cause qu'il prit le parti de ne se battre qu'en reculant ; mais
en évitant les coups qu'on lui portoit , il ne laissoit pas d'allonger de telles estocades que c'eût esté bientost fait
du pauvre Chevalier , s'il n'eut pas esté
armé. Cependant Don Alvar qui avoit
suivi Don Quichotte , faisoit tous ses
efforts pour les séparer ; mais il n'en
pouvoit venir à bout. Enfin le Chevalier de la Serenade voyant qu'il pous-
soit des bottes inutiles, & que son épée
trouvoit de la resistance, s'écria, Lâche,
il faut que tu ayes des armes , car si tu
n'en avois pas , il y a long tems que je
t'aurois percé le cœur. Don Quichotte
s'arrêta tout court à ces paroles ; & répondit, Quoy donc Chevalier , est-ce
que vous avez imprudemment oublié
vos armes ? Ah ! certes, je vous croyois
armé comme moy. L'obscurité de la
nuit doit me servir d'excuse. Attendez,
je vais me faire desarmer , & nous fini-
rons nostre combat suivant les regles
de la Chevalerie. Don Quichotte de la
Manche n'a jamais combatu avec avantage. Je rougirois d'une victoire que je
ne devrois pas toute entiere à ma va-

leur. Au nom de Don Quichotte, le
Chevalier de la Serenade demeura
fort surpris, & demanda au Grenadin si c'estoit-là effectivement ce
Don Quichotte de la Manche dont
tout le monde lisoit l'histoire. Oui, lui
répondit Don Alvar, c'est lui-même
en propre original. Il vient exprés à la
Cour d'Espagne, pour y défendre la
beauté de la Reine Zenobie, dont il
est présentement amoureux. C'est pourquoy ne vous étonnez pas s'il ne peut
souffrir que vous disiez que vostre Dame est le plus bel objet de la terre.
Car quoique vous n'ayez dit cela qu'en
chantant, vous sçavez bien que les
Chevaliers errans ne regardent pas ces
choses-là comme des chansons. Oh
puisque c'est D. Quichotte de la Manche, dit le Chevalier de la Serenade,
je lui pardonne la discourtoisie qu'il a
eüe de venir interrompre mon concert;
ce que je ne pardonnerois asseurément
pas à un autre. Ce n'est pas assez, dit
Don Quichotte, il faut que vous con-
fessiez que la Reine Zenobie est plus
parfaite que vostre Dame. Je le veux
bien encore, répondit le Chevalier de
la Serenade; mais vous confesserez
donc aussi qu'aprés vostre Maîtresse la

mienne l'emporte fur toutes les Dames
du monde. De cette maniere nous y
trouverons tous deux noftre compte.
Ce que vous exigez de moy, repliqua
Don Quichotte eft affez extraordinaire ; mais n'importe, je puis vous l'accorder fans offenfer ma Princeffe.
D'ailleurs puifque vous avez ofé fans
armes vous battre contre moy, je vous
tiens pour un des plus vaillans Chevaliers de l'Univers ; & par confequent
il eft impoffible que voftre Maîtreffe ne
foit pas pourvuë d'une beauté furprenante. Ainfi pour rendre à voftre valeur un témoignage éclatant, je confeffe que voftre Dame eft la plus belle
perfonne du monde aprés la Reine
Zenobie, qui ne fouffre aucune comparaifon. Et moy, dit le Chevalier de
la Serenade, je confeffe de mon cofté
que ma Dame n'eft pas fi parfaite que
la Reine Zenobie, à qui je fouhaite
toute forte de profperités, quoy que je
n'aye pas l'honneur de la connoiftre.
Ce double aveu ayant efté fait, les
épées furent renguainées, & aprés
quelques complimens faits de part &
d'autre, le Chevalier de la Serenade fe
retira chez lui, Don Quichotte & le
Grenadin regagnerent leur Caroffe &
s'en allerent à leur auberge.

## CHAPITRE XLIX.

*Du départ de la Reine Zenobie, &*
*de l'arrivée de Don Fernand*
*de Peralte à Madrid.*

L'Aurore fortoit de l'Ocean, & déja fa lumiere avoit diffipé les tenebres de la nuit, lors que la belle
Reine des Amazones fe leva fort im-
patiente de s'en retourner dans fon
païs pour faire des fricaffées de trip-
pes. Pendant qu'elle s'habilloit, Don
Alvar lui-même en robe de chambre vint lui dire qu'il eftoit tems
de partir : elle defcendit auffi-tôt
dans la cour, où trouvant fa mule toute prefte, elle monta deffus, & prit le
chemin d'Alcala, avant que Don Quichotte & fon Ecuyer fe fuffent reveillez. Ah malheureux Chevalier des
Amours, que faites-vous en ce moment ? Tandis que vous vous livrez
au fommeil, la fortune cruelle vous
enleve l'aimable objet de vos defirs !
quelle vive affliction fuivra voftre re-
veil ! quel fera voftre defefpoir ! Oui
le depart d'Helene caufa moins de

douleur à Menelas que vous n'en aurez de celui de voftre Princeffe ! Cependant Don Alvar alla fe remettre
au lit, & aprés s'eftre repofé quelques heures, il envoya dire à D. Carlos, au Comte & à Don Pedre qu'il
les attendoit chez luy pour les rega-
ler d'une nouvelle fcene. Ils ne manquerent pas de s'y rendre bien-toft.
Meffieurs, leur dit le Grenadin, je vous
apprens que Barbe n'eft plus ici. Je
l'ay renvoyée fecretement ce matin ;
nous allons voir noftre Chevalier bien
agité. Je fuis affuré qu'il va fort nous
divertir. En achevant ces paroles il apperceut Sancho qui revenoit de la
chambre de fon Maiftre. Bon jour
Monfieur le Gouverneur, lui dit-il,
quelles nouvelles nous direz-vous ?
Comment fe porte aujourd'huy le
Seigneur Don Quichotte ? Il fe porte
fort bien, répondit l'Ecuyer ; à telles
enfeignes qu'il prétend cette aprésdinée foutenir à la Cour la beauté de
Madame Zenobie. Il y aura dans la
grande place, à ce qu'il dit, un haut
pilier où fera pendu l'effigie de Madame la Reine ; & puis il y aura encore un cartel, & puis encore ceci, &
puis encore cela : mais tenez, Meffieurs

fieurs le **voici** qui vient. Il vous dira
le refte lui-même ; Car je vais trouver le petit Cuifinier boiteux mon bon
ami qui m'attend dans fa cuifine pour
déjeuner. Dés que les Cavaliers virent
Don Quichotte, ils le faluerent ; & a-
prés qu'il les eût faluez à fon tour, il
leur dit gravement : Meffieurs, je
cherchois le Seigneur Don Alvar pour
lui demander un confeil ; mais puifque je vous rencontre ici, je veux vous
confulter tous enfemble. Je ne fçay fi
je dois aujourd'huy commencer à défendre la beauté de la Reine Zenobie, ou attendre que j'aye vaincu le
Roy de Chipre. Dites-moy, je vous
prie, ce que vous penfés là-deffus.
Les Cavaliers opinerent, & contre la
coûtume des gens qui opinent, ils furent tous d'un même avis, c'eft-à-dire
qu'il falloit avant toutes chofes que
Bramarbas fut vaincu. Pendant qu'ils
repréfentoient à Don Quichotte l'importance de cette opinion, un Page
du Grenadin vint dire à Don Pedre
qu'un jeune Cavalier nommé Don
Cefar le demandoit. Meffieurs dit
Don Pedre à la compagnie, je voudrois bien vous prefenter ce jeune homme qui eft mon éleve dans la fcience

*Tome II.* R

des armes : Le Roy le met avec moy
à la teſte de ſon armée contre les Mores ; il eſt à vingt-deux ans Officier
General , & il a toute la réputation
d'un Capitaine conſommé. Le Seigneur Don Alvar veut-il bien me le
permettre ? Tarfé ayant témoigné que
cela luy feroit plaiſir , on fit monter
Don Ceſar , qui aprés avoir eſté embraſſé de tous les Seigneurs s'avança
vers noſtre Chevalier & luy tendant les
bras , ah Seigneur Don Quichotte , lui
dit-il , je ſuis ravi de vous revoir. Hé-
quoy, Don Ceſar , s'écria Don Pedre
tout ſurpris, vous connoiſſez le Chevalier de la Manche ? Si je le connois,
répondit Don Ceſar ? Je lui ay les plus
grandes obligations du monde. Il n'y
a pas deux jours qu'il m'a ſauvé la vie ;
& il eſt cauſe que j'ay découvert ma
naiſſance que j'aurois peut eſtre toujours ignorée ſans lui. D. Quichotte remarquant que ce diſcours redoubloit l'é-
tonnement de Don Pedre , lui dit, Oui
Seigneur Don Pedre j'ay eu le bonheur de détourner le coup mortel qu'-
un aſſaſſin alloit porter à ce jeune Cavalier , que vous ne devez plus appeller Don Ceſar , mais Don Fernand de
Peralte ; puiſqu'il eſt frere de la Belle

Engracie, & fils de ce malheureux D.
Fernand qui perit dans l'expedition de
cette épouventable flotte que le feu
Roy Philippe arma contre l'Angleterre! O Ciel dit Don Pedre, que nous
apprenez-vous Seigneur DonQuichotte, est-il bien possible que ce jeune
Païsan à qui j'ay servi de Pere, soit de
l'illustre sang des Peraltes ? Et qu'on
ne puisse plus réprocher au Ciel d'a-
voir refusé une naissance noble à un
homme qui s'en est montré si digne
par sa valeur & par ses actions ? mais
de grace, ajoûta-t-il, en s'adressant
à Don Fernand, dites – nous comment vous avez esté instruit de vostre
fort ? C'est un détail que mon amitié
vous demande & qui fera plaisir aux
Cavaliers qui font icy. Don Fernand
prit alors la parole, leur raconta l'a-
vanture des voleurs ; ce qu'avoit dé-
posé celui que Don Quichotte avoit
blessé, l'histoire d'Engracie, & enfin
tout ce qui s'estoit passé à Torresva.
Tous les Cavaliers l'écouterent avec
beaucoup d'attention ; mais comme il
ne dit que ce qui a déja esté rapporté,
ils commencerent à lui faire des que-
stions. Les uns souhaitoient d'apprendre par qui Don Christoval pouvoit

avoir esté blessé ; & Don Quichotte
comme vangeur des beautés délaissées,
demandoit des nouvelles d'Engracie:
Seigneur Don Fernand, disoit-il, je
vous prie de me dire si vostre sœur est
contente de Don Christoval ? Je voudrois savoir encore si vous avez rompu l'engagement indissoluble que ce
Cavalier estoit prest à contracter a-
vec Doña Anna de Montoya. Lorfque le Seigneur Don Diegue de Peralte vostre oncle vous parla de ce mariage, Je me souviens que vous vous
troublâtes:& l'amour,si je ne me trompe, avoit autant de part que l'honneur
à vostre trouble. Vous ne vous trompez point, Seigneur Chevalier, répondit Don Fernand : Il y a long-tems
que je suis amoureux de cette Dame.
Ah bon-Dieu, s'écria Don Pedre,
qu'est-ce que j'entens; puis-je apprendre en un jour tant de choses qui me
surprennent ! Quoy Don Fernand vous
aimiez la fille de Don Bertrand de
Montoya mon intime ami, & vous
m'avez toujours fait un mistere de vôtre passion?Nem'en sachez pas mauvais
gré, repartit D. Fernand : me croyant
fils de Marie Chimenez, cette pensée
m'accabloit ; je m'imaginois que je

ne pouvois affez cacher un amour témeraire , & que vous feriez le premier à le condamner. Non non , repliqua Don Pedre , je ne l'aurois pas con-
damné : Quand vous feriez fils d'un
Païfan , aprés les prodiges de valeur
que vous avez fait en Flandres, Don
Bertrand pourroit fans honte vous accorder fa fille : Encore une fois il n'y a
point de parti au deffus de voftre merite. Cet éloge fait par une bouche fincere prevint fort le Comte, Don Carlos & le Grenadin en faveur du jeune
Don Fernand. Ils le prierent de leur
raconter l'hiftoire de fa vie, & Don
Quichotte touché de la même curiofité le preffa de la fatisfaire. Il fe rendit
à leurs inftances , & les voyant tous
affis & difpofez à l'entendre, il commença fon recit dans ces termes.

## CHAPITRE L.

### Histoire de Don Fernand de Peralte.

LE Voleur qui tua ma nourrice, m'ayant donc laissé à Torresva, comme je vous l'ay dit chez Marie Chimenez, cette bonne femme en me nourrissant de son lait conceut insensiblement pour moy une veritable affection. Bien loin de conserver des vûes d'interest sur ma nourriture, elle craignoit tellement qu'on ne me vînt retirer de ses mains, qu'elle disoit à tout le monde que j'estois son fils. Elle me le faisoit croire à moy même : Et hors les gens qui avoient une connoissance particuliere de sa famille & qu'elle avoit engagez au secret par toute sorte de prieres, il n'y avoit personne dans le village qui ne fût dans cette erreur. Comme elle ignoroit mon vrai nom, elle me donna celui du fils qu'elle avoit perdu. Ce qu'elle fit peut-estre pour se tromper elle-même, & se persuader s'il estoit possible, ce qu'elle vouloit persuader aux autres. Mais quoiqu'elle pût faire pour m'infpirer l'efprit de fon état , & m'élever en Païfan, la nature trahiffoit fes foins, & mes inclinations genereufes relevoient la nobleffe de mon fang. Je prenois moins de plaifir à voir une houlette qu'une épée. En un mot je haiffois toutes les occupations du village , & dés que j'eus quatorze ans ne pouvant fuivre plus long-tems un genre de vie que je trouvois fi méprifable , je refolus de me dérober à Marie Chimenez , & d'aller dans la profeffion des armes effacer par mon courage la tache d'une naiffance que je fentois plus baffe que mon cœur. Je fortis donc une nuit fecretement du village , & me rendis à Alcala, où pour mettre en defaut Marie Chimenez fur les recherches qu'elle y viendroit faire de moy , je changeay le nom d'Antoine que je portois en celui de Cefar. Je choifis ce nom là plûtoft qu'un autre , parce que je me fouvins que dans le village on difoit ordinairement d'un homme de cœur , c'eft un Cefar. Là j'appris qu'un Cavalier, c'eftoit le Seigneur Don Pedre de Lune , levoit un regiment de Cavalerie , & qu'il eftoit venu depuis

peu de jours en cette Ville pour y faire ses levées. Je profitay de l'occasion,
je m'allay offrir à lui, & dans les meilleurs termes que mon âge & mon é-
ducation me purent fournir, je lui
peignis si vivement la passion que
j'avois d'entrer dans le service, qu'il
ne put s'empêcher de m'observer avec
attention. Ma phisionomie & ma fermeté luy plurent, & dés ce moment
il me prit en amitié; mais comme
j'estois encore trop jeune pour servir,
il ne voulut pas me mener avec lui en
Flandres où son regiment estoit commandé. Il me laissa chez son frere à
Alcala auprés de Don Christoval son
neveu qui estoit de mon âge, & il
donna ordre qu'on me fist élever avec
luy. On me fit donc quitter mes habits rustiques, & comme si j'eusse esté
d'une condition égale à celle de ce
jeune Gentilhomme, on me faisoit
apprendre tout ce qu'il apprenoit. Nos
maistres estoient surpris du progrés que
je faisois dans mes exercices. Mais où
je reüssissois le mieux, c'estoit à monter à cheval, à faire des armes, & je
m'appliquois d'autant plus à l'étude
des fortifications, qu'on me réprésen-
toit de quelle importance il estoit à

un homme de guerre de les bien ſavoir. J'eus bientoſt changé de manieres, & dépouïllé l'air de village, tant
l'éducation a de force ſur la jeuneſſe. Tout le monde m'aimoit, parce
que pour corriger autant que je le
pouvois le defaut de ma naiſſance, je
m'étudiois à eſtre honneſte & complai-
ſant. J'avois ſur tout des déferences
tres-attentives pour Don Chriſtoval
que je regardois toujours comme le
neveu de la perſonne de qui je tenois
tout : Mais je le dois dire à ſa loüiange,
tout jeune qu'il eſtoit, au lieu de me
faire ſentir que je les luy devois, & de
ſe prévaloir du reſpect que j'avois pour
luy, il m'aimoit avec tant de tendreſſe qu'il vouloit que toutes choſes fuſ-
ſent égales entre nous. Il n'eſtoit pas
content que nous ne fuſſions enſemble. Il partageoit avec moy tous ſes
plaiſirs, & le peu d'argent dont il
pouvoit diſpoſer à ſon âge. J'ajoute-
ray encore que l'émulation qui eſtoit
entre nous deux au ſujet de nos exercices dans leſquels par un bonheur de
mon étoile je le paſſois quelquefois,
n'excitoit jamais en lui le moindre
mouvement d'averſion pour moy.

Quelque envie que j'euſſe d'aller

trouver Don Pedre en Flandres, il me
falut paſſer trois années à me perfec-
tionner dans toutes ſortes d'exercices.
Aprés cela on ne me retint plus, & on
me mit en état de partir pour l'armée.
Don Chriſtoval auroit fort ſouhaité de
m'accompagner ; il en demanda la
permiſſion à Don Loüis de Lune ſon
pere : mais ce bon Vieillard qui avoit
d'autres vûës ſur lui ne jugea point à
propos de la lui accorder. Ainſi nous
fûmes obligez de nous ſéparer Don
Chriſtoval & moy. Nous en pleurâ-
mes l'un & l'autre ; mais particulierement lui que ſon pere mortifioit fort
en l'empêchant de courir à la gloire.
Je pris le chemin de Cadis où je m'em-
barquay pour Dunquerque avec
quelques Gentilhommes d'Andalouſie
qui alloient demander de l'employ à
l'Archiduc Albert, qui ſous le nom de
Cardinal Infant gouvernoit alors pour
les Eſpagnols les Païs-Bas Catholiques.
J'appris à Dunquerque que Don Pedre eſtoit avec ſon regiment en garni-
ſon à Anvers. Je m'y rendis le plûtoſt
qu'il me fut poſſible. Il me vit avec
joye, & me dit obligeamment que s'il
avoit eu bonne opinion de moy lors
que je m'eſtois préſenté à luy pour la

premiere fois, il en concevoit une plus
avantageuſe du progrés que je lui pa-
roiſſois avoir fait dans mes exercices.
Je voulus lui répondre, & lui témoigner ma reconnoiſſance ; mais il m'interrompit, & changeant de diſcours ,
je vois bien, Ceſar, me dit-il en ſoûriant, que vous n'eſtes pas venu ici
pour eſtre oiſif ; mais ne vous impa-
tientez pas ; nous verrons bientoſt ce
que vous ſaurez faire pour l'honneur
du regiment & pour le ſervice du Roy.
Il me tint parole ; car l'Archiduc Albert ayant fait aſſieger Hulſt, noſtre
regiment fut commandé pour en aller
ſoutenir le ſiege. A peine eſtions-nous
arrivez devant la place, que les Aſſie-
gez firent une ſortie ſoûtenuë de quelques chevaux. Ils chaſſerent nos tra-
vailleurs & pouſſerent noſtre Infanterie
trés-vivement : mais nous les repouſ-
ſâmes & les pourſuivîmes l'épée dans
les reins juſques ſous le feu de la con-
treſcarpe. Je puis dire que je ne fus
pas des derniers à les joindre , ni des
premiers à revenir ; Et pour mon coup
d'eſſay , je pris un étendart aprés avoir
tué le Cavalier qui le portoit. Tous
les Officiers du corps me donnerent
des loüanges à mon retour. Ce debut

me mit en goût; & ne pouvant demeurer dans l'inaction, je me dérobois,
quand le fervice du regiment ne demandoit pas ma préfence; j'allois toutes les nuits voir ce qui fe paffoit dans
la tranchée : ou s'il eftoit queftion d'un
coup de main j'en voulois avoir mapart.
Je reüffiffois particulierement à ce
qu'onappelle la petite guerre. Je ne re-
venois jamais fans quelque prife ou fans
rapporter un avis important. L'heureux fuccés de mes expeditions fit en
peu de tems beaucoup de bruit dans
l'armée ; & j'y paffay bientoft pour un
des plus déterminez partifans ; mais
fur la fin de l'autre année noftre
regiment eftant en garnifon dans Bruges, je fis une chofe qui m'acquit quelque réputation & me procura de l'employ. Don Melchior de Sartoval Officier Efpagnol ayant receu une offence
de la part des perfonnes qui gouver-
noient dans les Païs-Bas avant l'arrivée de l'Archiduc, en avoit eu un fi vif
reffentiment qu'il s'eftoit retiré chez
les Hollandois, qui connoiffant fon ex-
perience luy avoient donné la ville de
Dam, d'où ce Gouverneur irrité har-
celoit les Efpagnols, & faifoit des
courfes jufqu'aux portes d'Anvers, de

Bruges & de Gand. Un jour que j'é-
tois en parti, j'appris que Don Melchior marioit fa fille à un Hollandois,
Officier de confidération, & que les
nôces fe devoient faire dans une maifon
que ce Gouverneur avoit fous le ca-
non de fa Place prefque au defaut du
glacis. J'entrepris d'y aller enlever
Don Melchior & fes enfans. Voici de
quelle maniere je conduifis cette entreprife ; & quelle en fut le fuccés. Je
me déguifay en Païfan pour reconnoiftre les avenuës de cette maifon ,
& lorfque je fus parfaitement inftruit
de la difpofition des lieux , je raffem-
blay vingt Cavaliers de noftre regiment. Nous partimes à l'entrée de la
nuit, afin que les ennemis ne puffent
eftre avertis de noftre marche, & que
nous arrivaffions dans un tems où ils
feroient accablez de fommeil. Je m'é-
tois bien affuré du chemin , & l'obfcurité ne nous empêcha pas d'arriver à
l'heure que j'avois projettée. Il faut
paffer un canal affez large pour aller
de Bruges à Dam , & ce canal fervant
ordinairement d'affurance aux ennemis côntre nos courfes, ils fe tenoient
moins fur leurs gardes qu'ils n'auroient
fait fans cela. Mais comme il eftoit

alors gelé, nous le traverfâmes fans peine. J'avois obfervé le jour de devant qu'il y avoit un petit bois qui s'étendoit depuis le canal jufqu'à la maifon de Don Melchior, & qui répondoit à une encoigneure du jardin dans un endroit peu frequenté, & rempli de ronces & d'épines des deux coftez du mur. Nous arrivâmes à cet endroit fur les deux heures aprés minuit: & aprés avoir laiffé nos chevaux dans le bois fous la garde de cinq ou fix de nos hommes, nous perçâmes le mur avec des inftrumens que nous avions apportez pour cela, & nous y fîmes une grande breche. Nous ne fûmes point entendus tant à caufe de l'éloignement qu'il y avoit de-là à la maifon qu'à caufe du bruit & de l'embaras de la fefte. Nous entrâmes dans le jardin avec des fabres, & chacun deux piftolets d'arçon. Nous nous avançâmes dans l'obfcurité, jufqu'à ce que nous apperçeumes au feu d'une meche une fentinelle poftée à la porte qui féparoit le jardin de la cour. Je me gliffay le long de la paliffade, & avant que la fentinelle eût le tems de me coucher en joüe, je la couchay elle-même par terre de trois balles de pifto-

ler. Le bruit du coup auroit dû mettre en mouvement un corps de garde qu'on avoit posé dans la cour pour
la seureté de la feste : mais ils étoient
tous si pris de vin & de sommeil que
nous les eûmes bientost égorgez. Comme mon but principal estoit d'enlever
le Gouverneur, sa fille & son gendre,
nous nous hastâmes de gagner la maison. Je rencontray au bas de l'escalier
un Domestique de Don Melchior qui
estoit descendu au bruit : je l'obligeay
le pistolet sur la gorge à m'apprendre où estoit l'appartement de son
Maistre ; & pendant qu'il m'y conduisoit une partie de nos gens courut
à la chambre nuptiale. Malheureuse-
ment pour moy Don Melchior averti de nostre arrivée par un Sergent du
corps de garde qui se trouva moins
yvre que ses camarades, se sauva par
un escalier derobé. Sa fuite me faisant juger que nous n'avions pas de
tems à perdre, & qu'il détacheroit
incessament des partis à nos trousses,
je me pressay de joindre nos Cavaliers
que je trouvay dans la chambre nuptiale dont ils venoient d'enfoncer la
porte. Les nouveaux Mariez estoient
prests à se coucher, & vous pouvez

vous imaginer quelle fût leur surprise lorsqu'ils virent entrer nos gens dans un estat à glacer tous les amans du monde. A peine leur laissa-t-on le tems de se couvrir de leurs robes de chambre. On les emmena presque nuds. Leur douleur me fit pitié ; mais ce n'est point à la guerre qu'il faut avoir de la compassion. Nous allâmes reprendre nos chevaux dans le bois. Nous repassâmes le canal avec la même facilité que nous l'avions passé, & nous ne trouvâmes aucun obstacle à nostre retour. D'abord que nous fûmes à Bruges, je présentay mes prisonniers à Don Pedre qui leur fit un accueil tres-obligeant ; & les mena chez le Gouverneur dont il obtint qu'ils demeureroient dans la ville sans Gardes & sur leur parole. Quelques jours aprés cette expedition, Don Melchior envoya un Trompette à Bruges pour apprendre des nouvelles de sa fille & de son gendre,& il leur écrivit de traitter de leur rançon. Mais cette nego-tiation dura long tems, car le cartel n'estoit point encore établi entre les Espagnols & les Hollandois ; Et ces sortes de rançons alors n'estoient gueres moins arbitraires que celles d'Alger

ger & de Tripoli. Neanmoins on é-
toit prest à conclure & la somme estoit
presque reglée quand l'Archiduc Albert vint à Bruges.

Il revenoit de visiter toutes les Places maritimes sur l'avis qu'il avoit eu
que l'Angleterre remuoit en faveur
des Rebelles. Il parut trés-content de
ma petite expedition ; me donna plus
de loüanges que je n'en meritois; & me
dit fort obligeamment qu'il auroit
soin de m'avancer à mesure que je me
distinguerois par des actions d'éclat :
mais en attendant pour recompenser
celle que je venois de faire , il ajoûta le
*Don* au nom de Cesar que je portois.
Je fus trés - sensible à ce titre d'honneur. Il m'enfla le courage ; & voulant en quelque sorte justifier la bonne opinion que le Prince paroissoit
avoir de moy, je recommençay mes
courses. Il ne se passoit point de jour
que je ne fisse quelque chose d'utile
& de glorieux pour la nation. Tantôt
j'amenois des prisonniers , & tantôt je
rapportois des sommes trés considerables avec des otages pour les contributions que j'avois exigées. Enfin
je ne perdois aucune occasion de
harceler les Ennemis. Ils mirent plu-

fieurs fois de gros partis à mes trouffes pour m'enlever ; mais ou je les bat-
tois, ou je favois habilement les éviter.
Il eft vrai que je payois fi bien les Paï_
fans qui m'en rapportoient des nouvelles que j'eftois toûjours averti de
leurs marches. L'Archiduc charmé de
mes executions militaires ne manquoit
pas de me gratifier de fommes confide-
rables fur les contributions que je luy
rapportois, & il m'accabloit publiquement de loüanges , ce que j'eftimois
encore plus que fes largeffes. Neanmoins comme je n'avois efté proprement qu'un Avanturier jufqu'alors , il
me tardoit d'eftre Officier : mais la generofité d'Albert ne me laiffa pas long-
tems languir dans cette attente. Il me
fit bientoft expedier une Commiffion
pour lever une Compagnie de Che-
vaux-legers qu'il incorpora dans le regiment de Don Pedre ; & ce qu'il y a
de fingulier, il me permit de former &
d'executer toutes les entreprifes que
je jugerois convenables au fervice de
l'Etat, excepté dans les occafions où
noftre regiment feroit commandé. Cette confiance, qui me tiroit des regles
ordinaires , m'anima tellement que je
ne fongeay plus qu'à former de grands

projets. Un jour ayant appris par des
Païfans que la Garnifon du *Sas de
Gand* ne faifoit pas une garde exacte
& fembloit negliger de prendre toutes
les precautions qu'on prend ordinairement dans un tems de guerre ; que les
portes mêmes de la Ville eftoient ou-
vertes tout le jour ; je crus qu'avec
de la conduite & du fecret , il ne
feroit pas impoffible de s'emparer
de cette Place. Je communiquay
ma penfée à Don Pedre qui la traita
d'abord de vifion ; mais aprés que je
lui eus fait un rapport fidelle des de-
hors & de la fituation de la Ville ; &
que je lui eus dit que nous pouvions
nous fervir avantageufement d'un
chemin creux qui d'un cofté de la Place
va jufqu'au pié du glacis de la contref-
carpe, & peut en faciliter l'approche ,
il ne douta plus que la chofe ne fuft
à tenter. Il en parla au Cardinal Infant qui approuva l'entreprife & lui
en laiffa la conduite. Don Pedre ne
voulut prendre que deux mille chevaux avec mille hommes d'Infanterie,
de peur qu'un plus grand corps ne pût
faire affez de diligence & ne fuft d'un
trop grand bruit dans fa marche. Ayant
choifi les troupes que nous voulions,

nous marchâmes toute la nuit, & nous
arrivâmes au chemin creux un moment devant le jour. Un de nos Soldats
déguifé en Païfan s'approcha de la Ville avec ordre de nous faire figne lorfqu'on en ouvriroit la porte : Et pour
moy, je fus chargé de me tenir preft
avec foixante maiftres & autant de
Fantaffins en croupe pour partir auffi-
toft. Que vous dirai-je, Meffieurs ?
Les ennemis n'eurent pas le moindre
foupçon de noftre deffein : & je me
rendis aifément Maiftre d'une porte.
Ils voulurent faire quelque refiftance,
mais Don Pedre me foutint de fi prés
qu'ils demanderent quartier aprés un
affez leger combat. Ainfi une place re-
guliere & fortifiée ne nous coufta pre-
que rien. Nous ne perdîmes que dix
Soldats avec un Officier d'un Terfe
Napolitain, & le Lieutenant Colonel
de noftre regiment. L'Archiduc regarda la prife du Sas de Gand comme un
avantage trés-confiderable, parce qu'-
elle referroit l'ennemi dans fes marais.
Il en témoigna fa reconnoiffance à D.
Pedre, qui par generofité m'en fit tout
l'honneur en difant que j'y avois plus
de part que lui, tant pour le projet
que pour l'execution. Auffi le Cardi-

nal ne fe contenta-t-il pas de me donner de nouvelles loüanges, il m'accorda la Lieutenance Colonelle de noftre
Regiment.

Quelques fecretes que puiffent eftre
les démarches des Princes, elles ne
fçauroient échapper aux yeux des Ar-
gus qui fourmillent dans les Cours. On
s'apperceut que l'Archiduc avoit trouvé la fille de Don Melchior fort jolie :
Et comme il favoit que les jeunes perfonnes aiment ordinairement le fafte,
il étala toute fa magnificence & fa
fplendeur dans mille feftes galantes
qu'il donna aux Dames, & dont il faifoit affez connoître que la belle Efpagnole eftoit l'objet ; mais quoi-qu'il
n'épargnât rien pour lui plaire, on re-
marqua qu'elle ne recevoit pas fes
foins de la maniere qu'il l'auroit fou-
haité. L'Officier Hollandois ne fut pas
des derniers à démêler l'amour du Prince, & il en eut de fi vives allarmes,
que dés qu'il eut payé fa rançon, il
fe hâta de fortir de Bruges, & de fauver fon honneur du peril qui le menaçoit. Le Cardinal fut fort affligé du
départ de fa belle Efpagnole ; mais
fa douleur ne dura pas long-tems ; &
fes idées triftes furent bientôt diffipées

*Tome II.*

par l'esperance qu'il conçut d'épou-
ser l'Infante Isabelle Claire Eugenie
fille du feu Roy Philippe II. qui vi-
voit encore alors. Les conditions de
ce mariage devoient estre trés-avanta-
geuses pour Albert, puisqu'on parloit
de donner pour dot à la Princesse les
Païs-Bas Catholiques & la Franche-
Comté, pour les tenir en Souveraineté
elle & sa posterité. L'Archiduc avoit
à Madrid un Envoyé qui conduisoit
cette negotiation ; Mais comme elle
ne se terminoit pas assez viste à son
gré, & qu'il savoit que la politique de
Philippe estoit lente dans l'execution,
il crut devoir envoyer à son Agent un
homme de confiance & de teste : Pour
cet effet il choisit le Seigneur Don Pedre, & l'ayant instruit de ses inten-
tions, il lui donna ordre de partir au
plûtost & sans équipage ; parceque la
mission demandoit de la diligence &
du secret. Tout ce que Don Pedre put
obtenir fut que je l'accompagnerois.
Nous nous embarquâmes à Dunquerque, & allâmes débaquer à S. Sebas-
tien. De-là nous prîmes le chemin de
Siguença où nous nous separâmes ;
parce que Don Pedre voulut passer par
Avila où il avoit quelques affaires qu'il

souhaitoit de terminer avant que de se rendre en Cour. Pour moy je suivis la route d'Alcala pour y aller donner de ses nouvelles à son frere & à son neveu.

Les approches de mon Païs natal ne manquerent pas de rappeller dans mon esprit une infinité de refléxions sur le malheur de ma naissance. Je ne pouvois concilier la noblesse & l'élevation de mes sentimens avec la bassesse de mon extraction : & lorsque j'examinois les mouvemens de mon cœur pour Marie Chimenez qui m'avoit nourri comme son fils, je ne trouvois pas qu'ils ressemblassent à ceux que le sang & la nature inspirent. En un mot je ne sentois pour elle que de la reconnoissance, & satisfait de la resolution que j'avois prise de lui faire tenir quelque argent, je n'avois ni empressement de la revoir, ni remords de l'avoir laissé si long-tems ignorer ce que j'estois devenu. Je m'imaginois quelquefois qu'elle n'estoit point ma mere, & pour me confirmer dans cette opinion, je remontois jusqu'à ma plus tendre enfance, & repassois dans ma memoire tout ce qui pouvoit m'en faire douter. J'essayois enfin de me ca-

cher à moy-même une origine indigne
de mon courage, & qui me tenoit en
garde contre l'Amour ; car je ne me
fentois capable d'aimer qu'une femme
de qualité, & je me faifois un fcrupule
de l'expofer peut-être à rougir un jour
de m'avoir écouté. Mais j'éprouvay
bien-toft qu'il ne dépend pas de nous
d'aimer ou de n'aimer pas. J'avois déja fait cinq ou fix lieuës & l'ardeur
du Soleil commençoit à m'incommo-
der lorfque mon chemin me conduifit au bord d'un bois dont les arbres
touffus formoient un ombrage tres-
agreable. Je defcendis pour m'y promener, laiffant en cet endroit mon
cheval & mon Valet de chambre. Une
longue allée que je fuivis m'ayant donné la curiofité de voir où elle aboutif-
foit, j'arrivay à une grande grille de
fer qui la terminoit, & qui laiffoit voir
en face un trés-beau Jardin avec un
château magnifique. Je trouvay auprés de la grille une porte qui n'étoit
que pouffée. J'entray dans le jardin.
Une allée d'orangers me conduifit à
un petit bois que fermoit une porte
de fer. Les jets d'eau dont j'entendis
en dedans le bruit quand je m'en approchay me firent comprendre que
　　　　　　　　　　　　　c'étoit

c'étoit un reduit agreable qu'on avoit coûtume de fermer pour y eftre en liberté. Cette porte auffi-bien que la premiere n'eftoit que pouffée. Je l'ou-vris, & quoiqu'il y eût de l'indifcre-tion à ce que je faifois, la curiofité l'emporta. J'entray dans une allée de paliffades à hauteur d'appuy, le long de laquelle regnoit un gazon coupé, bordé alternativement d'ifs & d'oran-gers ; & le long de la paliffade des deux coftez eftoient d'efpace en ef-pace des figures de marbre blanc fur des pieds-d'eftaux de même couleur. Au bout de cette allée paroiffoit un grand pavillon élevé de trois marches au deffus du terrain, ouvert des deux coftez par deux portes vitrées en Ar-cade. J'étois venu trop avant pour m'en retourner fans voir tout. J'en-tray dans un fallon que je trouvay de la derniere magnificence. Ce qui m'y frappa entre autres chofes fut une fta-tuë de Venus. Cette Déeffe eftoit re-préfentée fur un lit de marbre noir ; un rocher brute du même marbre appuyoit fa tefte & arrofoit fon corps de mille fources jailliffantes qui tomboient dans un baffin ovale dont les contours é-toient d'un fort beau marbre jafpé. Je

nepouvois me laſſer de conſiderer cette
figure ; mais pendant que je l'admirois,
j'entendis une voix qui en détourna
mon attention. Je m'avançay vers
l'endroit d'où elle me parut partir.
Quel fut mon étonnement lorſque
j'apperceus au milieu d'une ſalle verte
dans une piece d'eau courante revêtuë
de gazon une jeune perſonne toute ce-
leſte , & plus charmante encore que la
Venus que j'avois tant admirée dans
le ſallon. Elle eſtoit ſeule & ſa chemiſe
de bain eſtoit ſi fine qu'on pouvoit ai-
ſément juger de la blancheur de ſa
peau. Elle eſtoit aſſez prés de moy,
& tournée ſi favorablement que je vis
ſans peine tous les traits de ſon viſage.
La Nymphe Arethuſe n'étala point
tant de charmes aux yeux de l'Amoureux Alphée ! De vous dire ce que je
devins à cette vûë , je ne puis vous
l'exprimer que foiblement. Mes yeux
éblouïs , & ma raiſon enchantée ne
ne laiſſerent point à mon cœur la liberté de ſe défendre. L'Amour s'en rendit maiſtre ſans me donner le tems de
lui en diſputer l'entrée. Cependant je
ne ſavois quel parti prendre ; car
quoique ce fuſt une extravagance à
moy de croire qu'elle m'écouteroit,

je ne pouvois me refoudre à m'éloigner d'elle fans lui faire connoiftre les
fentimens qu'elle venoit de m'infpirer.
Je me déterminay à lui parler ; mais
la voyant dans un eftat où fa pudeur
eftoit intereffée à me recevoir mal,
je voulus regagner le fallon, & aller
attendre qu'elle fuft hors du bain.
Pour mon malheur je mis trop de
tems à me confulter : Elle jetta les
yeux fur moy comme je me retirois,
& elle fit un grand cry. Je ne laiffay
pas d'entrer dans le fallon, pendant
quelle fe retiroit de l'eau, afin de ne
pas donner à fa modeftie un nouveau
fujet de s'irriter contre moy; & l'obfer-
vant au travers des vitres, je remarquay qu'elle s'étoit couverte d'une robe de chambre couleur de chair que
j'avois vû étenduë à cofté d'elle fur le
gazon ; & qu'elle marchoit avec précipitation vers le chafteau. Je me hâ-
tay de lui en couper le chemin ; &
je la joignis bientôt. Mais quel trouble ne fentis-je point en m'approchant d'elle ? je l'aborday d'un air fi
tremblant qu'elle en perdit une partie de fa frayeur. Quelle infolence,
me dit-elle, de venir furprendre ici
une perfonne de mon fexe ? Elle pro-

nonça ces mots d'un ton qui acheva
de me déconcerter. Madame, lui répondis-je d'un air embarrassé, le hazard
a fait mon crime, & vous n'estes que
trop vangée de mon audace puisque
vous venez de m'inspirer une passion
qui ne sçauroit estre que malheureuse. Quoy donc, interrompit-elle en
me lançant un regard mêlé de colere
& de mépris, ce n'est pas assez pour
vous de forcer des lieux où la pudeur
se croit en sûreté? vous joignez à cette
offence une déclaration d'amour? Sortez au plutost ; & ne m'obligez pas à
faire venir icy des gens qui sauroient
punir vostre témerité. Madame, lui dis-
je alors d'un ton plus ferme, Ces gens
dont vous me menacez serviroient
peut-estre fort mal vostre ressenti-
ment ; & il n'y a que vostre colere
qui puisse me faire trembler. Encore une fois sortez , reprit - elle
brusquement ; épargnez-moy le sup-
plice de rougir plus long-tems devant
vous & de l'état où vous m'avez vûë
& des discours que vous me tenez.
En achevant ces paroles elle me quitta, & me laissa plus immobile qu'une
statuë, agité , déchiré de mille mouvemens confus.

Je fortis pourtant de ce lieu fatal où la fortune fembloit m'avoir conduit pour ma perte. Je rejoignis mon Valet de chambre, & nous remontâmes à cheval. Alors je m'abandonnay à mes réfléxions. Hé-quoy difois-je en moy même, un feul moment doit-il decider du refte de ma vie? Moy qui ay refifté aux plus aimables Dames de Flandres, je deviens en un inftant le plus amoureux, ou pour mieux dire le plus foû de tous les hommes! Hé pour qui? pour une perfonne dont j'ignore jufqu'au nom, & qui ne me permettra jamais de la revoir! Quelle foibleffe de ceder à fes premiers regards! rappellons toute noftre raifon! Eft-il fi difficile de détruire une paffion naiffante, & de s'oppofer à l'Amour, quand il ne promet que des peines? Occupé de fes penfées, je prenois la réfolution d'oublier mon Inconnuë; mais une avanture à laquelle je ne me ferois jamais attendu, rendit mon deffein inutile. J'apperceus trois Cavaliers dans la plaine qui pouffoient leurs chevaux à toute bride; & dont le mieux monté emportoit avec violence une femme qui fe debatoit entre fes bras, & crioit de toute fa force en

implorant du fecours. Reprefentez-
vous s'il eft poffible, ce que je fentis
quand je reconnus à la couleur de la
robe qui la couvroit, que cette Dame
eftoit mon Inconnuë elle-même. A ces
cris, qui frappoient moins mes oreilles que mon cœur, je recommanday à
mon Valet de chambre, qui eftoit
homme de main, de me fuivre & de
tenir fes armes en eftat ; & nous vo-
lâmes pour la fecourir. Nos chevaux
allant plus vifte que ceux de ces Cavaliers, nous les aurions joints en peu
de tems, fi le Ravifleur jugeant de mon
intention n'eut détaché fes deux Cavaliers pour nous arrêter, pendant qu'-
avec fa proye il s'efforçoit de gagner
un bois que l'on voyoit en éloignement de l'autre cofté de la plaine. Je
voulus les éviter pour joindre plûtoft leur Maiftre ; mais ils me couperent, & je fus obligé de les attaquer.
Je courus le bras levé à celùi des deux
qui venoit à moy : nous croifâmes
nos piftolets ; & mon poignet fe trouvant plus fort que le fien, fon coup
paffa fans effet par deffous mon bras,
tandis que le mien affis plus jufte lui
fracaffa la tefte, & le renverfa par
terre. De fon cofté mon Valet de cham-

bre expedia fon homme d'un coup
d'Arquebufe ; de forte qu'aprés cela
rien ne nous arrêtant plus, nous nous
mîmes aux trouffes du Ravilleur. Nous
l'atteignîmes à un quart de lieüe du
bois où il couroit fe cacher. Je le pref-
fois de fi prés qu'à peine eut-il le tems
de la defcendre à terre, & de fe méttre
en état de deffence. Je fondis fur lui,
& d'un bras vigoureux dont il ne put
rompre l'effort, je lui plongeay mon
épée jufqu'aux gardes dans le milieu
du corps. Il tomba roide mort entre
les pieds de fon cheval. Je defcendis
auffi-toft du mien. Je m'approchay de
l'Inconnuë, & me jettant à fes genoux,
Que je ferois heureuxMadame, lui dif-
je , fi ce fervice pouvoit laver l'offence que je vous ay faite. Elle ne me
répondit rien alors, car fes efprits é-
toient encore troublez de fon enlevement, & de la mort de fonRaviffeur.
Mais enfin s'eftant remife & me regardant avec des yeux qui n'avoient plus
ce courroux terrible dont je les avois
vûs armés contre moy, elle me dit
qu'aprés ce que je venois de faire, elle vouloit bien me pardonner mon indifcretion ;mais qu'il ne faloit pas un
fervice moins important pour l'expier.

T iiij

Je puis donc me flatter, lui-dis-je, emporté par ma passion, que je ne suis plus pour vous un objet de haine & d'horreur ? Ah pour achever d'effacer le crime de vous avoir déplu, souffrez, Madame, que je vous fasse connoître les sentimens de respect & d'adoration que j'ay pour vous. Hé, de grace, changeons de matiere, interrompit-elle, ne perdez pas le merite de m'avoir sauvé l'honneur, en me donnant de nouvelles raisons de me plaindre de vous. Madame, repris-je, qu'ont donc mes discours de si offensant? mon amour est si pur qu'il ne sauroit blesser vostre vertu. Brisons là, je vous prie, repliqua-t-elle, faites refléxion que la bienséance ne me permet pas de rester seule icy avec vous. D'ailleurs, je vous avouë que je ne puis, sans fremir, soûtenir la vûë de ce corps sanglant. Eloignons-nous de ce malheureux dont le sort me fait pitié, quelque sujet que j'aye de ne pas regreter sa mort. Je m'offris à la remener au château; mais elle ne voulut pas y consentir ; & elle me dit qu'il suffiroit que je l'accompagnasse jusqu'à un village qui estoit à deux ou trois cens pas de nous, d'où elle se feroit

conduire feurement au château. Je luï
propofay de monter fur mon cheval,
& comme elle s'en deffendit fur le peu
de diftance qu'il y avoit de là au village, je luy donnay la main, & nous
fuivîmes un petit fentier qui nous y
mena. Madame, lui dis-je, en la con-
duifant, puifque vous m'oftez la fatisfaction de vous accompagner jufqu'au Château, du moins ne me refu-
fez pas celle de m'apprendre qui eft
cette merveilleufe perfonne qui dés la
premiere vûë produit des effets fi puif-
fans fur les cœurs. Ce que vous fouhaitez, me répondit elle, eft fi peu digne de voftre curiofité que vous devez
vous rendre fans peine à la priere que
je vous fais de me difpenfer de vous en
inftruire. Hé quoy, Madame, interrompis-je tout furpris, vous pourriez me faire une priere fi injufte? Il
faut de plus, repartit-elle, que vous
me promettiez de ne pas faire une démarche pour vous en informer. Jufte-
ciel, m'écriai-je, avec une éfpece de
fureur dont je ne fus pas maiftre, Songez-vous bien, Madame, à ce que
vous exigez de moy? Non, cette loi
eft trop cruelle, & vous me defefpe-
rez fi vous me l'impofez. Cela ne
vous defefperera point, reprit elle;

des traits auſſi foibles que les miéns
ne font pas des impreſſions ſi fortes,
& vous n'aurez pas eſté quelques jours
ſans me voir, que vous ne vous ſou-
viendrez plus de cette avanture que
par la valeur que vous y avez fait paroiſtre. Ah, Madame, lui dis-je, pourquoy me tenez-vous cet outrageant
diſcours ? Voulez-vous m'accabler ?
voulez-vous me faire perdre la raiſon ? Ne m'apprenez point qui vous
eſtes ? Cachez-vous, j'y conſens, à
mes triſtes yeux, puiſque vous leur
faites un crime de leur bonheur : Mais
de me défendre de vous chercher, &
de faire tout tout ce que mon amour
me doit inſpírer pour vous connoiſtre,
En verité, Madame, c'eſt une inhuma-
nité ſans exemple! Je ne m'aveugle pas;
je vois bien que ſi je ne me ſers de
l'occaſion que j'ay de ſavoir vôtre nom,
il faudra me reſoudre à ne vous revoir
jamais. Helas, puis-je en perdre l'eſperance, & aurez-vous encore la bar-
barie de me ſavoir mauvais gré de la
peine que j'ay à y renoncer ? Non,
genereux inconnu, repliqua-t-elle ; le
Ciel m'eſt témoin que je ne vous en
ſçay pas mauvais gré. Croyez-moy, ne
me refuſez pas ce que je vous demande ; le motif en eſt plus obligeant pour

vous que vous ne penfez. Mais foit
caprice, foit délicateffe, je ne puis me
vaincre là deffus ; & fi vous faites un
pas pour me connoiftre, vous, vous
éloignez de moy pour jamais. Que
vos loix font dures, Madame, repris-
je ! Vous m'éloignez de vous fous
peine de vous perdre pour jamais ! &
n'eft-ce pas vous perdre pour toûjours
que de vous promettre ce que vous
exigez de moy ? Non, repartit l'Inconnuë. Si vous me tenez parole, vous
me reverrez ; mais je veux auparavant
éprouver voftre difcretion. Si j'en
fuis contente, je me feray connoiftre
à vous. Dites-moy feulement voftre
nom, & repofez-vous du refte fur
l'affurance que je vous donne que vous
n'avez pas rendu fervice à une ingrate. Je m'appelle Don Cefar, Madame,
lui répondis-je ; & vous aurez de mes
nouvelles à Alcala chez Don Loüis de
Lune. Je n'en veux pas favoir davantage, reprit l'Inconnuë, je me fer-
viray dans le tems de la connoiffance
que vous me donnez, fuppofé que
vous le meritiez. Partez Don Cefar ;
laiffez à ma reconnoiffance le foin de
ménager vos interefts auprés de moy :
& foyez perfuadé que par voftre foû-

miſſion vous ferez plus de chemin
dans mon cœur, que vous n'en feriez
par pluſieurs années de ſervices. J'é-
tois penétré d'une ſi vive douleur que
je ne pûs lui répondre une ſeule parole; mais mon deſordre parla pour
moy. Elle en fut attendrie. Adieu, Ceſar, partez, me dit-elle en me tendant la main, n'oubliez pas une perſonne qui ſe ſouviendra toûjours de
vous, ſi vous ne vous rendez pas indigne de ſon ſouvenir. Je portay mes levres avec tranſport ſur ſa main que je
baignay de larmes & que je tins ſi
long-tems qu'elle fut obligée de la retirer en rougiſſant. Je vis auſſi ſes beaux
yeux preſts à pleurer, mais elle me
quitta bruſquement pour me cacher
ſes pleurs, & les laiſſer couler ſans con-
trainte. Enfin elle entra dans le villa-
lage, & je la perdis de vûë. Je rega-
gnay le grand chemin d'Alcala, agité
des plus vifs mouvemens que l'Amour
ait jamais excitez dans le cœur d'un
Amant. Je n'oſay ſatisfaire ma curioſité; & je reſolus d'obeïr exactement à
mon Inconnuë, afin que ſi j'eſtois aſſez
malheureux pour ne la revoir jamais, je
n'euſſe pas du moins à me reprocher
d'avoir contribüé moy même à mon
malheur.

J'arrivay le lendemain à Alcala,
J'allay rendre mes devoirs à Don Chriftoval & à fon pere qui me reçûrent
avec toutes les démonſtrations de joye
que je pouvois fouhaiter. Don Chriſtoval fur tout me donna toutes les marques de l'amitié la plus parfaite. Ses amis
& lui s'appliquerent à me faire paſſer
agreablement tout le tems que j'avois à
eſtre avec eux : mais les plus doux a-
muſemens de la jeuneſſe, les plaiſirs
les plus piquans ne m'empêcherent pas
de tomber dans une profonde mélancolie. Don Chriſtoval fit ſes efforts
pour la diſſiper. Quelquefois il piquoit
d'honneur les plus jolies Dames de la
Ville, en leur faiſant la guerre de ce
qu'elles ne pouvoient par leurs charmes chaſſer mes ennuis ; & quand il
s'apperçevoit que ſes foins eſtoient inutiles, il me preſſoit de lui découvrir
mon ame. Quoique j'euſſe en lui une
entiere confiance, j'eſtois ſi ſcrupuleux
ſur ce que mon Inconnuë avoit exigé
de moy, que je n'oſay lui faire part de
mon avanture, de peur que par curioſité ou par amitié pour moy il n'allât
faire des perquiſitions qu'on n'auroit
pas manqué de mettre ſur mon compte,
& qui n'auroient pas avancé mes affai-

res. Neanmoins comme je devois à un ami des justifications sur la reserve que j'avois pour lui , je lui dis que j'avois des raisons essentielles pour mon repos de cacher à toute la terre, du moins pendant quelque tems, mes secrets déplaisirs ; que j'avois un regret mortel de ne pouvoir les déposer dans son sein : Et que je le priois de ne me pas presser davantage. Comme il estoit persuadé que je l'aimois, & que je ne lui aurois pas caché le sujet de ma tristesse, si j'eusse pû ne lui en pas faire un mystere, il me plaignit, & me laissa la liberté de me livrer tout entier à mon amour. J'en estois si préoccupé que rien ne m'en pouvoit distraire. L'image de mon Inconnuë s'offroit sans cesse à mon esprit. Je me la representois telle qu'elle m'avoit paruë dans nos adieux, attendrie, touchée de ma vive douleur. Quelquefois je la voyois encore dans le bain , & mon imagination charmée rappelloit avidement cette blancheur ébloüissante, & tous ces appas qui avoient enchanté mes sens. Mais plus je l'envisageois sous des formes agreables , & plus je m'apprestois de supplices. Un tems considerable s'estant passé sans que

j'en euſſe reçû la moindre nouvelle,
un trouble affreux s'empara de mon
cœur. Les tourmens les plus horribles
n'ont rien d'égal aux inquiétudes qui
commencerent à me devorer. Je me
repentis cent fois d'avoir laiſſé échapper l'occaſion de la connoiſtre, & d'a-
voir eſté aſſez bon pour me fier à la
parole d'une femme. Pour ſurcroît de
chagrin, Don Pedre me manda de Madrid qu'il avoit heureuſement terminé
ſa negotiation, & que dans peu de
jours il viendroit me reprendre à Alcala pour nous en retourner en Flandres. Ce fut alors que je penſay perdre l'eſprit ; car quoique j'euſſe tout
lieu de croire que je n'entendrois jamais parler de mon Inconnuë, je ne
pouvois y renoncer, & j'eſtois incon-
ſolable quand je ſongeois que mon départ alloit détruire le peu d'eſperance
qui me reſtoit de la revoir. J'étois dans
cette ſituation cruelle, & je me propo-
ſois d'aller au Chaſteau où je l'avois
vûë, lorſqu'un matin ſortant d'une
Egliſe une femme maſquée me gliſſa
dans la main un billet, & diſparut ſans
me donner le tems de la retenir & de
la queſtionner. J'ouvris auſſi-tôt le papier, & j'y trouvay ces mots : *Il eſt*

juste que je tienne ma parole, puisque
vous avez si bien gardé la vôtre. Trouvez-vous demain à la même heure au
même endroit où vous recevrez ce billet.
On aura soin de vous conduire en un
lieu où vous apprendrez des nouvelles
qui ne vous seront pas indifferentes, si
vostre cœur n'est point changé. Je ne
pouvois douter que ce billet ne fust de
mon Inconnuë. Je le relus vingt fois
avec tous les transports d'un jeune
homme que l'amour & la joye met-
tent hors de lui-même. Le plaisir de
voir qu'elle n'estoit pas insensible à ma
passion, jetta mon esprit dans une agitation, dans un desordre, dans une
yvresse pleine de charmes. Je ne me
posseday point tout le reste de cette
journée. Mais dans l'attente du bien
que j'esperois obtenir le lendemain,
que j'eus de peine à moderer mon impatience ! Je trouvay le soleil trop lent
dans sa course, & tous les momens de
la nuit me parurent autant de siecles.
Je me levay avant l'aurore, & j'étois
au lieu marqué à une heure bien éloignée encore de celle où l'on devoit me
venir prendre. A la fin je vis arriver la
personne que j'attendois. Je la suivis
jusqu'à une petite maison située à l'extrémité

trémité d'un fauxbourg. On me fit entrer dans une chambre fort mal meu-
blée ; mais elle fut parée pour moy des
plus riches ameublemens, lorſque j'y
vis mon Inconnuë. Elle s'avança au-
devant de moy pour me recevoir. Seigneur Don Ceſar, me dit-elle, je n'ay
pas voulu plus long-tems paſſer pour
une ingrate dans voſtre eſprit, & vous
pouvez voir par la démarche que je
fais pour vous que je donne trop peut-
eſtre à la reconnoiſſance. Madame,
lui répondis je, je connois tout le prix
d'une ſi grande faveur. J'en conſerve-
ray cherement le ſouvenir ; mais ſi je
pouvois la meriter par mes actions,
vous n'auriez pas lieu de vous repentir de me l'avoir accordée. Vous l'avez
meritée, reprit-elle, par la confiance
que vous avez euë en mes paroles, &
par voſtre diſcretion. Je ſçay tout ce
qu'ont fait vos meilleurs amis pour
vous arracher voſtre ſecret ; & avec
quelle fermeté vous avez réſiſté à leurs
inſtances. C'eſt auſſi ce qui m'a fait
ſurmonter les ſcrupules que ma retenuë oppoſoit au deſir que vous avez
de me connoiſtre. Je vais vous donner
cette ſatisfaction. Je ne veux pas vous
laiſſer ignorer plus long-tems le nom.

d'une perfonne qui vous a tant d'obligation.

Je me nomme Dona Anna de Montoya, & je fuis d'une des plus anciennes
nobleffes de Caftille. Nous demeurions
à Siguença mon pere & moy lorfque
vous vintes dans ce Chafteau où vous
m'avez vûë, qui eft la maifon de plai-
fance d'un Duc. Vous avez pû juger
par fa magnificence qu'elle n'appartenoit pas à un homme du commun. Une
niece de la Ducheffe eftant tombée malade ne put accompagner le Duc & fa
femme qui fe voyoient obligés de fe
rendre en Cour pour des affaires pref-
fantes. Elle refta dans ce Chafteau,
dont elle avoit l'entiere difpofition en
leur abfence. Je l'eftois allée voir a-
vec quelques Dames de noftre Ville
qui eftoient auffi bien que moy fes in-
times amies. Comme cette maifon eft
un lieu delicieux dans les grandes cha-
leurs, & qu'on y a fait conftruire des
bains magnifiques, je m'y baignois depuis quelques jours autant par un prin-
cipe de fanté qu'à caufe de l'ardeur de
la faifon. Je ne craignois point qu'on
me vint furprendre dans cet agreable
réduit; & je m'y croyois d'autant plus
en feureté le jour que je vous vis, que

j'avois dit à une fille qui me fervoit de
fermer exactement toutes les portes
par où l'on y pouvoit entrer. Mais
cette infidelle les avoit laiffées ou-
vertes, parcequ'elle avoit efté gagnée
par un Gentilhomme de Siguença qui
m'aimoit. Il s'appelloit Don Livio. Il
m'avoit fait demander à Don Bertrand
mon pere, qui, pour des raifons qu'il
eft inutile de vous dire, avoit rejetté
fa propofition. De mon cofté, je n'a-
vois pas mieux reçû fes galanteries ; fi-
bien que ne fachant plus quels moyens
employer pour fatisfaire fon amour,
fon defefpoir lui fit prendre la réfolution de m'enlever. Ma femme de
chambre, qu'il avoit donc mis dans
fes interefts, ne manqua pas de l'avertir que j'eftois dans la maifon du Duc,
que je me baignois feule prefque tous
les jours ; & enfin que l'occafion étoit
la plus favorable du monde pour l'enlevement qu'il méditoit, parce qu'il
n'y avoit que des femmes dans le Château. Effectivement tout le domeftique
ce jour-là eftoit allé à des nôces qui
fe faifoient dans un village affez éloigné delà. Ils convinrent enfemble de
l'heure où Don Livio devoit fe trouver avec main-forte à la porte du jar-

din qui donne dans le bois. Il alla d'a-
bord au pavillon ; mais ne m'ayant
pas trouvée dans les bains , parce que
voſtre vûë m'avoit obligé d'en ſortir
plutôt que je n'avois accoûtumé : il
marcha droit au Chaſteau avec ſes
gens. Il me ſurprit dans une ſalle au
milieu de mes compagnes qui joüoient
une repriſe d'hombre , & à qui je ra-
contois encore de quelle maniere j'a-
vois eſté ſurpriſe au bain. Il ne s'arreſta point à perdre le tems en diſcours,
& à chercher des couleurs pour déguiſer la noirceur de ſon action : il me
fit emporter par ſes gens malgré nos
cris & les efforts que nous fiſmes mes
compagnes & moy pour empêcher
cette violence. Ils m'entraînerent dans
le bois où ils avoient laiſſé leurs chevaux : & Don Livio m'ayant fait mettre ſur le devant du ſien, il me ſerra
entre ſes bras avec tant de force qu'il
m'enleva malgré moy. Vous ſavez le
reſte de cette avanture. Je vais à preſent vous apprendre ce qui s'eſt paſſé
depuis ce tems-là ; & les raiſons pourquoy vous me voyez dans cette ville.
Aprés voſtre départ je demeuray prévenuë pour vous d'une trés-forte eſtime. Touchée de voſtre ſoumiſſion, je

vous voyois éloigner à regret ; & peu
s'en falloit que je ne me repentiſſe de
la rigueur que j'avois pour vous ; mais
je la jugeois neceſſaire à mon repos.
Avant que de ſouffrir voſtre attachement je voulois m'aſſeurer de voſtre
diſcretion, dont je ne croyois pas a-
voir tort de douter. Je demeuray donc
ferme dans mon deſſein. Je me fis conduire au Chaſteau par un grand nombre de païſans armés de longs bâtons
& de fourches. J'y trouvay mes compagnes éperduës , & tout le domeſtique en rumeur. Mais mon retour &
le détail que je leur fis de la maniere
miraculeuſe dont j'avois eſté tirée des
mains de Don Livio firent ſucceder
l'allegreſſe à la conſternation. Aprés
cela je devins réveuſe , je commençay
à chercher la ſolitude. Voſtre idée venoit m'y occuper agreablement. Je me
ſouvenois avec plaiſir de toute la paſſion que j'avois vûë dans vos yeux ; de
l'état touchant où je vous avois laiſſé ;
je repaſſois inceſſamment dans ma memoire juſqu'à vos moindres paroles ;
En un mot je rappellois vingt fois le
jour toutes les circonſtances de noſtre
entrevûë. Il me prit enſuite un deſir
curieux de ſavoir comment vous vi-

viez à Alcala ; & fi vos occupations
ne démentoient pas les fentimens que
vous m'aviez fait paroiftre. Il ne me
fut pas difficile de m'en inftruire ; parceque mon pere avoit du bien dans le
territoire de cette Ville, & que j'y a-
vois des amies à qui je pouvois me
confier. J'appris avec beaucoup de
joye que vous paroiffiez accablé d'un
chagrin fecret dont vous aviez grand
foin de cacher la caufe à tout le monde. Cela me confirma dans la réfolution de tenir exactement la parole que
je vous avois donnée. Au lieu que vous
n'euffiez jamais eu de mes nouvelles,
fi l'on m'eût mandé que vous paffiez le
tems plus agreablement. Cependant
Don Bertrand mon pere regardant
l'action de Don Livio comme un at-
tentat contre fon honneur, fit des
pourfuites en juftice pour faire declarer infames la perfonne & la memoire
de ce Cavalier. Mais ces procedures
ne furent pas auffi-tôt finies que com-
mencées : Toute la Ville prit parti dans
ce different, fuivant les differentes liai-
fons de fang, d'amitié, ou d'intereft.
A la fin Don Bertrand voyant que les
chofes traînoient en longueur par les
conteftations & les récriminations

respectives se lassa d'une vie si traverfée, & sentant bien que le repos convenoit mieux que tant d'agitation à un homme de son âge, il résolut de quiter le sejour de Siguença où ses ennemis avoient un parti plus fort que le sien, pour aller dans une autre ville passer le reste de ses jours avec plus de tranquilité. Je ne manquay pas de le fortifier dans ce dessein ; & comme il me parut incertain sur le choix de la Ville, je le déterminay à se fixer à celle-ci, où il a du bien & des amis. Ayant donc mis ordre aux affaires qui pouvoient nous retenir à Siguença, nous sommes arrivés ici depuis quelques jours. Mon premier soin a esté de chercher l'occasion de m'acquiter envers vous ; & je croy l'avoir fait de maniere que vous n'avez pas lieu de vous plaindre de moy.

Dona Anna finit ainsi son récit. Je la remerciay de ses bontés, & nous nous séparâmes aprés une longue conversation. Nous eûmes encore d'autres entretiens dans le même endroit. J'estois charmé de mon bonheur ; & quoique Dona Anna ne se fust point expliquée clairement sur les esperances qui m'estoient permises, nulle

crainte ne troubloit mon repos ; mais
dans l'Empire de l'Amour les révolu-
tions font trop frequentes pour qu'un
Amant puiffe eftre long-tems dans une
fituation douce & heureufe. Don Pedre,
le cruel Don Pedre vint m'enlever le
bien dont je jouiffois. Il avoit enfin
conclu le mariage du Cardinal avec
l'Infante aprés bien des difficultés & des
longueurs de la part du Confeil de Madrid. Cette nouvelle eftoit trop importante pour en retarder la joye à l'Archiduc. Don Pedre vouloit que nous
priffions la pofte. A peine accorda-t-il
quelques momens à la tendreffe de fon
frere & de fon neveu, qui lui firent en
vain toutes les inftances imaginables
pour l'arrefter deux ou trois jours.Enfin
il preffa tellement fon départ que tout
ce que je pus faire, fut de ménager encore un entretien avec Dona Anna.Qu'il
fut touchant ! Elle me dit mille chofes
tendres & flateufes, & m'avoüa fans
diffimulation qu'elle m'aimoit autant
qu'elle eftoit capable d'aimer. Je lui
tins de mon cofté les difcours les plus
paffionnés que pouvoit tenir un homme auffi pénetré que je l'étois d'amour
& de reconnoiffance. Mais voulant favoir fi malgré la baffeffe de mon extraction

traction je devois afpirer à l'époufer, je lui dis : Puis-je, fans abufer de vos bontés, Madame, vous demander en m'éloignant de vous, s'il m'eft permis de me flater que mon fort fera un jour uni au vôtre ? Oferay-je porter jufques-là mes defirs ambitieux ? Partiray-je avec une fi belle efperance ? Ecoutez, Cefar, me répondit-elle avec une rougeur qui marquoit un peu de confufion, je vous avouëray que voftre naiffance me fait de la peine. Ce n'eft pas que je n'eftime autant voftre perfonne que fi vous eftiez defcendu de nos premiers Rois ; mais je connois mon pere, & je crains qu'on ne puiffe le porter à recevoir pour gendre un homme d'un fang audeffous du fien. Je ne comprens que trop, lui dis-je, que voftre pere juftement prévenu contre une naiffance comme la mienne n'approuveroit pas aujourd'hui ma recherche. Je fçay bien que Cefar, tant qu'il ne fera que Cefar, ne doit point efperer voftre poffeffion. Mais je dois vous dire, Madame, que je me fens le cœur affez bon pour attendre de mon épée ce qu'on pourroit refufer à l'obfcurité de ma race. L'amour a fait bien des Heros. Animé de ma paffion & du defir

*Tome II.*         X

de me rendre digne de vous, j'execu-
teray peut-eftre des chofes que mon
courage n'oféroit tenter, fi j'avois un
moindre objet dans mes entreprifes.
Mais, Madame, tandis que je combat-
tray pour vous meriter, fi voftre pere
eftoit affez injufte pour vouloir malgré vous difpofer de voftre perfonne,
& vous livrer à un homme que vous
n'aimeriez pas, vous laifferiez-vous
arracher à mon amour? Je ne me fuis
jamais confultée, repartit Dona Anna,
fur ce que je ferois dans cette extrémité. Je croy mon pere trop jufte pour
m'y réduire; mais enfin s'il fe fervoit
de toute la puiffance que le Ciel & la
nature lui donnent fur moy, je fens
que je n'aurois pas le courage de lui
réfifter. Je vous plaindrois, je me plaindrois moy-mefme de voir tirannifer
mon cœur; mais quelque inclination
que j'aye pour vous, il ne faut point
vous flater, Cefar, je la facrifieray toûjours à mon devoir. Des fentimens fi
vertueux faifoient affeurément honneur à Dona Anna; mais je ne lui aurois pas fçû mauvais gré d'eftre un peu
moins foûmife aux volontés de fon
pere. Elle s'apperçut bien du trifte effet
que fes dernieres paroles venoient de

faire fur moy ; & pour me confoler,
elle me dit que nous avions tort de
nous allarmer, que fon pere l'aimoit
avec tant de tendreffe, que nous n'a-
vions pas lieu de craindre qu'il fuft capable de mettre fon obeïffance à une
fi rude épreuve. Allez, mon cher Cefar, pourfuivit-elle en me preffant tendrement la tefte entre fes mains, allez
par des actions éclatantes faire rougir
la fortune de l'injuftice de voftre naiffance, & revenez fi couvert de gloire,
que mon pere fe faffe un honneur de
me donner à vous. Encore une fois,
allez où voftre devoir vous appelle, &
foyez perfuadé que je feray tout ce
que le mien me permettra de faire,
pour n'avoir jamais d'autre époux que
Cefar. En achevant ces mots, je vis
couler de fes beaux yeux quelques larmes dont je fus fi vivement touché,
que me laiffant tomber à fes genoux
je les lui embraffay avec un faififfe-
ment à ne pouvoir proferer une parole.
Enfin aprés nous eftre fait mille pro-
teftations mutuelles d'amour & de fi-
délité, j'allay trouver Don Pedre avec
qui je retournay en Flandres.

## CHAPITRE LI.

*Comment Sancho interrompit Don Fer-*
*nand, & quelle fut l'affliction de*
*Don Quichotte quand il apprit le*
*départ de la Reine Zenobie.*

DOn Alvar, le Comte & les autres écoutoient avec attention
Don Fernand, lorsque Sancho revenant de la cuisine fort échauffé l'interrompit en criant de toute sa force :
Grande nouvelle, Seigneur Don Quichotte, grande nouvelle ! vous vouliez vous battre aujourd'hui à la Cour
pour Madame Zenobie ; mais par ma
foy, vous n'avez qu'à vous tenir gaillard. Le chien n'a que faire d'aller à la
chasse, quand il n'y a plus de gibier. Que
veux-tu dire par-là, dit D. Quichotte ?
Je veux dire, Monsieur, répondit l'E-
cuyer, qu'il n'y a plus que le nid', &
que quand la cage est faite, l'oiseau
s'envole. Laisse-là tes proverbes, reprit le Chevalier, & t'explique en deux
paroles. Hé bien, Monsieur, dit Sancho, pour m'expliquer en deux paroles, je vous apprens que Madame Ze-

nobie crac. Parle donc plus clairement,
miferable , repliqua Don Quichotte,
Qu'eſt-ce que cela ſignifie? Hé pardy,
repartit l'Ecuyer, cela ſignifie que Madame la Reine a plié bagage, & qu'-
elle n'eſt plus à Madrid. Qu'eſt-cê que
j'entens, dit le Chevalier? Mais tu te
trompes, mon ami, il n'eſt pas poſſible qu'elle ſe ſoit ainſi ſéparée de nous.
Pardonnez-moy, Monſieur, répondit
Sancho, il n'y a rien de plus veritable.
Elle s'en eſt allée cette nuit, & perſonne en ce logis ne ſçait ce qu'elle eſt
devenuë. Juſte Ciel ! s'écria Don Quichotte en ſe levant de deſſus ſon ſiege
avec une action qui marquoit de la
douleur & du deſeſpoir : un Enchanteur l'aura ſans doute enlevée. Ah !
malheureux Chevalier, meurs de honte d'avoir ſi mal gardé ta Princeſſe.
Qui voudra deſormais te confier des
Infantes ? Sancho mon fils, pourſuivit-il, va viſte préparer Rocinantes &
le Griſon ; diſpoſons-nous à partir
tout-à-l'heure. Courons chercher partout la ſans pareille Zenobie. Je jure
par l'ordre de Chevalerie que je pro-
feſſe, que je ne m'arreſteray dans nul
endroit habité, & que je mangeray
ſans nappe & ſans ſerviette juſqu'à ce

X iij

que j'aye retrouvé cette unique Dame de mes penſées. Hé ventre de moy, interrompit bruſquement Sancho, où diable irons-nous la chercher, ſi nous ne ſavons pas le chemin qu'elle a pris? Vous me feriez renier tout mon li-gnage. Quand nous ſommes bien dans un endroit, ne ſaurions-nous y de-meurer? Pourquoy quitter ces Sei-gneurs qui nous font ſi bonne chere, pour courir aprés une maſque de Rei-ne, qui s'enfuit avec ſa mule & ſes ha-bits de taffetas, ſans nous dire ſeule-ment un grand-merci? Fais ce que je t'ordonne, repliqua Don Quichotte, & que je ne te le diſe pas davantage. A ces mots il voulut aller dans ſa cham-bre querir ſa lance & ſon écu; mais Don Carlos & le Comte le voyant dans la réſolution de partir, eſſayerent de l'en détourner en lui repreſentant les dangereuſes conſequences de ſon départ. Effectivement Seigneur Don Quichotte, lui dit le Grenadin, pen-ſez-vous bien à ce que vous allez faire? Songez-vous que ſi vous vous éloignez de Madrid, le Roy de Chipre, qui eſt ſur le point d'y arriver, ne manquera pas de vous accuſer de lâcheté. Il dira que vous n'avez oſé l'attendre, & il ſe

vantera infolemment de vous avoir
fait prendre la fuite. Je conçois à la
verité la vive & jufte douleur que vous
caufe l'enlevement de voftre Princeffe;
j'entre dans vos peines : mais vous favez mieux que moy qu'un Chevalier
doit préferer les foins de fa gloire aux
plus chers interefts de fon cœur. Vous
avez raifon, Seigneur Tarfé, répondit
Don Quichotte, il doit avoir en recommandation trois chofes : la premiere la religion, la feconde l'honneur, & la troifiéme fa maîtreffe. Ainfi
donc puifque ma gloire s'oppofe à
mon départ, je refteray ici jufqu'à ce
que j'aye tué Bramarbas. Mais en attendant, pour la fatisfaction de mon
amour, je fuis d'avis d'envoyer Sancho chercher partout la Reine, à l'imitation des anciens Chevaliers qui en
ufoient de la forte en pareille occafion.
Bon, dit alors l'Ecuyer, voilà une
commiffion qui n'eft, pardy, pas pour-
rie. Eft-ce que j'ay étudié dans la Phi-
lofophie, pour deviner où eft la Princeffe ? Et quand mefme je la trouverois entre les griffes de quelque Enchanteur, en bonne foy me croyez-
vous affez fot pour m'aller faire arracher tous les poils de la barbe ? Non,

mon ami , répondit Don Quichotte;
je ne prétens pas que tu t'expofes à
d'affreux perils , pour la retirer des
mains d'un Negromant. Cela ne t'eft
pas permis, n'eftant pas armé Chevalier ; & pourvû feulement que tu puiffes
découvrir le Château où on la retient
prifonniere , je ne t'en demande pas
davantage. Vous voyez bien, Sancho,
dit Don Carlos, que voftre Maiftre eft
trés-raifonnable , & qu'il n'exige pas
de vous une chofe fort difficile. Elle
n'eft pas difficile à dire , repartit l'E-
cuyer ; mais à faire , c'eft une autre
chofe. On ne rencontre pas toûjours
ce qu'on cherche, non ! & l'on feroit
quelquefois dix lieuës qu'on ne trouveroit pas une valife comme celle de
Cardenio. Oh-ça Sancho , reprit Don
Quichotte , il faut que tu partes inceffamment; & afin qu'il y ait de l'ordre
dans la recherche que tu vas faire de la
Princeffe Zenobie , je vais t'enfeigner
la route que tu dois tenir. Va d'abord
en France, dans les Païs bas, en Hol-
lande , & embarque-toy à l'embou-
cheure de la Meufe pour paffer en Angleterre. Parcours enfuite l'Hibernie
& l'Ecoffe , qu'on nommoit autrefois
l'Albanie. Delà gagne l'ifle de Tulle fi

renommée chez les Anciens, qui la regardoient comme la fin du monde, parce qu'ils ne connoissoient pas le nouveau. Aprés cela continuant ton voyage vers le Septentrion, tu pénétreras
jusqu'aux regions Hiperborées, où tu
rencontreras les isles flotantes du Prince Hiperborean mon rival. C'est, dans
ces lieux, mon fils, que tu chercheras
exactement la Reine; car l'Enchanteur, qui l'a enlevée, l'aura peut-estre
transportée là pour la livrer aux amoureux desirs d'Hiperborean. Si tu ne l'y
trouves pas, quelques perquisitions
que tu fasses, tu t'embarqueras sur les
mers glacées de Groenlande dans un
vaisseau qu'un Sage de mes amis ne
manquera pas de t'offrir pour te porter
dans la Laponie. Tu traverseras la Nor-
vege, la Gotie & la Wandalie, qu'on
appelle à present la Suede; d'où tu en-
treras dans le Danemarc, nommé jadis
le royaume des Cymbres; & aprés
que tu auras esté dans toutes les parties
de l'Allemagne, tu visiteras l'Illyrie,
l'Italie, la Sicile; & sitôt qu'un vaisseau t'aura conduit heureusement du
port de Syracuse dans la Macedoine,
tu y verras les fameux champs de Philippe; puis tu parcoureras la Bulgarie,
*Tome II.*

l'Eſclavonie, la Servie, & les autres
Etats du puiſſant Empire de Grece.
Tu te rendras enſuite en Sarmatie, de
là en Circaſſie, ce beau royaume du
vaillant Sacripant. Aprés quoy tu porteras tes pas dans le vaſte Empire de
Ruſſie, dont la puiſſance redoutable
faillit à renverſer le floriſſant Empire
de Grece du tems des belliqueux Amadis. Alors prenant le chemin de Conſtantinople par le Pont Euxin, & paſ-
fant le détroit de l'Helleſpont, que les
amours de Leandre & d'Ero ont rendu
ſi celebre, tu mettras le pied dans
l'Aſie. C'eſt dans cette partie du monde, Sancho, que le grand Empire du
Soudan de Niquée offrira à tes yeux
ſurpris ces riches & ſuperbes Villes, &
ces magnifiques Palais dont les Livres
de Chevalerie font de ſi belles deſcrip-
tions. Aprés cela tirant vers la Cappadoce, & t'avançant juſqu'aux rives du
clair Termodon, qui lave les campagnes fertiles du delicieux royaume des
Amazones, tu iras à Themiſcyre, où tu
conſoleras ces belliqueuſes femmes de
l'abſence de leur Reine la Princeſſe Zenobie, en leur diſant que je ſuis ſon
Chevalier, & que je la rendray à leurs
vœux en dépit de tous les Enchanteurs

qui voudront s'y oppofer. De la Cappadoce ne manque pas d'aller dans l'Ar-
menie, dans l'Iberie & dans la Geor-
gie, & de là penetre dans le fameux
Empire de Tartarie, qui eft à prefent
pofledé par les defcendans des celebres
Agrican & Mandricar amans de la belle
Angelique, & rivaux de ce Comte
d'Angers, que tu as vû il n'y a pas
long-tems prés d'Ateca. De ce vafte
Empire entre dans celui du Catay, puis
dans la Chine, dans les Indes, dans les
terres du grand Mogol : mais lorfque
tu feras arrivé à Hifpahan, fais fi bien,
mon ami, par tes prefens & par ton
addreffe qu'on t'introduife dans le Serrail du Sophy, pour voir fi la Princeffe
Zenobie n'y eft point. Enfin, Sancho,
quand la pompeufe Cour du Soudan de
Babylone aura achevé d'épuifer ta curiofité, tu reviendras vers le royaume
de Chipre, & vers celui de Damas où
regnoit autrefois le bon vieux Noran-
din qui eftoit fi grand ami des Chevaliers errans : mais avant que de quitter
l'Afie, vifite les Arabies, celle furtout
qui a vû naiftre le Phœnix : Et aprés
que tu auras confideré avec toute l'attention dont tu es capable le tombeau
du Prophete des Sarazins, tu pafferas

l'Ifthme qui fepare l'Afie de l'Afrique,
Tu pourras t'arrefter un jour dans la
grande Alexandrie pour t'y repofer ;
& puis remontant le Nil par les campagnes fecondes que ce fleuve arrofe
de fes eaux , tu pafferas jufqu'à l'Empire d'Ethiopie & des Abiffins. Alors
tournant vers le Midy , tu t'avanceras
dans le royaume des Cafres , qui eft fi
funefte aux Etrangers qui y abordent,
à caufe que ces peuples barbares fe re-
paiffent de fang humain. Enfuite tu
retourneras vers le Septentrion ; tu
rencontreras les royaumes de Tombuc
& de Senega, & le vafte Empire des
Negres. Aprés cela , traverfant les
Etats du Roy de Maroc, & ceux qui
furent jadis au Roy Agramant, ce fatal ennemi du grand Charles Empereur
des Romains, tu t'iras embarquer à
Alger pour revenir en Efpagne. Ah
fainte Vierge quel voyage ! s'écria
Sancho ; j'aimerois autant aller à faint
Jacques en Galice. Par la mardy, mon
âne & moy nous n'avons qu'à voir fi
nous avons des piés. Effectivement,
Sancho , dit Don Carlos en riant , vôtre grifon & vous , mon ami , vous
allez bien voir du païs. Mais vous n'a-
vez qu'à fuivre tout droit le chemin

que voftre Maiftre vient de vous tra-
cer, vous ne fauriez vous égarer. Partez promptement & revenez en peu
de jours. En peu de jours, repartit
l'Ecuyer? Oh cela ne va pas fi vifte,
Seigneur Carlos! On va premierement
d'ici à Conftantinople; de Conftantinople en France; de France dans le So-
phi du Serrail, & delà à tous les diables.
Vous voyez bien que quand mon âne
iroit toûjours au grand trot, il ne fauroit faire ce voyage en une femaine.
Pars donc, mon fils, dit Don Quichotte, fais toute la diligence poffible,
& fois de retour le plutôt que tu pourras. Tu me retrouveras ici. Je vais
pendant ce tems-là m'enfermer dans
ma chambre; car les regles de l'ancienne Chevalerie veulent que je m'a-
bandonne à la plus vive douleur; que
je me laiffe confumer de chagrin, &
que je faffe toutes les actions d'un
Chevalier defefperé. Cela eft jufte &
raifonnable, dit Don Alvar; mais je
fuis d'avis que vous dîniez avec nous
auparavant pour mieux nourrir voftre
affliction. Le Ciel m'en préferve, répondit Don Quichotte; je veux eftre
huit jours fans boire ni manger, &
fans parler à perfonne. En achevant

ces mots il salua gravement la compagnie, & se retira dans sa chambre,
dont il ferma sur lui la porte à double
tour, de peur que quelque indiscret ne
vînt troubler le plaisir qu'il alloit prendre à s'affliger.

Cependant les Cavaliers estant de-
meurés avec Sancho se mirent à le
railler sur son voyage : Enfin Monsieur
le Gouverneur, lui dit Don Alvar,
vous allez donc nous quitter ? Hé ne
dînerez-vous point avant que de partir ? Si je dîneray, répondit l'Ecuyer ?
Ah vrayement oui, Seigneur Alvaro,
& je prétens encore, s'il vous plaît,
remplir mon bissac comme à Saragosse;
car j'ay bien du chemin à faire, &
vous savez que c'est le ventre qui porte les piés. Vous avez raison, dit Don
Carlos, la traite est un peu longue, &
vous ne ferez pas mal de vous munir
de quelques provisions. Je voudrois
déja que vous fussiez de retour, pour
nous faire une belle relation de vôtre
voyage : pour nous raconter les merveilles des païs étrangers, & nous parler, comme les autres voyageurs,
d'une infinité de choses curieuses que
vous n'aurez point vûës. Pour moy,
Monsieur le Gouverneur, dit le Comte,

j'ay une grace à vous demander. Apor-
tez-moy des Indes les plus groffes
perles que vous y pourrez trouver,
pour en faire un colier à la Princeffe
Trébafine ma femme. Comment des
perles, répondit Sancho? Eft-ce que
le païs, où je vais, eft le païs des perles? Sans doute, repliqua le Comte.
Hé ventre de moy, reprit l'Ecuyer,
que ne me l'avez-vous dit plutôt? Il
y a une heure que je ferois parti, & je
ferois déja en Angleterre. Oferay-je
à mon tour, dit Don Pedre, faire une
priere à Monfieur le Gouverneur? Oui-
da, repartit Sancho. Vous n'avez qu'à
dire ce que vous fouhaitez, & c'eft
une affaire faite. Voulez-vous auffi
des perles? Je ne veux ni perles ni diamans, reprit Don Pedre. Je vous prie
feulement quand vous pafferez par le
royaume des Caffres de vous informer
combien on y a mangé d'Ecuyers cette
année. Je fuis curieux de favoir cela.
Oh pour ce qui eft de ce vilain royaume, interrompit Sancho, je baife les
mains à voftre Seigneurie. Je n'en ap-
procheray point de cent pas. Je fçay
ce que c'eft qu'une broche à trois poin-
tes, & par ma foy quand on a eu la
colique, on doit craindre les tranchées.

Don Carlos & le Grenadin chargerent
aussi l'Ecuyer de quelques commis-
sions ; mais pendant qu'ils les lui donnoient, il entra dans la chambre un
venerable Vieillard. Il estoit vestu d'u-
ne longue robe de satin noir, qu'un
large ruban jaune noüoit par le milieu.
Il avoit un bonnet de poil de chevre,
& une barbe blanche qui lui descendoit jusqu'aux genoux. Il s'appuyoit
sur un bâton qu'il portoit à la main
droite, & de l'autre il tenoit un grand
livre. Les Cavaliers reconnurent bientôt que ce Vieillard estoit le jeune Secretaire de Don Carlos, & ce nouveau
déguisement leur fit d'autant plus de
plaisir qu'ils ne s'y attendoient pas.
Dés que Sancho apperçût la longue
barbe du Vieillard, il s'écria : Nostre-
dame, quelle barbe ! il n'y a pas de
queuë de cheval qui en approche.
Mon ami, lui dit le Secretaire, parlez
avec plus de respect d'une barbe de
douze cens ans. Misericorde ! répondit l'Ecuyer ; est-il bien possible que
vous ayez douze cens ans ? Vous estes
donc un Enchanteur ? Justement, repartit le Vieillard. Par la mardy, repliqua Sancho, je m'en suis bien dou-
té ; car j'ay oui dire que les Enchanteurs

teurs vivent fi long-tems qu'ils enter-
rent leurs grands peres. On vous a dit
vray, reprit le Secretaire : & je vous
apprens que je me nomme le fage Lirgande. Je croy que mon nom ne vous
eft pas inconnu. Hé non pardy, répondit l'Ecuyer ; je vous connois de refte.
Vous eftes un ami de Monfeigneur D.
Quichotte. Nous nous fommes fouvent recommandés à vous dans nos
batailles ; mais oui ! mon petit frere a
beau crier, mon pere ne le berce pas.
Franchement vous nous avez tant de
fois laiffé dans la bagarre, que c'eft un
miracle que nous ayons encore nos
oreilles. O mon pauvre Sancho, dit
l'Enchanteur, vos plaintes font in-
juftes ! nous autres Enchanteurs nous
ne pouvons pas eftre partout. Nous
avons tant de Demoifelles à enchanter, tant de Chevaliers à mettre
en prifon, tant d'Ecuyers à berner ; enfin nous avons de tous coftés tant d'oc-
cupation que nous ne faurions arriver
à propos pour fecourir un Chevalier
que nous protegeons. N'eft-ce pas affez
que nous arrivions quand il eft moulu
de coups pour lui frotter les coftes, ou
lui apporter du baume? Je vous affeure donc que ce n'eft pas manque de

bonne volonté ; & voftre Maiftre auroit tort de m'accufer d'eftre infenfible
à fes difgraces. Je viens à Madrid exprés pour le confoler du départ de la
Reine Zenobie. Soyez donc le bien-
venu , dit Sancho : mais au nom de
Dieu , Seigneur Lirgande, empêchez-
le par voftre magie d'eftre huit jours
fans boire ni manger : & faites lui bien
entendre qu'il ne faut pas que je paffe
le Pont-Urfin , ni tous les autres ponts
qui font au monde pour courir aprés
la Princeffe. Faites enforte , je vous
prie, que je ne parte point d'ici. Epar-
gnez cette corvée à mon âne , il vous
donnera mille benedictions. Hé bien,
mon ami , dit l'Enchanteur , menez-
moy à l'appartement du Seigneur Don
Quichotte, je vous promets que vous
ne partirez pas. L'Ecuyer ravi de cette
promeffe, le conduifit à la chambre de
fon Maiftre. Les Cavaliers curieux
d'entendre ce qu'alloit dire le fage Lirgande, le fuivirent; & lorfqu'ils furent
à la porte de la chambre, ils ouïrent le
Chevalier qui difoit à haute voix : O
quinteffence de la beauté , huitiéme
merveille du monde ! où eftes-vous
préfentement? Helas ! peut-eftre qu'-
environnée de monftres vous faites re-

tentir de vos triftes plaintes le Château d'un barbare Negromant. J'attens
avec impatience le retour de mon E-
cuyer pour voler à voftre fecours. Cependant, adorable Reine de mon ame,
écoutez mes douloureux accens & mes
pitoyables regrets.

Ouvrez, Monfieur, ouvrez, s'écria
Sancho en frappant rudement à la porte. Il ne faut point tant vous defefpe-
rer, Madame Zenobie n'eft pas perduë.
Don Quichotte reconnoiffant la voix
de fon Ecuyer lui ouvrit en difant : Hé
quoy, mon fils, aurois-tu déja découvert où eft la Reine ? Non, Monfieur,
répondit Sancho ; mais voici le fage
Lirgande voftre ami qui vient vous en
dire des nouvelles. Oui, Chevalier des
amours, dit le Secretaire en embraffant
Don Quichotte, je viens vous apprendre ce qu'elle eft devenuë : mais ceffez
de vous affliger ; & ne fongez plus à
la Reine Zenobie. Le fage Artemidore
vous l'a enlevée pour la rendre à fon
legitime époux. Qu'entens-je, s'écria
D. Quichotte, la Princeffe eft mariée ?
Auroit-elle époufé Hiperborean, le
Prince des ifles flotantes ? Vous l'avez
dit, répondit Lirgande, vous avez lû
dans l'hiftoire de ce Prince, avec quelle

valeur il tira cette Princeſſe de la tour
de criſtal où l'Enchanteur Panphus la
tenoit enfermée. Mais puiſque l'hiſtoire
finit en cet endroit, il faut que je vous
raconte le reſte. La belle Zenobie,
pourſuivit il, aprés avoir eſté délivrée
par le Prince des iſles flotantes, conçut pour lui tant d'eſtime qu'elle réſolut de lui en donner des marques: Et les
Princeſſes de ſon païs ne ſe faiſant pas,
comme vous ſavez, un ſcrupule d'aller
chercher les Heros dans leurs camps,
cette chaſte Reine alla trouver Hiperborean dans le ſien. Il la reçût avec
toutes les démonſtrations d'un Amant
charmé. Il fit un grand feſtin, & ils ſe
marierent ſur la fin du repas. Il l'emmena enſuite dans les iſles flotantes
où pour ſon coup d'eſſay elle accoucha
de trois enfans. Mais un mois aprés
avoir donné une ſi belle preuve de fe-
condité, le ſage ou plutôt l'extravagant Panphus qui eſtoit toûjours auſſi
amoureux de cette Princeſſe qu'il en
eſtoit haï, pour ſe venger d'elle, l'enleva un jour qu'elle chaſſoit, la tranſ-
porta en Eſpagne dans un bois, où
l'ayant impitoyablement dépoüillée
juſqu'à la chemiſe, il l'attacha à un
arbre; & pour comble de malheur lui

donna toute la reſſemblance d'une vi-
laine Tripiere d'Alcala nommée Barbe
la balafrée. Cela eſt mardy vray, interrompit Sancho : car le Soldat Bracamonte y fut trompé : & je vais parier que les Comediens de l'autre jour
ne ſavent pas qu'ils ont paſſé la nuit à
boire avec une Princeſſe. L'enchanteur
Panphus, reprit Lirgande, ayant donc
laiſſé Zenobie dans le bois où vous l'a-
vez rencontrée , s'imagina que les
loups ne manqueroient pas de la manger. Quand il apprit que vous l'aviez
ſecouruë , & qu'elle eſtoit ſous voſtre
protection , il en fut au deſeſpoir. Il
tenta de vous l'enlever ; mais ſa tentative lui ayant mal réüſſi , il en eut
un chagrin ſi vif qu'il ſe retira dans
un de ſes Châteaux d'où il n'eſt pas
ſorti depuis ce temps-là. D'un autre
coſté le Prince Hiperborean trés-affli-
gé de la perte de ſa femme menoit une
vie fort triſte ; mais le ſage Artemidore ſon ami découvrit par ſa ſcience
qu'elle eſtoit ici , & que vous en eſtiez
amoureux. C'eſt pourquoy il eſt venu
vous l'enlever cette nuit. Eſſuyez donc
vos larmes , Chevalier : Banniſſez de
voſtre cœur & de voſtre memoire l'i-
mage de cette Princeſſe : & ne vous

occupez deformais que de voftre combat avec Bramarbas. Je vous avertis
que ce geant doit arriver demain en
cette Ville ; & que vous avez befoin
de toutes vos forces pour le vaincre.
C'eft affez , fage Lirgande, répondit
Don Quichotte ; je ferois indigne de
voftre amitié, fi je ne fuivois pas aveu-
glément vos confeils. Puifque la Reine
Zenobie eft mariée , je ne veux plus
eftre fon Chevalier, & je reprens mon
cœur. Par la venerable barbe que je
vois, s'écria Sancho, mon Maiftre a
profité des prônes de Monfieur le Curé.
Voilà ce qui s'appelle un Chevalier de
bien & de bonne confcience, de laiffer
ainfi en paix la femme de fon prochain.
Plût à Dieu que le pire de ce monde
lui reffemblât. Ah que j'en fuis aife !
me voici revenu de mon voyage. Mais
Sancho mon ami, dit le Comte , fi
vous ne partez pas, adieu mes perles.
Hé pardy, repartit l'Ecuyer, faites-en
venir par le Meffager. N'y a-t-il que
moy au monde qui puiffe vous en apporter ? Au bout du compte j'aime
mieux vous voir fans perles que mon
Grifon déferré des quatre piés. Ohça,
Meffieurs, dit le Grenadin, puifque le
Seigneur D. Quichotte n'eft plus obligé

de s'enfermer & de faire penitence
pour la Reine Zenobie, allons nous
mettre à table. Le sage Lirgande veut-
il nous faire l'honneur de dîner avec
nous? Je vous rends graces, Messieurs,
répondit l'Enchanteur ; je ne puis m'arrester ici davantage. Je suis pressé de
me rendre dans la Cochinchine. Tous
les Enchanteurs du monde s'y doivent
assembler cette aprésdinée pour juger
un different survenu entre deux de nos
confreres au sujet d'une Infante qu'ils
ont enlevée à ses parens, & qu'ils
veulent retenir l'un & l'autre. Adieu,
Messieurs ; jusqu'au revoir , gentil
Chevalier de la Manche ; songez que
vous verrez demain l'affreux Bramarbas : & apprenez que si vous l'abbat-
tez sous vos coups , vous mettrez à
fin une des plus belles avantures qui
ayent jamais esté achevées par aucun
ancien Chevalier errant. En disant ces
paroles il embrassa Don Quichotte,
salua la compagnie , & alla dans une
autre chambre se délirgandiser , c'est-
à-dire oster sa robe magique, sa barbe de filasse, & reprendre ses habits de
Secretaire. Alors les Cavaliers voyant
Don Quichotte fort consolé du depart
de Zenobie, le menerent avec eux

dans la falle où l'on avoit déja fervi.
Ils fe mirent tous à table, & aprés
qu'ils eurent dîné, ils prierent le jeune
Don Fernand de continuer fon hiftoire,
ce qu'il fit de cette forte.

## CHAPITRE LII.

### Suite & conclufion de l'hiftoire de Don Fernand.

NOus nous en retournâmes donc
en Flandres Don Pedre & moy
avec le plus de diligence qu'il nous fut
poffible, pour avancer la fatisfaction
de l'Archiduc. Nous arrivâmes à Anvers où eftoit ce Prince qui nous reçût
avec de grandes démonftrations de
joye. Don Pedre lui mit entre les mains
l'original du traité dont les claufes lui
eftoient fi avantageufes, avec un portrait de l'Infante. Elle reffembloit parfaitement à fa mere, qui eftoit fille de
Henry II. Roy de France, & la plus
belle Princeffe de l'Europe. Albert fut
charmé de ce portrait, & fit de grands
préparatifs pour recevoir l'Infante qui
devoit inceffamment partir de Madrid.
Il éleva Don Pedre aux premiers em-
plois

plois de la guerre , & me donna de nouvelles efperances. Quoique la campagne fût déja affez avancée , neanmoins ayant appris que les villes de l'Ecluse & de Graves n'eftoient pas des mieux garnies de troupes & de munitions ; il réfolut d'en faire le fiege pour finir plus glorieufement la campagne, & faire fon mariage fous un heureux aufpice. Dans ce deffein il raffembla au plutôt deux armées de vingt mille hommes chacune, compofées tant des troupes qui tenoient la campagne que de celles qu'il put tirer des diverfes garnifons, fans expofer les places les plus avancées. Il donna la conduite de l'armée qu'il deftinoit pour Graves à Don Pedre, & l'autre fut confiée à un Officier general qui prit l'Ecluse en un mois. Graves ne tint que huit jours de tranchée ouverte par un évenement peu ordinaire aux fieges de cette importance. Nous avions déja pouffé nos tranchées fort avant, lorfque le Gouverneur de la place, jugeant que nous ferions bientôt en état d'attaquer le chemin couvert, entreprit de faire une fortie confiderable avec l'élite de fon Infanterie foûtenuë de toute fa Cavalerie. Nous nous tenions fur nos gardes,

parceque nous nous attendions bien à
quelque chofe d'approchant. Don Pedre pofta divers corps de troupes en
des lieux propres à appuyer nos tra-
vailleurs, & je fus commandé pour les
foûtenir avec noftre régiment. Les
affiegés attaquerent vigoureufement
nos tranchées, noftre Infanterie leur
réfifta de même ; la Cavalerie de part
& d'autre s'en mefla. Le combat fut
rude & long ; mais à la fin nous les
renverfâmes, & nous entrâmes avec
eux pefle-mefle dans la Ville. Mon premier foin fut de m'emparer de la porte,
& de détacher en diligence un Cavalier pour avertir nos troupes les moins
éloignées de me venir joindre. Ils n'y
manquerent pas, & la meilleure partie
de noftre armée eftoit déja dans la Ville
que les ennemis n'avoient pas encore
fongé à nous repouffer, tant la confufion eftoit grande parmi eux. Nous
fîfmes toute la garnifon prifonniere,
à la réferve de ceux qui s'enfuirent par
la porte oppofée à celle que nous oc-
cupions, encore tomberent-ils pour la
plufpart dans les quartiers que nous
avions autour de la Ville. Nous nous
rendîmes ainfi maîtres de Graves. Lors
que le Cardinal apprit cette nouvelle,

à peine la pouvoit-il croire. Il me loüa
fort, dit hautement qu'il me devoit une
prife fi importante, & me donna un
régiment en chef avec une penfion
confiderable pour en foûtenir la dé-
penfe. Les bontés de ce genereux Prince me comblerent de joye, parceque
j'eftois infiniment fenfible à tout ce
qui paroiffoit m'approcher de Dona
Anna. Pour Don Pedre, il reçût de
l'Archiduc les plus grands témoignages
de confiance & d'eftime, & fut fort
loüé de la conduite qu'il avoit tenuë
dans la direction des travaux qu'il a-
voit ordonnés pour affeurer la réduc-
tion de la place, & des mefures qu'il
avoit prifes pour ofter aux rebelles les
moyens de la fecourir. Ce fut dans cet
heureux tems que l'Infante arriva à
Dunquerque. L'Archiduc s'y rendit
pour la recevoir. Il la trouva plus belle
encore que fon portrait. Je ne vous
entretiendray point des réjoüiffances
publiques qui fe firent à fon arrivée
dans tous les païs-bas Efpagnols. Je
vous diray feulement que le Cardinal
la fit paffer à Bruges, à Gand, & à Anvers, où tous les peuples fe fignalerent
à l'envy pour faire éclater les mouvemens de leur zele. Il renonça volon-

tiers à la pourpre Romaine pour époufer une Princeffe qui avec tant de charmes lui apportoit en dot la proprieté de
tant d'Etats. Le mariage fe fit à Bruxelles avec une pompe & une grandeur dignes de ces illuftres Amans. Il y eut entr'autres fpectacles un fuperbe & ga-
land caroufel dans la grande place de
cette Ville. Toute la nobleffe de la
Cour y parut avec beaucoup de magnificence. J'eus l'honneur d'eftre de la
Quadrille de Don Pedre, & je ne fus
pas un de ceux qui y attirerent le
moins d'applaudiffement.

Tout charmé que l'Archiduc eftoit
de fon bonheur, les douceurs de l'a-
mour ne lui firent pas negliger le foin
de fa gloire. Depuis qu'il gouvernoit
les Païs-Bas, il s'étoit appliqué fans
relâche à reduire les rebelles, mais
l'appuy que leur preftoit la France
l'avoit empêché jufques-là d'y reüf-
fir. Pour lever cet obftacle, il avoit
envoyé à Vervins, où les conferences
fe tenoient déja, des Miniftres Efpagnols qui fous les ordres du Confeil
de Madrid & fous les fiens, travail-
loient à conclure une paix entre les
deux Couronnes qui donnât moyen à
l'Efpagne de tourner toutes fes forces

contre les Provinces unies. Cette paix
ayant esté faite il se mit en campagne,
il alla chercher les Hollandois, & en
batit prés de Nieuport un corps considerable. Mais voulant pousser plus
loin sa victoire, & ayant osé attaquer
l'armée ennemie dans ses retranche-
mens contre l'avis de ses Generaux,
Il fut défait par le Prince Maurice.
Cette disgrace toutefois n'abbatit point
son courage, & dés l'année suivante
il forma ce fameux siege d'Ostende
qui sera dans tous les siecles un exemple memorable de la perseverance des
Assiegeans & de la fureur obstinée des
Rebelles, puisqu'il dura trois ans, trois
mois & trois jours je ne vous feray
point le détail d'un évenement si connu, je vous diray seulement que le
Prince Maurice tenta vainement par
toutes sortes de moyens de nous faire
abandonner cette entreprise : Plûtost
que d'en avoir le démenti nous lui
laissâmes prendre Graves & l'Ecluse.

Quoique je fusse occupé de la guerre, je pensois toûjours à Dona Anna,
& l'excés de mon amour ne m'auroit
pas permis de vivre si long-tems
sans la voir, si pour estre son époux
je n'eus pas crû avoir besoin de me

faire un nom dans les armes. Cependant je n'avois pas l'efprit tranquille: Je craignois avec raifon que fon pere fe voyant dans un âge trés avancé ne fe mît en tefte avant fa mort de luy procurer un établiffement. Cette inquiétude troubloit mon repos ; mais la fortune favorable à ma paffion voulut me rapprocher de Dona Anna lorfqué je l'efperois le moins. Philippe III. venoit de recüeillir par la mort du Roy fon pere la riche fucceffion de tant d'Etats qui compofent la Monarchie : & les Mores ne voyant qu'à regret entre nos mains , Tanger, Ceüta, Oran, Mazagan & les autres poftes que nous avons fur leurs coftes d'Afrique refolurent de s'en emparer. Ils n'avoient ofé l'entreprendre du vivant du vieux Philippe qu'il craignoient; mais s'imaginant qu'il ne leur feroit pas difficile de s'en rendre maiftre au commencement d'un nouveau regne, ils firent pour cela de grands préparatifs. Le Duc de Lerme qui dés ce tems-là eftoit chargé de la principale direction des affaires n'en eut pas plûtoft avis qu'il fongea à lever des troupes. Comme toute la Nobleffe Efpagnolle qu'on auroit pû employer dans la guer-

re d'Afrique avoit pris parti en Italie
ou en Flandres, où s'estoit tourné tout
l'effort des armes, le Roy écrivit à
l'Archiduc Albert de lui envoyer quelques Officiers & sur tout deux principaux Chefs sur la capacité desquels on
pût se reposer. Parmi tous les Seigneurs
qui composoient la Cour de l'Archiduc, & qui pouvoient briguer cet employ de confiance, Le Prince jetta les
yeux sur Don Pedre, & fit choix de
moy pour commander sous lui. La joïe
que je sentis de me voir enfin Officier
General estoit extrême. Elle ne pouvoit estre égalée que par celle de retourner en Espagne, où je ne doutois
pas que je n'eusse le plaisir de revoir
Dona Anna. Nous n'eûmes pas remercié le Prince qu'il nous falut songer à
faire nos adieux. Je puis dire que nous
fûmes regretez de tout ce qu'il y avoit
de gens considerables dans les troupes,
& l'Archiduc même, lorsque nous
prîmes congé de lui, nous dit obligeamment qu'il faisoit une grande
perte en se privant de nostre service;
mais que ce qu'il devoit à la Couronne d'Espagne l'obligeoit à lui faire ce
sacrifice.

Nous partîmes donc de Bruxelles,

& comme la paix que nous avions
avec la France nous ouvroit le paſſage de ce beau Royaume, Nous jugeâ-
me à propos de faire le voyage par
terre. Nous entrâmes en Eſpagne par
la Navarre, & dés que nous fûmes
arrivez à Madrid nous allâmes ſaluer
le Duc de Lerme & les autres Mini-
ſtres, qui ſur les lettres de créance de
l'Archiduc & les témoignages avanta-
geux qu'il y rendoit de nous ne manquerent pas de nous faire un trés favorable accueïl. Ils nous menerent enſuite prendre les ordres du Roy qui nous
receut avec bonté, & nous promit de
nous faire expedier nos patentes, Comme tout rouloit ſur le compte de Don
Pedre qui devoit commander en Chef
noſtre petite armée, je n'avois proprement plus d'affaire à Madrid juſqu'au
jour de noſtre départ pour l'Afrique;
& ce jour eſtoit encore aſſez éloigné,
parceque nos Officiers ſubalternes a-
voient à peine commencé à faire leurs
levées, & il falloit auparavant que l'on
nous armât une flote à Cadis pour nôtre
trajet. Cette conjonĉture me fut tres-
favorable, puiſqu'elle me permit d'aller paſſer quelques mois à Alcala. Je
m'y rendis bientoſt. J'eſtois dans une

trop grande impatience d'apprendre
des nouvelles de Dona Anna pour ê-
tre occupé d'un autre foin. C'eft pour-
quoi laiffant dans une auberge mon
Valet & mon cheval , je courus au
même endroit où je l'avois vûë fi fouvent. Là j'appris que depuis peu de
jours elle eftoit avec fon pere à Siguença, où des interefts de famille les
avoient appellez ; & qu'on ne favoit
quand ils en reviendroient. Affligé de
cette nouvelle je m'en retournois à
mon auberge pour me repofer , car
il eftoit déja tard , lorfqu'en paffant
prés d'une maifon, il en fortit une femme qui fans me dire un feul mot me
prit par la main , & m'attira dans le
logis. Je me laiffay d'abord entraî-
ner fans refléxion ; mais je rentray en
moy-même quand cette femme m'a-
yant quitté la main me dit de fermer
la porte aprés moy & de la fuivre. Je
jugeay bien que j'eftois tombé dans
une intrigue amoureufe , & que cette
perfonne troublée par l'action qu'elle
commettoit à l'infceu de fes parens, ou
feduite par la force de fon imagination,
me prenoit pour un autre dans l'obfcurité. Je fus fur le point de me retirer , quoique l'occafion me parût pro-

pre à rendre un homme hardy, je ne
voulois point tenir mon bonheur du
hazard, & j'eſtois trop delicat pour
cherir des faveurs que l'amour ne me
deſtinoit pas. Neanmoins un mouvement de curioſité m'arrêta. Il me prit
envie de voir ſi la Dàme eſtoit belle,
& à quoy pourroit aboutir cette avanture. Peut-eſtre auſſi que c'eſtoit ma
deſtinée qui par là me vouloit amener
à la connoiſſance des perſonnes à qui
je devois le jour. Je ſuivis donc la Dame juſqu'au haut de l'eſcalier aprés
avoir ſimplement pouſſé la porte de la
ruë ſans la fermer, afin de pouvoir ſortir plus facilement ſi la neceſſité le demandoit. Comme elle m'avoit dit de
l'attendre en cet endroit, j'y reſtay
juſqu'à ce qu'entendant quelqu'un
monter doucement l'eſcalier, je me
rangeay dans l'encognure de la mu-
raille pour ne me pas trouver ſur ſon
paſſage; mais ce que je faiſois pour
l'éviter, fut ce qui me jetta entre ſes
bras; car cet homme qui vray-ſemblablement ne ſavoit guere mieux que
moy la diſpoſition des lieux ſe coula
le long du mur, & vint me rencontrer dans mon coin. Quoique mon
émotion ne me permît pas trop de fai-

re des reflexions judicieuses je ne
laissay pas de penser que c'estoit le
Heros du rendez-vous. Nous nous
mîmes à nous parcourir des mains
gardant l'un & l'autre un profond silence : mais ayant tout lieu de craindre qu'il ne formât contre moy quelque dessein funeste quand la nature de
mon sexe lui seroit connuë, je me hâ-
tay de le prevenir ; & tirant mon poignard je le lui plongeay deux fois dans
le sein. Je sentis tomber mon homme à mes piés en poussant un long
soupir. Je descendìs aussitost l'escalier ; je gagnay la porte de la ruë, je
la tiray aprés moy afin que personne
ne pût me suivre, & je me rendis en
diligence à mon auberge où je me
garday bien de raconter mon avanture. Je passay le reste de la nuit à faire de tristes reflexions sur les erreurs
de la jeunesse qui nous engage dans
dans toutes sortes de malheurs quand
la prudence n'est pas la regle de nos
actions, & je ne pouvois me pardonner le coup que je venois de faire par
par un simple mouvement de curiosité.
Mais quelle fut ma surprise lorsqu'é-
tant allé le lendemain chez Don Christoval, j'y trouvay tout le monde dans

la confternation. J'en demanday la caufe, & l'on me dit que la nuit precedente Don Chriftoval avoit efté percé de deux coups de poignard chez Dona Eugenie de Peralte, fans qu'on fceut comment & pourquoy il s'étoit introduit en cette maifon. Je me préfentay pour le voir, mais il avoit perdu toute connoiffance, & il flotoit pour ainfi dire entre la vie & la mort. Ses amis s'empreffoient à le fecourir. Don Loüis fon pere fe defefperoit. Les domeftiques fondoient en larmes. Quel fpectacle pour moy ! Je ne pouvois douter que je n'euffe affaffiné mon ami. Jugez de ma douleur. Je maudis cent fois mon indifcretion, & je m'en ferois puni en me perçant du même poignard, fi les Chirurgiens n'euffent affûré que fes coups n'eftoient pas mortels : & quoiqu'il fût d'une foibleffe à nous faire craindre que fes forces ne l'abandonnaffent, ils dirent tous que s'il pouvoit eftre deux jours fans fievre, ils répondoient de fa guerifon. Cette affûrance fufpendit mon defefpoir, & m'en-pêcha d'immoler à Don Chriftoval fon malheureux affaffin. Tout le monde neanmoins fut au logis dans une cruelle inquietude durant deux jours. Pour

moy je ne quittay point le malade. J'é-
tois nuit & jour au chevet de fon lit.
Je lui tâtois le poulx inceffament, &
je mourois de peur de lui trouver de
la fievre. Enfin pour vous donner une
idée plus vive de l'agitation où j'étois,
je vous diray que pendant ce tems-là
je ne fus pas occupé de mon amour.
Heureufement la fievre ne fe mit point
de la partie, & par les foins qu'on y
apporta, Don Chriftoval reprit peu à
peu fes forces.

Lorfqu'il fut hors de danger, on ne
manqua pas de raifonner fur les caufes
& les circonftances de fon avanture ;
mais on eftoit fort éloigné de me foup-
çonner d'y avoir autant de part que
j'en avois. Tandis qu'il fe gueriffoit,
Eugenie faifoit des recherches tres-
exactes de fa fille. La Juftice de fon
cofté faifoit informer auffi tant de la
fuite d'Engracie, que des bleffûres de
Don Chriftoval. Le Lieutenant Criminel ne fe contenta pas d'aller l'inter-
roger chez lui : il y mena Eugenie pour
les confronter enfemble. Don Chriftoval ne leur cacha rien de ce qu'il
favoit. Il leur avoüa franchement fon
fon amour pour Engracie & le rendez-
vous qu'elle luy avoit donné. Madame

dit là-deſſus le Juge à Eugenie, on peut
fort bien conclure de-là qu'ayant voulu
vous vanger de D. Chriſtoval que vous
regardiez comme le ſeducteur de vôtre
fille , vous avez chargé de voſtre van-
geance quelqu'un de vos parens ou de
vos domeſtiques. Ainſi le ſoupçon de
l'aſſaſſinat peut naturellement tomber
ſur vous. Eugenie pour ſe juſtifier , répondit, qu'elle avoit toûjours ignoré la
paſſion de Don Chriſtoval pour ſa fille.
Alors D. Chriſtoval prenant la parole,
je ne vous accuſe pas, Madame , luy
dit-il , de m'avoir fait aſſaſſiner. Je ne
doute pas de voſtre innocence; & plût
au Ciel que voſtre fille ne fût pas plus
coupable que vous! Mais j'ay tout lieu
de penſer que quelque rival me l'a
enlevée, aprés m'avoir mis hors d'état
de m'y oppoſer ! Y a-t-il apparence,
dit Eugenie que ma fille vous eût donné un rendez-vous pour vous faire aſſaſſiner ? C'eſt-là tout ce qui m'em-
barraſſe , repartit Don Chriſtoval , &
ce qui m'empêche de porter un jugement certain. Le Juge ne pouvant tirer d'eux un plus grand ecclairciſſe-
ment n'oſa décider encore , & reſolut
de faire informer de nouveau.

Dona Anna ſur ces entrefaites re-

vint de Siguença. Elle fut ravie de
me trouver à son retour ; & ma vûë lui
fut d'autant plus agréable qu'elle ne
s'y estoit point attenduë. Pour moy outre la joye de la revoir plus belle que
jamais, j'eus aussi celle de la retrouver
fidelle & sensible. Nous eûmes plusieurs entretiens toûjours dans la petite
maison dont j'ay parlé. Le titre d'Of-
fficier General dont j'étois alors revê-
tu nous faisant esperer que son pere
approuveroit ma recherche, nous é-
tions dans la plus heureuse situation où
puissent estre deux amans fortement
enflammez. Mais la fortune troubla
bientoft cruellement nostre bonheur.
Les forces de Don Christoval s'étant re-
tablies en moins d'un mois, il ne gardoit plus la chambre : Un jour que je
lui en témoignois ma joye, il me parut
chagrin : mon pere me dit-il, m'a pro-
posé de me marier avec la fille d'un de
ses amis ; & il souhaite avec tant d'ardeur cet engagement qu'il ne me laiss-
se pas la liberté de m'en deffendre. Cela me fait de la peine, poursuivit-il, car
Engracie m'est chere encore quelque
sujet que j'aye de soupçonner sa fidelité. Et connoissez-vous, luy dis-je, la
personne qu'on vous destine ? Non

me répondit-il, mon pere ne me la
point encore nommée. Il veut me la
faire voir auparavant. Il m'a seule_
ment assuré que c'est un parti tres ri_
che, que sa noblesse est illustre, & que
pour sa personne j'en seray plus con_
tent encore que de tout le reste. J'écou_
tay ce qu'il me dit comme une chose
qui ne me touchoit que par rapport à
lui : mais le lendemain estant allé voir
Dona Anna dans le lieu ou je la voyois
ordinairement, je la trouvay toute en
pleurs. J'en fremis ; & m'étant jetté à
ses genoux pour luy demander le
sujet de son affliction, je fus étrangement surpris d'apprendre que son pere
se proposoit de la marier à Don Chri_
stoval ; & qu'il le vouloit absolument.
Frappé de cette nouvelle comme du
coup de la mort, je tombay de foiblesse aux piés de Dona Anna, qui
craignant quelque effet funeste de mon
saisissement me presta la main pour
me relever, & quoiqu'elle ne fût guere
moins accablée que moy du malheur
qui nous menaçoit, elle essaya de me
consoler par tout ce que sa tendresse
pouvoit me témoigner de plus obligeant. Je demeuray long-tems dans
un état à ne pouvoir proferer une seule
parole.

parole. Je repris neanmoins l'ufage de
mes fens ; mais l'excés de ma douleur
ne me donnant des forces que pour la
mieux fentir : Jufte Ciel ! m'écriay je
avec tranfport, m'abandonnerez-vous
à la rigueur de ma deftinée ? Delicieu-
fes efperances qui faifiez tout le bonheur de ma vie, faut-il vous voir éva-
noüir en un inftant ? Je regarday enfuite Dona Anna avec toute l'agitation d'un homme qui ne fe poffede
point ; & vous Madame, lui dis-je,
vous pourrez vous réfoudre à ce mariage ? Vous ne ferez pas la moindre
démarche en faveur d'un malheureux ?
Les premieres volontés d'un pere vous
trouvent difpofée à vous foûmettre,
quand elles vous arrachent à mon a-
mour ? J'ay fait, répondit-elle, tout
ce que la bienfeance a pû me permettre de faire. J'ay marqué à Don Bertrand que j'avois de la répugnance
pour le mariage, je l'ay conjuré de
ne me pas forcer à lui obeïr ; & je ré-
fifterois jufqu'au bout, fi je pouvois
me flatter que ma réfiftance ne fuft
pas inutile : mais je fçay bien que je
ne gagneray rien fur lui, puifqu'il a
donné fa parole ; mes prieres & mes
ar mes ne feront que l'aigrir. Je ne

*Tome II.* A a

laiſſeray pas pourtant de lui parler encore. Je n'épargneray rien pour le fléchir. Enfin ſi je ne puis eſtre à vous, je vous promets du moins que vous n'aurez pas lieu de vous plaindre de moy. A ces mots elle me quitta pour aller faire un dernier effort ſur l'eſprit de ſon pere.

Pour moy je me retiray dans mon auberge, où je paſſay le reſte de la journée à déplorer amerement mon ſort. Neanmoins comme l'eſperance ne ſe refuſe pas même aux miſerables dans les dernieres extrémités, je me repreſentay les diſpoſitions où j'avois vû Don Chriſtoval , & je penſay qu'en lui conſeillant de demeurer ferme dans la réſolution d'eſtre fidelle à Engracie malgré les inſtances de ſon pere , ce feroit un moyen ſeur de rompre ſon mariage avec Dona Anna. J'allay chez lui dans ce deſſein , & je me flattois d'y réüſſir ; lorſque m'appercevant, il vint audevant de moy avec tous les tranſports d'un homme qui ne peut contenir ſa joye. Ah mon cher Ceſar ! s'écria-t-il, depuis hier ma fortune a bien changé de face. Je l'ay vûë enfin cette charmante perſonne que mon pere me deſtine. Vous m'en voyez encore tout

tranfporté. Qu'elle eft belle ! Il me
tardoit de vous revoir. Venez parta-
tager ma joye. Vous vous imaginez
bien que je fus fort étourdy de ces paroles. Hé quoy, Don Chriftoval, lui
répondis-je, vous pourrez abandonner
la trifte Engracie à toute l'horeur de
fa deftinée ? Et vous lui donneriez le
regret mortel de s'eftre attiré le reffentiment de fa famille pour un Amant
infidelle ? Engracie, repliqua t il, eft
fans doute elle-mefme une perfide ; &
fa fuite ne me le prouve que trop. Mais
qu'un Rival l'ait enlevée de force ou
de gré, qu'elle foit innocente ou coupable, je n'y veux plus penfer. Ne
combattez point, cher ami, mon nou-
vel amour. Je trouve mille avantages
dans l'alliance de Dona Anna. Sa nobleffe, fon bien, fa beauté, tout jufti-
fie la vivacité des fentimens que j'ay
pour elle. Je l'aime avec plus d'ardeur
que je n'ay jamais aimé Engracie. Ce
difcours acheva de m'accabler. Mon
vifage pâlit, mes yeux fe troublerent,
une fueur froide fe répandit par tout
mon corps, & je fus preft à m'éva-
nouïr. Mon ami jugeant que je me
trouvois mal s'empreffa fort à me
foulager ; mais quand j'eus repris mes

efprits , je le quittay fous prétexte de
m'aller repofer à mon auberge : Et
voulant, s'il eftoit poffible, entretenir
Dona Anna , j'allay au lieu ordinaire
de nos rendez-vous. La perfonne chez
qui j'avois coûtume de la voir lui envoya dire que je l'attendois. Elle vint
bientôt aprés , & je lus par avance fur
fon vifage les triftes nouvelles qu'elle
m'apportoit. Je voy bien, Madame ,
lui dis-je, que tout eft perdu pour moy,
& que Don Bertrand n'eft pas moins
cruel que Don Chriftoval. Ne craignez
pas de m'annoncer la mort, j'y fuis
déja préparé. Si vous faviez, répondit-elle, tout ce que j'ay dit à mon pere
pour le toucher ; mais helas ! il eft in-
flexible, & nous ne devons plus efperer de vivre l'un pour l'autre. A ces
mots, qui troublerent ma raifon , je
me plaignis du Ciel & de la fortune,
& l'excés de ma douleur penfa me faire
expirer aux piés de Dona Anna. Elle
ne pût retenir fes larmes en me voyant
dans un état fi digne de fa pitié ; &
quoiqu'elle eût elle-même befoin de
confolation , elle m'encourageoit à
fupporter avec moderation noftre infortune. Mais j'eftois inconfolable,
Madame, lui difois-je, que nous avons

tous deux des fujets bien differens de
nous affliger ! vous ne perdez qu'un
homme qui ne vous offroit rien qui
ne fuft indigne de vos charmes : &
moy je perds avec la vie la plus fla-
teufe efperance, la plus glorieufe fortune que puiffe fouhaiter un mortel.
Mon cher Don Cefar, me dit-elle,
vous perdez fans doute beaucoup, puifque vous perdez en moy un cœur tendre & conftant. Je ferois fâchée que
vous ne fuffiez pas fenfible à ma perte ;
mais voftre douleur doit avoir des bornes, & voftre courage en doit triom-
pher. Ah Madame, interrompis-je accablé de mon defefpoir, voftre réfolution eft eftimable : mais quelque conftance que vous ayez receuë du Ciel,
qu'il vous feroit difficile de la foûtenir,
fi la perte de Cefar eftoit pour vous ce
que la voftre eft pour lui. Dona Anna
fit tout ce qu'elle pût pour calmer mon
agitation ; mais dans le defordre où
j'eftois tout ce qu'elle me reprefentoit
eftoit moins capable de me confoler
que de redoubler mon affliction. Enfin
le réfultat de ce trifte entretien fut que
je ferois encore une tentative fur Don
Chriftoval en lui découvrant ma paffion, & lui apprenant le coup mortel

qu'il porteroit à noftre amitié, s'il per-
fiftoit à vouloir me ravir l'objet de
mon amour. Dona Anna n'eut pas peu
de peine à me permettre de faire cette
démarche ; mais elle y confentit, parceque c'étoit noftre derniere reffource.

J'allay chercher Don Chriftoval, que
je trouvay fort en peine de moy. Don
Cefar, dit-il en m'abordant, voftre
préfence me raffure. Je craignois que
voftre mal n'euft des fuites. Il n'eft pas
encore fini, lui répondis-je ; & il eft
plus grand que vous ne penfez. Hé
quelle en peut être la caufe, reprit-il?
Elle eft telle, repartis-je en foûpirant,
que je crains qu'elle ne me faffe perdre cette amitié dont vous m'avez toûjours honoré. Cela ne peut eftre, s'é-
cria Don Chriftoval, cette amitié eft
trop forte, & rien n'eft capable de
l'alterer. Et fi je vous avoüois, lui dis-
je, que c'eft moy qui vous plongeay
un poignard dans le fein chez Engracie? Qui vous, interrompit-il avec furprife? Vous feriez mon affaffin? Mais,
ajoûta t-il, vous m'avez donc frappé
fans me connoiftre, & je ne dois garder aucun reffentiment contre vous. Il
eft vray, repris-je, que ce malheur eft
un crime de la nuit, & que mon cœur

n'y a point de part : mais ce que vous
ne me pardonnerez pas fans doute ,
c'eft d'ofer aimer une perfonne que
vous avez jugée digne de voftre attachement. Don Chriftoval paflit à ces
paroles ; mais comme elles eftoient
équivoques , & que je ne nommois
point Dona Anna , il fe remit de fon
trouble, & me repartit : Si c'eft d'Engracie que vous eftes amoureux , l'a-
veu que vous m'en faites n'alterera
point noftre amitié. Je diray plus, je
verray avec joye un autre moy-même
remplir une place que je ne puis quitter fans remords. Ce n'eft pas Engracie que j'aime , lui dis-je triftement ,
vous m'avez paru trop détaché d'elle
dans noftre dernier entretien , pour
croire que vous fuffiez fenfible à l'infidelité qu'elle vous auroit faite en ma
faveur. C'eft Dona Anna qui eft l'objet
... Dona Anna , interrompit-il en
fremiffant. Ah Don Cefar ! que m'apprenez-vous ? Je vous pardonne de
m'avoir percé le fein , mais je ne faurois vous pardonner d'afpirer à la feule perfonne qui peut faire mon bonheur. Si j'avois attendu jufqu'à ce jour,
lui dis-je , à offrir mes vœux à la fille
de Don Bertrand , je me croirois digne

des plus cruels châtimens : mais il y a
plusieurs années que je l'adore. Sou-
venez-vous de cette sombre tristesse où
vous me vistes plongé à mon premier
retour de Flandres. C'étoit Dona Anna
qui occupoit ma pensée. Ah cruel, s'é-
cria D. Christoval ! pourquoy ne me le
disiez-vous alors ? Falloit-il, pour me le
declarer, attendre que je fusse enchanté
moy-même de Dona Anna ? Vous avez
manqué de confiance lorsque vous en
deviez avoir. Si j'avois connu vôtre passion, j'aurois défendu mon cœur contre
la beauté de vostre maîtresse, l'amitié
m'auroit prêté des forces. Mais vous a-
vez voulu me cacher vôtre amour : &
cette défiance nous a perdus. Nous ne
pouvons estre que malheureux l'un &
l'autre ; car enfin il n'est plus tems de
m'opposer au progrés de ma nouvelle
passion. N'attendez pas que je renonce
à Dona Anna. Je me suis fait une idée
trop charmante de sa possession, pour
estre capable de vous faire un si grand
sacrifice. Demandez-moy plutôt cette
vie à laquelle vous avez déja attenté,
& je vous l'accorderay avec moins de
peine. Je sçay, lui dis-je alors, que je
vous dois tout ; & que ce n'est point
à moy à vous disputer un cœur ; mais

de

de grace fongez que j'ay aimé Dona
Anna avant que vous euffiez ouï parler d'elle, & fans favoir que vous dûf-
fiez la connoiftre un jour. Croyez-
moy, mon cher Don Chriftoval, ne
vous obftinez point à vouloir m'enlever ma maîtreffe. Vous ne fauriez
eftre heureux en l'époufant. Malgré
tout le merite que vous avez, voftre
amour lui a déja coûté bien des larmes.
Vous en eftes donc aimé, repliqua-t-
il, puifque vous eftes fi bien inftruit
de l'averfion qu'elle a pour moy ? J'ay
eu le bonheur, lui répondis-je, de lui
rendre un fervice confiderable, & elle
en a eu toute la reconnoiffance que je
pouvois raifonnablement efperer. Jufte Ciel ! s'écria-t-il avec fureur ; l'ay-
je bien entendu ? Ce n'eft pas affez
d'apprendre que mon meilleur ami eft
mon rival, il faut que j'apprenne encore qu'on l'écoute, & qu'on me dé-
tefte. Je vous fais cette confidence,
lui dis-je, pour voftre repos ; pour
vous épargner les chagrins que vous
auriez dans la fuite, fi vous m'oftiez
Dona Anna. Une pareille confidence,
repliqua-t-il, eft plus capable de me
faire perdre la raifon que de remettre
la tranquilité dans mon efprit. Quoy !

repris-je, vous pourriez vous réfoudre à époufer une Dame dont vous ne poffederiez pas le cœur? Non non, vous meritez un meilleur fort: & vous avez l'ame trop belle pour vouloir faire le malheur d'une femme. J'ajoûtay à cela je ne fçay combien d'autres chofes encore pour le détourner de ce mariage; mais je ne pûs rien gagner fur lui. Je ne laiffay pas pourtant de caufer beaucoup d'agitation dans fon ame, & je m'apperçûs même que l'amitié y combattoit en ma faveur : mais la vivacité de fa nouvelle paffion l'emporta fur des mouvemens fi genereux.

Le même jour je rendis compte de cette converfation à Dona Anna : Madame, lui dis-je, c'eft à prefent qu'il faut nous dire un éternel adieu. Je viens de quiter Don Chriftoval. Il n'eft touché ni de mon defefpoir ni de l'intereft d'Engracie : & plutôt que de renoncer à vous il violera les droits les plus facrés de l'amour & de l'amitié. A ces paroles Dona Anna ne pût retenir fes pleurs ; & elle tomba dans un accablement mortel. De mon cofté je n'eftois pas dans un état moins pitoyable. Enfin elle fit un effort fur elle, & me dit avec fermeté : Mon cher Cefar,

c'eſt dans cette occaſion qu'il faut montrer de la conſtance. Il faut nous ſéparer, puiſque noſtre cruelle deſtinée le
veut ainſi. Bien loin de nous attendrir
tous deux par tout ce que nos regrets
ont de touchant, nous ne devons ſonger qu'à ce qui peut introduire de la
dureté dans noſtre ame. Ah ! Madame,
lui répondis-je, quand je penſe que je
vais vous perdre, mon courage ne peut
ſoûtenir cette affreuſe idée. O Ciel,
quelle dure neceſſité ! Nos diſcours
eſtoient ſouvent interrompus par des
ſoûpirs. Je baiſois avec tranſport les
mains de Dona Anna. Je les moüillois
de mes larmes. Mais voyant que toute
touchée qu'elle eſtoit de ma douleur,
elle ne laiſſoit pas de perſiſter à demander noſtre ſéparation: Hé bien Madame, lui dis-je, je ne réſiſte plus. Je
céde au ſort qui veut ma perte. Adieu,
je vais loin de vous chercher la mort.
Je ne veux plus troubler voſtre repos
par ma preſence ; & je demande même
au Ciel que mon ſouvenir ne meſle aucune inquiétude au bonheur que je
vous ſouhaite. A ces mots je m'arra-
chay avec violence d'auprés d'elle, je
me rendis à mon auberge, & le lendemain matin je pris le chemin de

Madrid. En fortant de la Ville j'apperçûs Don Chriftoval qui revenoit de
chez un de fes amis. Il fut affez furpris
de me voir, & voulut m'éviter ; mais
fa vûë m'ayant infpiré un deffein, j'allay à lui : Seigneur Don Chriftoval,
lui dis-je en l'abordant, le malheureux
Cefar peut-il vous demander une grace ? Vous eftes, me répondit-il, plus
en droit qu'un autre de l'attendre de
moy. Un avanturier, repris-je, doit-il
efperer que vous lui ferez l'honneur
de mefurer voftre épée contre la fienne ? Je fçay que ce que je vous propofe doit vous furprendre. Je n'ignore
pas les obligations que je vous ay, &
je confeffe que je ne fuis que ce que les
bontés du Seigneur Don Pedre voftre
oncle m'ont fait devenir : mais un
Amant defefperé ne fauroit eftre retenu par ces réflexions. Je ne cherche
qu'à perir ; & la fortune fans doute
veut que je meure de voftre main,
puifque vous m'avez déja donné le
coup de la mort en m'enlevant Dona
Anna. Don Chriftoval ne put entendre ce difcours fans marquer quelque
émotion. Mais s'eftant remis, il me
repartit : Don Cefar, je ne vous re-
fuferay point la fatisfaction que vous

me demandez. Il m'eft glorieux que
vous me regardiez comme un rival digne de voftre courage. Je vous avouëray pourtant que c'eft avec douleur que
je me vois obligé d'en venir à cette extrémité avec le plus cher de mes amis.
Mais il faut obeïr à la deftinée. Je ne
me fuis point trompé, lui dis-je, dans
la confiance que j'avois en vôtre grand
cœur ; & je me doutois bien que
le genereux Don Chriftoval ne voudroit pas en cette rencontre prendre
garde à l'inégalité de nos conditions.
Mais comme il n'entre point de haine
dans noftre combat, & qu'il ne fe fait
que par un intereft d'amour, je fouhaiterois le pouvoir finir fans affeurer
mon bonheur aux dépens d'une vie
auffi precieufe que la vôtre. C'eft pourquoy fi je fuis affez heureux pour avoir
l'avantage fur vous, promettez-moy
que vous cefferez de prétendre à la
poffeffion de Dona Anna. Je perdrois
plutôt mille vies, répondit-il, que de
vous faire cette promeffe. Si je fuis
vaincu, n'épargnez pas mes jours.
Tant que je vivray Dona Anna ne fera
point à vous. Je fus cruellement agité
de ces paroles, car je n'avois formé le
deffein de lui faire tirer l'épée que

dans l'esperance de le defarmer, & à
condition, si je le defarmois, qu'il ne
traverseroit plus mon amour. Mais le
voyant absolument déterminé à ne pas
céder Dona Anna : Quoy donc, m'é-
criay-je avec une espece de fureur que
sa fermeté m'inspiroit, m'avez-vous
crû capable de vouloir vous arracher
la vie ? Je me percerois plutôt le cœur
mille fois. Malgré la juste douleur que
vous me causez, vous m'estes plus cher
encore que mon bonheur même. A-
dieu, cruel Don Christoval ; les coups
que tu me portes sont plus terribles
que ceux dont je t'ay frappé. Va jouïr,
si tu le peux sans remords, du bien que
tu me ravis. Sui l'inconstance de tes
desirs au mépris de ta premiere maîtresse, & aux dépens de ton plus fidelle
ami. Aprés avoir dit ces paroles je
m'éloignay de lui sans attendre ce qu'il
me répondroit. Je n'estois pas encore
revenu de mon trouble quand je rencontray ma sœur Engracie au milieu
de sept à huit Voleurs. Je courus à son
secours sans la connoistre ; mais j'aurois perdu la vie en cette occasion, si
le grand Chevalier de la Manche ne
m'eût pas secouru. Je vous ay raconté
cette avanture, Messieurs ; il faut pré-

fentement que je vous apprenne ce qui s'eft paffé depuis que le Seigneur Don Quichotte & moy nous nous féparâmes à Torrefva.

Don Diègue de Peralte mon oncle, quand nous fûmes arrivés à Alcala, nous laiffa ma fœur & moy dans une auberge ; parcequ'il ne jugea point à propos de nous préfenter d'abord à Eugenie, de peur qu'une joye exceffive & imprévûë ne caufât une trop grande révolution dans un corps que de longs & preffans chagrins avoient extrêmement affoibli. Il alla donc feul la trouver ; il lui apprit de quelle maniere il avoit rencontré Engracie, & lorfqu'il l'eut adroitement préparée à l'heureufe nouvelle qui devoit la combler de joye, il nous envoya querir ma fœur & moy. Nous nous jettâmes aux genoux de ma mere, & pendant que je lui baifois tendrement une de fes mains, Engracie lui baignoit l'autre de pleurs, en demandant pardon de fes fautes. Eugenie nous fit relever tous deux fondant auffi en larmes ; & aprés avoir ferré l'un entre fes bras, elle couroit embraffer l'autre. Enfin cette mere la plus tendre de toutes les meres, ayant fatisfait aux mouvemens de la nature

par des tranſports inconcevables fit
beaucoup de careſſes à Marie Chimenez. Enſuite elle voulut ſavoir en détail les principaux évenemens de ma
vie, que je lui contay à peu prés comme je viens de vous les racôter. Cela
eſtant fait, il fut queſtion de prendre
des meſures pour obliger Don Chriſtoval à épouſer Engracie. Je jugeay
qu'il falloit employer la voye des armes, s'il ne vouloit pas s'y réſoudre
de ſon propre mouvement. Le ſage
Don Diegue eut d'abord de la peine à
goûter mon avis ; mais l'honneur de
la famille des Peraltes ſe trouvant in-
tereſſé à ne pas ſouffrir que Don Chriſtoval, après l'éclat qu'avoient fait ſes
bleſſures, épouſât une autre que ma
ſœur, il l'approuva enfin. Je me rendis donc chez Don Chriſtoval dans la
réſolution de lui faire un appel, s'il
refuſoit d'épouſer Engracie. On me
dit qu'il eſtoit indiſpoſé, & qu'il ne
vouloit parler à perſonne. Mais quand
il ſçût que j'eſtois à la porte, & que
je demandois à le voir, il commanda
qu'on me fiſt entrer. Je le trouvay
couché ſur ſon lit dans un accablement qui m'étonna. Venez, Ceſar,
me dit-il, vous avez remporté la vic-

toire. C'en eſt fait , l'amitié triomphe
de l'amour. Je vous rends voſtre maîtreſſe. Je ne vous cacheray point que
cet effort m'a coûté beaucoup : mais
enfin voſtre deſeſpoir m'a touché , &
mes réflexions ont fait le reſte. Ah
mon cher Don Chriſtoval, lui répondis-je en l'embraſſant avec tranſport ,
c'eſt le Ciel qui vous inſpire ces ſentimens. Il ne veut pas que vous ter-
niſſiez l'éclat de vos vertus en m'arrachant ma maîtreſſe, & en vous rendant infidelle à Engracie. Oh pour Engracie, interrompit-il, elle n'a point
de part au ſacrifice que je vous fais. Sa
fuite, dont j'ignore les circonſtances,
ne me diſpenſe que trop de lui garder
ma foy. La fidelité d'Engracie, lui dis-
je , ne s'eſt jamais démentie ; & ſa
fuite ne doit pas vous révolter contre
elle. Il ne tiendra qu'à vous d'eſtre inſtruit de ſon innocence. Hé qui m'en
inſtruira, repliqua-t-il ? Moy-même,
lui repartis-je. Alors je lui contay l'a-
vanture des Voleurs ; je lui répetay
tout ce que j'avois ouï dire à ma ſœur.
Et enfin je lui appris comment j'avois
découvert ma naiſſance. Il m'écouta
fort attentivement ; & quand j'eus a-
chevé de parler : Ah mon ami, s'écria-

t-il, que les chofes que vous venez de me dire font furprenantes ! J'admire les refforts fecrets de la Providence, qui par des voyes fi cachées vous a fait parvenir à la connoiffance de voftre condition, & je n'en ay pas moins de joye que vous-même. A l'égard d'Engracie, en m'apprenant qu'elle eft innocente vous rallumez mon amour pour elle. Je lui redonne mon cœur, & j'attache à fa poffeffion le bonheur de ma vie. Pour profiter de la difpofition favorable où je voyois Don Chriftoval, je le menay fur le champ chez Eugenie, qui le reçût comme fon gendre. Il trouva ma fœur fi belle qu'il eut honte de lui avoir fait une infidelité. Auffi ne manqua-t-il point de lui protefter qu'il lui auroit toûjours efté fidelle, s'il n'eût pas efté malheureufement prévenu contre fon innocence. Pour dire le refte en deux mots, mon oncle Don Diegue alla trouver Don Bertrand de Montoya & Don Louis de Lune, & aprés les avoir informés de toutes chofes, il obtint de l'un fon confentement pour le mariage de fon fils avec Engracie, & l'autre lui accorda fa fille pour moy. Je viens à Madrid porter cette heureufe nouvelle

au Seigneur Don Pedre, & lui dire de
la part de tous ſes parens & des miens
qu'on n'attend plus que lui pour faire
ces deux mariages.

Le jeune Don Fernand ayant achevé de conter ſon hiſtoire , tous les
Cavaliers lui témoignérent qu'ils prenoient beaucoup de part à ſon bonheur. Aprés quoy ils ſe ſéparerent.
Don Carlos & le Comte ſortirent enſemble pour faire quelques viſites. Don
Pedre & Don Fernand allerent ſe diſpoſer à partir pour Alcalà, & Don Alvar reſta au logis avec le Chevalier de
la Manche & ſon Ecuyer.

# NOUVELLES
# AVANTURES
## DE L'ADMIRABLE
# DON QUICHOTTE
## DE LA MANCHE.

## LIVRE SIXIE'ME.

## CHAPITRE LIII.

*De l'arrivée du grand Archipanpan*
*des Indes à Madrid ; & des subli-*
*mes harangues que lui firent Don*
*Quichotte & Sancho.*

E sage Alisolan continuant
le récit fidéle des avantures
heroïques de l'incompara-
ble Don Quichotte, dit que
le lendemain matin le Secretaire de
Don Carlos se rendit chez Don Alvar

pour communiquer au Grenadin un
projet de divertiſſement que ſon Maître & le Comte avoient fait le ſoir précedent avec un de leurs amis, nommé
le Marquis d'Oriſalve, qui ſur les choſes qu'il leur avoit ouï raconter du
Chevalier de la Manche, ſouhaitoit
fort de le voir, & de ſe réjouïr à ſes
dépens. Quand Tarfé fut inſtruit du
projet, qui lui parut trés-plaiſant, il
renvoya le Secretaire en lui diſant qu'il
ſe chargeoit de mettre Don Quichotte
dans les diſpoſitions où on le vouloit. En
effet il l'alla trouver dans ſa chambre :
Seigneur Chevalier, lui dit-il, je viens
vous annoncer une des plus agreables
nouvelles que vous puiſſiez apprendre : le grand Archipanpan des Indes
eſt d'hier au ſoir à Madrid. L'Archipanpan des Indes ! répondit Don Quichotte avec étonnement : Je n'ay jamais entendu parler de ce Prince. J'en
ſuis ſurpris, repliqua Don Alvar. Vous
qui ſavez tout, comment eſt-il poſſible que vous ignoriez ce que c'eſt que
ce monarque, qui eſt ſans contredit un
des plus puiſſans Princes de la terre ?
Eh dans quel endroit du monde eſt ſitué ſon Empire, dit le Chevalier ? Il
eſt ſitué, repartit le Grenadin, entre

les Etats du grand Mogol & ceux de l'Empereur de la Chine. Il faut donc, reprit Don Quichotte, qu'il ait conquis les royaumes de Barantola, de Pegu, d'Aracan, de la Cochinchine, & tous les autres Etats qui font depuis les bouches du Gange jufqu'aux Ifles Philippines; & qu'il ait pris par excellence l'orgueilleux titre d'Archipanpan des Indes. Cela pourroit bien être, dit Tarfé, ou plutôt cela ne fauroit eftre autrement; car il fe fait appeller auffi Empereur & Dominateur des royaumes d'Aracan, de la Cochinchine, & de ces autres Etats que vous venez de nommer. Je meurs d'envie de le voir, ajoûta-t-il; & fi vous m'en croyez, nous irons le faluer aujourd'hui. J'y confens de tout mon cœur, répondit Don Quichotte. Je le veux bien auffi, Seigneur Tarfé, interrompit Sancho qui eftoit prefent, je fuis curieux de voir ce grand Archipan que vous dites. Voftre curiofité eft loüable, ami Sancho, reprit Don Alvar, & vous pourrez tantôt la fatisfaire à loifir. Don Carlos & le Comte, qui font dans la mefme réfolution que nous, m'ont envoyé dire qu'ils viendront nous prendre cette aprefdinée.

Don Quichotte ne pouvoit se lasser de s'entretenir avec le Grenadin de l'Archipanpan, dont il se formoit une idée d'autant plus grande que ce nom estoit plus extraordinaire, & qu'il n'en avoit jamais ouï parler. Don Carlos & le Comte arriverent sur les quatre heures aprés midy. Don Alvar fit aussi-tôt mettre les mules à son carosse, & Don Quichotte s'estant armé de toutes pieces, ils partirent tous ensemble ; c'est à dire, Don Carlos & le Chevalier dans un carosse, & dans l'autre Tarfé, le Comte & Sancho.

Pendant ce tems-là le Marquis d'Orisalve sous le burlesque nom d'Archipanpan se préparoit à recevoir Don Quichotte dans une fort belle salle éclairée d'une infinité de bougies, quoiqu'il ne fût pas nuit encore. Comme il estoit Grec sur les usages de l'ancienne Chevalerie, il avoit fait élever dans cette salle un petit trône sous un superbe dais, & pour se former une nombreuse Cour, il avoit assemblé tous ses amis avec un assez grand nombre de Dames. Outre cela il s'estoit fait une espece de couronne de toile d'or, & un sceptre d'un petit bâton entortillé de rubans rouges. Dés qu'il apprit que

Don Quichotte alloit paroiſtre, il ſe
plaça ſur ſon trône, & prit l'air le plus
grave qu'il pût affecter. Quand le Chevalier fut entré dans la ſalle, & qu'il
vit l'Archipanpan avec ſa couronne &
ſon ſceptre, ſous un dais magnifique,
il ne manqua pas de rappeller en ſa
memoire ce qu'il avoit lû ſi ſouvent
dans ſes livres, & de ſentir tout le plaiſir que ſentoient les anciens Chevaliers lors qu'ils paroiſſoient devant les
Empereurs. Don Alvar, le Comte &
Don Carlos ſaluerent l'Archipanpan
avec toutes les marques du plus profond reſpect. Aprés quoy le Grenadin
prenant par la main Don Quichotte le
conduiſit vers le dais, & le préſentant
au Marquis : Celebre Archipanpan,
dit-il, vous voyez le fameux D. Quichotte, la fleur de la Manche, le fanal
des Chevaliers, la terreur des geants,
l'ami juré de voſtre haute puiſſance,
& le défenſeur de vos royaumes. Aprés
avoir dit ces paroles il ſe retira, laiſ-
ſant Don Quichotte au milieu de la
ſalle. Alors le Chevalier poſant à terre
le gros bout de ſa lance, ſe mit à regarder de tous coſtés ſans rien dire,
juſqu'à ce que jugeant par le ſilence
que tout le monde lui preſtoit, qu'on
attendoit

attendoit qu'il parlât, il éleva la voix,
& addreſſa ce diſcours au Marquis,
dont la gravité n'avoit pas peu de peine
à ſoûtenir les ridicules geſtes du Chevalier : Auguſte & magnanime Monarque, Seigneur ſupréme du flux & du
reflux de l'Ocean Indien, Empereur &
Dominateur des royaumes d'Aracan,
de Pegu, de Tunquin, de la Cochinchine & de Barantola, je dois certes
beaucoup à la fortune de me procurer
aujourd'hui l'avantage de jouir de vôtre Imperiale préſence. J'ay parcouru
la plus grande partie de ce vaſte hemi-
ſphere, j'ay tué un nombre infini de
geants, redreſſé des torts, deſenchanté des Palais, mis en liberté des Princeſſes, vangé des Rois inſultés, ſub-
jugué des Provinces, & rendu des Empires uſurpés à leurs legitimes maîtres.
Si tout cela peut vous faire ſouhaiter
que je conſacre ma redoutable épée
au ſervice de voſtre haute puiſſance,
je vous l'offre en vous aſſeurant que
tant qu'elle ſoûtiendra vos intereſts
vous ſerez reſpecté du grand Mogol
& de l'Empereur de la Chine vos voi-
ſins, & craint de tous vos ennemis. Le
bruit de mon nom & de mes exploits
inouïs entrera par leurs oreilles juſ-

ques dans le fond de leurs cœurs. Mais
afin que vous foyez témoin vous-même
des merveilles de ma valeur, je fupplie
trés-humblement voftre Haute-puiffance de m'accorder un don. Ouï,
gentil & preux Chevalier, répondit
l'Archipanpan, je vous l'accorde trés-
volontiers, quelque chofe que ce puiffe
eftre, fût-ce ma propre Archipanpanie.
Grand Monarque, repliqua D. Quichotte ! je n'en veux ni à vos Etats ni
à vos richeffes. Les Empires de Grece,
de Babylone & de Trébifonde offrent à
mon ambition affez de quoy l'affou-
vir. Le don que je vous conjure de
m'accorder, c'eft de me permettre de
combattre en voftre augufte préfence
le geant Bramarbas qui doit inceffamment arriver en cette Ville. Je vous
le permets, repartit l'Archipanpan;
je veux même eftre juge de ce combat, qui fera fans doute auffi beau à
voir, que celui qu'eut le vaillant Cla-
rinée d'Efpagne avec le terrible Bro-
landio. Je ne doute point que l'iffuë
n'en foit trés-glorieufe pour vous;
voftre air martial nous en répond, &
nous ôte même jufqu'à l'inquiétude de
l'évenement.

Tandis que l'Archipanpan parloit

ainfi, Don Carlos s'approcha de Sancho, & lui dit tout-bas : Oh çà, mon
ami, à vous le dé. Il eft tems de vous
montrer. Allez faluer l'Archipanpan,
& lui faites à voftre tour une belle harangue. Je fuis affeuré qu'il vous donnera l'ordre de Chevalerie, quand il
verra que vous eftes homme de bon
efprit. Oh pardy, Seigneur Carlos,
répondit Sancho, fi pour eftre Chevalier il ne tient qu'à faire une belle harangue, vôus n'avez qu'à compter que
j'ay déja un pié dans l'étrier. En achevant ces mots il s'avança dans la falle,
& fe mettant à genoux devant fon
Maiftre, il lui dit le bonnet à la main :
Monfeigneur Don Quichotte, fi je
vous ay jamais fait quelque plaifir en
ma vie, je vous prie par les bons fer-
vices de Rocinantes de me donner la
permiffion de lâcher une demi-dou-
zaine de paroles à Monfieur l'Archipanpan, afin qu'il voye que je fuis
homme d'efprit, & qu'il me donne
promptement l'Ordre de Chevalerie
avec fon endroit & fon envers. Ecou-
te Sancho, dit Don Quichotte, je veux
bien que tu ayes l'honneur de parler à
l'Archipanpan, pourvû que tu ne faffes
ni ne difes aucune impertinence. Hé

mardy, Monſieur, repliqua l'Ecuyer ;
ſi vous avez ſi grand peur, mettez-
vous derriere moy ; & ſi je dis quelque choſe qui ne ſoit pas comme il
faut, vous n'aurez qu'à m'en avertir,
& je m'en dédiray tout auſſi tôt. Franchement, reprit le Chevalier, ſi je te
laiſſe parler, je crains fort de m'en repentir. Non non, Monſieur, repartit
Sancho, ne craignez rien : toutes les
paroles que je diray vaudront leur pe-
ſant d'or ; car j'ay retenu quelques
mots de voſtre harangue, & je m'en
ſerviray ſi à propos que le diable y
ſera trompé. Prens-y donc garde, dit
Don Quichotte ; & je vais ſupplier ce
grand Prince d'avoir la bonté de t'é-
couter. En meſme tems s'addreſſant à
l'Empereur il lui dit : Grand Monarque, ſouffrez de grace que mon E-
cuyer ait l'honneur de parler à voſtre
Haute-puiſſance. Je puis vous aſſeurer
qu'il a toutes les qualités de Bignano
l'Ecuyer du Chevalier du Soleil. Il eſt
ſage, diſcret, fidelle ; & quand il va
trouver des Princeſſes de ma part, il
s'acquitte parfaitement bien de ſes
commiſſions. Outre cela il a beaucoup
de courage, & il n'y a pas deux jours
qu'il a gagné une iſle par ſa valeur,

Outre-preux Chevalier, répondit l'Archipanpan, je croy fans peine tout le bien que vous me dites de vôtre Ecuyer. Sa taille & fa phifionomie découvrent affez fon merite, & me font juger qu'il eft trés-digne d'un Chevalier tel que vous. Il peut parler tant qu'il lui plaira, je fuis difpofé à l'écouter jufqu'au bout, quand il feroit auffi diffus qu'un Regent de Rhetorique.

Sancho ayant obtenu la permiffion de haranguer l'Archipanpan fe tourna vers fon Maiftre en lui difant : Monfieur, donnez-moy vifte voftre lance & voftre rondache, afin que je me mette comme vous eftiez, quand vous avez fait voftre harangue. Animal, répondit Don Quichotte, pourquoy veux-tu avoir ma lance & mon bouclier ? Ne vois-tu pas bien que tu n'es pas armé Chevalier ? Tu commences déja à faire des fottifes. Doucement, Monfieur, repliqua Sancho, ne vous fâchez point : Si je ne fuis pas Chevalier, je le feray bientôt ; car je vais faire un beau difcours, ou je ne m'y connois pas. Et quant à voftre lance & voftre écu, vous allez voir que je m'en pafferay fort bien. A ces mots, il mit fon bonnet fur fa tefte,

s'affermit fur fes jambes , mit les mains
en arcs fur fes hanches , & aprés avoir
efté comme fon Maiftre quelques momens fans parler, il commença fa harangue dans ces termes : Grand Monarque , Archipanpan du flux & du reflux des Indes , Seigneur des hemi-
fpheres , Empereur de la Clochine &
de Bagnola. Arrefte, imbecille, interrompit tout bas Don Quichotte ; tu
feras mieux de te taire que de parler
davantage. Que peut penfer de toy
l'Empereur ? Ma foy, Monfieur, répondit l'Ecuyer, il en penfera tout ce
qu'il lui plaira : mais au bout du compte il n'en doit rien penfer de mauvais ;
car je n'y entens point de mal , & Dieu
fçait bien mon intention. Croyez-
vous au refte que j'aye la memoire
d'un Theologal pour retenir des fariboles ? Par la mardy, non ; je ne faurois retenir tous ces grands mots ;
mais fi l'âne ne fçait pas chanter , il
fçait braire , & c'eft affez pour un Gouverneur. Laiffez-moy aller doucement mon train , & vous verrez que
je ne broncheray pas. Vous n'avez
feulement qu'à m'écouter, car je vais
continuer ma harangue , & j'en viendray à bout, ou il y aura bien du mal.

heur à mon affaire. Je dis donc, Seigneur Archipanpan, pourſuivit-il en
hauſſant la voix, que ma femme s'appelle Marie Goutiere, & moy Sancho
Pança le noir, natif du village de l'Argameſille auprés du Toboſo. Bon, interrompit encore Don Quichotte, ne
vas-tu pas dire auſſi comment ſe nom-
ment tes enfans ? Pourquoy non, Monſieur, repartit Sancho ? Eſt-ce qu'ils
ont la teigne, pour que je n'oſe les
nommer ? Ouï, Seigneur Archipanpan, continua-t-il, j'ay une fille qui
s'appelle Sanchette, une autre appellée Thereſe, & puis encore une autre
qui a nom Jeanne. Pedro Taymado
le Tabellion eſt le Parain de Sanchette,
Thomas Cecial celui de Thereſe, &
Juan Perés le Tavernier a tenu Jeanne. Que la peſte te puiſſe crever avec
toute ta race, interrompit pour la
troiſiême fois Don Quichotte ! Hé
quel beſoin, belître, l'Empereur a-
t-il de ſavoir tout ce détail impertinent ? Il peut voir par-là, Monſieur,
répondit Sancho, que je ne ſuis point
un menteur. Car tout ce que je dis
eſt vray : & il vaut mieux que je diſe
des choſes veritables, que de dire que
j'ay tué des geants, & toutes ces autres

menteries que les Chevaliers lâchent
dans leurs harangues. Don Quichotte,
qui ne s'attendoit point à cette repar-
tie, en fut fort en colere ; mais la préfence de l'Empereur l'obligeant à fe
contraindre, il dit tout-bas à fon E-
cuyer : Hé bien parle tant que tu vou-
dras, maraud, je ne t'en empêcheray
plus ; mais je te promets que tu me le
payeras dés que nous ferons feuls. Sancho, fans faire attention à ces menaces, reprit ainfi le fil de fon difcours :
Pour retourner à mon conte, Seigneur
Archipanpan, vous faurez que je gagnay hier au foir l'ifle des andoüillettes
en me battant à coups de poing contre
l'Ecuyer noir. C'eft pourquoy je vous
prie de m'armer Chevalier. N'allez pas
me dire pour vos raifons que je ne fuis
qu'un païfan ; car mardy, voyez-vous,
je fuis de la race des vieux Chreftiens ;
& quand je fuis monté fur mon âne,
j'ay toute la mine d'un Docteur. Enfin
finale, je fuis Ecuyer de Monfeigneur
Don Quichotte, qui eft fi bon qu'il n'a
jamais fait aucun mal à perfonne ; car
depuis que nous courons enfemble la
Chevalerie, je ne lui ay pas feulement
vû tuer une mouche, hormis l'autre
jour qu'il bleffa un Voleur par derriere.
Mais

Mais c'eſt une fort bonne œuvre qu'il a faite, & dont il ſera récompenſé dans l'autre monde. Sancho s'eſtant arreſté en cet endroit, l'Archipanpan lui dit : Brave Ecuyer, je ſuis trés-content de vous. Il me paroiſt que vous avez une aſſez belle diſpoſition à courir les champs, c'eſt-à-dire à remplir tous les devoirs d'un vray Redreſſeur de torts ; ainſi je ne vous refuſeray point l'Ordre de Chevalerie que vous me demandez. Quand même vous n'auriez pas d'autre merite que celui d'eſtre Ecuyer du Seigneur D. Quichotte, vous êtes en droit de l'obtenir. Mais il faut, s'il vous plaiſt, remettre cette ceremonie à un autre tems ; parceque je ſuis à l'heure qu'il eſt dans un accablement qui ne me permet pas de penſer à des choſes agreables. En prononçant ces derniers mots il tira de ſa poche un mouchoir à dentelles, & s'en couvrit le viſage, comme un homme qui ſuccombant tout à coup au ſouvenir de quelque grand malheur, s'abandonne à mille penſées triſtes & confuſes.

## CHAPITRE LIV.

*De l'étonnante avanture dont le sou-*
*venir affligeoit l'Archipanpan.*

PEndant que l'Archipanpan avoit le
visage couvert de son mouchoir,
Don Carlos, le Comte & Tarfé sem-
bloient prendre beaucoup de part à son
affliction, & estre fort en peine d'en
savoir la cause. Mais Don Quichotte
en estoit réellement touché, & le respect qui l'empêchoit d'en demander le
sujet à l'Empereur estoit un surcroît de
chagrin pour lui. Enfin l'Archipanpan
rappella son courage, & s'appliquant
une avanture qu'il avoit luë dans Don
Belianis de Grece, il en fit le récit dans
ces termes à l'assemblée, regardant
particulierement le Chevalier de la
Manche.

A me voir ainsi céder à ma douleur, vous jugez bien, Seigneurs Chevaliers, que je ne dois pas avoir un
mediocre sujet de m'affliger : mais
quelque grand que vous puissiez vous
l'imaginer, il est encore audessus de
vos idées. Les Dieux m'avoient donné

une fille unique, & je les remerciois
tous les jours de l'avoir pourvûë d'une
excellente beauté, au lieu de leur reprocher de m'avoir fait un prefent ſi
funeſte. Elle ſe nommoit Burlerine. Je
l'aimois avec la derniere tendreſſe, &
l'Imperatrice Meridiane ſa mere ne
pouvoit vivre un moment ſans elle.
Nous avions donc le plaiſir d'élever
une fille ſi cherie, lorſqu'un jour quelques Barons de ma Cour vinrent me
dire qu'il y avoit dans une grande place, à trois cens pas de mon Palais,
une tente d'une magnificence ſurprenante, ſans que perſonne ſçût qui l'y
avoit dreſſée. Je ſortis avec l'Imperatrice & l'Infante pour voir ce prodige
étonnant. Nous nous rendîmes dans la
place, où nous trouvâmes en effet une
tente qui nous ſurprit par ſa richeſſe &
par la nouveauté de ſa ſtructure. Nous
l'admirâmes aſſez long-tems, & nous
en eſtant approchés pour la regarder
de plus prés, nous entendîmes aude-
dans une ſymphonie charmante, &
remplie d'accords ſi harmonieux qu'on
ne peut rien imaginer audelà. Et cette
ſymphonie accompagnoit une voix
auſſi douce qu'éclatante, qui s'élevoit
audeſſus de tous les inſtrumens avec

un agrément qui nous raviſſoit. Mais
cette muſique touchante eſtoit quelquefois interrompuë par un bruit terrible de trompettes & de tymbales qui
ſembloient donner le ſignal d'un combat. Aprés que nous eûmes jouï quelque tems du plaiſir de tous ces differens inſtrumens, nous vîmes ſortir de
la tente quatre Chevaliers admirablement bien faits, qui avoient le caſque
en teſte avec des armes vertes parſe-
mées d'étoiles d'or, & qui donnoient
la main à quatre Demoiſelles fort brunes, qui eſtoient veſtuës de longues
robes de toile d'argent. Ils vinrent droit
à nous, & ſe jetterent tous à nos piés.
Quelque choſe que nous leur pûmes
dire, il n'y eut pas moyen de les faire
relever ; & une de ces gentilles Demoiſelles m'addreſſant la parole, me
dit d'un ton ſi haut qu'elle fut enten-
duë de tous mes Barons : Fameux Archipanpan, Puiſſant Seigneur des perles orientales, Empereur & Dominateur des royaumes d'Aracan, de Tunquin & de la Cochinchine, grand Prince, à qui le monde entier devroit être
ſoûmis, puiſque vous ſurpaſſez tous les
Rois de la terre en gentilleſſe & en
galanterie. Vous ſaurez que nous ſom-

mes dans une extrême affliction. Rien
n'égale noftre infortune, & nous fommes perfuadées que fi nous ne trou-
vons point ici de remede à nos maux,
il fera inutile d'en aller chercher ailleurs. C'eft pourquoy nous fupplions
trés-humblement voftre Alteffe fouveraine, auffi-bien que la trés-hono-
rée Meridiane & l'aimable Burlerine
de nous accorder un don. Charmante
pucelle. lui répondis-je, demandez le
don qu'il vous plaira, je vous l'accorde ; & foyez affeurée que l'Imperatrice
& l'Infante ne s'y oppoferont pas. Effectivement Meridiane & Burlerine
foufcrivirent au don accordé. Alors les
Chevaliers & les Demoifelles fe re-
leverent, & celle qui avoit déja parlé
reprenant la parole me dit : Celebre
Empereur, apprenez que le Calife de
Syconie eft dans cette tente que vous
voyez ; & je vais vous raconter par
quel évenement il y eft retenu. Je ne
fçay fi vous avez ouï parler de l'Infante Cerizette fa fille, dont la beauté a
tant fait de bruit dans le monde. Le
fage Herodian Roy de l'Ifle des perles,
& un des plus braves geans qu'on ait
jamais vûs, l'envoya demander en
mariage au Calife qui la lui refufa.

De quoy Herodian fut si piqué qu'un
jour qu'il se tenoit en Syconie un magnifique tournoy, où le Calife lui-
même faisoit admirer sa force & son
addresse, ce Geant parut dans la Car-
riere avec ces quatre Chevaliers aux
armes vertes ; & tous cinq en un quart
d'heure ils tuerent ou estropierent plus
de mille Chevaliers. Ce qui répandit
un tel effroy dans la place, que les
personnes qui n'estoient là que pour
estre spectateurs, s'enfuirent pesle-
mesle avec ceux qui estoient venus
pour combattre. L'intrepide Calife
fut presque le seul qui osast résister,
car il ne put rassembler que dix Chevaliers, avec lesquels il alla fondre sur
Herodian & les siens ; mais il eut le
malheur d'estre porté par terre, & ses
dix compagnons encore plus malheureux que lui perdirent la vie. On vit à
l'instant paroistre dans la place cette
tente, telle qu'elle s'offre à vos yeux en
ce moment. Le Geant y enferma le
Calife & sa fille, aprés les avoir enchantés tous deux, & il en fit défendre l'entrée par ces quatre Chevaliers,
qui sont tels qu'ils ne peuvent estre
vaincus par la force humaine : car sur
le bruit de cette étrange avanture plus

de deux mille Chevaliers de toute forte de nations eftant venus fe préfenter
pour délivrer le Calife & Cerizette,
aucun n'en put venir à bout. Toute la
Cour du Calife eftoit donc dans la confternation, & nous ne favions à quoy
nous réfoudre, lorfqu'un Vendredy
matin au lever du Soleil, un Magicien
que nous confultions, nous apprit que
tout cela eftoit un enchantement fait
de forte que nous ne pourrions le détruire, à moins que nous ne trouvaf-
fions une Princeffe plus belle que Cerizette. Mais que fi nous en pouvions
trouver une qui le fuft, il n'y avoit
qu'à luy faire éprouver l'avanture.
Qu'elle entreroit aifément dans la tente, & que Cerizette lui donneroit une
épée qu'elle tient à la main, avec quoy
les Chevaliers aux armes vertes feroient facilement vaincus. Le Magicien ajoûta que tout ce qu'il lui eftoit
permis de faire pour nous, c'eftoit de
tranfporter la tente partout où nous
voudrions. Que quatre Demoifelles de
Cerizette n'avoient qu'à fe mettre dedans, & qu'elles feroient gardées par
ces mêmes Chevaliers. J'entray auffi-
tôt dans la tente avec ces trois Demoifelles, & de cette maniere nous

D d iiij

avons parcouru la plufpart des Cours
des Princes payens. Mais en verité
nous n'avons pas rencontré une Princeffe que nous ayons feulement jugée
digne de tenter l'avanture. Nous def-
efperions d'en trouver, quand nous
avons appris par la renommée que
l'Infante Burlerine voftre fille avoit
toute la beauté que nous pouvions
fouhaiter. Tout-à-coup la tente a efté
tranfportée ici par art magique ; &
nous venons vous fupplier de vouloir
bien que l'incomparable Burlerine é-
prouve cette avanture. C'eft le don
que vous nous avez accordé.

Voilà le récit que me fit la Demoifelle de l'Infante Cerizette. J'en
fus merveilleufement étonné. Gra-
cieufe pucelle, lui dis-je, je fuis trés-
fâché du malheur qui eft furvenu au
Calife de Syconie ; car nous autres Po-
tentats nous nous aimons fort, & je
voudrois pour beaucoup que cette rare avanture s'achevât dans ma Cour.
Mais dites-moy, je vous prie, s'il ne
peut arriver aucun facheux accident à
la Princeffe, qui s'expofant à l'éprouver ne pourra pas la mettre à fin ? Non,
Segneur, répondit la Demoifelle, parceque le Magicien nous a dit que fi la

Dame, qui fe préfentera pour la tenter, n'eft pas plus belle que Cerizette,
elle fera retenuë par une main invifi-
ble, & ne pourra pas entrer dans la
tente. Hé bien, lui dis je alors, je confens de mettre à cette épreuve la beauté de ma fille Burlerine ; mais il faut
auparavant que je voye combattre ces
quatre Chevaliers. Il y en a dans ma
Cour qui les pourront vaincre, & qui
diffipant le charme par leur valeur é-
pargneront à ma fille la honte peut-
eftre de s'eftre en vain préfentée pour
le détruire. Souverain Prince de la Cochinchine, repliqua la Demoifelle,
vous ferez ce qu'il vous plaira ; mais je
ne fuis point d'avis que vous expofiez
vos Chevaliers à combattre contre
ceux-ci, qui font enchantés de forte
qu'ils déferoient eux feuls une armée entiere. N'importe, repris-je, je
veux fatisfaire ma curiofité. En même
tems j'ordonnay à mes Chevaliers de
fe préparer au combat ; & bientôt il
en parut dans la place plus de trois mille
tous animés du defir d'achever l'avanture. Alors les quatre Demoifelles entrerent avec les Chevaliers enchantés
dans la tente, qui s'ouvrit à l'heure
mefme, & offrit à nos yeux furpris un

fpectacle qui nous fit pitié. Nous vîmes
le Calife de Syconie armé de toutes
pieces, affis fur des marches de criftal
au pié d'un trône d'or, la tefte appuyée
fur fa main, comme un homme enfeveli dans une profonde triftesse. L'Infante fa fille eftoit à fa droite tenant
une épée nuë, dont la poignée paroiffoit de diamans ; & à fa gauche on
voyoit l'Amour avec fon carquois &
fon arc, reprefenté fi naturellement qu'il
fembloit eftre animé. Audeffous de ce
Dieu eftoit étendu un Chevalier qui a-
voit la poitrine percée d'une de fes fléches, & qui tenoit à la main une infcription Greeque que perfonne n'entendoit, mais qui expliquoit les malheurs du Calife & de Cerizette dans
des termes qui faifoient pleurer tout le
monde. Aprés que nous eûmes bien
confideré toutes ces merveilles, il fut
queftion de tenter l'avanture. Le premier, qui voulut l'éprouver, fut le Prince Rozinel mon bâtard, la crême &
le duvet de la Chevalerie payenne. Il
avoit des armes couleur de rofe, parfemées d'œillets d'argent ; & il eftoit
monté fur un beau courfier qui def-
cendoit en ligne directe du Dieu Borée
& de ces fameufes cavales d'Ericthe-

nius, qui marchoient si legerement
qu'elles passoient sur les épics sans les
rompre. Il se présenta donc devant la
tente accompagné des trois plus vaillans Chevaliers de toute mon Archipanpanie. Les Chevaliers enchantés
vinrent à eux ; mais le combat fut aussi-
tôt fini que commencé ; car dés la premiere rencontre Rozinel & ses camarades furent desarçonnés, & portés par
terre si rudement qu'ils ne purent se
relever. Tous mes autres Chevaliers
qui connoissoient la force de ceux qui
avoient esté vaincus, jugeant bien que
s'ils combattoient, ils n'auroient pas
un meilleur sort, se retirerent avec
précipitation, & sortirent de la place,
comme les timides colombes fuyent
un Aigle redoutable qui vient de devorer un Milan à leurs yeux. Cela redoubla l'envie que j'avois de voir la fin
de l'avanture. Je fis porter les blessés
dans de riches lits, & leur envoyay les
plus belles Princesses de ma Cour pour
leur frotter les côtes. J'ordonnay ensuite à ma fille de se présenter à l'entrée de la tente. Burlerine, qui avoit
toûjours eu les yeux attachés sur Cerizette qu'elle trouvoit admirablement
belle, m'obeït en tremblant. Elle s'ap-

procha de la tente, elle y entra fans peine ; mais, ô prodige inouï ! ô malheur, dont l'amer fouvenir produit dans mon ame une douleur qui fe renouvelle fans ceffe ! à peine y fut-elle entrée, que la tente fe refermant, & s'élevant dans l'air à nos yeux, difparut tout à coup avec le Calife, Cerizette, les Chevaliers, les Demoifelles, & ma chere Burlerine. Nous jugeâmes bien, mais trop tard, que c'eftoit un tour d'Enchanteur. Arreftez, traiftre Negromant, s'écria auffi-tôt l'Imperatrice, rendez-moy mon Infante, ou venez m'ofter la vie. Burlerine, ah ma fille ! les juftes Dieux peuvent-ils fouffrir qu'on t'enleve à ta mere ? Mais helas ! elle eut beau pouffer mille cris, fa voix fe perdit dans les airs avec fa malheureufe fille. Alors l'excés de fon defefpoir trouble fes efprits. Elle n'a plus la force de fe foûtenir. Elle tombe fans fentiment entre les bras de fes femmes, qui partageant fon affliction fe frappent le fein, & font retentir la place de leurs gemiffemens. D'un autre cofté je m'arrache la barbe & les cheveux, je me jette à terre, & mes Barons craignant que je ne me tuë moy-mefme, font obligés de retenir

mes mains. Pour achever en peu de
mots le reste d'une si pitoyable histoire, on porta l'Imperatrice dans son appartement, & on me conduisit dans le
mien. Nous passâmes un mois l'un &
l'autre à nous affliger sans moderation.
Mais m'appercevant à la fin qu'à force
de nous abandonner à nostre douleur
nous negligions de prendre un parti
dont nous aurions dû nous aviser plutôt, qui estoit d'envoyer des Chevaliers chercher Burlerine par le monde,
je donnay cette commission à tous
ceux qui s'en voulurent charger, avec
ordre de visiter exactement tous les
Châteaux de l'Univers, depuis les Châteaux des Princes jusqu'aux Palais des
Financiers. Je ne me suis pas mesme
contenté de cela : j'ay fait afficher ma
fille depuis le Gange jusqu'aux sources
du Danube, depuis le mont Caucase
jusqu'aux montagnes des terres Australes. Si bien qu'en affiches seulement,
en colle & en papier, il m'en a cousté
cinq cens mille ducats. Cependant il
s'est écoulé trois années entieres sans
que personne nous ait appris la moindre nouvelle de Burlerine. Cela nous
a fait croire que les Chevaliers que
nous avons envoyés à sa queste, au

lieu de fonger à remplir leur miffion, s'amufent à toute autre chofe. Ce qui arrive affez fouvent aux Chevaliers. C'eft pourquoy l'Imperatrice & moy faifant réflexion qu'on fait bien mieux fes affaires foy-même que par Procureur, nous avons laiffé le timon de noftre Archipanpanie entre les mains d'un Miniftre habile & homme de bien, s'il y en a jamais eu ! Nous avons traverfé l'Afie, & aprés avoir parcouru l'Afrique, nous fommes venus en Efpagne, où nous ne refterons qu'autant de tems qu'il nous en faut pour y chercher l'Infante Burlerine.

## CHAPITRE LV.

*De l'épouventable combat de D. Quichotte avec le geant Bramarbas de Taille-enclume Roy de Chipre ; & quel en fut l'étrange évenement.*

QUelle plume feroit capable d'écrire tout ce qui fe paffa dans l'ame du Chevalier de la Manche durant le trifte recit de l'Empereur de la Cochinchine ? Qui pourroit dire jufqu'à quel point fes tendres entrailles

A. Clouzier. Scu.

furent émuës ? Toutes les langues du
monde enfemble n'ont pas des termes
affez forts pour bien exprimer les mouvemens de fureur & de pitié qui s'éle-
verent dans un cœur fi fenfible au ra-
viffement des pucelles. Dés qu'il vit
que l'Empereur ne parloit plus , il prit
la parole , & lui dit d'un ton qui marquoit une partie du trouble dont il
eftoit agité : Magnanime Empereur ,
fi les difgraces des moindres particu-
liers m'infpirent de la compaffion , jugez fi je dois eftre touché des vôtres.
Je ne fens pas moins vos malheurs que
vous mefme : Et je vous apprends que
c'eft l'enchanteur Frifton qui vous a
enlevé l'incomparable Burlerine. Je le
reconnois aux circonftances de cette
funefte avanture. Il forma dans Babylone le mefme enchantement pour enlever la fans pareille Florifbelle. Il fit
paroiftre une femblable tente avec ces
quatre Chevaliers aux armes vertes,
parfemées d'étoiles d'or , & ces quatre
Demoifelles veftuës de toile d'argent,
qui demanderent le même don au Soudan. Enfin toute l'hiftoire que vous
venez de raconter eft mot pour mot
dans l'autentique livre des avantures
de Don Belianis. Ce qui vous prouve

évidemment que c'eſt cet Enchanteur
qui vous a ravi la Princeſſe vôtre fille :
mais je jure par le Dieu vivant qu'un
moment aprés la mort de Bramarbas
je ſortiray de Madrid pour aller chercher partout cette belle Infante ; &
que je ne me repoſeray dans nul endroit du monde que je ne l'aye trouvée. L'Archipanpan remercia D. Quichotte de ſa bonne volonté ; mais pendant qu'il le remercioit , on entendit
frapper cinq ou ſix coups à la porte de
la ſalle d'une maniere à la briſer en
mille pieces. Voyez qui eſt là , dit l'Archipanpan à ſes pages : Il faut que ce
ſoit quelque geant , car voilà comme
ils grattent ordinairement chez les Empereurs. Effectivement les Pages ayant
ouvert la porte , on vit paroiſtre l'affreux geant Bramarbas. Il avoit une
longue robe de drap bleu cottonné,
une grande fraize de creſpon noir , a-
vec un turban de mouſſeline à rayes
d'or, & garni de toute ſorte de plumes.
Il portoit un vaſte baudrier de cuir
tout tailladé, auquel eſtoit attaché une
épée de bois peint , longue de deux
aulnes pour le moins , & large d'un
pié. Dés que Sancho l'apperçût , il courut s'aſſeoir auprés de l'Archipanpan
en

en criant de toute ſa force : Miſericor-
de, le voici pour le coup ce vilain Bar-
rabas ! depuis que nous ne l'avons vû
il eſt encore crû de trois piques. Helas ! que fera le pauvre Seigneur Don
Quichotte contre cet enragé de Go-
liat qui va tous nous étriper, ſi la bonne ſainte Nicole n'a pitié de nous. Don
Quichotte à ces paroles regarda ſon
Ecuyer de travers, & lui commanda
de ſe taire. Cependant le Roy de Chipre, aprés avoir eſté obligé de ſe baiſ-
ſer pour entrer dans la ſalle, s'avança,
tournant ſon énorme teſte de toutes
parts, & roulant les yeux d'un air ef-
frayant, mais ſans parler ni même ſaluer l'Empereur, qui lui dit : Geant
gentil & courtois, apprenez-moy qui
vous eſtes, & ce qui vous amene en
ma Cour ? Je ſuis le terrible geant Bramarbas de Taille-enclume Roy de Chipre, répondit le Geant d'une voix caſ-
ſée, & je viens chercher le Chevalier
de la Manche, qu'on m'a dit eſtre en
cette ſalle imperiale. On vous a dit
vray, s'écria Don Quichotte, & je ſuis
bien aiſe de vous voir ; car vous venez
ici ſans doute pour me tenir parole.
Ouï, Chevalier, repartit Bramarbas ;
je viens te trouver pour te combattre

conformément au défi que je t'ay fait
à Saragosse. C'est aujourd'hui que le
fil de ma redoutable épée doit trancher celui de ta glorieuse vie. C'est en
ce jour que je vais couper ta teste chau-
ve, pour la porter dans mes Etats, &
la clouer à la porte de ma chambre
royale, avec une inscription Suisse qui
expliquera fort élegamment de quelle
façon la fleur Mancheque aura esté
moissonnée par mes invincibles mains.
C'est en ce jour que je me feray couronner Roy de toute la terre, puisqu'il
n'y aura plus personne aprés toy qui
ait assez de force pour m'en empêcher.
Enfin c'est aujourd'hui que je me rendray Seigneur de toutes tes victoires,
& que j'emmeneray en Chipre toutes
les Dames qui sont ici pour les incor-
porer dans mon Serrail qui a besoin
d'estre recruté. Si tu es aussi courageux
qu'on le dit, tu n'as qu'à te présenter
devant moy tout-à-l'heure, & nous
allons en découdre dans cette salle imperiale, si l'Empereur veut nous le
permettre. Je le veux bien, dit l'Archipanpan, quoique cela soit contre
l'usage. Ces sortes de combats se font
ordinairement en champ clos ; mais
l'impatience que j'ay de vous voir tous

deux aux mains ne me permet pas d'attendre plus long-tems. Je n'ay pas
voulu, reprit le Geant, apporter ma
mortelle maſſuë; car je vaincray ſans
peine le Chevalier de la Manche avec
cette ſeule épée, qui a eſté faite par
Vulcain, qui eſt un Dieu que j'adore
auſſi-bien que Jupiter, Neptune, Mars,
Mercure & Proſerpine. Seigneur Bar-
rabas, interrompit alors Sancho, prenez bien garde à ce que vous dites.
Vous feriez mieux de vous mordre les
poulces que d'appeller Dieux tous ces
yvrognes que vous venez de nommer.
Car ſi cela alloit une fois aux oreilles
du ſaint Office, par ma foy ce ſeroit
bien à la malheure que vous ſeriez
venu en Eſpagne. Je ne parle point à
vous, faquin, répondit Bramarbas, je
vous conſeille de vous taire. Vous me
conſeillez, repliqua Sancho; ſavez-
vous bien qu'on ſe mocque à Rome
de celui qui donne un conſeil qu'on ne
lui demande pas? Hé ventre de moy,
au reſte, à cauſe que vous eſtes grand
comme l'Antechriſt, croyez-vous que
je n'oſeray cracher devant vous? Oh,
mardy, apprenez que les mittes ron-
gent le bois, & qu'un moucheron peut
plus nuire qu'un Aigle ne peut favo-

rifer. Encore une fois, Veillaque, reprit le Geant, taifez-vous ; car j'ay juré fur l'Alcoran que je puniroıs tous les audacieux Ecuyers. L'Alcoran & vous, repartit Sancho, vous eftes deux francs belîtres, & je ne vous crains point du tout. Comment donc, témeraire, dit le Roy de Chipre, tu m'ofes parler dans ces termes ? à moy qui fais trembler les Soudans & les Califes ! Par le trident du Dieu des Solles, fi je té prens, je vais te réduire en poudre, & te jetter en l'air avec tant de force que tes cendres iront tomber dans les ifles du Japon. Vous ne me menacez, répondit l'Ecuyer, que pour faire peur à mon Maiftre ; mais vous avez beau vouloir battre le chien devant le lion ; fachez que Monfeigneur Don Quichotte peut payer pour nous deux, & qu'il ne fe foucie non plus de voftre figure d'enfer que de la falope qui vous a mis au monde. Quelle infolence ! repliqua Taille-enclume en faifant quelques pas vers Sancho ; je vais t'apprendre à refpeâer les Geants de ma qualité. A l'aide, au meurtre, s'écria l'Ecuyer en le voyant venir à lui ; je fuis flambé, s'il me touche. Arrefte, Bramarbas, dit Don Quichotte en

courant fe mettre au-devant de Sancho, n'attaque point un homme qui
n'eſt pas en eſtat de fe défendre. Si tu
te trouves offenſé de fes difcours, je
fuis preſt à t'en faire raifon. Battons-
nous en préfence du grand Archipanpan & de toute fa Cour ; nous ne faurions avoir de plus illuſtres témoins de
noſtre combat. Mais puifque tu n'as
point d'armes défenſives, il faut que
je me faſſe oſter les miennes. Je ne
veux pas te combattre avec avantage.
Ta défaite ne me feroit point d'honneur. Je vais donc, pour te montrer
que je ne te crains pas, quitter mon
cafque & ma cuiraſſe. Je prétens me
préfenter devant toy avec ma feule
épée. Si la tienne eſt plus longue, la
mienne eſt dans une main plus vaillan-
te. En achevant ces mots il fe tourna
vers fon Ecuyer, & lui dit : Leve-toy,
mon fils, & vien m'aider à me defarmer. Tu verras bientôt par terre ce
horrible monſtre noſtre ennemi commun. Dieu le veüille, Monſieur, répondit Sancho en allant à fon Maiſtre;
mais il me femble qu'il vaudroit mieux
nous jetter fur lui avec tous ces Seigneurs qui font ici : Que les uns le
priſſent par les pieds, & les autres par

la tefte, jufqu'à ce qu'il fuft à demi mort. Par la mardy, fi je le voyois renverfé dans cette falle avec fon ame fur fes levres, je lui donnerois plus de ruades dans les coftes qu'il n'a de crins à fa mouftache. Cela n'eft pas permis, répondit Don Quichotte ; mais je n'ay pas befoin de fecours pour vaincre un geant, quelque force qu'il puiffe avoir. Dépefche-toy feulement de m'ofter mes armes, & te repofe du refte fur la vigueur de mon bras. Sancho fit ce qu'on lui ordonnoit, fi bien que le Chevalier fut bientôt defarmé. Toute la compagnie ne pouvoit fe laffer d'admirer fon air fec & décharné ; & c'étoit certes un affez beau fpectacle de le voir la tefte nuë & fans cheveux, avec un pourpoint de fatin noir trés-court & plus qu'à demi ufé ; au défaut duquel paroiffoit une chemife fort fale, car il n'en avoit point changé depuis fon départ de Saragoffe.

Ce fut dans cet eftat que mettant la main fur la garde de fon épée, il s'approcha du Roy de Chipre : Allons, lui dit-il, befte fuperbe, puifque l'Empereur confent que noftre combat fe faffe en cette falle, ne perdons plus de tems en difcours frivoles. Les actions

feules font connoiftre le courage. A
ces mots, il tira fon épée ; mais comme tout ce qui arrivoit à ce fameux
Chevalier avoit toûjours quelque chofe d'extraordinaire, on vit à l'inftant
le démefuré Bramarbas tomber à la
renverfe, & il parut à fa place une fille
habillée en bergere, & dont le vifage
eftoit couvert d'une ferviette. Les gens
qui n'eftoient pas préparés à cet évenement, en furent trés-furpris ; & D.
Quichotte baiffant la pointe de fon
épée, fit deux pas en arriere , & demeura tranquile, attendant ce que diroit cette fille, qui fans fe découvrir
lui parla dans ces termes , aprés que
deux Pages habillés en démons eurent
traîné le corps de Bramarbas hors de
la falle : Courageux Don Quichotte ,
infatigable Atlas de la Chevalerie, pere
des orphelins, confolateur des Veuves,
doux efpoir des Infantes enchantées ,
étoile fixe qui m'a conduite au port de
mes defirs, ne fois point étonné de
voir un horrible Geant changé tout-
à-coup en une Demoifelle tendrelette :
cette metamorphofe ne doit furprendre que les perfonnes qui ne font pas
accoûtumées aux tours des Enchanteurs. Tu viens d'achever une avan-

ture qui coule à fond les Palmerins;
& qui te fera autant d'honneur dans
l'esprit des nations bien sensées, que le
desenchantement de Polixene en a fait
au vaillant Chevalier Don Lucidaner
de Thessalie. Mais, illustre Prince de
la Manche, il faut couronner ton ouvrage en me rendant à mes parens qui
sont dans une affliction mortelle de
m'avoir perduë. Ouï, belle Princesse,
répondit Don Quichotte ; c'est une
chose que vous devez attendre de
moy. Je prétens vous conduire en vos
Etats. Mais dites-nous de grace où ils
sont, & quel est le celebre Prince qui
vous a donné le jour ? Je m'appelle
l'Infante Burlerine , repliqua la Demoiselle , & je suis l'unique heritiere
du grand Archipanpan des Indes. A ces
mots l'Empereur entraîné par la force
de l'amour paternel descendit de son
trône avec précipitation , & levant les
yeux au Ciel : O Dieux immortels !
s'écria-t-il, est-il possible que vous me
fassiez retrouver ma fille, lorsque je
m'y attendois le moins ? Pour une faveur si grande, je vous promets qu'en
arrivant dans mon Palais imperial je
vous immoleray cent bestes à cornes ;
car il y en a dans mon Empire abondamment,

damment. Enfuite s'avançant vers la
Princeffe, & lui tendant les bras : Ah !
Burlerine, continua-t-il, venez embraffer voftre pere ; helas ! quelle fut
ma douleur dans l'inftant qu'on vous
ravit à ma tendreffe ? mes triftes penfées n'ont pas ceffé de vous fuivre. Et
moy, Seigneur, répondit l'Infante en
courant embraffer fon pere, je ne puis
vous dire que foiblement ce que je fentis en ce moment funefte : Et fi vous
me fuivîtes fans partir, je vous affeure
que je partis fans vous quitter. Pardy,
Meffieurs, dit alors Sancho, il m'eft
avis que la Princeffe devroit bien nous
montrer fon vifage. Qui diable a jamais vû une fille embraffer comme cela fon pere ? Je voudrois pour plaifir,
quand je retourneray au païs, que Sanchette me vînt baifer avec fon nez ainfi
affublé dans une nappe. Par la gerny,
Dieu m'entend de refte. Sancho a raifon, dit l'Archipanpan ; pourquoy ne
vous découvrez-vous pas, Princeffe ?
Laiffez tomber ce voile qui me cache
des traits qui me font fi chers. Seigneur,
repartit Burlerine, difpenfez-moy, je
vous prie, de lever mon voile. J'ay
mes raifons pour demeurer cachée. Et
afin que vous en foyez perfuadé, il

faut que je vous raconte ce qui m'eſt
arrivé depuis que vous m'avez perduë.
Vous allez entendre bien des avantures. Je n'en doute pas, dit l'Archipanpan : une fille qui a eſté ſi long-
tems éloignée de ſon pere & de ſa mere
en doit avoir de belles à raconter. Mais
n'importe, pourvû que le diable n'ait
pas fait des ſiennes, je prendray patience. Vous allez voir ce qui en eſt,
reprit Burlerine, ſi vous voulez m'é-
couter. En meſme tems elle commença de cette ſorte le triſte récit de ſes
avantures.

---

## CHAPITRE LVI.

### Des choſes ſurprenantes que raconta l'Infante Burlerine.

D'Abord que la tente s'éleva dans
l'air, & que mes oreilles furent
frappées des cris de l'Imperatrice
ma mere, comme je ſuis d'un excellent naturel, mes ſens ſe troublerent,
je tombay évanoüie ſur les degrez de
criſtal aux pieds de l'Infante Cerizette.
Les quatre Demoiſelles ne manquerent
pas de s'empreſſer à me ſecourir ; mais

elles eurent beau me frotter le nez de
toutes fortes de fenteurs, je ne pus reprendre mes efprits. Je ne donnois
mefme aucun figne de vie ; ce qui leur
faifant croire que j'eftois morte, elles
commencerent à pleurer amerement.
Je ne fçay pas bien d'où leur pouvoit
venir tant d'amitié pour moy ; mais il
eft certain qu'on n'a jamais paru plus
touché qu'elles le parurent. Mes propres Dames d'honneur n'auroient pas
fait plus de grimaces. Il fe fit auffi-tôt
dans la tente un concert funebre. On
chanta des récits & des *trio*. Ah quels
*trio !* on n'a jamais rien entendu de
fi pitoyable. Et ces récits eftoient de
tems en tems interrompus par un
chœur rempli de toute forte de voix,
qui répetoit ces paroles :

*Nous prenons des foins fuperflus ;*
*Helas, helas, Burlerine n'eft plus !*
*Pleurons, pleurons, n'épargnons point*
      *nos larmes,*
*Déplorons fon malheureux fort ;*
*N'avons-nous ravi tant de charmes*
*Que pour les livrer à la mort ?*

Je ne mourus pas pourtant : & foit
que la mufique ait le pouvoir de rap-

peller les efprits , foit que le regret de
quitter fes parens ne foit pas mortel ,
je revins infenfiblement de ma foibleffe. Les Demoifelles en eurent une
joye extrême : elles cefferent leur trifte
charivary : on ne chanta plus que des
airs tendres & galants à ma loüange.
Je me fouviens entre autres qu'une
trés belle voix chanta les Vers fuivans ;

*Les Dieux jaloux de leurs autels*
*Vouloient vous ravir aux mortels ;*
*Mais ils n'ont point ofé, Princeffe, vous*
    *reprendre :*
*Car Venus les a menacez*
*Que des cieux fans retour on la verra*
    *defcendre ,*
*Si jamais vous y paroiffez.*

*Le courroux de cette Immortelle*
*Ne devoit pas tant allarmer les Dieux;*
*Vous leur feriez plus d'honneur*
    *qu'elle,*
*Si vous teniez fa place dans les cieux.*

Cependant la tente fendoit les airs a-
vec une rapidité inconcevable , jufqu'à ce que s'eftant arreftée tout-à-
coup, elle s'ouvrit, & je me trouvay

à la porte d'un superbe Palais. Alors
les Chevaliers aux armes vertes, les
Demoiselles , enfin la tente , & ce
qu'il y avoit dedans , tout disparut ;
& je restay seule assez embarrassée de
ma contenance. Je vis toutefois bientôt venir au-devant de moy six belles
Dames qui avoient des habits de satin
blanc , doublés d'un tafetas couleur de
rose , tout tailladés , & dont chaque
taillade estoit bordée de perles. Elles
portoient des manches larges & pen-
dantes , sur lesquelles éclatoit une bro-
derie d'argent d'un travail admirable.
Leurs cheveux estoient blonds trés-
artistement mis en boucles , & elles
avoient la teste plus garnie de diamans
que des Heroïnes de theatre. Jugeant
de leur condition par la richesse de
leurs habits , je m'imaginay que c'é-
toient pour le moins des filles de Soudans ; & je me préparois à leur faire
un beau compliment , lorsque se jettant toutes à mes genoux , elles me les
embrasserent ; & aprés qu'elles m'eurent bien baisé les mains , une d'entre
elles me dit d'un air fort respectueux :
Sans pareille Burlerine , vivante image
de la chaste Venus , heritiere univer-
selle des graces d'Oriane & de la belle

Niquée, vous voyez à vos pieds six Demoiselles destinées à vous servir. Le maistre de ces lieux nous a choisies parmi cent mille Duegnes pour nous honorer de ce glorieux employ. Aussi puis-je vous asseurer qu'il ne pouvoit faire un meilleur choix ; puisque sans vanité nous sommes mes compagnes & moy les premieres filles du monde pour habiller, coiffer, teindre les cheveux, recrepir le teint, & donner des remedes de droit fil. Gracieuse Demoiselle, lui dis-je, apprenez-moy, je vous prie, où je suis, & le nom du Prince qui regne ici. Vous estes, me répondit-elle, dans le Palais du Roy des Terres Australes. Ce royaume est d'une étenduë infinie, ou plutôt c'est un nouveau monde inconnu aux autres peuples de la Terre, n'en déplaise aux relations apocriphes que les Etrangers en ont faites. Les pierreries, l'or & l'argent naissent sous nos pas, & sont par consequent si peu rares ici, que nos habits, qui vous paroissent sans doute trés-magnifiques, ne sont pourtant que des habits de Bourgeoises. Je voudrois que vous vissiez nos femmes d'affaires & nos Princesses, elles sont bien autrement habillées.

Vous pouvez juger par là que le Roy
doit eftre un puiffant fouverain ; mais
ce que vous ignorez , & ce qu'il eft
bon de vous apprendre , c'eft que ce
Prince, qui eft fort jeune, fonge à fe
marier ; & comme il a fçû par un Enchanteur de fes amis que vous eftiez la
plus belle Princeffe de l'Univers , il
vous a fait enlever par ce même Enchanteur. A cette nouvelle je redou-
blay mes pleurs , que le fouvenir de
mes parens faifoit couler fans ceffe ;
mais une autre Demoifelle me dit : O
belle Infante ! retenez ces precieufes
larmes. Quand vous aurez vû le Roy,
vous cefferez de vous affliger. Il va
bientôt revenir de la chaffe. En effet
je le vis arriver dans un char de to-
pafes & de faphirs , tiré par fix Licornes blanches. Je vous avouë que jamais rien de fi beau ne s'eft offert à ma
vûë. Il fauta legerement à terre ; &
comme il avoit un arc & un carquois,
je m'imaginay voir le Dieu des Amours.
Je ne vous diray pas fi ce fut l'effet d'un
enchantement, ou une impreffion naturelle ; mais je fus fi charmée de fa
bonne grace & de fa beauté, que je ne
fongeay plus à mes parens. Il ne me
parut pas moins frappé de mes attraits,

& il eſtoit tellement troublé lorſqu'il m'aborda, qu'il me fit un compliment où il n'y avoit ni rime ni raiſon. De mon coſté je lui fis une réponſe qui ne valoit pas mieux. Les Demoiſelles en ſoûrirent, & crurent avec quelque fondement que je n'avois guere d'eſ-prit ; mais le Prince, qui n'avoit rien à me reprocher, en fut fort ſatisfait. Il me donna la main, & me conduiſit dans un appartement magnifique, où s'eſtant remis de ſon trouble, il me confirma avec une éloquence que je n'attendois pas de lui, tout ce que les Demoiſelles m'avoient appris au ſujet de mon enlevement. Enfin il me dit des choſes ſi tendres qu'il ne faut plus s'étonner ſi Pſiché ſe rendit ſi prom-tement aux fleurettes de l'Amour. Il s'apperçut bien de ma ſenſibilité : ce qui lui donna tant de joye, & redou-bla tellement ſa tendreſſe, qu'il me pria avec les dernieres inſtances de ne pas differer ſon bonheur d'une minute, & de conſentir qu'il m'épouſât à l'heu-re même. Prince, lui dis-je alors avec une douceur qui acheva de le charmer, vous eſtes bien preſſant : Songez que le mariage eſt une affaire trés-impor-tante, & qui a beſoin d'une longue &

meure déliberation. Laiſſez-moy ici
ſeule. Je vous demande un quart d'heure pour y rêver. Je craignois qu'il ne
fût trop amoureux pour m'accorder ce
delay; mais aucontraire, au lieu de me
le refuſer, il loüa ma prudence, &
ſortit en me diſant qu'il m'eſtimoit
d'autant plus que les femmes ordinairement ne faiſoient pas tant de réflexions.

Me voilà donc ſeule à penſer trés-
ſerieuſement à la propoſition qu'il venoit de me faire. J'y enviſageay tant
d'avantages, & me remplis l'eſprit
d'idées ſi agreables, que peu à peu un
doux ſommeil vint me ſurprendre.
Mais je ne dormis pas long-tems, car
me ſentant tirer par le bras, je me ré-
veillay. C'eſtoit la ſage Belonie. Je la
reconnus pour l'avoir vûë quelquefois
chez l'Archipanpan mon pere, dont
elle protege les Etats. Prenez garde à
voſtre honneur, ma chere Burlerine,
me dit-elle, il eſt dans un étrange
peril. Vous eſtes ſur les bords du Pont-
Euxin, entre Conſtantinople & Trébiſonde. Ce n'eſt point le Roy des Terres Auſtrales qui vous aime; c'eſt un
perfide Enchanteur qui a pris la forme
d'un Prince aimable pour vous trom-

per. Ma puiſſance eſt audeſſous de ſa
ſienne ; & il ne m'eſt pas permis de
vous enlever d'ici. Mais je vous apporte la fameuſe bague de Bandenazar.
Pendant que vous la conſerverez,
l'Enchanteur n'aura point de pouvoir
ſur vous. Vous verrez les choſes réellement ; & ſi vous pouvez une fois
mettre le pied hors de ce Palais enchanté, je vous enleveray dans mon
char. Cachez donc bien cette bague ;
car ſi l'Enchanteur vous l'oſte , vous
ne devez plus attendre aucun ſecours
de moy. En achevant ces paroles elle
me donna la bague, & ſortit auſſi-tôt
par la cheminée. Je demeuray triſte
& rêveuſe aprés ſon départ ; telle qu'-
une jeune perſonne qui eſt tendrement
prévenuë pour un joli homme , dont
on vient de lui découvrir les mauvaiſes
qualités. J'eſtois moins ſenſible au
bonheur de me voir détrompée, que je
n'avois de regret d'apprendre que la
figure du Prince , qui m'avoit paru ſi
charmant, n'étoit qu'une illuſion. Cependant je cachay la bague dans mon
ſein, & je continuois à rêver, lorſque
je vis entrer dans la chambre un petit
Vieillard qui portoit une longue barbe
blanche , & qui avoit la teſte emboîtée

dans un bonnet de drap violet qui lui
couvroit les oreilles. Il avoit une robe
de peau de tigres, & il s'appuyoit fur
un bâton, fans quoy il n'auroit pû
marcher ; car malgré fa bequille il
boitoit fi fort, qu'à chaque pas qu'il
faifoit, je croyois qu'il alloit donner
du nez contre le plancher. Belle Infante, interrompit Don Quichotte, c'étoit affeurément l'Enchanteur Frifton.
Car il eft boiteux depuis qu'il s'eft
rompu une jambe à Babylone. Il eft
vray, Seigneur Chevalier, reprit Burlerine, vous me faites fouvenir que la
fage Belonie me dît que c'eftoit l'Enchanteur Frifton. J'ay oublié de vous
le dire. Or Meffieurs, pourfuivit-elle,
reprefentez-vous, s'il vous plaît, quelle fut ma furprife, quand je jugeay
par les difcours paffionnés de ce vilain
petit boiteux, qu'il eftoit ce beau Prince qui m'avoit tant plû. J'en détournay mes yeux avec horreur. Il s'approcha de moy, je fis un grand cris, & il
me prit une vapeur qui m'ofta le fentiment. Il appelle auffi-tôt des femmes
pour me fecourir ; il vient cinq ou fix
Sorcieres qui me délaffent pour me
donner de l'air : Ma bague tombe,
L'Enchanteur la ramaffe, & l'ayant

confiderée : Ah ah, dit-il, voici l'en-
cloüeure ! Hé qui diable lui a donc
apporté ce joyau, & s'eft entretenu
avec elle depuis un moment que je
l'ay quittée ? Sur ma foy on n'a pas
tort de dire que les filles font bien dif-
ficiles à garder. Par la mardy, interrompit Sancho, le Friton ne raifonne
point trop mal pour un Enchanteur.
Car j'ay ouï dire au Bachelier Sanfon,
que les filles reffemblent aux Brebis; fi
le Berger n'a pas toûjours l'œil deffus,
ferviteur, elles s'écartent, & le Loup
les mange. Mais achevez voftre conte,
Madame l'Infante, tous ces Seigneurs
& moy nous grillons d'en favoir le
refte. Eftant donc revenuë à moy, continua la Princeffe, je cherchay partout
ma bague, & ne la trouvant pas je
devins auffi chagrine que fi j'euffe perdu un petit chien ou un perroquet.
J'appellay l'Enchanteur, vieux Satire,
vilain Boiteux, maudit Sorcier. En un
mot, je lui dis tant d'injures qu'il
changea tout-à-coup fon amour en
haine. Il marmotta entre fes dents
quelques paroles Flamandes, & puis
me prenant par le milieu du corps, il
me lança comme une fléche par la
feneftre, mais avec tant de roideur &

d'impetuofité, que des bords du Pont-
Euxin où j'eftois, j'allay tomber dans
les eaux du Lignon. Ah ! par la gerny,
quel faut, s'écria Sancho ! Hé comment eft-il poffible qu'un Vieillard,
qui ne pouvoit marcher fans fa bequille, ait eu la force de vous jetter fi
loin ? Ne voyez-vous pas bien, mon
ami, repartit l'Infante, que cela s'eft
fait par la vertu de ces mots diaboliques qu'il a prononcés entre fes dents ?
Or, Meffieurs, pourfuivit-elle, je ne
devois jamais revenir d'une fi grande
chute ; mais par bonheur pour moy un
jeune Berger qui joüoit de la flute en
gardant fon troupeau fur le bord de ce
fleuve, remarquant que je me noyois,
vint promtement me fecourir. Il me
chargea fur fon dos, & regagna le ri-
vage en nageant. Comme il s'apperçut que je refpirois encore, il me porta dans fa cabane, alluma du feu, me
chauffa, & me rendit enfin l'ufage de
mes fens. Je le remerciay de fes foins
dans des termes qui lui firent juger que
je n'avois pas efté mal élevée. Cela
piqua fa curiofité. Il voulut favoir mon
hiftoire. Je la lui racontay trés-fidel-
lement, non fans répandre bien des
larmes qui ne manquèrent pas d'at-

tirer les fiennes. Il me marqua qu'il
eſtoit trés-fenſible à mes malheurs ; &
pour ne pas demeurer en reſte de confiance avec moy, il me dit : Belle Princeſſe, vous venez d'apprendre vos diſgraces à un Berger qui n'eſt pas moins
malheureux que vous. Je ſuis fils naturel du vaillant Perianée de Perſe ; &
comme ſi c'eſtoit le ſort de ſon ſang
de ſervir d'objet à la haine de l'Amour,
j'ay aimé une Dame qui n'a pas mieux
payé mes ſervices que Floriſbelle paya
les ſiens. La Reine des Amazones, la
charmante Zenobie, dont je ſuis devenu amoureux en la voyant flater ſur
ſon giron un petit cochon qu'elle aimoit beaucoup, a reçu avec une froi-
deur inouïe toutes les marques d'a-
mour que je lui ay données. Mais ce
qui m'a defeſperé, c'eſt que dans le
tems que je me plaignois de ſes rigueurs, le Prince des iſles flotantes a-
voit tout lieu de ſe loüer de ſes bontés.
J'en quittay de dépit la Chevalerie errante, & m'éloignant pour jamais de
la Cour de mon pere, je vins ſur les
rives de ce fleuve celebre dans la réſolution de me faire Berger. On m'a
dit depuis que l'Enchanteur Panphus
avoit enchanté ma belle Ingrate, &

l'avoit changée en une affreuse Tripiere. Mais je ne vous donne pas ce
fait pour conftant. Oh fur mon Dieu
& fur mon ame, interrompit encore
Sancho, on n'a pas menti à ce Berger;
car il n'y a rien de plus veritable. Madame Zenobie eft Tripiere, qu'il n'y
manque rien. Elle a une jouë balafrée,
les yeux chaffieux, la bouche trés-
lippuë, & tout le refte à l'équipolent.
Quand nous la rencontrâmes dans ce
bois, où elle eftoit attachée à un Pin,
le foldat Bracamonte, Monfieur le
Juré & moy, nous la prîmes plutôt
pour une Chambriere de fabat que
pour une Princeffe. Il n'y eut que mon
Maiftre qui ne s'y trompa point. Oh
dame, il vit bien lui que c'eftoit une
grande Reine. Par la mardy, il la con-
nut tout d'abord, & la nomma par
nom & par furnom, comme s'ils euffent efté tous deux à l'école enfemble.
Il ne faut pas s'en étonner, dit alors
Don Quichotte : fi les Chevaliers n'a-
voient pas le privilege de démefler les
Infantes à travers toute forte d'enchantemens, comment pourroient-ils
les arracher au pouvoir des Enchanteurs? Mais nous ne faifons pas réflexion, Sancho, ajoûta-t-il, que nous

interrompons la Princeſſe. N'importe,
Seigneur Chevalier, dit Burlerine, j'ay
la memoire bonne, & vous allez voir
que je n'ay pas perdu le fil de mon hiſtoire.

Je vins donc m'eſtablir en ces aimables lieux, me dit le Berger. J'eus
bientôt des moutons, un chien, une
flute & une muſette; & changeant le
nom de Prince Perſin que je portois, je
me fis appeller Le Berger Perſino. Mon
Ecuyer ne voulut pas ſuivre mon exemple. Il me pria de lui donner l'Ordre
de Chevalerie pour récompenſe de ſes
ſervices. J'ay toûjours eſté genereux,
je le lui accorday. Je lui fis même pré-
ſent de mes armes & de mon cheval?
car il eſtoit monté ſur une bourrique,
ce qui n'auroit pas eſté une monture
trop avantageuſe pour un Chevalier.
Aprés cela je l'envoyay chercher les
avantures avec ma benediction. Il faut
avoüer que c'étoit un drole bien fait,
trés-propre pour le ſervice des Dames;
& s'il n'a pas encore eſté aſſommé dans
quelque melonniere, il doit à l'heure
qu'il eſt avoir bien conſolé des Veuves.
Pour moy je ne ſonge qu'à mener une
vie douce & tranquile dans ce ſejour
plein de délices. Tantôt je prens ma
flute

flute ou ma mufette, & tantôt je com-
pofe des Vers fur les merveilles de la
nature. Je décris les beautés de la campagne. On entend chanter les oifeaux
dans mes poëfies. On y voit bondir les
folâtres agneaux auprés des tendres
brebiettes : & les murmurans ruiffeaux
promener fur le verd gazon leurs on-
des criftalines. Je goûte enfin mille in-
nocens plaifirs. Mais, helas ! il m'en
manque un qui eft le plus effentiel, &
fans quoy je fens bien qu'un Berger ne
fçauroit eftre parfaitement heureux.
C'eft une Bergere. Belle Princeffe, a-
joûta-t-il en me regardant avec des
yeux tout troublés, je ne veux plus aimer Zenobie. Je fuis tendre, fincere,
difcret & fidelle, fouffrez que je vous
confacre toutes mes penfées. Auffi-
bien ne croyez pas que les Dieux vous
ayent conduite ici fans myftere. Ils
veulent fans doute que vous faffiez
mon bonheur. Obeïffez à leurs volontés fuprêmes. Soyez ma Bergere. Ah
qu'il eft doux d'aimer ! Suivons, fuivons l'Amour. Laiffons-nous enflam-
mer. Renonçons aux empires de nos
peres. Méprifons les grandeurs. Ou-
blions nos parens, nos amis : Et ne
foyons occupés le refte de nos jours

que de nos tendres soupirs & de nos
amoureuses chansons.

Je vous laisse à penser , Messieurs,
si je pouvois résister à une pareille proposition. Le Berger Persino estoit galant , il avoit la figure jolie , la voix
belle : Quel trésor pour une fille de
quinze ans ! il n'y eut pas moyen de
m'en défendre. Je pris un habit de Bergere & une houlette. Il me donna la
moitié de son troupeau à conduire a-
vec un chien qu'il appella Melampe.
Et comme le nom de Burlerine ne lui
parut pas assez heureux pour la Poësie,
il me nomma Philis. De vous dire
précisément le nombre des Vers qu'il
composa sur moy & sur mon fidelle
Melampe, c'est une chose absolument
impossible. Mais je veux que le diable
m'emporte, s'il ne fit en moins d'un
an, deux cens Eglogues, autant d'Elegies, & plus de mille Rondeaux. Il a-
voit l'imagination trés-poëtique ; & il
estoit surtout inépuisable dans ses fi-
ctions. Quelquefois, quoiqu'il ne pas-
sât point de jour sans me voir , il se
plaignoit de ma longue absence. Dans
un autre tems il me reprochoit mes
cruautés avec aussi peu de raison. Une
autrefois il composoit une jouïssance,

Et tout cela pour égayer sa Muse &
varier ses ouvrages. Il y avoit dans
tout ce qu'il faisoit un caractere de
tendresse qui m'enlevoit. Un jour entr'autres, je m'en souviendray toute
ma vie, il me chanta une chanson que
je vais vous dire : j'en fus transportée.
J'en perdis la respiration. Je pensay
mourir d'un excés de ravissement. En
voici les paroles :

*Un jour sur l'herbette fleurie*
*L'amoureux Persino surprit*
*Sa tendre Philis endormie.*
*Vous ne savez pas ce qu'il fit :*
 *Il s'approcha doucement d'elle ;*
*Et pour soulager son tourment,*
*Ravi de la trouver si belle,*
*Il la regarda tendrement.*

Outre le plaisir d'entendre tous les
jours de si ravissantes chansons, j'avois
encore celui de voir le nom du Berger
Persino & le mien gravés sur tous les
arbres d'alentour ; & l'histoire de nos
constantes amours écrites sur les sables
du Lignon dans des caracteres à l'é-
preuve des quatre vents. Je vivois
donc ainsi trés-contente, lorsqu'un
matin, pendant que je gardois mes

moutons, il paſſa prés de moy un Chevalier armé de toutes pieces qui s'arreſta pour me conſiderer ; & qui ſe tournant enſuite vers ſon Ecuyer : Aurelio , lui dit-il, regarde bien cette Bergere. Ne ſont-ce pas là les traits de l'Infante ? Ouï, Seigneur, répondit l'Ecuyer, voilà un viſage qui ne lui reſſemble pas mal. Je n'en puis douter, reprit le Chevalier; c'eſt aſſeurément Burlerine. Ces habits champeſtres ne ſçauroient tromper mes yeux. En diſant cela il deſcendit de cheval , & ayant levé la viſiere de ſon caſque pour que je le viſſe , je reconnus le Prince Rozinel , le brave & digne bâtard de mon pere. Mon trouble & ma ſurpriſe acheverent de lui perſuader qu'il ne ſe méprenoit pas. Ah ma chere Infante , me dit-il, les Dieux me permettent donc enfin de vous rencontrer ! Je vous cherche partout depuis un an. Par quelle avanture eſtes-vous devenuë Bergere ? Aprés que j'eus contenté ſa curioſité , il m'apprit que mes parens eſtoient inconſolables de ma perte : Et comme c'eſtoit un beau parleur, il me peignit leur affliction avec des couleurs ſi vives que j'en penſay pleurer. Allons, Burlerine, ajoûta-

t-il, hâtons-nous de nous rendre à la
Cour de mon pere. Courons le tirer
de la fombre mélancolie où je l'ay
laiffé plongé, & chaffer peut-eftre les
noires ombres de la mort qui environnent déja l'Imperatrice. Je me
trouvay alors dans un trés-grand embarras. Si d'un cofté je fouhaitois de
confoler mes parens, de l'autre j'étois
fort fâchée de quitter Perfino. Un pere
affligé, une mere dans les pleurs, un
Berger au defefpoir, un chien gemif-
fant, des moutons errans à l'avanture,
toutes ces idées cruelles me déchiroient
tour à tour. Neanmoins il falloit fe
déterminer ; & comme ma vie eft un
tiffu de merveilles, je préferay ma
famille à mon Amant. J'aimay mieux
planter là un Berger fi difcret & fi retenu, que d'eftre fourde à la trifte voix
du fang. Je pris donc mon parti : mais
dans le tems que je me difpofois à fuivre Rozinel, Perfino, le malheureux
Perfino arriva. Il me cherchoit pour
me chanter une chanfon nouvelle ;
mais il trouva bien à déchanter, lorfqu'il apprit qu'il m'alloit perdre. Il fit
retentir les rivages & les bois de fes
pitoyablés regrets, il jetta fa flute,
brifa fa houlette, s'arracha les fourcils;

& pour me fervir d'une des plus belles comparaifons d'Homere, il fe roûla par terre comme on voit un boudin rouler fur les charbons. Enfin le trois & quatre fois infortuné Perfino joüa de fon refte, & fe laiffa mourir en nôtre préfence de fine rage & de pur amour. En cet endroit, Meffieurs, j'ay befoin de reprendre haleine, pour pouvoir bien vous raconter tout ce qui fe paffa dans cette fatale journée. Burlerine s'arrefta un moment, & puis elle reprit ainfi fon difcours.

## CHAPITRE LVII.

### Suite des furprenantes avantures de l'Infante Burlerine.

DEs que je vis mon Berger étendu fans vie fur la pouffiere, je m'appuyay fur le Prince Rozinel, je demeuray quelque tems muette, immobile, & ne fentant rien pour trop fentir. Mais bientôt déchirant mes habits, & m'arrachant les cheveux, je levay les yeux au Ciel, & lui reprochay le trépas de Perfino dans des termes pleins d'emportement & de fureur. Je dis

tant d'injures à Jupiter & à Calyſto,
que le Prince & ſon Ecuyer en fremi-
rent. L'éloquent Rozinel eut beau me
dire que les hommes dans leurs plus
grandes afflictions doivent reſpecter
les immortels ; quoiqu'il eût lû cela
mot pour mot dans Seneque, je n'en
fis pas beaucoup de cas, & je ne ceſſay
de renier les Dieux & les Déeſſes, que
le Berger Perſino ne fuſt enterré. Oh
alors mes déplaiſirs reçûrent quelque
allegeance. Je ſentis revenir ma raiſon ; & je puis me vanter qu'à quinze
ans j'eus toute la force d'eſprit d'une
Veuve de trente : J'eſſuiay mes pleurs
& me conſolay. Aprés cela mon frere
me prit en croupe, & nous fiſmes ſeize
cens lieuës en nous entretenant d'a-
vantures de Chevaliers ; car j'aime paſ-
ſionnément les Livres de Chevalerie ;
& je ne deſeſpere pas de me gaſter
quelque jour l'eſprit en les liſant. En
cet endroit D. Quichotte paſſa ſa main
ſur ſon front, & fut fort tenté d'interrompre la Princeſſe pour prendre le
parti des Livres de Chevalerie ; mais il
ſe contraignit par reſpect, & ſe fit en
cela beaucoup de violence.

Nous marchâmes heureuſement juſqu'aux frontieres de la Colchide, con-

tinua Burlerine. Je me flatois de revoir dans peu ma trés-chere mere Meridiane, auſſi-bien que mon trés-hono-
ré pere l'Archipanpan ; lorſque nous
rencontrâmes dans un bois douze
geans qui emmenoient avec eux cinq
Infantes qu'ils venoient de honnir. Ils
nous arreſterent en diſant à mon frere
de ſe rendre à diſcretion, s'il vouloit
éviter la mort. Le courageux Rozinel
me fit auſſi-tôt mettre à terre par ſon
Ecuyer, & ſans ſonger que la partie
n'eſtoit pas égale, il tira ſon épée, &
comme un autre Don Quichotte, il
eut la hardieſſe de combattre contre
tous ces geants qui paroiſſoient autant
de moulins à vent. Mais, helas ! le
pauvre bâtard, il ne fut pas plus heureux qu'un enfant legitime ; car il reçut tant de coups de maſſuë ſur la teſte,
qu'il en perdit les étriers, & tomba
roide mort entre les jambes de ſon
cheval. Ils ſe faiſirent enſuite de ſon
malheureux Ecuyer, qu'ils commencerent à berner dans une couverture,
& à faire ſauter en l'air d'une maniere
ſi plaiſante, que j'en aurois bien ri, ſi
je n'euſſe pas eſté auſſi affligée que je
l'eſtois. Pour moy, j'éprouvay le ſort
des Infantes. On nous mena droit au
Château

Château de l'enchanteur More qui n'é-
toit qu'à deux lieuës de là. Mais Madame la Princesse, interrompit Sancho, dites-moy, je vous prie, si ces
podagres emmenerent l'Ecuyer de vôtre bâtard, ou s'ils le laisserent dans le
bois aprés l'avoir si bien ajusté? Oh
vrayement, répondit Burlerine, ils ne
se contenterent pas de l'avoir berné
tout leur saoul, ils le conduisirent au
Château, où ils l'enfermerent dans un
cachot soûterrain, qui avoit quatre-
vingt dix-neuf mille toises de profon-
deur. Nostre-dame! quel cachot, s'é-
cria Sancho! il vaudroit autant estre
aux Limbes. Voyez un peu ces enra-
gés. Pardy, les Enchanteurs sont encore plus honnestes! quand ils ont bien
fait danser un Ecuyer, ils lui donnent
au moins la clef des champs. C'est une
grande consolation pour un Ecuyer
berné, répliqua la Princesse; & plût
au Ciel que celui de mon frere en eût
esté quitte à si bon marché! Mais pour
revenir à mon histoire, vous saurez
donc que je ne fus pas plutôt dans le
Chasteau avec les cinq malheureuses
compagnes de mon esclavage, que l'Enchanteur nous voulut voir. Quoique
je n'eusse qu'un simple habit de Bergere,

& qu'il fuſt même tout déchiré ; car
dans les tranſports de ma douleur je ne
l'avois aſſeurément point épargné aux
funerailles de Perſino, je ne laiſſay pas
de paſſer pour la plus jolie de la demie-
douzaine. J'eus le bonheur de plaire au
Magicien, & il eut en méſme tems le
malheur de paroître à mes yeux le plus
horrible individu du genre humain. En
effet, il a les cheveux creſpés, rouges
comme du ſang, & le viſage plus noir
que de l'encre : & c'eſt ſans doute à
cauſe de cela qu'on le nomme l'Enchanteur More ou Rouſſeau. Je ne pus
tenir contre ce monſtre. En le regardant je fis une grimace qu'il n'expliqua
pas favorablement pour lui : Et dans
le fond il n'avoit pas beſoin d'eſtre un
grand Sorcier pour deviner ce qu'elle
vouloit dire. Il en fit une autre à ſon
tour, qui ne fut pas plus équivoque. Il
fronça le ſourcil, & jettant ſur moy
un regard furieux : Comment donc,
petite mignone, me dit-il d'un ton de
Muletier, nous ne vous plaiſons point
à ce que je vois ? Il faudroit peut-être,
pour vous donner dans la vûë, reſſem-
bler à ces blondins effeminés, à ces
colifichets de noſtre ſexe. J'aurois pû
emprunter une de ces figures vaines, à

l'exemple du bon homme Friſton ; mais
je n'ay pas voulu faire cette indignité
à la nature. Je n'oſay répondre à ce
brutal, de peur de l'irriter encore davantage. Mais paſſant mille circonſtances inutiles, pour en venir au dé-
noüement de mes avantures, je vous
diray qu'aprés qu'il m'eut vainement
tourmentée pendant trois mois pour
que je répondiſſe à ſa paſſion, il fut
tellement indigné de la voir mépriſée,
qu'il réſolut de ſe vanger de moy. Ce
qu'il a fait certes d'une maniere qui a
peu d'exemples. Il me toucha de ſa baguette. Enſuite il tira de ſa poche un
livre in folio qu'il ouvrit : Il ſe mit à
lire tout bas, & à meſure qu'il liſoit,
je m'apperçus que mes petits bras s'al-
longeoient, & que tout mon corps
grandiſſoit horriblement. En un mot,
en moins d'un quart d'heure, d'Infante que j'eſtois, je devins geant depuis
les pieds juſqu'à la teſte. Alors l'Enchanteur me dit d'un ton mocqueur :
Allez Princeſſe rude âniere, parcourez
maintenant la terre ſous cette agreable forme. Je te l'ordonne, ajoûta-t-
il d'un air imperieux , par l'ame du
grand Calchas qui ſavoit parfaitement
l'avenir, le preſent, & ſurtout le paſſé.

Prens le nom de Bramarbas de Taille-
enclume. Fais tout le mal que tu pourras dans le monde. Détrône les Princes
vertueux, & favorise les méchans. Tuë
tous les Chevaliers qui tomberont sous
ta patte, & va chercher ceux qui ont
le plus de réputation pour les combatre. Je te donne par ma puiffance magique une force capable de les exter-
miner tous. Il n'y en a qu'un seul dans
l'Univers qui puiffe te vaincre. Je ne
veux pas te le nommer. Si par hazard
tu le rencontres, & qu'il mette seulement l'épée à la main contre toy, on
verra tomber à l'inftant ta figure gi-
gantefque, comme une énorme machine de carton, que mes demons fa-
miliers emporteront auffi-tôt; & tu
redeviendras Infante. Mais pour rendre ma vengeance parfaite, je t'avertis
qu'en même tems ta face niveale prendra la couleur de mon teint qui te fait
tant d'horreur. Ce que tu connoîtras à
un voile blanc qui te couvrira la tefte.
Il y a donc deux ans, continua la Princeffe, que je cours le monde, entraî-
née par la force de cet enchantement,
& faifant des actions diaboliques. Heureufement je n'ay point efté obligée de
détrôner beaucoup de Princes. Je n'ay

envahi que les Etats du bon Roy de
Chipre, que je fuis, à l'heure qu'il eft,
au defefpoir d'avoir maffacré. Pour des
Chevaliers, je vous avoüe que j'en ay
affommé tant & plus. Je ne fuis même
venuë en Efpagne chercher le Seigneur
Don Quichotte, fur le bruit de fon
nom, que pour lui donner fon fait.
Mais, grace aux Puiffances celeftes, il
fe trouve juftement que c'eft lui qui
eft le vaillantiffime Chevalier qui feul
pouvoit défaire mon enchantement.
Le malheur eft que je fuis plus noire
qu'une taupe ; car quoique perfonne
ne me l'ait dit, & que je ne me fois
point encore vûë ; puifque j'ay ce voile
blanc fur la tefte, je fuis perfuadée que
cela eft comme fi je m'eftois regardée
quatre heures dans un miroir. C'eft
pourquoy vous voyez bien que je n'ay
pas fi grand tort de ne vouloir pas
me montrer à la compagnie.

Burlerine ayant fini là le récit de fes
fingulieres avantures, l'Archipanpan
lui dit : Ma chere Infante, je prens à
témoin tout l'Olimpe, depuis le puiffant fils de Saturne jufqu'à l'Aigle qui
enleva fon échanfon ; que j'ay toute
la joye imaginable de vous avoir re-
trouvée : Quand je penfe au Prince

des terres Auſtrales, aux Geants, & ſurtout à l'enchanteur More, je trouve que
vous l'avez échapé belle. Pour ce qui eſt
de l'innocent berger Perſino, ſes tendres
chanſons me font extrêmement regreter ſa mort. Mais ce qui m'en conſole,
c'eſt que ſon ombre doit à preſent goûter un doux repos dans les Champs Eli-
zées ; car je ne croy pas que Pluton ſoit
aſſez injuſte pour l'avoir miſe avec celle
de Tarquin. Quant à voſtre teint, ma
fille, ce n'eſt pas un mal ſans remede :
Il y a dans ma Cour une infinité de
Dames qui vous feront part de leurs
ſecrets. Mais au reſte, nous n'avons pas
vû voſtre viſage. Que ſçait-on s'il eſt
dans l'eſtat que vous vous l'imaginez?
Peut - eſtre que l'Enchanteur More
n'aura point porté juſques-là ſa vengeance, & qu'il ſe ſera contenté de
vous en donner toute la peur. Non
non, Seigneur, répondit Burlerine,
je ſuis bien ſeure de mon fait. N'importe, repliqua l'Empereur : Découvrez-vous ; voſtre pere le veut. Il faut
donc vous obeïr, Seigneur, repartit
l'Infante ; mais je vous aſſeure que
vous m'allez trouver bien changée.
En même tems elle oſta ſa ſerviette,
& laiſſa voir à l'aſſemblée un viſage

d'autant moins blanc qu'il estoit en-
duit de cinq ou six couches d'encre
luisante. Les Dames & les Cavaliers
parurent fort étonnés de cet horrible
charme, & Don Quichotte en fut
trés affligé ; parcequ'il voyoit par-là
son ouvrage imparfait. Pour Sancho,
dés qu'il apperçut ce groüin enfumé,
il s'écria de toute sa force : Ah sainte
Viergë, quelle Infante ! Je ne voudrois pas estre dans sa peau, si Monsieur saint Michel vient à la rencontrer. Hé, bon Dieu, qu'est-ce donc
que ceci ? Ne verrons-nous jamais
que des Princesses balafrées ou bar-
boüillées ? Effectivement, ma fille,
dit l'Empereur, vous voilà bien bru-
nette. Je crains fort que nous ne puis-
sions pas aisément vous oster ces ta-
ches de rousseur. Neanmoins nous n'é-
pargnerons rien pour cela. Nous es-
sayerons de ces eaux dont se servent
nos brunes pour se peler le visage ; &
enfin à force de soins nous y reüssi-
rons peut-estre. Je ne le croy pas, Seigneur, répondit tristement Burlerine.
Il vaut mieux que je demeure toûjours
cachée, & que je renonce au monde.
Helas ! ajoûta-t-elle en pleurant,
quelle figure y ferois-je avec ce visage

affreux? Tous les jeunes gens me fui-
roient comme une vieille Comtesse
ruinée ; & outre la douleur de n'avoir
pas un Amant, j'aurois encore le chagrin de voir les autres femmes en changer tous les jours.

---

## CHAPITRE LVIII.

*Du moyen qu'on trouva pour achever*
*le desenchantement de Burlerine.*

TAndis que la pauvre Princesse se
plaignoit si amerement de son
noir destin, on vit tout-à-coup tomber
à ses pieds un papier plié en forme de
lettre, qu'un Page de Don Carlos a-
voit jetté si adroitement, que D. Quichotte & Sancho ne s'en estoient point
apperçus. Quel prodige nouveau, s'é-
cria l'Archipanpan ! D'où nous peut
venir cette lettre ? Ah c'est sans doute un avertissement que nous donne
quelque Enchanteur de nos amis. Li-
sons-la ; car il ne faut rien negliger.
En disant ces paroles il ramassa le
billet, l'ouvrit, & y lut tout haut
ces Vers :

A

L'INFANTE MORICAUDE.

*J'ay consulté sur ton malheur*
*L'infaillible & sacré grimoire :*
*Jamais de ta face d'yvoire*
*Tu ne reprendras la couleur :*
*Amoins que le brave vainqueur*
*De Maroquin le Secretaire*
*N'observe un jeûne en ta faveur :*
*( Chose pour lui trés-difficile à faire. )*
*Mais si ce galant Ecuyer,*
*Touché de ta triste avanture,*
*Veut bien passer un jour entier*
*Sans prendre aucune nourriture :*
*Alors le blanc & l'incarnat*
*Succedant à ce noir de diable*
*Te rendront ton premier éclat :*
*Car cet arrest irrevocable*
*( Fut prononcé l'autre nuit au Sabat. )*

L'ENCHANTEUR MORE.

Le Sabat en soit loüé, dit l'Archipanpan ! Consolez-vous ma fille,
vous recouvrerez bientôt voftre beauté ; car je ne croy pas que l'obligeant
Sancho Pança refuse de vous rendre
ce service. Seigneur, répondit Burlerine, il ne faut jurer de rien. Je ne sçay

ſi cet illuſtre Ecuyer voudra bien pour
l'amour de moy paſſer un jour ſans
manger. Comment, s'il le voudra, s'é-
cria Don Quichotte! Ah, belle Princeſſe, vous lui faites une cruelle injure d'en douter. N'eſt-il pas vray,
mon fils, que tu t'eſtimes en ce moment le plus heureux Ecuyer qui ait
jamais eſté, qui ſoit, & qui ſera jamais? Ne ſens-tu pas une joye que tu
as de la peine à contenir en toy-mê-
me? Pardy non, Monſieur, répondit Sancho, je n'ay pas tant de joye que
vous le penſez. Croyez-vous que je
ſois ſi aiſe d'eſtre vingt-quatre heures
ſans manger, & de faire des croix de
Malthe, pendant que les autres jouë-
ront des machoires ſans compter leurs
morceaux? Ah, mardy, voilà un beau
ſujet d'eſtre joyeux! Hé pourquoy
faut-il au reſte, que je faſſe penitence
pour les pechez d'autrui? Il eſt bon là
vrayement. S'il me faloit jeûner pour
chaque Dame qui a fait des ſiennes,
j'aurois un long carême à paſſer. Ventre de moy, je n'en feray rien du tout.
Tu ne ſonges pas à ce que tu dis, repliqua Don Quichotte d'un ton qui
marquoit un peu de colere; quoique
tu ne ſois qu'un ſimple Ecuyer, tu peux

acquerir un honneur immortel, & digne de l'envie des plus fameux Chevaliers. Oh par ma foy, Monſieur, repartit Sancho, il ne faut pas que les
Chevaliers me portent envie pour cela : Si mon jeûne les tente ſi fort, ils
n'ont qu'à parler, je veux bien les mettre à meſme. Et ſi ce n'eſt pas aſſez
d'un jour, ils en peuvent jeûner dix.
Je vous donne ma parole qu'ils ne me
verront pas courir ſur leur marché.
Mais, Sancho, dit Burlerine, vous ne
faites pas réflexion que les vingt-quatre heures ſeront bientôt paſſées. Car
puiſque vous eſtes à jeun depuis dîner,
tout ce tems-là doit entrer en ligne de
compte. Vous pourrez manger demain
à midy. Il ne s'agit donc ſimplement
que de vous coucher ſans ſouper. C'en
eſt trop encore, répondit l'Ecuyer, &
cela vous eſt bien aiſé à dire : mais s'il
vous faloit faire cette penitence, nous
verrions bien des ſimagrées. Ah pluſt
aux Dieux, reprit la Princeſſe, que le
ſuccés de l'affaire dépendiſt de moy !
J'aurois demain le viſage plus clair que
du criſtal. Quoy ! vous pouvez penſer
que pour avoir le teint beau, je ferois
difficulté de jeûner vingt-quatre heures ! Vous ne me prenez donc pas pour

une femme ? Ah vrayement pour a-
voir feulement une nuance de blancheur , ou le moindre agrément , je
jeûnerois un an au pain & à l'eau. Que
vous avez de peine à vous rendre mon
ami, dit l'Archipanpan ! Il femble que
vous ignoriez ce que c'eft que de fe
coucher fans fouper. Toutes les fois
que cela vous eft arrivé dans le cours
de vos avantures, je croy que vous
n'avez pas efté le dire à Rome. J'en
demeure d'accord, Seigneur Archipanpan, répondit Sancho ; mais toutes les
fois que j'en ay enragé de bon cœur ,
je n'ay pas efté vous le dire non plus.

Don Carlos , le Comte & Don Alvar rompant alors le profond filence
qu'ils avoient gardé jufques-là, s'approcherent de l'Ecuyer pour l'exhorter
à faire les chofes de bonne grace. L'Archipanpan de fon cofté l'en conjura :
& Burlerine, comme la partie la plus
intereffée en cette affaire,ne fe contenta point de l'en prier , elle fe jetta à
fes genoux pour rendre fa priere plus
touchante. Don Quichotte , qui avoit
déja beaucoup fouffert à voir l'Empereur s'abaiffer jufqu'à faire des fuppli-
cations à fon Ecuyer, perdit patience ,
quand il vit l'action de la Princeffe ; &

il alloit affeurément éclater , lorfque
Sancho cédant enfin à tant d'inftances,
& tout attendri de la démarche de l'Infante, la releva en lui difant : Hé bien
levez-vous donc , Madame la Princeffe;
puifque l'enfant crie , il faut le bercer.
Je n'ay pas le cœur mauvais pour un
païfan. Je feray pour vous cette penitence , & je vous promets de m'en acquitter à merveilles. A ces mots l'Archipanpan courut embraffer ce genereux Ecuyer ; Burlerine le remercia ,
les Dames & les Cavaliers lui donnerent mille loüanges, & Don Quichotte
s'appaifa. Sancho mon cher ami, dit
Don Alvar , je fuis ravi que vous ayez
l'honneur d'achever le defenchantement d'une fi belle Infante. J'en fuis
bien aife auffi , répondit l'Ecuyer ; mais
ce qu'il y a de fâcheux , c'eft que je ne
me fuis jamais fenti tant d'appetit que
j'en ay ce foir. Par la gerny , on diroit
que le diable s'en meffe. Mes boyaux
crient famine à caufe que je n'ay que
du vent à leur donner. Juftement, dit
le Comte. Voilà l'humeur des hommes : Dés que les chofes leur font dé-
fenduës , elles ne manquent pas de leur
faire envie. C'eft bien auffi l'humeur
des femmes , repliqua Sancho ; car je

me souviens que Juan Aspado le Cor-
donnier de nostre village eut beau défendre un jour à la sienne d'aller aux
bois cueillir des noizettes, la masque
y alla, & ne revint point au logis qu'-
elle n'en eût plein son giron. Mais, Messieurs, poursuivit l'Ecuyer, s'il m'est
défendu de souper, il me sera du moins
permis de tremper le bout de mes doigts
dans les saulces. Cela ne rompra point
mon jeûne. Pardonnez-moy, dit Don
Carlos, on ne sçauroit être assez scru-
puleux quand il s'agit de desenchanter
une Princesse. Vous ne devez pas seulement manger un lardon, de peur de
donner atteinte à l'arrest du Sabat. Je
suis d'avis mesme que vous vous éloi-
gniez des cuisines autant qu'il vous
sera possible ; parceque je tiens la fumée des viandes contraire à la disposition de l'Ordonnance. Ah, pardy,
Seigneur Carlos, reprit Sancho, il me
vient une bonne pensée dans la memoire : Vous ne savez pas ce que je feray ?
En arrivant chez le Seigneur Alvaro
Tarfé, j'iray me mettre au lit, & je
dormiray, si je puis, jusqu'à ce qu'il soit
tems demain d'entonner le *Benedicite.*
J'approuve vostre dessein, mon ami,
dit le Comte, par là vous préviendrez

toute tentation. Outre cela, qui dort
dîne, à ce que dit le proverbe. Il eſt
vray, repliqua l'Ecuyer. N'en parlons
donc plus, Meſſieurs, je vais jeûner
comme un Evêque, & nous verrons
aprés cela ſi on me refuſera encore
l'ordre de Chevalerie. Non, mon cher
Sancho, dit l'Archipanpan ; ſoyez ſeur
que vous l'aurez. C'eſt le moindre prix
que vous devez attendre de ma reconnoiſſance. L'Infante voyant l'Ecuyer
dans une réſolution ſi favorable pour
elle, changea de matiere, & dit à
l'Empereur : Permettez - moy, Seigneur, de vous demander ſi l'Imperatrice ma mere eſt en ce Palais, ou ſi
vous l'avez laiſſée dans voſtre Archipanpanie ? J'ay une extrême impatience d'en apprendre des nouvelles.
Je ſuis charmé de cet empreſſement,
ma fille, répondit l'Archipanpan. Vôtre mere eſt ici, elle eſt dans ſon appartement occupée à pleurer voſtre
perte : & elle en eſt encore ſi affligée
qu'elle ne veut voir perſonne. Allons
eſſuyer ſes larmes, Seigneur, reprit
la Princeſſe, & donnons le bon ſoir à
la compagnie en attendant la fin de
mon deſenchantement, qui ne ſçauroit
manquer d'arriver, puiſqu'elle dépend

entierement du fobre Ecuyer du Seigneur Don Quichotte. Auffi-tôt les
Dames & les Cavaliers fe retirerent
chacun chez foy, trés-contens des Acteurs de la piece, mais particulierement du jeune Secretaire de Don Carlos, qui avoit fi bien fait le perfonnage de Burlerine.

## CHAPITRE LIX.

*Comment Sancho acheva le defenchan-
tement de l'Infante Burlerine.*

Lorfque Don Alvar, Don Quichotte & fon Ecuyer furent de
retour en leur auberge, le Chevalier
qui avoit l'efprit tout rempli de ce qui
s'étoit paffé chez l'Archipanpan, dit au
Grenadin : Je ne fçay, Seigneur Don
Alvar, fi vous eftes autant frappé que
moy des chofes étonnantes que nous
venons de voir & d'entendre. Voilà
de ces évenemens prodigieux qui ont
décredité les livres de Chevalerie ; &
quand la pofterité lira dans mon hiftoire l'avanture de l'Infante Burlerine,
je fuis perfuadé qu'elle ne la croira
point. Je n'en doute pas, répondit
Tarfé ;

Tarfé ; rien n'eſt plus contre la vray-
ſemblance que l'enchantement de cette
Princeſſe, & tout ce qu'elle nous a raconté. Pour moy je ſuis vivement touché de ſes diſgraces. Quand je me la
repreſente dans un bois à la merci de
douze geants, & enſuite entre les pat-
tes d'un vilain More... Ah quel dommage ! car enfin la pauvre enfant ne
nous a peut-eſtre pas tout dit : elle peut
avoir par pudeur ſupprimé quelques
circonſtances. Dieu veüille que je me
trompe, & que ſon pere la revoye telle qu'Achille revit Briſeïs ! vous ſavez,
Seigneur Don Quichotte, qu'Agamem-
non jura qu'il la rendoit pure & entiere ; & que tous les Grecs le crurent
ſur ſa parole, comme on croit un Tu-
teur qui jure qu'il n'a rien volé à ſon
pupille. Seigneur Don Alvar, reprit
le Chevalier, je conviens que la chaſte
Burlerine a couru de grands perils ;
mais ce qui doit vous raſſurer, c'eſt
que nous liſons dans les autenti ques
livres de Chevalerie, que l'Infante Aurore aprés avoir eſté trois ans enfermée dans une caverne avec des geants,
en ſortit pure & entiere ; & ainſi de
mille autres Princeſſes que je pourrois
vous citer. Oh puiſque cela eſt ainſi,

repliqua le Grenadin en foûriant, j'auray donc deformais l'efprit en repos là
deffus. Mais, Meffieurs, dit Sancho,
avez-vous pris garde au gros mot que
Madame l'Infante a lâché dans fon hiftoire? A quel gros mot, repondit D.
Quichotte? Hé pardy, repartit l'E-
cuyer, n'a-t-elle pas dit: *Je veux que
le diable m'emporte?* Pour la fille d'un
Empereur, il me femble que voilà des
paroles un peu gaillardes, & qui fen-
tent bien les maroufles de geants qu'elle a fréquentés. Effectivement, dit D.
Quichotte, j'ay d'abord auffi efté choqué de cette façon de parler; mais j'ay
depuis fait réflexion que puifqu'elle eft
échappée à la Princeffe, il faut que ce
foit un ferment ufité à la Cour de fon
pere. Je fuis de voftre fentiment, dit
Don Alvar; l'Infante a eu fans doute
une trop belle éducation pour prononcer ces vilains mots, fi l'ufage ne les
avoit pas confacrés parmi les Dames
de l'Archipanpanie.

Ils s'entretenoient de cette forte,
lorfque le Grenadin changeant de matiere dit au Chevalier: Seigneur Don
Quichotte, j'ay une grace à vous demander; difpenfez-moy, je vous prie,
de fouper ce foir avec vous. Don Car-

los & le Comte m'attendent pour regler quelques affaires que nous avons
à démefler tous trois. Pourquoy ces
façons, répondit Don Quichotte ? Les
amis doivent-ils fe contraindre ? Allez
où il vous plaira, mon cher Tarfé.
Auffi-bien j'ay deffein de m'enfermer
dans ma chambre avec Sancho ; car
je ne veux pas le perdre de vûë, qu'il
n'ait achevé le defenchantement de la
Princeffe Burlerine. J'approuve affez
vôtre réfolution, repliqua Don Alvar :
vous ne ferez point mal de veiller un
peu fur ce fobre & difcret Ecuyer, afin
qu'il faffe plus exactement fa penitence. En difant ces paroles il prit congé
du Chevalier, & fe rendit chez le
Comte ; où il trouva le Marquis d'O-
rifalve, Don Carlos & fon Secretaire,
qui rioient de tout leur cœur de la
piece qu'ils avoient faite à Don Quichotte, & qui concertoient enfemble
de nouvelles folies pour le lendemain.

Cependant noftre Chevalier s'étant
retiré dans fa chambre avec Sancho,
le Maiftre-d'hoftel du Grenadin vînt
lui dire que le fouper eftoit-preft. Si
vous voulez me faire plaifir, lui dit D.
Quichotte, apportez-moy ici un doigt
de vin, & un morceau à manger ; car

je ferois bien aife de fouper ce foir
dans ma chambre. Le Maiftre d'hôtel
fortit auffi-tôt, & revint quelques
momens aprés, fuivi de deux Pages,
dont l'un étoit chargé d'une affez groffe
piece de pain, d'un verre & d'une bouteille, & l'autre portoit du linge, &
un poulet rofti fur une affiette. Ils mirent toutes ces chofes fur une table,
& puis fe retirerent, parceque Don
Quichotte les renvoya, en leur difant
qu'il fuffifoit de fon Ecuyer pour le
fervir. Quand ils furent fortis, le Chevalier ferma la porte de la chambre à
double tour; aprés quoy il fe fit ofter
fes armes par Sancho, qui lui dit en le
defarmant : Oh ça, Monfieur, à prefent que nous fommes feuls, parlez-
moy comme un bon Maiftre doit parler à fon Ecuyer ; faut-il abfolument
que je faffe ma penitence? Comment,
s'il le faut, répondit Don Quichotte!
Eft-ce que tu ne l'as pas promis à l'Infante & à l'Empereur? Hé ouï, Monfieur, je l'ay promis, repartit l'Ecuyer;
mais c'eft un bel inftrument que la
langue ; & furtout avec les Grands. Ne
pouvez-vous diminuer ma penitence?
Et penfez-vous qu'en me donnant une
cuiffe de ce petit oifeau, l'Infante en

fera moins defenchantée ? Affurément,
repartit Don Quichotte ; il ne faut pas
que tu manges un feul morceau. Je
ne fçay même fi la volonté ne fera
point réputée pour l'effet. Hé bon
Dieu ! que dites-vous, s'écria Sancho ?
Si cela eft, où en fommes-nous ? Par
ma foy, j'auray fait demain une belle
befogne : Il fe trouvera que je me feray
couché fans fouper, & que la Princeffe
ne fera non plus defenchantée que ma
grand-mere. En ce cas là, mon ami,
repliqua le Chevalier, tu recommen-
ceras demain. Il faut donc, Monfieur,
dit Sancho, que je mange ce foir, fi
vous croyez que je feray obligé de recommencer demain mon jeûne. Pour
te dire là-deffus ma penfée, répondit
Don Quichotte, je ne croy pas que
tu contreviennes à l'Ordonnance des
Enchanteurs en ne faifant fimplement
que fouhaiter de manger : mais pourtant je te confeille de te coucher pendant que je fouperay, quand ce n efe-
roit que pour t'épargner la peine de réfifter à la tentation. Je vais fuivre vôtre confeil, Monfieur, reprit l'Ecuyer,
après que vous m'aurez fait boire trois
grands verres de vin ; car rien n'eft fi
bon pour les defenchantemens : & vous

favez que j'aurois efté defenchané l'autre jour, fi j'eulfe auffi-bien fait tout le refte de la ceremonie que j'avalay les trois razades que me donna Monfieur le Bachelier. Ce n'eft pas ici la mefme chofe, dit Don Quichotte ; il t'eft expreffement défendu de prendre aucune nourriture ; & ainfi tu ne dois ni boire ni manger. Au nom de Dieu, Sancho, fais dans la derniere exactitude ce qu'on attend de toy, afin qu'on ne vienne pas me reprocher que j'ay pour Ecuyer un miferable, un lâche qui n'a pas le courage d'achever une avanture. Au refte, qu'eft-ce qu'on te demande de fi difficile ? Je n'ay jamais lû qu'une Infante ait efté defenchantée à des conditions fi douces : & toutefois tu ne laiffes pas de te porter lâchement à une action fi glorieufe. Que ferois-tu donc, mon ami, s'il falloit te donner dix mille coups de foüet ? Ce que je ferois, répondit l'Ecuyer ? Ah mardy, je me foüetterois fi doucement que je n'apprefterois point à rire aux Enchanteurs : Et fi quelqu'un y trouvoit à redire, il n'auroit qu'à fe mieux foüetter lui même. Bien fou qui fe fait du mal pour le plaifir d'autrui. Je croy que les anciens Ecuyers errans n'a-

voient pas coutume de s'écorcher pour
les Infantes. Il n'y en avoit pas un, repliqua le Chevalier, qui ne se fust volontiers déchiré à coups de verges pour
une simple Demoiselle. Dans ce tems-
là donc, Monsieur, repartit Sancho,
quand le Soleil se couchoit, il y avoit
bien des bestes à l'ombre. Les Ecuyers
d'à present ne sont pas, Dieu merci, si
sots ; & je pourrois vous en nommer
qui ne voudroient pas seulement s'arracher trois poils de la barbe pour toutes les Princesses qui sont au monde.
Auras-tu toûjours des sentimens si bas,
dit Don Quichotte ? Te voilà dans une
disposition fort propre à recevoir l'honorable titre de Chevalier. En verité
si l'Archipanpan avoit entendu ce que
tu viens de dire, je suis asseuré qu'il te
feroit chasser demain de son Palais. Oh
que je n'aurois garde, Monsieur, répondit l'Ecuyer, de parler ainsi devant
lui ; car je me souviens d'avoir ouï dire
qu'on ne dit pas ce qu'on pense aux
Empereurs. Il est vray, reprit D. Quichotte ; mais tu profites mal des pré-
ceptes qu'on te donne. Il t'est échappé
tantôt chez l'Archipanpan une infinité
de choses qu'un courtisan n'auroit pas
hazardées. Mais ne rappellons point

le paſſé ; je veux bien avoir la bonté de
l'oublier. Deshabille-toy ſeulement,
& te couche ſans raiſonner davantage.
L'Ecuyer obeït; mais ſon eſtomach n'é-
tant pas diſpoſé à lui procurer ſon repos ordinaire, il ne pouvoit s'endormir, & ne faiſoit que tourner dans ſon
lit comme une Veuve. Pendant ce
tems-là noſtre Chevalier s'eſtant mis
à table ſe contenta de boire un coup,
& de manger quelques lardons avec
une croûte de pain, enviant en lui-
même la bonne fortune de Sancho,
qui de ſon coſté rangeant les rideaux
pour mieux voir ce qui eſtoit ſur la
table, lorgnoit ſi amoureuſement le
poulet, qu'il eût volontiers renoncé à
l'honneur de deſenchanter mille Infantes pour eſtre à la place de ſon Maître. Seigneur Don Quichotte, s'écria-
t-il, que ce gibier me réjoüit la vûë!
Ah qu'il ſent bon ! Par la mardy, il
m'embaume. Vous devriez bien donner deſſus vigoureuſement. Vous ne
faites que lui chatoüiller les coſtes.
Vive Dieu ! s'il avoit affaire à moy,
je le pincerois bien autrement. Glou-
ton, répondit Don Quichotte, tu ferois mieux de tâcher à t'endormir que
de regarder ce poulet qui te tente ſi
fort.

fort. Monfieur, repliqua Sancho, je
ne faurois dormir. Mon gizier n'aime
pas les jeûnes, & je fens qu'il fe dé-
mene comme un enragé. Il devroit
pourtant bien prendre patience ; car
il n'eft pas encore au bout de fa tâche.
Je vais pourtant faire tout ce que je
pourray pour m'endormir. En achevant ces paroles, il s'enfonça dans le
lit, & s'abandonnant à fes réflexions, il
dit en lui-même : ( car le fage Alifolan
rapporte jufqu'à fes plus fecretes penfées ) Helas ! pauvre Gouverneur des
andoüillettes, faut-il que tu meures de
faim, tandis que les autres Gouverneurs
font maintenant à table, où ils mangent
& boivent tout leur faoul ? Par la gerny, que je fuis fimple de jeûner pour
une moricaude d'Infante que je ne connois ni d'Eve ni d'Adam ; & qui ne me
touche ni de prés ni de loin ! D'ailleurs que gagneray-je à fon defenchantement ? De l'honneur, & puis
c'eft tout. Ah, par ma foy, je me mocque d'un profit qu'on ne peut mettre
dans un fac ! Et quant à l'Ordre de
Chevalerie, que me doit donner l'Archipanpan, je n'en fuis pas encore fi
affamé ; & lorfque le mal me tiendra
fortement, je ne fuis pas plus difficile

que Monseigneur Don Quichotte, je
me feray armer Chevalier par le premier hôte de cabaret que je rencon-
treray. Que dois-je donc faire ? Quand
mon Maître sera couché , ne puis-je
pas sans façon me lever doucement,
& aller rafler le poulet & le quignon
de pain que j'ay vûs sur la table ? Ouï
vrayement , c'est fort bien avisé. Qui
le saura ? Personne. Oh mais , quand
on verra demain que la Princesse ne
sera pas desenchantée , on me dira:
Sancho, vous avez pris quelque nourriture ? Que répondray-je à cela ? Hé
bien , je répondray que non. Il n'y a
pas plus de lettres qu'à ouï ; & je ne
feray pas le premier Ecuyer qui auray
menti. On me croira ; & on rejettera
la faute du Muletier sur la mule. Voilà
qui est fini , je veux manger. Au bout
du compte , si je romps mon jeûne,
qu'en peut-il arriver ? Ce n'est point
un jeûne de nostre mere la sainte Egli-
se ; je n'en feray pas puni dans l'autre
monde.

Pendant qu'il prenoit cette résolution , Don Quichotte acheva de souper. Aprés quoy s'estant un peu pro-
mené dans la chambre , il ôta son petit
pourpoint, éteignit la lumiere , & se

mit au lit. D'abord que Sancho le fentit à fes coftés, il ne perdit point de
tems, & fe leva pour executer fon
projet. Où vas-tu, lui dit Don Quichotte ? Monfieur, répondit-il, avec
voftre permiffion, je vais me lever
pour quelques befoins : cela n'eft pas
défendu, peut-eftre ? Non, mon fils,
repliqua le Chevalier, cela t'eft permis. Auffi-tôt l'Ecuyer chercha la table à taftons, & venant à rencontrer
le poulet & le pain, il s'en faifit brufquement, & fe recoucha. Prens courage, lui dit Don Quichotte, une nuit
eft bientôt paffée ; & fi tu ne joüis pas
de ton repos ordinaire, tu dois t'en
confoler, en fongeant que tu rendras
à l'Infante fa premiere beauté. Je m'en
confole auffi, repartit Sancho ; & je
m'imagine que la Princeffe a déja le
vifage blanc comme un parchemin.
A propos de la Princeffe, dit Don Quichotte, je fuis bien aife qu'elle nous
ait appris que l'Ecuyer du Prince Per-
fin eftoit monté fur un afne. Je ne
craindray plus qu'on me reproche de
fouffrir que tu me fuives monté fur
un pareil animal. Je conclus de là que
les anciens Ecuyers eftoient pour la
plufpart montés fur des afnes ; & que

c'eſt à cauſe de cela ſans doute que dans une infinité de livres de Chevalerie, il n'eſt point fait mention de la monture des Ecuyers. Encore une fois, mon ami, je ſuis ravi que l'Infante nous ait dit une choſe qui m'autoriſe à te laiſſer ton griſon : car franchement je m'en faiſois un ſcrupule, & j'eſtois ſur le point de t'acheter un cheval. Pen-dant que noſtre Chevalier parloit ainſi, Sancho croquoit le poulet & le pain, & de peur que ſon Maiſtre n'entendiſt le bruit de ſes machoires, il mangeoit le plus doucement qu'il lui eſtoit poſſi-ble, & avaloit meſme le plus ſouvent ſes morceaux ſans les mâcher. Mais il prenoit cette précaution d'une maniere ſi bruïante, que Don Quichotte ne put s'empêcher de lui dire : Qu'eſt-ce que j'entens, Sancho ? Tu fais avec ta bou-che le meſme bruit que ſi tu mangeois. Monſieur, lui répondit l'Ecuyer avec une preſence d'eſprit dont il ne paroiſ-ſoit pas capable : Je ſuis à moitié en-dormi, & je rêve que je ſuis à un feſtin où je m'en donne comme il faut. Ne me réveillez pas, je vous prie. Don Quichotte ne fit que ſoûrire de cette réponſe, bien éloigné de s'en défier. Hé bien dors, mon enfant, répliqua t-il; Je ne veux pas t'ofter le plaifir d'un fonge qui te flatte fi fort , & qui ne peut porter aucun préjudice au def-enchantement de Burlerine. L'Ecuyer s'applaudiffant de l'heureux fuccés de fa fupercherie, la pouffa jufqu'au bout. Car aprés avoir bientôt expedié le poulet & le pain , faifant réflexion qu'il avoit affez mangé pour boire un coup, il fe releva pour aller à la bouteille. Tu te leves encore, s'écria Don Quichotte, aurois-tu quelque incommodité? Monfieur, répondit Sancho, je prens mon mal en patience ; & je vais, s'il plaift à Dieu, fi bien faire cette fois-ci, que je n'auray plus befoin d'y retourner. En effet ayant trouvé la bouteille, il la porta à fa bouche, & tout d'une haleine il la fucça de forte qu'il n'y laiffa pas feulement de quoy faire rubi fur l'ongle. Enfuite s'eftant recouché, il n'eut pas la tête fur le chevet, que l'aimable Dieu du fommeil, qui lui eftoit ordinairement fi favorable, quand il avoit l'eftomach plein, répandit fur lui fes plus douces vapeurs. Noftre Chevalier de fon cofté s'endormit infenfiblement, fans avoir le moindre foupçon de la furieufe atteinte que Sancho venoit de donner à l'oracle du Sabat.

## CHAPITRE LX.

*Où il est parlé de plusieurs choses., &
entr'autres de la nouvelle du
Curieux impertinent.*

DOn Quichotte fut le premier qui
se réveilla le lendemain. Com-
me il estoit déja grand jour, il appella
son Ecuyer ; mais s'appercevant qu'il
estoit dans un profond sommeil, il lui
donna de si rudes coups de genoüil &
de coude dans les costes, que le malheureux en fit deux ou trois cris. Hé
ventre de moy, Monsieur, dit-il, ne
me poussez donc pas si fort. Faut-il as-
sommer les gens pour les réveiller ?
Levons-nous, mon fils, lui dit Don
Quichotte : il est honteux pour des
hommes de nostre profession d'estre si
long-tems dans un lit. Que j'ay d'impatience d'apprendre des nouvelles de
l'Infante Burlerine ! Je l'ay vûë, Sancho, je l'ay vûë en songe cette nuit.
O Ciel ! avec quels charmes elle m'est
apparuë ! Ah, mon ami, qu'elle est
belle ! A ce compte-là, Monsieur, dit
l'Ecuyer, elle est donc desenchantée ?

Ouï vrayement, répondit Don Quichotte ; & je puis t'affeurer que ton
jeûne a déja fait fon effet. Monfieur,
repliqua Sancho, prenez garde de vous
y tromper : Les fonges font fouvent
des menfonges ; & pour moy je n'y
croy point du tout. Oh ne t'imagines
pas, reprit le Chevalier, que mon fonge foit un ouvrage de la fantaifie é-
chauffée. C'eft une chofe réelle. Le
fage Alquife a préfenté à mon efprit
un portrait vivant de cette Princeffe :
De mefme que la fage Belonie fit voir
une parfaite image de Florifbelle au
Chevalier de la Riche-figure dans les
prifons de Perfepolis. Ainfi, mon enfant, tu peux compter que l'Infante
eft defenchantée. Dieu en foit beni,
Monfieur, dit l'Ecuyer ; mais fi elle ne
l'eft pas tout-à-fait, je vous avertis dés
à prefent que ce n'eft pas ma faute. En
s'entretenant de cette forte, ils fe leverent tous deux. Il ne tenoit qu'au
Chevalier de s'appercevoir, en jettant
les yeux fur la table, que la penitence
n'avoit pas efté faite auffi religieufe-
ment qu'il fe l'imaginoit ; mais il eut
la bonté de n'y faire aucune attention:
Et comme ils achevoient de s'habiller,
ils entendirent frapper à la porte de la

chambre. C'estoient Don Alvar, le Comte & Don Carlos qui venoient leur annoncer le desenchantement de l'Infante. Cette agreable nouvelle ne surprit pas Don Quichotte, qui y étoit préparé; mais pour Sancho, il en fut tellement étonné qu'il ne put s'empê-cher de s'écrier : Nostre-dame ! est-il bien possible que Madame l'Infante soit desenchantée ? Pourquoy cet éton-nement, Sancho, lui dit le Grenadin ? Est-ce que vous avez rompu vostre jeûne ? Non, Seigneur Alvaro, ré-pondit l'Ecuyer ; Monseigneur Don Quichotte peut vous en rendre bon té-moignage : J'ay jeûné comme un chan-tre, & je suis prest à recommencer, s'il manque une fistule à la Princesse. Mais tout franc j'ay de la peine à croi-re qu'elle ait changé de visage en si peu de tems. C'est une verité constan-te, dit Don Carlos : Car ce matin un Page de l'Imperatrice Meridiane m'a raconté ce merveilleux évenement ; & m'a juré que la beauté de l'Infante estoit hors de toute comparaison. J'a-voüe que les Pages jurent avec beau-coup de facilité ; mais on les doit croi-re, quand ils parlent avantageusement de leurs Maistres. Seigneur Don Car-

los, dit le Grenadin, le Page de l'Imperatrice ne vous a point fait un faux
rapport, puisque l'Archipanpan vient
de m'envoyer dire que sa fille est desenchantée, & qu'il attend le Seigneur
Don Quichotte & son Ecuyer, pour
leur en faire des remerciemens. Messieurs, dit alors le Comte, j'ay une
extrême envie de voir cette belle Princesse ; & comme je ne doute pas que
vous n'ayez la mesme curiosité, nous
la satisferons, si vous voulez, tout-à-
l'heure, puisque nous avons à la porte
un grand carosse tiré par six bonnes
mules. Ne perdons point de tems ; car
vous devez savoir que l'Empereur a
changé de Palais. A propos, dit Don
Alvar, il n'est plus à Madrid : Il alla
hier avec toute sa Cour coucher à deux
lieuës d'ici dans un autre Palais, qu'un
Prince lui a presté, & qui est bien
plus magnifique & plus digne d'un Archipanpan. Tous les Cavaliers se dé-
terminerent à partir, & monterent en
carosse aussi-tôt que le Chevalier fut
armé. Peu de tems aprés Sancho, chargé de la lance & du bouclier de son
Maistre, partit sur son asne avec la
malle en croupe, suivant un Page du
Comte qui étoit monté sur Rocinantes,

& qu'on lui avoit laiffé pour lui fervir
de guide.

Le Palais, où ils alloient, étoit une
maifon de campagne, qui appartenoit
au Comte. Le Marquis d'Orifalve s'y
eftoit déja rendu avec quelques-uns
de fes amis, & toutes les Dames qui
s'eftoient affemblées chez lui le jour
précedent. Comme ils avoient pris la
réfolution de continuer à fe divertir
de Don Quichotte & de fon Ecuyer,
pour l'executer avec plus de liberté,
ils avoient jugé à propos de les attirer
à la campagne. Le Secretaire de Don
Carlos fe préparoit à faire des merveilles : il avoit loüé deux habits de
Princeffes de theatre, fous l'un def-
quels il prétendoit joüer le rolle de
l'Infante Burlerine defenchantée, &
l'autre devoit fervir à une vieille femme de chambre de la fœur du Comte,
pour reprefenter l'Imperatrice Meridiane. Tandis qu'ils s'habilloient tous
deux, les Dames & les Cavaliers é-
toient dans la falle où fe devoit paffer
la fcene ; & l'Auteur de cette veritable hiftoire dit qu'ils commencerent à
s'entretenir du Chevalier de la Manche & de fon Ecuyer. Mefdames, dit
le Marquis d'Orifvale, que penfez-

vous du Seigneur Don Quichotte ? Au
travers de son extravagance n'apper-
cevez-vous pas un fond d'esprit admirable ? Et Sancho n'est-il pas d'une
simplicité surprenante ? Il est trés-ré-
jouissant, répondit une Dame : son
ingenuité me charme. Il lui échappe
de tems en tems des traits pleins de
sel, sans qu'il y entende finesse ; &
c'est une chose étonnante que l'homme du monde le plus simple dise sans
y penser tout ce que pourroit dire le
plus spirituel. Je sçay mauvais gré à
Benengely d'avoir alteré son caractere :
Car il fait parler son Sancho tantôt en
païsan ingenu, & tantôt en païsan ru-
sé & malicieux. Madame, reprit en
riant le Marquis d'Orisalve, si vous
n'y prenez garde, vous allez tirer sur
Benengely. Le Ciel m'en préserve, répondit la Dame : son *Don Quichotte*
est un livre excellent. Il est rempli de
morale, & sans parler du vray comique qui y regne presque partout, il y
a des nouvelles d'un goust exquis. J'ay
trouvé entr'autres celle du *Curieux*
*impertinent* trés-agreable, & utile pour
les mœurs. Je suis du sentiment de
Madame, dit la sœur du Comte, &
cette nouvelle m'a fort divertie. Pour

moy, dit une autre Dame, il faut que
je confeſſe publiquement mon mauvais gouſt : Le *Curieux impertinent* ne
m'a point tant fait de plaiſir qu'à vous
autres ; parceque j'y ay remarqué pluſieurs choſes contre la nature & la
vray-ſemblance. Ayez la bonté, Madame, dit un Cavalier, de nous faire
part de vos remarques : Je ſuis, je l'a-
voüe, admirateur de Benengely, & j'ay
de la peine à croire qu'il y ait le moindre défaut dans la nouvelle dont nous
parlons. Si vous l'aviez lue avec un peu
d'attention, répondit la Dame, vous
ſeriez perſuadé du contraire. Premierement il y a un endroit qui eſt contre la nature. Vous en allez convenir
vous-même. C'eſt lorſqu'Anſelme eſt
caché pour obſerver Camille ſa femme.
Vous ſavez que Camille en eſt inſtruite ; qu'elle tient des diſcours, & fait
cent grimaces qui ſont plus que ſuffi-
ſantes pour guerir Anſelme de ſon
ſoupçon. Elle ſe promene enſuite comme une poſſedée, un poignard à la
main, les yeux pleins de fureur, &
paroiſſant réſolue de tuer Lothaire.
Cet Amant arrive, elle lui fait des re-
proches de l'avoir crue capable de
manquer de foy à ſon mary. *Je ſuis*

coupable, lui dit-elle, *de ne t'avoir pas*
*châtié affez feverement, & je veux*
*m'en punir ; mais en mourant il faut*
*que je t'arrache la vie, & que je fatis-*
*faffe ma vengeance.* En difant cela elle
fe jetta fur lui, *feignant fi bien de le*
*vouloir frapper, que lui-même ne fa-*
*voit plus qu'en croire ; & qu'il fe vit*
*obligé d'employer tout ce qu'il avoit*
*d'adreffe & de force pour s'en garantir.*
Si l'Amant y fut trompé lui-même,
le Mari ne pouvoit donc manquer de
l'eftre ; & puifqu'Anfelme croyoit
tout cela fort ferieux, eftoit-il naturel
qu'il ne fortît pas de l'endroit où il
eftoit caché, pour fauver la vie à fon
ami, en découvrant fon innocence à
Camille? Vouloit-il, avant que de fe
montrer, que Lothaire eût reçû deux
ou trois coups de poignard? Mais il a
non feulement la patience de le laiffer
dans le peril, il ne paroît pas même
lorfque Camille s'eft bleffée, & qu'elle feint d'eftre évanoüie. Il attendoit
apparamment pour fe montrer qu'elle
fuft morte & enterrée.

Veritablement, dit le Marquis d'O-
rifalve, voilà tout le procedé d'un
Mari qui n'eût pas efté fâché d'eftre défait de fa femme. Ce qui ne convenoit

point à Anselme, qui aimoit éperduëment la sienne. Vous voyez donc, reprit la Dame, que je n'ay pas si grand
tort de critiquer cet endroit-là ; mais
il y en a bien d'autres qui m'ont choquée. Par exemple, quand l'Auteur dit
qu'*Anselme ayant entendu du bruit
dans la chambre de Leonelle, & voulant y entrer pour s'informer de ce que
c'estoit, il sentit qu'on appuyoit la porte
par derriere. Cette résistance augmen-
tant sa curiosité, il fit tant qu'il s'en
rendit maistre ; & alors il entrevit un
homme qui se couloit par la fenestre dans
la ruë.* Outre que je ne comprens pas
quel si grand bruit pouvoient faire Leonelle & son Galant pour estre entendus d'Anselme, & pour meriter qu'il
se levât ; il me semble que deux A-
mans, qui avoient sujet de craindre
qu'on ne les surprît, ne devoient pas
negliger de fermer la porte sur eux.
D'ailleurs qu'estoit-il besoin que Leonelle se voyant surprise dît à son Maître que cette affaire ne regardoit qu'-
elle ? N'en estoit-il pas assez persuadé ?
Après la scene qui s'étoit passée, avoit-
il lieu de soupçonner Camille ? Et
pourquoy encore cette femme de
chambre, puisqu'elle avoit avoüé que

cette intrigue eſtoit ſur ſon compte,
diſoit-elle à Anſelme, qu'elle lui ap-
prendroit le lendemain des choſes plus
importantes? Quel eſtoit ſon deſſein?
En découvrant le commerce que Camille avoit avec Lothaire, elle ne faiſoit qu'agraver ſon crime : elle ſe rendoit par-là plus coupable, & s'ôſtoit
l'appui de ſa maîtreſſe, qu'elle eſtoit
ſeure d'avoir en ne l'accuſant pas. Oh
Madame, interrompit le Cavalier par-
tiſan de Benengely, vous ne faites pas
réflexion qu'Anſelme menaçoit de tuer
Leonelle, qu'il lui tenoit le poignard
ſur la gorge ; par conſequent cette fille
avoit l'eſprit dans un étrange deſordre:
Elle eſtoit ſi troublée qu'elle ne ſavoit
ce qu'elle diſoit. Hé bien, Monſieur,
repartit la Dame, je veux bien vous
paſſer celui-là. Mais ſuppoſé que la
crainte de la mort la fiſt extravaguer,
& que dans ſon trouble ces paroles in-
diſcretes puſſent lui échapper, vous
devez convenir auſſi que c'eſt une faute inexcuſable à Anſelme de n'avoir
pas obligé ſur le champ Leonelle à lui
apprendre ces choſes importantes qu'-
elle promettoit de lui dire le lendemain. Pouvoit-il differer cet éclairciſ-
ſement, lui ſurtout qui eſtoit d'un na-

turel curieux ? Il n'avoit pas l'efprit
troublé comme cette fille ; cela eftant
il devoit la preffer de parler ; & quand
il l'enferma à la clef, il devoit encore
faire réflexion qu'elle pouvoit fuivre
l'exemple de fon Galant, & fe fauver
par la même feneftre. Pour cette remarque, Madame, repliqua le Cavalier, elle eft trés-jufte, & je n'ay rien
à y répondre. Difons donc, reprit la
Dame, que l'Auteur a manqué de gé-
nie ; & que ne fachant comment dé-
noüer fon hiftoire, il a pris le parti de
choquer la nature & la vray-femblan-
ce ; ne pouvant imaginer un évenement ingenieux, mais naturel, pour
faire connoiftre à Anfelme l'intelligence fecrette de fa femme & de fon
ami. Je n'avois pas fait toutes ces ob-
fervations, dit la fœur du Comte, &
en lifant cette nouvelle, j'ay feulement efté choquée de la fuite de Camille. Ah il eft vray, s'écria le Marquis d'Orifalve, que pour une femme
qui s'eftoit montrée jufques-là fi bonne Comedienne, elle prit bientôt l'allarme. Son mari ne la foupçonnant
point encore, elle n'avoit qu'à feindre
d'eftre plus en colere que lui-mefme
contre Leonelle, & fous prétexte de
l'épou-

l'épouventer par de feintes menaces,
l'aller raſſeurer, ou la faire ſortir a-
droitement du logis. Enfin Camille
par une nouvelle effronterie devoit
ſe tirer de ce pas dangereux. Par ce
moyen Benengely auroit fait valoir
davantage le caractere artificieux qu'il
donne à cette femme : Et l'hiſtoire en
eût eſté plus agreable & plus parfaite
en ſon genre. Ce n'eſt pas tout, dit une
autre Dame : Je voudrois bien ſavoir
pourquoy Anſelme quitta la Ville,
quand il ne trouva ni Leonelle ni ſa
femme, ni Lothaire. N'eſtoit-il pas
plus à propos qu'il les cherchât dans
Florence, & qu'il s'éclaircît de ſon
malheur, qu'il ne faiſoit encore que
ſoupçonner, que de courir à la campagne, où vray-ſemblablement il ne
devoit rencontrer perſonne qui pût
l'en inſtruire. Il y rencontra pourtant
un Cavalier : Madame, dit le Marquis
d'Oriſalve : Et ce Cavalier, ſi vous
vous en ſouvenez, venoit de la Ville.
Anſelme lui demanda quelles nouvelles il y avoit à Florence ? D'aſſez é-
tranges, lui répondit le Cavalier : On
dit que Lothaire a enlevé cette nuit la
femme d'Anſelme ſon intime ami. *On
a ſçû cela,* pourſuivit-il, *d'une fille*

*qui servoit Camille, & que le Guet a*
*arrestée, comme elle se couloit dans la*
*rüe avec des draps qu'elle avoit atta-*
*chés à sa fenêtre.* Comment pouvoit-on
avoir appris de Leonelle que Camille
avoit esté enlevée par Lothaire, puisque Leonelle ignoroit cet enlevement,
qui n'estoit arrivé que depuis qu'elle
avoit esté arrestée par le Guet. N'est-
ce pas là une grande faute de jugement? La mort d'Anselme, continua-
t-il, est encore une chose qui est bien
mal ménagée, & peu vray-semblable.
Il se met à écrire une lettre : Il a la
force de la commencer, & meurt à
moitié chemin. Quel pitoyable dé-
nouëment !

---

# CHAPITRE LXI.

*Des grands honneurs qu'on fit à*
*Don Quichotte.*

CEtte dissertation fut interrompuë
par le jeune Secretaire & la Vieille suivante de la sœur du Comte, qui
entrerent dans la salle. Toute la compagnie se mit à considerer trés-atten-
tivement ces deux Princesses. Elles

avoient des habits de toile d'or parse-
més d'une infinité de faux diamans,
avec des capelines ombragées de plumes de toute sorte de couleurs ; & l'on
voyoit flotter sur leurs épaules de
beaux cheveux blonds, bien bouclés,
& qui n'estoient asseurément pas de
leur crû. Comme le Secretaire avoit
le visage trés-long, marqué de petite
verole, le nez fort écrazé, & la bouche fenduë jusqu'aux oreilles, on avoit
craint qu'il ne soûtint mal la réputation d'une Infante enlevée pour sa
beauté ; mais il y avoit donné si bon
ordre, & il s'estoit mis tant de rouge
& de blanc, que les Dames demeurerent d'accord qu'on ne pouvoit mieux
s'en acquitter. L'Imperatrice Meridiane, autrement appellée la Dame
Uriquez, n'avoit rien épargné non
plus pour avoir l'air d'une Princesse
d'importance. L'assemblée n'avoit pas
encore donné à ces deux Altesses toute
l'attention qu'elles meritoient, lorsqu'un Page vint dire que Don Quichotte estoit arrivé. A cette nouvelle
le Marquis d'Orisalve mit sur sa teste
sa couronne d'Archipanpan, prit son
sceptre rouge, & courut avec les Princesses se placer sur trois trônes sous un

grand dais. Don Quichotte, Tarfé,
Don Carlos & le Comte parurent bientôt, & firent de profondes réverences
à la famille Imperiale ; mais l'Empereur ne vit pas plutôt Don Quichotte,
qu'il defcendit de fon trône, & courant à lui les bras ouverts : Ah brave
Chevalier de la Manche, lui dit-il,
foyez le bien venu. Que les Dieux
vous foient toûjours favorables ! A
ces paroles, Don Quichotte s'avançant vers l'Empereur, & pofant un
genoüil à terre voulut lui baifer la
main; mais l'Archipanpan la retira,
releva le Chevalier, & aprés l'avoir
baifé aux deux joués le préfenta à Meridiane & à l'Infante, qui defcen-
dirent de leur trône pour l'embraffer
auffi : fuivant en cela l'exemple des
anciennes Imperatrices, qui ne manquoient pas d'embraffer les fameux
Chevaliers, lorfqu'ils paroiffoient devant elles, aprés avoir mis à fin quelque avanture importante. Invincible
Don Quichotte, dit l'Imperatrice, digne éleve du Dieu Mars, quelles graces n'avons-nous point à vous rendre ?
Et que pouvons-nous faire qui puiffe
nous acquitter envers voftre haute valeur ? Souveraine Princeffe, répondit

le Chevalier, l'honneur eſt le ſeul prix
que je me propoſe dans mes entre-
priſes. Toute autre récompenſe ne
ſauroit me flatter : & ſi j'ay eu le bonheur de vous faire retrouver l'Infante,
c'eſt aſſez pour moy que voſtre Imperiale bouche daigne s'ouvrir pour m'en
remercier. Hé bien, Seigneur Don
Quichotte, dit l'Empereur, n'attendez donc de nous que des remerciemens. J'avois deſſein de vous faire
preſent du beau royaume de la Cochinchine, & de donner à voſtre E-
cuyer le meilleur Gouvernement de
mon Archipanpanie ; mais n'en parlons plus : Que l'honneur d'avoir achevé une grande avanture vous ſerve de
récompenſe à l'un & à l'autre. Faſſent
les Dieux, s'écria Burlerine, que tout
l'Univers retentiſſe bientôt du bruit
glorieux de mon deſenchantement !
Que la Renommée ſe haſte d'en ſemer
l'heureuſe nouvelle depuis le blanc
Allemand juſqu'à l'Ethiopien brûlé,
depuis le grand Empire de Trébiſonde juſqu'aux petites maiſons de Tolede ! Et puiſſe le vaillant Don Quichotte de la Manche ſuivre la Renommée, pour faire connoiſtre à tout le
monde qu'il eſt encore audeſſus de ce

qu'elle en aura pû dire ! Puisse son nom
fameux, dit l'Imperatrice, se conserver de generation en generation, & ne
finir qu'avec les siecles. Messieurs, dit
alors l'Archipanpan aux Cavaliers, que
vous semble de Burlerine ? Ne la trouvez vous pas changée du noir au blanc?
Le Comte & Tarfé en convinrent; &
Don Quichotte aprés l'avoir regardée
en Chevalier errant, asseura & dit qu'il
estoit prest à soûtenir qu'on ne pouvoit rien voir de si parfait. Don Carlos appuyant une si juste opinion dit
que la beauté de l'Infante justifioit de
reste la mort subite du berger Persino;
& il en prit à témoin toutes les Dames
qui, malgré la répugnance qu'ont les
femmes à loüer une belle personne,
furent assez sinceres pour avoüer que
la Princesse estoit incomparable. Il faloit voir durant ce tems-là de quel air
elle recevoit toutes les loüanges qu'on
lui donnoit. Elle gardoit le silence;
mais à chaque mot obligeant qu'on
lui disoit, elle baissoit les yeux, & faisoit une profonde réverence, avec des
gestes & des contorsions ridicules qui
persuaderent à Don Quichotte qu'elle
avoit beaucoup de pudeur & de mo-
destie. Sur ces entrefaites, l'heure du

dîner eftant venuë, l'Archipanpan dit
au Chevalier : Seigneur Don Quichotte, je veux que vous dîniez avec moy,
vous & tous ces nobles Cavaliers qui
vous accompagnent. Je vous prie même de vouloir refter ici quelque tems.
L'Imperatrice & l'Infante le fouhaittent ; vous êtes trop poli & trop galant
pour leur refufer ce plaifir. Don Quichotte ayant accepté fort civilement
l'honneur qu'on lui faifoit, donna la
main à l'Infante, & fuivit l'Archipanpan qui avoit donné la fienne à l'Imperatrice. Les Cavaliers en firent autant aux Dames ; & lorfqu'ils furent
tous dans une grande falle où l'on a-
voit fervi, ils s'affirent à une longue
table qu'on y avoit dreffée. Alors plufieurs Muficiens, que le Comte avoit
fait venir de Madrid, commencerent
à chanter mille agreables chanfons,
& à joüer de toutes fortes d'inftrumens. On ne fauroit exprimer la fatisfaction qu'avoit Don Quichotte :
Car il eftoit placé vis à vis l'Infante,
qui pour effayer le pouvoir de fes
charmes, lui foûrioit, le regardoit
tendrement, & l'agaçoit à outrance.
Il eftoit trop pénetrant, pour ne pas
remarquer qu'il plaifoit à la Dame.

Cette découverte ne l'étonnoit point:
Il favoit bien que les Chevaliers de fa
réputation ne manquoient guere d'en-
tefter les Infantes ; mais il eftoit fur-
pr's d'avoir fait une fi vive impreffion;
& il jugeoit que la Princeffe devoit
eftre éperduëment amoureufe de lui,
puifqu'en préfence même de fon pere
& de fa mere elle n'avoit pas la force
de fe contraindre.

Le repas eftoit prefque fini, lorfqu'on entendit à la porte la voix d'un
homme en colere. La mufique ceffa:
& bientôt on vit entrer Sancho brufquement dans la falle , & tout en
grondant. Qu'y a-t-il, mon ami, lui
dit l'Archipanpan ? qu'avez-vous?
Monfieur l'Empereur , répondit l'E-
cuyer avec agitation, il faut, s'il vous
plaît, que vous veniez tout à l'heure faire mettre dans l'écurie Rocinantes & mon âne : Car vos belîtres
de Valets veulent les fourrer dans
une étable parmi des cochons, comme fi c'étoient deux ladres. Le ferieux
des Dames & des Cavaliers ne put tenir contre ce trait de fimplicité: Les
Alteffes, les Muficiens, les Pages, tout
le monde en rit de tout fon cœur:
mais l'Archipanpan aprés en avoir ri

comme

comme les autres, s'appercevant que
Don Quichotte en rougiſſoit, reprit
ſa gravité, & dit au naïf Ecuyer : Ne
craignez rien, mon cher Sancho ; ſans
qu'il ſoit beſoin que j'aille moy-
même à l'écurie, j'empêcheray bien
qu'on ne faſſe cette indignité au celebre
Rocinantes & à ſon illuſtre compagnon. Je leur deſtine une plus noble
compagnie : Allez, pourſuivit-il en
s'addreſſant à un de ſes Pages, je vous
charge du ſoin de faire loger ces deux
incomparables animaux avec les douze
chevaux de mon char Imperial ; & je
prétens qu'on leur donne les premieres
places. Oh, pour les premieres places,
repliqua Sancho, cela n'eſt pas juſte,
Seigneur Archipanpan : les chevaux de
voſtre Grandeur doivent avoir la préference. Le Page eſtant ſorti pour aller
s'aquitter de ſa commiſſion, l'Ecuyer
reprit ſa bonne humeur ; & alors l'Archipanpan lui dit : Ami Sancho, vous
voyez prés de moy l'Imperatrice &
l'Infante qui ſont, je vous aſſeure, trés-
contentes de vous. L'Ecuyer jetta auſſi-
tôt les yeux ſur Meridiane, & enſuite
ſur Burlerine. Il fut tellement ébloüi
de leurs habits, & de l'éclat de leurs
diamans, qu'il ne pouvoit ſe laſſer de

les confiderer. Oh pour le coup, s'é-
cria-t-il dans l'excés de fon admiration, voilà ce qui s'appelle des Infantes ! Il n'eft pas neceffaire d'eftre
armé Chevalier pour les connoître. On
les connoift tout d'abord à leurs habits.
Par la mardy, ce ne font point là les
chifons de la fervante de Galice. Genereux Ecuyer, reprit l'Empereur, admi-
rez voftre ouvrage ; voyez l'heureux
fruit de voftre penitence : regardez
bien, ma fille, n'a-t-elle pas changé
de face ? Hé ouï, pardy, reprit Sancho;
c'eft à prefent une vraye peinture. Franchement je ne m'attendois pas à la
trouver tout-à-fait fi belle ; & quand
je fonge comme elle eftoit hier au foir,
ah, noftre-dame ! je croyois qu'il faudroit du moins vingt Carêmes pour la
débarboüiller. Vous voyez pourtant,
mon ami, dit Burlerine, qu'un fimple
jeûne en a fait l'affaire : & ce qui m'en
plaift davantage, c'eft que je n'épou-
feray point le fils du Roy d'Ethiopie,
à qui mon pere fe propofoit déja de me
donner. Il eft vray, dit l'Archipanpan,
que je méditois ce mariage ; mais vous
jugez bien que je fuis fort éloigné d'y
penfer à l'heure qu'il eft. Ah, mon
cher Sancho, dit l'Imperatrice, que je

vous fçay bon gré d'avoir fait une penitence fi falutaire pour le teint de ma
fille! Madame l'Imperatrice, répondit
l'Ecuyer, ne m'épargnez pas : je fuis
preft à executer tout ce que vous m'or-
donnerez, & à faire un jeûne, s'il le
faut, pour chaque dent qui manque à
voftre Alteffe. Non non, Sancho, interrompit en foûriant l'Empereur ; ce
feroit trop exiger de vous. Il eft tems
de vous dédommager de voftre diette :
Vous n'avez qu'à fuivre mes officiers ;
ils ont ordre de vous bien régaler. En
difant cela, fa Haute-puiffance fe leva
de table : les Dames & les Cavaliers
en firent autant ; & Sancho prit le chemin de la cuifine, riant en lui-même
de ce qu'on attribuoit à fa fobrieté le
defenchantement de la Princeffe ; mais
fe gardant bien de dire à perfonne ce
qu'il penfoit là-deffus. La compagnie
retourna dans la falle où elle eftoit
avant le dîner ; mais elle n'y fut pas
long-tems : car l'Empereur, l'Imperatrice & l'Infante s'eftant retirés dans
leurs appartemens pour s'y repofer durant quelques heures, les Dames & les
Cavaliers fe difpoferent à fuivre leur
exemple, & chacun fe fit conduire dans
la chambre qui lui eftoit deftinée.

# CHAPITRE LXII.

## Des amours de Don Quichotte, & de l'Infante Burlerine.

DOn Quichotte ne se vit pas plutôt seul, qu'il se mit à rêver au plaisir qu'il s'estoit apperçû que l'Infante avoit pris à le regarder : & ne pouvant douter qu'elle ne fust fort éprise de lui, il en avoit une joye inconcevable. Pendant qu'il estoit dans une si douce rêverie, son Ecuyer ouvrit la porte qui n'estoit que poussée, & entra dans la chambre chargé de la malle, de la lance & du bouclier. Ah te voilà, lui dit Don Quichotte ! je t'attendois, mon ami : j'ay une confidence importante à te faire. Mais ferme la porte auparavant. L'Ecuyer ayant fait ce qu'on lui ordonnoit : Oh-ça, Sancho, poursuivit son Maître, as-tu bien consideré la Princesse Burlerine ? Avouë qu'elle a toute la beauté dont je t'ay dit ce matin qu'elle étoit pourvûë. Assurément, Monsieur, répondit Sancho, elle est aussi gentille que vous l'avez rêvé cette nuit.

Oh dame, c'eſt celle-là qui a des yeux de corail, des levres d'yvoire, & toutes ces autres choſes que vous diſiez de Madame Zenobie ! mais je ſuis en peine d'une choſe : Je voudrois bien ſavoir pourquoy les Enchanteurs me laiſſent voir l'Infante Brenerine telle qu'elle eſt, plutôt que les autres : Eſt-ce qu'en la deſenchantant je me ſerois deſenchanté moy-même ? Mon jeûne auroit-il fait d'une pierre deux coups ? C'eſt ce qui n'eſt pas impoſſible, repliqua Don Quichotte ; mais di-moy, mon fils, ne me trouverois-tu pas fort heureux, ſi cette belle Dame me vouloit choiſir pour ſon Chevalier ? Ouï, par ma foy, Monſieur, repartit Sancho, ce ſeroit une trés-bonne affaire pour vous ; mais tout franc, je croy la grappe trop haute pour le Renard. C'eſt ce qui te trompe, reprit le Chevalier : Hé que dirois-tu donc, mon ami, ſi je t'apprenois que cette Princeſſe eſt amoureuſe de moy ? Tout de bon, Monſieur ! s'écria l'Ecuyer, avez-vous encore rêvé cela ? Il n'y a rien de ſi certain, Sancho, dit Don Quichotte : l'Infante m'aime ; & ce qu'il y a de plus admirable, c'eſt que je lui ay inſpiré une paſſion ſi violente, que tan-

tôt devant l'Empereur & l'Imperatrice
elle n'a pû s'empêcher de m'en donner
mille marques.

Leur entretien fut interrompu en
cet endroit. Ils entendirent frapper à
la porte de la chambre, & l'Ecuyer
l'ayant esté ouvrir, il se trouva que
c'estoit une jeune Demoiselle assez jolie, proprement habillée, & qui portoit une corbeille couverte d'une grande piece de taffetas verd. Les Dieux
vous conservent, Seigneur Don Quichotte, dit-elle en entrant ; peut-on
devant vostre Ecuyer vous parler d'u-
ne affaire de la derniere consequence?
Ouï, gracieuse pucelle, répondit le
Chevalier, je vous réponds de sa discretion. Cela estant, repliqua la Demoiselle, je vous diray que je me nomme
Laure. Je suis Demoiselle de l'Infante
Butlerine, dont j'ay l'honneur d'avoir
toute la confiance ; & je viens de sa
part vous apporter cette corbeille avec
un billet écrit de sa propre main. En
disant ces paroles, elle mit la corbeille
sur une table, tira le billet de sa poche,
& le donna au Chevalier, qui aprés
l'avoir lû tout bas s'écria tout transporté de plaisir : Ah sans pareille Princesse, vous n'éprouverez point le mal-

heureux fort de l'Infante Imperia ! je
ne fuis point occupé d'une autre Dame
comme le Chevalier des Bafilics. Sancho mon fils, pourfuivit-il, ouvre-
moy la malle tout-à-l'heure. L'Ecuyer
jugeant de l'intention de fon Maiftre
en fremit, & n'obeït qu'en murmu-
rant ; mais Don Quichotte le fit taire,
& tirant de la malle une poignée de
ducats : Tenez, belle Laure, dit-il en
la donnant à la Demoifelle, voilà ce
que je vous prie de recevoir, en attendant de plus folides marques de ma
reconnoiffance. Je vous remercie, Seigneur Don Quichotte, répondit Laure
en prenant les ducats ; je fuis ravie que
ma Maiftreffe ait fait choix d'un Chevalier de voftre merite. Je vous rendray auprés d'elle tous les bons offices
que je pourray, & je vous jure qu'il
ne tiendra point à moy que je ne vous
apporte fouvent de pareils billets. Mais
Monfieur le Chevalier, ajoûta-t-elle,
n'allez-vous pas faire réponfe à celui-
cy? Je n'y manqueray pas, repartit
Don Quichotte, & je la feray porter
par mon Ecuyer, qui s'acquittera de
cette commiffion avec autant d'addreffe que de fecret. C'eft affez, dit la
Demoifelle ; jufqu'au revoir, Mon-

sieur le Chevalier : je vais , s'il vous plaist, retrouver viste ma Maistresse ; car c'est une Infante toute des plus vives. Je suis asseurée qu'elle m'attend dans sa chambre aussi impatiemment qu'un Abbé qui attend un Benefice dans un Seminaire. Gentille Demoiselle, dit Don Quichotte , avant que vous vous en alliez, de grace satisfaites ma curiosité: apprenez-moy pourquoy l'Empereur, l'Imperatrice & l'Infante parlent aussi-bien Espagnol que si c'étoit leur langue naturelle? Je vais vous en dire la raison, répondit Laure, qui avoit trop d'esprit pour estre embarrassée de cette question, on parle ordinairement Cochinchinois dans l'Archipanpanie ; mais il y a un nombre infini de Maistres qui enseignent les langues Etrangeres. L'Espagnol surtout y est fort à la mode, & l'Empereur y a pris tant de goust , qu'il ne peut souffrir qu'on parle une autre langue dans sa Cour. Don Quichotte trés-content de cette réponse renvoya la Demoiselle, qui salua Sancho d'un air gracieux , & lui dit en s'en allant : Adieu, bel Ecuyer ; tenez-vous gaillard. Hé ouï ouï , repartit tristement Sancho ; tenons-nous gaillards, tandis que Mademoiſelle la ſoubrette détale avec nos ducats. Il faut avoüer, mon ami, dit alors Don Quichotte, que tu es trop attaché à l'argent. En verité c'eſt un grand defaut dans un Gouverneur ? ne pourras-tu jamais t'en corriger ? Je ne comprens pas comment depuis le tems que tu me ſers, mes diſcours & mes actions n'ont pû t'inſpirer des ſentimens nobles & genereux. Les Valets ne ſauroient-ils contracter que les mauvaiſes inclinations de leurs Maiſtres ? Monſieur, répondit l'Ecuyer, voilà de fort belles paroles ; mais, mardy, voyez-vous, il faut garder une poire pour la ſoif. Aprés que nous aurons donné tout noſtre argent aux Demoiſelles, les ſalopes ſe mocqueront de nous ; & quand nous n'aurons que des lettres d'amour dans noſtre malle, vous verrez comme nous ſerons reçûs dans les hôtelleries. Va, ne crains rien, mon fils, repliqua Don Quichotte ; nous ne ſommes pas encore au bout de noſtre argent. Je ne le dépenſe point mal à propos ; & tu dois demeurer d'accord que je n'ay pas fait un grand preſent à la Demoiſelle Laure. Je ſuis perſuadé que l'Infante t'en fera un beaucoup plus conſiderable, lorſque

tu lui porteras ma réponſe. Oh ſi cela
eſt, interrompit Sancho, je n'ay plus
rien à dire. Dépeſchez-vous donc de
lui écrire tout-à-l'heure, puiſque voicy tout à propos de l'encre & du papier ſur cette table. Voyons auparavant ce qu'il y a dans cette corbeille,
dit Don Quichotte, & admirons les
faveurs que me fait cette Princeſſe. A
ces mots, ayant ôté le taffetas qui couvroit la corbeille, il en tira plus de
deux cens aulnes de vieux rubans de
diverſes couleurs, & une écharpe de
ſoye noire toute uſée. Bon Dieu, que
de rubans, s'écria l'Ecuyer! je ne
croy pas que Bertrand Ricacho le mercier en ait davantage. Mais Monſieur,
ajoûta-t-il, qu'eſt-ce que c'eſt que cette invention noire que je voy là? C'eſt
une écharpe, répondit Don Quichotte. Y a-t-il jamais rien eu de plus galant? Par la mardy ouï, dit Sancho,
elle eſt fort galante: Elle ſieroit à merveilles autour d'un chapeau le jour
d'un enterrement. Tu ne ſçais pas,
mon fils, reprit le Chevalier, quel uſage l'Infante veut que j'en faſſe? Tu ne
devinerois jamais ce qu'elle m'écrit là
deſſus: Il faut que je te liſe ſa lettre.
Vous me ferez plaiſir, Monſieur, re-

partit l'Ecuyer ; car je suis curieux de
l'entendre. Alors Don Quichotte lui
lut le billet de l'Infante, qui étoit con-
çû dans ces termes :

*AU HEROS DE LA MANCHE,*
*le parapet des Orphelins, la cour-*
*tine des Infantes, & la plate*
*forme des Chevaliers errans.*

*Valeureux Don Quichotte, belle fleur*
*de Chevalerie, qui se tourne sans cesse*
*vers la gloire, comme l'Heliotrope vers*
*le soleil, je devrois mourir de honte de*
*secoüer le joug de la pudeur pour vous*
*declarer que je vous aime ; mais l'im-*
*pitoyable Dieu dont je suis l'esclave, le*
*veut ainsi : & vos rares qualités peuvent*
*me servir d'excuse. D'ailleurs je ne fais*
*rien qui soit sans exemple : l'Infante*
*Imperia, de galante memoire, requit*
*d'amour le Chevalier des Basilics ; mais*
*helas ! vous savez qu'il paya fort mal*
*ses avances. Fasse le Ciel que je sois plus*
*heureuse qu'elle ! Je vous envoye des*
*rubans que j'ay portés moy-même trés-*
*long-tems, & une riche écharpe qui*
*a servi autrefois de ceinture au Prestre*
*Jean. Ne manquez pas d'en orner vô-*
*tre bonne mine ; & que toute la Cour*

*vous voyé tantôt paré de ces faveurs*
*galantes. Mais je vous prie d'avoir*
*autant de diſcrétion que j'ay de bonté*
*pour vous. En montrant les faveurs de*
*l'Amour , gardez_vous bien de faire*
*connoiſtre l'Amante.*

Hé bien , Sancho , dit Don Quichotte, que te ſemble de ce billet ? A-
t-il un tour agreable ? Et l'Infante te
paroiſt-elle avoir de l'eſprit ? Par la
gerny ouï, répondit l'Ecuyer, il faut
qu'elle ſoit bien accoûtumée à écrire
des lettres d'amour aux Chevaliers,
pour en ſavoir faire de ſi belles. Ar-
reſte, mon ami, interrompit bruſquement Don Quichotte ; il t'échappe
quelquefois des choſes qui , quoique
tu les diſes ſans malice, ne laiſſent pas
d'eſtre offenſantes. Qui t'entendroit
parler ainſi , croiroit que Burlerine ſeroit une coquette achevée , elle qui eſt
la Princeſſe du monde la plus reſervée & la plus vertueuſe. Car enfin,
ſi elle m'écrit , ſi elle fait pour moy
une démarche ſi delicate , il ne faut
s'en prendre qu'à l'Amour, qui exer-
çant tout ſon pouvoir ſur elle, l'étour-
dit ſur les bienſeances de ſon ſexe, &
lui fait oublier ce qu'elle doit à la no-

bleſſe de ſon ſang. Monſieur, répondit
Sancho, je n'ay pas eu deſſein, je vous
aſſeure, d'offenſer Madame l'Infante.
Mais c'eſt que j'ay plutôt dit une choſe
que je ne l'ay penſée : & c'eſt-là le mal.
Par la mardy, la corde va toûjours
aprés le ſeau. Quand ma langue eſt
une fois en branle, elle va plus fort que
jeu, & le diable qui n'eſt qu'un fripon,
en fait ſon profit. Tant pis, mon enfant, repliqua Don Quichotte, il faut
te corriger d'une ſi mauvaiſe habitude.
J'eſpere bien, Monſieur, repartit l'E-
cuyer, que je m'en corrigeray quelque
jour; & en tout cas, il vaut mieux eſtre
méchant avec l'eſperance d'eſtre bon,
que d'être bon avec l'intention d'eſtre
méchant. Briſons là, dit Don Quichotte:
je ne ſonge pas que l'Infante eſt peut-
eſtre dans une impatience mortelle de
recevoir ma réponſe. Je vais la com-
poſer, & la lui envoyer auſſi-tôt.
Aprés avoir dit cela, il ſe mit à rêver
en ſe promenant dans la chambre ;
enſuite ayant pris du papier & de l'encre, il écrivit une lettre qu'il lut à ſon
Ecuyer, & qui contenoit ces paroles :

*A*

*L'Infante Burlerine, le Phœnix de
la beauté, la quinteſſence des
graces & des agrémens, la four-
ce des ris & des jeux, & le miroir de toutes les perfections.*

Je remercie trés-humblement voſtre
Alteſſe ſouveraine des précieuſes faveurs dont elle m'a comblé. J'en feray
l'uſage qu'elle ſouhaite, avec une diſcretion dont elle aura lieu d'eſtre contente. Mais eſt-il bien poſſible, ô noble
Dame, que l'heritiere du grand Archipanpan des Indes préfere à tous les
Princes de la Terre un ſimple Chevalier, qui n'eſt ſeulement recommandable
que par des actions inoüies? Que cette
préference me flatte! Ah certes, quoique l'Amour m'ait toûjours traité avec
beaucoup de rigueur, je n'ay que des
graces à lui rendre, puiſqu'il me permet d'élever mes audacieuſes penſées
juſqu'à vos hautes & ſublimes perfections. Pouvoit-il me reſerver une plus
belle Infante? Vous faites l'ornement
de ſon Empire, & vos yeux ſemblent
eſtre l'arſenal de ſes inévitables fléches.
Sans pareille Burlerine, ſoyez donc

deformais la Reine de ma volonté : &
fouffrez que cherchant de nouvelles a-
vantures fous les aufpices de vos charmes , j'aille de royaume en royaume
faire confeffer à tous les Chevaliers qui
n'ont jamais eu l'avantage de vous voir,
que vous eftes la plus belle Princeffe de
l'Univers.

Par ma foy , s'écria Sancho, fi le
Curé prefche bien, fon Vicaire ne s'en
acquite pas plus mal. Ah , Monfieur,
que cette réponfe eft bonne ! je veux
mourir, fi elle n'eft auffi belle que du
Latin. Donnez-la-moy vifte, que j'aille recevoir un prefent. Au nom de
Dieu , Sancho , dit Don Quichotte,
garde-toy de paroiftre trop intereffé
devant l'Infante : Je ne te défends pas
de recevoir ce qu'elle voudra te donner ; mais du moins prens-le fans em-
preffement & fans avidité. Je vous en-
tends , Monfieur, répondit l'Ecuyer.;
Oh vous n'avez qu'à me laiffer faire,
Quand l'Infante me dira : tenez, Sancho, voilà pour vous ; je ne feray fem-
blant de rien , & j'allongeray la main
tout doucement , comme le Prieur du
Tobofo, lorfqu'il reçoit les deniers de
la Confrairie de fainte Agnés. J'ay encore une chofe à te recommander,

reprit Don Quichotte : ne parle qu'a-
vec circonfpection, de peur de dire
des fottifes. C'eft affez, repartit Sancho, un bon avertiffement en vaut
deux. Je me tiendray fi bien aux crins,
que je ne tomberay pas ; & je vous
promets de ne lâcher aucune parole,
fans l'avoir mâchée auparavant. Cependant le Chevalier ayant plié la lettre, la lui mit entre les mains, en lui
difant : Va donc, mon fils, introdui-
toy fecrettement dans l'appartement
de la Princeffe, & remplis le plus a-
droitement qu'il te fera poffible l'important employ dont tu es chargé.
Monfieur, répondit Sancho, puifque
je me mefle de cette affaire, cela fuffit. Par la mardy, je défierois un Moine
de mieux s'en acquitter, quand il y
employeroit toute fa Theologie. En a-
chevant ces mots il fortit ; mais il ne
fut pas hors de la chambre, qu'il rencontra Laure. Il la reconnut : Hé c'eft
vous, Mademoifelle Laure, lui dit-il !
que faites - vous donc ici, s'il vous
plaift ? Je vous atttendois au paffage,
lui répondit-elle, pour vous conduire
à l'appartement de ma Maiftreffe ; car
fans doute vous ne favez pas où il eft.
Non vrayement, dit l'Ecuyer ; mais
j'aurois

j'aurois prié quelqu'un de me le dire ;
& qui a langue va à Rome. C'eſt juſ-
tement ce que j'ay voulu prévenir, repliqua Laure. Vous vous feriez addreſ-
ſé peut-eſtre à quelque Page indiſcret
qui auroit découvert le pot aux roſes.
Mort de ma vie, loſqu'on ſert des Princeſſes amoureuſes, il faut avoir bien
de la prudence, & prévoir les malheurs
de loin. On ne ſauroit prendre aſſez de
précautions pour leur faire tenir des
billets doux : & je ſuis d'avis que vous
me donniez celui du Seigneur Dom
Quichotte, je le rendray à ma Maîtreſſe ; & vous n'aurez qu'à vous en
retourner. Nenny nenny, Mademoiſelle la ſoubrette, repartit bruſquement Sancho, je veux le porter moy-
même. J'ay, Dieu mercy, des mains
auſſi-bien que vous pour recevoir des
ducats ; & chacun le ſien ce n'eſt pas
trop. Vous expliquez mal ce que je
vous dis, reprit Laure ; je voulois ſeulement me charger de la lettre, pour
faire les choſes avec plus de ſecret ;
mais puiſque vous croyez que c'eſt
pour vous enlever vos profits, je vais
vous détromper, & vous n'avez qu'à
me ſuivre. En même tems elle le
mena dans une chambre, où ils trou-

verent Burlerine couchée fur un lit;
Madame, lui dit Laure, voici le Seigneur Sancho Pança qui vous apporte
un billet doux de la part de fon Maître.
A ces paroles l'Infante fe leva, & s'a-
vançant vers Sancho d'un air fort em-
preffé : Hé bien , fage & difcret Ecuyer,
lui dit elle , venez-vous m'annoncer
de bonnes nouvelles? Ouï, Madame la
Princeffe , répondit il en tirant de fa
poche la réponfe de fon Maître, quand
vous feriez ma mere, je ne pourrois
pas vous en apporter de meilleures.
Vous n'avez qu'à lire cette lettre, &
vous verrez qu'aprés celle-là il faut
tirer l'échelle. Burlerine la prit, &
l'ayant luë : O Dieux, s'écria-t elle !
que le Seigneur Don Quichotte eft fpi-
rituel & galant ! je fuis charmée de
fes expreffions ! que je fçay bon gré à
mon étoile de m'avoir fait rencontrer
ce fameux Chevalier. Tout ce que je
crains, c'eft de n'avoir pas toute fa
tendreffe ; car on m'a dit qu'il aimoit
encore un peu la Princeffe Balafrée, la
groffe Zenobie. Oh Madame , interrompit Sancho, mon Maiftre ne l'aime plus ; depuis qu'il a fçû qu'elle étoit
mariée au Prince Hiperbolan. Mais eft
il bien vray, mon ami, repliqua l'In-

fante ; que ce Prince l'a épousée ? Oui,
Madame la Princesse , repartit l'E-
cuyer ; à telles enseignes , qu'elle a eu
trois enfans d'une portée, à ce que
nous a dit le sage Lirgande. Puisque
vous tenez cette nouvelle du sage Lirgande , dit Burlerine , il n'en faut donc
pas douter ; & sur cette assurance je
me détermine à faire le bonheur du
Chevalier de la Manche. C'en est fait,
je veux céder au doux penchant qui
m'entraîne : rien ne m'arreste plus.
Allez, Sancho , allez dire à vostre Maître que je m'abandonne à toute la passion que j'ay pour lui , & que j'accep-
te avec plaisir le glorieux empire de
son cœur. Comme l'Ecuyer attendoit
toûjours que l'Infante lui fist quelque
present , il ne se pressoit point de sortir ;
ce que la Princesse feignit de souffrir
impatiemment. Qui vous retient, mon
ami, poursuivit elle ? Retournez prom-
tement vers vostre Maistre : courez-lui
apprendre que je le choisis pour mon
Chevalier. Hastez-vous de lui porter
cette joye. Sortez viste de ma chambre, car j'ay peur qu'on ne vous y sur-
prenne. Hé pardy , répondit Sancho,
quand on m'y surprendroit, qu'en ar-
riveroit-il ? Est-ce que j'emporte quel-

que chofe ? Ce n'eft point cela, Seigneur Ecuyer, lui dit Laure : ne voyez-
vous pas bien qu'il y va de la réputation de l'Infante ? Si l'Impératrice, qui
eft trés-défiante & foupçonneufe de
fon naturel, vous rencontroit ici, tout
feroit perdu. Dépêchez-vous donc de
vous en aller. Sancho voyant qu'on le
congedioit fort ferieufement fans lui
rien donner, perdit enfin patience. Par
la gerny, s'écria-t-il tout en colere,
que les Infantes font vilaines ! elles
vous renvoyent un Ecuyer comme s'il
leur devoit encore du refte. Ventre de
moy ! je vais dire à mon Maiftre qu'il
eft bien fot d'aimer une pince-maille,
qui n'oferoit cracher, depeur d'avoir
foif. Et pour vous, Mademoifelle la
foubrette, qui favez fi bien empocher
les ducats des Chevalier errans, vous
n'avez qu'à y revenir : Vive Dieu, les
coups de pied au cul ne vous manque-
ront pas. La Princeffe Burlerine, aulieu de s'offenfer d'une faillie fi peu
refpectueufe, dit à l'Ecuyer : Ah, mon
pauvre Sancho, vous avez bien raifon
d'eftre fâché contre moy, je l'avoüe !
comment eft-il poffible que je renvoye
de la forte un homme qui m'apporte
un billet dont on ne peut affez payer

le port ? Un homme d'ailleurs à qui
j'ay tant d'obligation ! qui eſt la che-
ville-ouvriere de mon deſenchantement ! De grace, mon ami, pardonnez-moy cette diſtraction. Je ſuis tellement occupée de l'amour que j'ay
pour voſtre Maiſtre, que je ne ſaurois
penſer à autre choſe. Il faut encore
que je vous confeſſe que je ſuis fort
ſujette à ces écarts d'eſprit ; mais ſi
ſujette, qu'un jour un de mes Fermiers
m'ayant payé mille ducats qu'il me devoit, j'oubliay de lui en donner quit-
tance, & peu de tems aprés je les lui
fis payer une ſeconde fois. N'eſt-ce pas
là une diſtraction bien agreable pour
un pauvre diable de Fermier ? Mais à
voſtre égard, mon cher Sancho, je
vais reparer ma faute tout-à-l'heure.
A ces mots, elle entra dans un cabinet, d'où bientôt revenant avec un
aſſez grand ſac de cuir : Tenez, brave
Ecuyer, dit-elle, voilà ma bourſe qui
eſt paſſablement grande, comme vous
voyez, & bien garnie ; je vous la donne
avec auſſi peu de répugnance que ſi elle
étoit trés-petite. Sancho tout tranſ-
porté de joye prit le ſac, & voulut remercier la Princeſſe ; mais par malheur
pour lui ſon éloquence ordinaire ve-

nant à l'abandonner tout à-coup, il
fe barboüilla de telle forte, que voyant
bien lui-même qu'il ne favoit ce qu'il
difoit, il eut recours aux reverences.
Il en fit plus de cent tant à Burlerine
qu'à Laure ; & s'il ne les fit pas de bonne grace, il les fit du moins de fort bon
cœur. Aprés cela il alla retrouver Don
Quichotte. De fon cofté la Demoifelle
Laure, qui avoit fes raifons pour ne
vouloir pas demeurer feule dans une
chambre avec une Infante faite comme Burlerine, fe rendit auprés de fa
veritable Maîtreffe, qui eftoit une Dame de la compagnie.

## CHAPITRE LXIII.

### *Qui demande une nouvelle attention.*

Llegreffe, Monfieur, allegreffe,
s'écria Sancho en entrant dans
la chambre de fon Maiftre ! c'eft cette
fois-ci que j'ay trouvé le liévre au gîte.
Ma fortune eft faite. Madame l'Infante vient de me donner cette bourfe,
où je vais parier qu'il y a de quoy a-
cheter une métairie. Je favois bien,
dit Don Quichotte, que tu ne revien-

drois pas fans un riche prefent. O par
ma foy, Monfieur, répondit l'Ecuyer,
il n'a pas tenu à la Princeffe que je ne
fois revenu les mains nettes ; mais je
n'ay efté ni fou ni étourdi, je lui ay
lâché quelques paroles, & elle a auffi
tôt craché au baffin. Ah qu'eft-ce que
tu as fait, interrompit Don Quichotte? Tu ne devois rien lui dire. J'ay
peur que tu ne paffes dans fon efprit
pour un Ecuyer mercenaire. Oh que
non, Monfieur, répondit Sancho : elle
a bien vû que c'eftoit elle qui avoit
tort ; car elle m'a demandé pardon de
fa difcretion. Comment pardon de fa
difcretion, repliqua Don Quichotte?
Que fignifie ce galimatias ? Cela fignifie, repartit l'Ecuyer, que la Princeffe
m'a dit que c'eftoit à force de fonger à
vous qu'elle avoit oublié de me faire
un prefent, & qu'elle me prioit de lui
pardonner cette difcretion. Tu veux
dire diftraction, dit le Chevalier, &
je t'entens à l'heure qu'il eft ; mais
voyons pour plaifir, mon ami, ce que
l'Infante t'a donné. Il faut avoüer que
cette bourfe eft furieufement grande,
& je fuis fort trompé s'il n'y a là dedans une fomme trés-confiderable.
Sancho encore plus fortement touché

de cette curiosité que son Maître, ayant
d'abord dénoüé les cordons, tira du sac
une poignée de médailles de bronze, qui
avoient à la verité l'air antique, mais
qui n'en estoient pas pour cela moins
modernes. Aussi le Comte, à qui elles
appartenoient, & qui estoit bon mé-
dailliste, les avoit-il mises dans ce sac
comme des médailles de rebut. La joye
excessive de Sancho se modera, ou plutôt se convertit en une douleur extrême, lorsqu'au lieu de voir de bons écus
d'or, il apperçût des pieces toutes roüil-
lées, & d'un métal noirastre. Ah sainte
Vierge, quelle mitraille, s'écria-t-il !
Est-il possible que la Princesse m'ait
fait un pareil present ? Les Enchanteurs
auront sans doute changé ses ducats en
ces vilains morceaux de fer. Il y a long
tems que les maroufles me gardoient
celui-là. Non non, Sancho, dit Don
Quichotte, tu es dans l'erreur, mon
enfant. Tu n'as pas sujet de te plaindre
des Enchanteurs en cette occasion. Ces
pieces, que tu vois, sont des médailles
de bronze d'un prix inestimable. L'Infante Burlerine t'a fait un don plus précieux que si elle t'avoit donné toutes
les richesses de l'Asie. Ouï certes, poursuivit-il en examinant avec attention
quel-

quelques unes de ces médailles, voilà
ce que les plus curieux Antiquaires recherchent avec tant d'ardeur. Il faut
que ce ſoit une *ſuite* des Anceſtres de
l'Archipanpan : qu'elles ſont admirables ! à peine en peut-on lire les legen-
des. Je n'ignore pas que quelques perſonnes ont ſi bien contrefait les anciennes médailles, que les gens qui ſe
piquent le plus de les connoiſtre, s'y
laiſſent tromper tous les jours ; mais
quand il y auroit dans le monde encore plus de médailles fauſſes qu'il n'y en
a, je ſuis perſuadé que celles-ci ne le
ſont pas. Ce vernis, que tu vois deſſus,
eſt garent de leur excellence. Et par
conſequent, mon fils, tu dois les con-
ſerver cherement. Bon, Monſieur,
dit l'Ecuyer, que voulez-vous que j'en
faſſe ? Par ma foy, il faudra bien que
je les vende au Chaudronnier du Toboſo ; & je ne ſçay s'il en voudra, encore ! Le Ciel t'en préſerve, reprit Don
Quichotte, tu ne ſçaurois aſſez les eſ-
timer, mon ami. Fy donc, Monſieur,
interrompit Sancho ; ne voyez vous
pas qu'elles ſont uſées, & toutes roüil-
lées ? Ah, mardy, voilà de beaux bi-
joux pour être gardés ! Que tu es ignorant, dit noſtre Chevalier ! c'eſt ce qui

en fait tout le prix. Plus le tems les a défigurées, & plus elles font dignes de la curiofité de ces grands hommes qui recherchent & étudient les monumens qui nous reftent de l'antiquité. Je fouhaiterois que tu te fuffes affez attaché à la belle fcience des médailles pour pouvoir connoiftre la valeur de celles-ci. Je fuis trés-fâché que tu ne fois qu'un ignorant. J'en fuis auffi fâ-ché que vous, Monfieur, repliqua Sancho ; je voudrois de tout mon cœur a-voir étudié dans la Grammaire, & dans la Theologie, non pas pour connoître les médailles, non ! car je ferois marri d'avoir pris tant de peine pour fi peu de chofe ; mais pour favoir compter jufte, & dire combien font vingt mou-tons à deux écus chacun.

Laiffons-là tes médailles, dit Don Quichotte, nous en reparlerons une au-tre fois. Serre-les ; & nous entretenons de l'Infante. Comment t'a-t-elle reçû ? Elle m'a reçû comme un Prince, ré-pondit Sancho ; car elle eft venuë au-devant de moy en faifant mille gam-bades. Et elle fe fera peut-eftre éva-nouïe en lifant ma lettre, interrompit Don Quichotte : Une joye immoderée a fouvent produit cet effet. Non, Mon-

fieur, dit l'Ecuyer ; mais aprés l'avoir
luë, elle s'eſt miſe à jaſer. Oh dame,
il falloit l'entendre ! elle a dit de vôtre
Seigneurie tout ceci, tout cela, & je
ne ſçay combien d'autres choſes encore, qui faiſoient voir qu'il y avoit
bien de l'amitié ſur jeu. C'eſt-à-dire,
reprit le Chevalier, que ne ſe contrai-
gnant pas devant toy, parcequ'elle eſt
aſſeurée de ta diſcretion, elle a tenu
tous les diſcours d'une Princeſſe qui
s'abandonne à un violent amour. Juſ-
tement, Monſieur, repartit Sancho ;
voilà ce que je voulois dire. Que je
meure, ſi elle ne vous aime preſqu'autant que ſon grand pere : & je vous
jure qu'elle a le meilleur naturel du
monde pour une Dame. Eh qu'as-tu
donc remarqué, Sancho, dit le Chevalier, qui t'ait fait connoître ſon bon
naturel ? Monſieur, répondit l'Ecuyer,
quand elle eſt entrée dans ſon cabinet
pour m'aller querir cette bourſe de médailles, ſa Demoiſelle Laure y eſt entrée auſſi ; & j'ay vû auſſi tôt l'Infante qui lui a ſauté au colet, & l'a baiſée
ſans façon aux deux jouës. Apparemment, reprit Don Quichotte, que ſa
Demoiſelle lui parloit fort avantageu-
ſement de moy, & que l'Infante l'em-

braſſoit pour lui marquer le plaiſir qu'-
elle en reſſentoit. Je n'en voudrois pas
jurer, repartit Sancho; mais il s'en
faut bien que Mademoiſelle Laure ne
ſoit d'un auſſi bon naturel; car elle ſe
debattoit comme une enragée entre les
bras de la Princeſſe. La Demoiſelle
Laure ne ſe debattoit pas, dit Don
Quichotte; mais c'eſt qu'elle recevoit
les careſſes de l'Infante avec une confuſion reſpectueuſe que tu as mal expliquée. Cela ſe peut encore, répondit l'Ecuyer; & au bout du compte elle
n'eſtoit peut-eſtre pas ſi fâchée d'eſtre
baiſée que je l'ay crû. Sur le rapport
que tu me fais, reprit le Chevalier, je
conclus, mon fils, que l'Infante Burlerine m'adore: Et puiſque je l'ay choiſie pour la Dame ſouveraine de mes
penſées, je ne dois ſonger deſormais
qu'à faire des actions qui puiſſent lui
eſtre agreables. Pour commencer, ai-
de-moy à mettre ces rubans & cette
écharpe. Mais je ne ſçay, mon ami,
ſi tu feras aſſez adroit pour me rendre
ce ſervice. Oh qu'oüi, Monſieur, répondit Sancho; j'ay eſté cent fois dans
noſtre Egliſe avec le Sacriſtain pour
l'aider à parer les trois Rois à la veille
de leur feſte; & nous nous en acqui-

tions fi bien, que le lendemain tout le
monde les prenoit pour trois mariez.
Je croy, dit Don Quichotte, que je
feray obligé de me faire defarmer ; car
tu ne pourras pas attacher ces rubans
fur mes armes. Vous avez raifon,
Monfieur, repartit l'Ecuyer, vous ferez mieux en pourpoint & en chemife.
Don Quichotte en demeura d'accord,
& fe fit ofter toutes fes armes, à la referve de fon cafque, qu'il ne jugea point
à propos de quitter. Alors Sancho pour
montrer fon adreffe fe mit à attacher
les rubans l'un aprés l'autre ; & la
quantité lui permettant de fuivre fon
genie, il les épargna fi peu, qu'il en
couvrit fon Maiftre depuis la nuque du
cou jufqu'à la cheville du pied ; & pour
couronner cet ajuftement fingulier, la
vieille écharpe noire y fut ajoûtée. Le
Chevalier, comme un autre Narciffe,
eftoit charmé de lui-mefme, & fon E-
cuyer l'admirant en cet eftat : Sur mon
ame, Monfieur, s'écria-t-il, les belles
plumes font le bel oifeau ! par la mardy, vous voilà fait à peindre. Ces rubans font tout-à-fait drofles, ouï ! &
cette ceinture vous fied mieux qu'au
Preftre Jean. C'eft dommage que vous
n'ayez pas auffi fon bonnet quarré,

vous dameriez le pion à tous les Seigneurs de la Cour. J'admire ta simplicité, Sancho, dit Don Quichotte en soûriant ; tu crois donc que le Prête-Jean estoit un Prestre comme le Curé Pedro Perés ? Hé qu'estoit-il donc, Monsieur, répondit Sancho ? J'ay ouï souvent parler de lui au Barbier maître Nicolas, & j'aurois parié mon isle que c'estoit un Prestre. Non, mon enfant, reprit Don Quichotte ; je vais t'apprendre ce que c'estoit : Je ne suis pas surpris que tu l'ignores ; beaucoup de gens plus éclairés que toy n'en sont pas mieux instruits. J'avouë que les historiens ne s'accordent pas là-dessus. Mais je vais te rapporter leurs divers sentimens, & tu suivras celui que tu jugeras le meilleur. Quelques-uns disent qu'un grand Roy de l'Inde a porté le nom de Prête-Jean ou Prestre-Jean, à cause qu'il descendoit d'un *Joannes-Presbyter*, Nestorien, qui tua Coirem-Cham, & usurpa la Couronne. Il y en a d'autres qui asseurent que le Prête-Jean estoit un puissant Roy Nestorien dans la Tartarie vers la Chine, & que les gens du païs l'appelloient *Juhanna*, qui estoit un nom commun à tous les Princes de cet Empire. Il y a des Au-

teurs encore qui prétendent que le nom
de Prête-Jean vient de ces mots Per-
fans, *Prefte Chaim* qui fignifient Roy
Chrétien : Que l'on a premierement
dit *Prefte-Cham*, c'eft-à-dire Roy ou
Empereur des Chrétiens ; *Cham* figni-
fiant Roy ou Empereur, & *Prefte* ayant
efté le nom ordinaire des Chrétiens
dans l'Orient. Je me fouviens auffi d'a-
voir lû quelque part que les Mogols,
qui poffedent une affez grande partie de
l'Inde, ont fouvent pris le titre de
*Schah-Gehan* qui fignifie Roy du monde ; & tu vois bien, Sancho, que ce
mot de *Gehan* ajoûté à leur nom ne fe
rapporte pas mal à celui que portoit ce
Roy nommé Prête-Jean. Pour moy,
mon ami, je vais te dire ce que je penfe
de tout cela : Je croy fermement que
l'unique & veritable Prête-Jean eftoit
en Tartarie : & il faut que je t'aver-
tiffe ; car tu pourrois te laiffer entraî-
ner avec la plufpart du monde en cette
erreur, que c'eft trés-mal à propos
qu'on a donné le nom de Prête-Jean
à l'Empereur des Abiffins ou d'Ethiopie. Pour preuve de cela, mon fils,
c'eft que lors qu'Eftevan de Gama, Gouverneur des Indes pour le Roy de Por-
tugal, paffa le détroit de la mer rouge,

& qu'il laissa à David Roy d'Ethiopie
quelques Portugais sous le comman-
dement de son frere Paul, pour l'aider
à chasser les Mahometans qui s'étoient
emparés de son Etat, aucun de ces deux
freres n'a rapporté que cet Empereur
d'Ethiopie se nommât Prête-Jean. Ce
qu'ils n'auroient pas manqué de faire,
si cela eût esté.

Le Chevalier de la Manche se seroit
fort bien passé de faire cette longue dissertation sur le Prête-Jean, & le Lec-
teur peut-estre se feroit encore mieux
passé de la lire ; mais qu'on s'en prenne
à l'indiscret Sancho qui en fut la cause.
Au reste, on ne sauroit assez admirer
la memoire de Don Quichotte, d'avoir
retenu jusques aux noms barbares qui
sont rapportés par les Auteurs qui ont
parlé du Prête-Jean. Peu s'en est fallu
neanmoins que le sage Alisolan n'ait
supprimé cet ennuyeux discours ; & il
ne l'auroit pas hazardé, s'il n'eût pas
fait réflexion qu'il en est fort souvent
échappé de semblables à Benengely.
Voilà ce que fait le mauvais exemple.
Nostre Chevalier ayant donc si bien
appris à Sancho ce que c'estoit que le
Prête-Jean, poursuivit dans ces termes:
Oh ça, mon ami, à present que j'ay sa-

tisfait ta curiosité, écoute attentivement, je te prie, l'avis que j'ay à te
donner : Nous allons dans la salle Imperiale, où l'Empereur doit être à l'heure qu'il est avec toute sa Cour ; prens
garde de faire connoistre par tes discours que j'aime l'Infante. Affecte même de ne la pas regarder, de peur que
les Courtisans, qui sont naturellement
fins & pénetrans, ne lisent mon amour
dans tes regards ; car enfin, mon fils,
quelque obligation que m'ait l'Archipanpan, si on lui disoit que je suis a-
moureux de sa fille, il ne manqueroit
pas de me traitter comme l'Empereur
Marcelian traita le Chevalier des trois
images ; & c'est sans doute à cause de
cela que l'Infante me recommande le
secret dans sa lettre. Mais, Monsieur,
dit Sancho, qu'est-ce que cet Empereur, que vous dites, fit à ce Chevalier
des trois images ? Il le fit indignement
sortir de sa Cour, répondit Don Quichotte. Le même affront nous menace, mon enfant ; mais nous le prévien-
drons, si tu veux estre aussi discret que
moy.

L'Ecuyer ayant promis à son Maître d'imiter sa discretion, ils se rendirent tous deux dans la salle, où toute

la Compagnie s'eſtant aſſemblée, attendoit impatiemment Don Quichotte,
dont l'ajuſtement ridicule, quoiqu'on
y fût préparé, ne laiſſa pas de cauſer
beaucoup de ſurpriſe. On en loüa l'é-
légance, & le bon goût ; enſuite on
plaiſanta le Chevalier ſur le motif de ſa
parure : Comment donc, Seigneur
Don Quichotte, lui dit l'Archipanpan,
vous n'eſtes pas arrivé dans ma Cour,
que vous recevez des faveurs des Dames ! Il faut avoir pour cela tout le
merite que vous avez. Les plus galants
Chevaliers du tems paſſé n'avançoient
pas ſi promptement leurs affaires. Je
voudrois bien ſavoir, dit l'Imperatrice,
qui eſt la Princeſſe pour qui le Seigneur
Don Quichotte ſoûpire ; car puiſqu'il
s'eſt paré de ces rubans & de cette belle écharpe, c'eſt une marque qu'il répond à l'amour de la Dame qui les lui
a envoyés. Hé pourquoy, Madame,
reprit l'Empereur, ſouhaitez-vous de
connoiſtre cette heureuſe Princeſſe ?
Eſt-ce que vous voudriez rendre auprés d'elle de bons offices au Chevalier de la Manche ? Oüi, Seigneur, repartit Meridiane, je ne m'y épargne-
rois pas, je vous aſſeure ; aprés ce qu'il
a fait pour nous, il n'y a rien que je

ne fois capable de faire pour lui. Don
Quichotte fit une profonde reverence
à l'Imperatrice en forme de remercie-
ment ; mais il fe garda bien de fatisfaire fa curiofité : & quelque chofe
qu'on lui dît là deffus , on ne put lui
arracher fon fecret. Alors une Dame
de la compagnie s'addreffant à Sancho,
lui dit : Et vous, mon ami , eftes-vous
auffi impénetrable que vôtre Maiftre ?
N'y a t-il pas moyen de favoir de vous
le nom de la Dame dont il eft amoureux ? Oh pour cela , non, Madame ,
répondit l'Ecuyer ; Monfeigneur Don
Quichotte m'a défendu de le dire, &
cela fuffit. Il vaut mieux fe taire que
de mal parler. Je ne veux pas feulement
regarder l'Infante , de peur qu'on ne
remarque dans mes yeux que c'eft elle
que mon Maiftre aime , & que Monfieur l'Empereur ne nous chaffe de fa
Cour. Ces paroles troublerent & em-
baraflerent Don Quichotte ; mais l'Archipanpan feignant de n'y avoir pas
fait attention , changea brufquement
de matiere , & fit tomber la converfation fur les anciens Chevaliers. Don
Quichotte fe remit peu à peu de fon
trouble , & brilla fort dans cet entretien. Pendant que les Dames & les Ca-

valiers fe divertiffoient de fes graves &
extravagans difcours, la Demoifelle
Laure tira l'Ecuyer à part, & lui dit :
Seigneur Sancho, eftes-vous content
du prefent que vous a fait ma Maî-
trefle? Non vrayement, répondit-il,
j'aurois mieux aimé une poignée de
ducats, que ces vilaines ferrailles qui
n'ont ni bon endroit ni bon envers.
Hé bien, mon cher ami, repliqua Laure, faifons un troc : donnez-moy vos
medailles, & je vous donneray tous
les ducats que j'ay reçûs de voftre Maître. Nous y trouverons tous deux nôtre compte. Par ma foy, je le veux,
repartit Sancho, & fils de p… qui s'en
dédit. Oh je ne m'en dédiray pas, reprit-elle ; car je ne puis faire un meilleur marché. Ce n'eft pas que je fafle
plus de cas que vous de ces mauvaifes
pieces de cuivre roüillé ; mais c'eft que
je connois des chercheurs de midy à
quatorze heures à qui je les vendray
tout ce que je voudray. Ce troc fe fit
donc. Mais il eft conftant que la Demoifelle Laure ne le propofa que pour
fe défaire de l'argent de Don Quichotte, qu'elle n'étoit pas d'humeur à vouloir efcroquer, quoiqu'elle fût femme
de chambre. Il eft vray que les ducats

A. Clouzier scu.

restant à Sancho, la restitution n'étoit
pas trop exacte ; mais ce fidelle E-
cuyer les avoit assez merités par ses
services. Nostre historien Arabe dit
que les Dames & les Cavaliers passe-
rent le reste du jour à se réjouïr aux
dépens de nos Avanturiers ; mais que
voulant mesler à ce plaisir ceux que le
lieu, où ils estoient, leur permettoit
de prendre , ils firent une partie de
chasse pour le lendemain.

## CHAPITRE LXIV,

### *De l'avanture de la Ferme.*

TOutes choses ayant esté préparées
pour la chasse par l'ordre du Comte, toute la compagnie, excepté l'Imperatrice & l'Infante, aprés avoir bien
déjeûné sortit du Chasteau pour aller
prendre ce divertissement. Don Quichotte estoit monté sur Rocinantes,
& s'estoit armé de toutes pieces dans
l'esperance de trouver quelque avanture ; & Sancho, comme s'il eût esté
question de faire un grand voyage,
suivoit les autres sur son grison avec
la malle en croupe & un bissac rempli

de provifions. Les Dames & les Cavaliers, qui avoient de bons chevaux,
laifferent bientôt derriere eux nos A-
vanturiers, qui fe voyant feuls dans
un bois, à un quart de lieuë du Château, s'arrefterent tout court. Sancho,
mon enfant, dit alors Don Quichotte,
il me vient une penfée : au lieu de fuivre la chaffe, je fuis d'avis que nous
cherchions des avantures. J'ay un pré-
fentiment que nous en trouverons aujourd'hui quelque bonne. J'y confens,
Monfieur, répondit l'Ecuyer ; auffi-
bien Rocinantes & mon âne font déja
tout effoufflés d'eftre venus jufqu'ici au
grand trot. Ces fortes de chaffes ne les
accommodent point. Marchons plutôt au petit pas ; & lorfque nous vou-
drons nous repofer, nous defcendrons
pour nous mettre au pié d'un arbre.
Graces à Dieu, il y a mille drôleries
dans mon biffac, & il n'eft feftin que
de gueux, quand toutes les bribes font
ramaffées. Que tu es gourmand, dit le
Chevalier ! falloit-il apporter des provifions ? Et n'as-tu pas déjeûné avant
que de fortir du Palais de l'Empereur ?
Hé ouï, pardy, répondit Sancho ; mais
la journée eft longue, & dans quelques heures d'ici je grugeray bien ce

qu'il y a dans mon biſſac. Mais, Monſieur, continua-t-il, quel chemin pren-
drons-nous pour rencontrer des avantures ? C'eſt ce qu'il faut laiſſer à la diſcretion de Rocinantes, repliqua Don
Quichotte ; c'eſt un bon guide ; je le
croy doüé comme Bayard de l'enten-
dement humain. En achevant ces paroles il lâcha la bride à ſon cheval, qui
prit une route qui traverſoit le bois &
aboutiſſoit à une Ferme dépendante du
Chaſteau. Allons à la bonne heure, s'é-
cria le Chevalier ! Faſſe le Ciel que l'Infante me revoye tantôt couvert d'une
nouvelle gloire ! Que de loüanges je
recevray de l'Empereur & de l'Imperatrice ! J'exciteray l'admiration des
Dames ; mais je crains que la pluſpart,
trop charmées de mon merite, ne
m'écrivent des lettres paſſionnées, &
ne m'accablent de faveurs ; car enfin,
ſi cela arrive, tu peux bien penſer que
je leur renvoyeray leurs billets ſans les
lire. Elles en deviendront furieuſes, &
feront tant, qu'à la fin elles découvri-
ront mon amour pour l'Infante. Cette
découverte redoublera leur rage: elles
uniront leurs chagrins ; & ces jalouſes
rivales s'accordant entr'elles pour me
perdre dans l'eſprit de Burlerine, en

viendront à bout peut estre par leurs
sourdes pratiques. Bon bon, tant mieux,
interrompit Sancho, voilà ce que nous
demandons. Pourquoy, tant mieux,
dit Don Quichotte ? Tu n'y songes
pas ! Pardonnez moy, Monsieur, repartit l'Ecuyer ; car si ces Princesses
vous perdent dans l'esprit de l'Infante,
l'Infante vous chassera de son Palais ; si
l'Infante vous chasse de son Palais, vous
ne la verrez plus ; si vous ne la voyez
plus, vous aurez du chagrin tout vôtre saoul ; si vous avez du chagrin tout
vôtre saoul, vous serez content comme un Roy, puisque vous pourrez aller
pleurer & vous desesperer dans les bois.
Est-ce que vous ne disiez pas l'autre
jour, que c'est un bonheur pour un
Chevalier de n'estre point aimé de sa
Dame ? Je ne t'ay point dit cela, repliqua Don Quichotte ; il est toûjours plus
agreable d'estre aimé que d'estre haï. Je
t'ay dit peut-estre que les chagrins de
l'amour ont de grandes douceurs pour
un Chevalier délicat : & je ne m'en
dédis pas. Je t'avouëray même que je
serois ravi d'avoir des rivaux, & que
Burlerine parût balancer entre nous,
parceque je ferois mille exploits fameux pour obtenir sur eux la préference.

ference. Il eſt vray que ſi je n'ay point
de Rivaux déclarés, noſtre intelligence
n'en ſera pas moins traverſée ; car je
ne me flatte pas : J'ay de la peine à croire que l'Empereur & l'Imperatrice,
quelque eſtime qu'ils ayent pour moy,
veüillent donner leur unique heritiere
à un ſimple Chevalier ; & cet obſtacle
me fournira d'aſſez beaux ſujets de
plainte. Neanmoins comme toutes les
choſes du monde finiſſent, mes ſouf-
frances ne dureront pas toûjours. Aprés
d'innombrables travaux je gagneray
l'Empire de Trébiſonde ; & alors l'Archipanpan des Indes ſe trouvant honoré de mon alliance, conſentira volontiers que l'Amour & le blond Hymenée
attachent mon ſort à celui de ſa fille. Il
naiſtra de nous un fils qui ſera un jour
le modele des Chevaliers errans. Il por-
tera un nom formé des deux nôtres :
nous l'appellerons Don Quiburlin, à
l'imitation de Don Belianis & de Floriſbelle, qui donnerent à leur fils le nom
de Belfloran. Par la mardy, s'écria Sancho, je voudrois déja que cela fût, &
qu'il m'en eût coûté quatre ou cinq ſols.
Mais de la parole au fait, il y a une
grande diſtance. Nous ſommes encore
bien éloignés de la feſte, & je ne ſuis

pas trop affeuré de la voir.

En s'entretenant ainfi, ils traverfe-
rent le bois : & alors Don Quichotte
appercevant la Ferme qui n'eftoit pas
éloignée d'eux, fe mit à la confiderer
fort attentivement. Aprés quoy fe tournant vers fon Ecuyer : Ami Sancho,
lui dit-il, voici la plus étrange avanture que nous puffions trouver. Cette
forterefle, qui fe préfente à nos yeux,
eft l'ouvrage de deux Enchanteurs : Le
fage Silfene & le fage Frifton, les ennemis mortels de Don Belianis, la firent
autrefois conftruire par leurs démons
pour y enfermer Florifbelle qu'ils a-
voient enlevée. C'eft là que cette malheureufe Princeffe accoucha du Prince
Belfloran dont je viens de te parler. Ne
remarque-tu point à la porte une femme qui tient un enfant fur fes genoux ?
Ouï, Monfieur, répondit Sancho, à
telles enfeignes qu'elle lui donne fa
boüillie. Hé bien, mon fils, reprit
Don Quichotte, cet enfant eft le Prince Belfloran lui-même qui eft depuis
cinquante ans pour le moins dans l'é-
tat où tu le vois. Ah noftre-dame !
que dites-vous, s'écria l'Ecuyer ? Eft-
il poffible que ce petit enfant foit depuis cinquante ans dans fon maillot ?

Il n'y a rien de plus veritable, repliqua le Chevalier ; cette femme eft une Magicienne qui par le pouvoir funefte d'un horrible charme arrefte le progrés de la nature, & retient ce Prince dans une éternelle enfance ; parcequ'on a prédit qu'il doit être un jour plus vaillant que fon pere même : Et cette Magicienne, qui eft ennemie de la maifon de Grece, l'empêche de grandir, afin qu'il ne rempliffe pas fon horofcope. Mais le Ciel m'a conduit ici fans doute pour arrefter le cours d'une fi grande felonie. Je vais entreprendre la délivrance de Belfloran : l'intereft de la maifon de Grece, la gloire de la Chevalerie errante, tout m'excite à tenter une fi belle avanture : & tous ces monftres que je vois à l'entrée de cette fortereffe ne m'épouventent pas. Sancho regardoit de tous fes yeux, & faifoit ce qu'il pouvoit pour découvrir les prétendus monftres ; mais n'en appercevant aucun : Monfieur, dit-il à fon Maiftre, où font ces monftres dont vous parlez ? Pour moy, je ne voy rien auprés de cette Metairie que trois chevres, & quelques poulets d'Inde qui cherchent leur vie fur un fumier. Ce que tu appelles des chevres, reprit

D. Quichotte, ce font des ours furieux;
& tu prens pour des poulets d'Inde les
plus effroyables griffons dont les Enchanteurs fe foient jamais fervis pour
défendre l'entrée de leurs Chafteaux.
Je le croy, puifque vous me le dites,
repliqua Sancho; car comme vous êtes
armé Chevalier, vous voyez ce qui
eft & ce qui n'eft pas; au lieu que je
ne voy, moy, en cette occafion que
cette Magicienne & ce petit enfant de
cinquante ans qui mange fa boüillie.
Mais, mardy, Monfieur, qui les fçait
les joüe; fi vous eftes feur de voftre
fait, donnez fur la crefte à ces griffons.
Le cœur me dit que pour le coup ils
feront pris, s'ils ne s'envolent. Attens,
mon fils, dit Don Quichotte, il faut
auparavant que je me recommande à
la fouveraine de mon ame, pour la
prier de me prefter des forces en cette
avanture, qui eft fi perilleufe, que je ne
la fçaurois achever fans une affiftance
particuliere de cette incomparable Infante. Alors l'amoureux Chevalier tira
un hoquet du creux de fon eftomach,
& apoftropha Burlerine en ces termes:
O merveille de la nature, Princeffe
dont la beauté, tant que je refpireray,
ne fouffrira aucune comparaifon! dai-

gnez me favoriſer dans cette premiere
avanture que je vais éprouver ſous vos
auſpices. Montrez à tout l'Univers, en
vous intereſſant pour moy, qu'un Chevalier qui eſt fortifié par les influences
de vos divins appas, ne ſçauroit eſtre
vaincu. Il n'en dit pas davantage, parce qu'il vit ſortir de la Ferme un objet
qui attira toute ſon attention. C'eſtoit
un jeune homme qui avoit un bonnet
& une camiſole de futaine ; il eſtoit
monté ſur un mulet noir, & avoit
ſous lui un ſac de bled. Sancho, dit Don
Quichotte, vois-tu ce monſtre affreux
qui vient à nous ? Oh pour celui-là,
Monſieur, répondit l'Ecuyer, je ne
vous le paſſeray point : Ce n'eſt pas là
un monſtre aſſeurément. Quand je ſerois cent fois encore plus enchanté que
je ne le ſuis, je parierois que c'eſt un
garçon qui va faire moudre du bled au
moulin. Illuſion, mon ami, pure illuſion, repliqua Don Quichotte ; je t'aſſeure que c'eſt un Centaure, un monſtre qui eſt demi-homme & demi-che-
val. Il s'avance pour nous combattre,
ſe flatant de nous vaincre ſans peine, &
de nous emmener dans cette fortereſſe,
pour nous y tenir enfermés durant pluſieurs ſiecles ; mais c'eſt lui qui va

tomber fous mes coups. C'eft pourquoy, mon fils, ne fois point effrayé
de fon horrible forme, & que ma préfence te raffeure. Oh, pardy, Monfieur,
interrompit Sancho, je fuis déja tout
raffeuré. Je n'ay pas peur même des
ours ni des griffons, & je ne les crains
non plus que fi c'eftoient des chevres
& des poulets d'Indes.

Cependant le Centaure s'approchoit
d'eux, & il s'attendoit à paffer fon chemin fans obftacle, lorfque Don Quichotte fe difpofant à le percer, alla
fondre fur lui la lance baffe; mais le
jeune homme, qui n'avoit qu'une fimple baguette à la main, ne jugeant point
à propos de foûtenir le choc, tourna
bride tout-à-coup, & regagna brufquement la Ferme. Don Quichotte le
pourfuivit; mais ne pouvant le joindre,
il tire fon épée, s'avance fur les chevres,
en bleffe une, & fait fuïr les autres. Enfuite il attaque les poulets d'Inde, qui
s'effarouchent à fon approche, & pren-
nent tous la fuite devant lui. Alors fans
perdre de tems, aprés avoir donné fa
lance en garde à Sancho, & renguainé
fon épée, il courut vers la Fermiere, qui
ne fachant que s'imaginer d'une pareille avanture, s'eftoit levée toute alar-

mée, & emportoit dans le logis son
enfant avec le poeslon où estoit la
boüillie. Don Quichotte l'arreste sur le
seüil de la porte, & veut lui arracher
son enfant ; elle crie, elle se debat, elle
résiste, & se faisant du poëslon une arme offensive, elle en frappe le Chevalier à la teste, & lui couvre tout le visage de boüillie. Neanmoins il ne lâche point prise pour cela ; & le Ciel
protecteur de la maison de Grece favo-
risant ses efforts, il se rend maistre enfin du fils de Don Belianis. Il en charge
aussi-tôt son Ecuyer ; mais à peine lui
a-t-il confié ce précieux dépost, qu'on
voit revenir à pied le Centaure accompagné de deux autres garçons de la
Ferme, tous trois armés de longs bâtons, & suivis de leurs mâtins, dont
les abbois avec les cris de la Fermiere
font retentir les lieux d'alentour. Dés
que Sancho les apperçeut, le triste
souvenir de l'avanture de la melonniere vint s'offrir à son esprit ; & lui qui
n'avoit craint ni les ours ni les griffons, fut alors saisi d'une frayeur mortelle. Mais Don Quichotte résolu de
ne point abandonner sa proye, & mettant pour la seconde fois l'épée à la
main, les attendit avec autant d'intré-

pidité que le courageux fils de Priam
attendit les deux Ajax , lorſqu'ils s'a-
vancerent pour lui enlever le corps de
Patrocle. D'autre part , les garçons
de la Ferme eſtoient dans une fureur
inconcevable. On dit qu'il ſortoit de
leurs yeux des étincelles de feu, & il y
a même un Auteur grec qui aſſeure
que le cruel Dieu qui ſe plaiſt au car-
nage, eſtoit à leurs coſtés , & les ani-
moit au combat. Quoyqu'il en ſoit,
les Parques tenoient déja le ciſeau fatal , & leurs impitoyables mains ſe pré-
paroient à trancher la deſtinée des
combattans ; mais par bonheur, le Ciel
eut la bonté de s'en meſler, & il n'y
eut point de ſang répandu : Car la
chaſſe venant à paſſer par là ſur ces
entrefaites, la préſence du Comte ap-
paiſa le Centaure & ſes compagnons
irrités , & la Fermiere ceſſa de ſe la-
menter. Alors Sancho , plus joyeux
qu'un Nautonnier qui vient d'éviter un
dangereux écueïl, s'écria de toute ſa
force : ſoyez les bien venus, Meſſieurs!
vous arrivez auſſi à propos que les fêtes
de Pâques à la fin du Carême. Sans vos
Seigneuries franchement ces trois droles, que vous voyez, alloient nous régaler de la bonne façon. Mais pourquoy

quoy emportez-vous cet enfant, Sancho, lui dit l'Empereur ? C'eſt pour le
ſevrer, Seigneur Archipanpan, répondit l'Ecuyer ; hé n'eſt ce pas une honte & une conſcience, qu'il n'ait point
profité depuis cinquante ans qu'il eſt
en nourrice. Les Dames & les Cavaliers jugerent bien par ces paroles que
Don Quichotte s'eſtoit mis en teſte
quelque nouvelle imagination ; & ne
pouvant ſans rire le voir dans l'eſtat où
il eſtoit, ils lui demanderent qui lui
avoit ainſi barboüillé le viſage ? Il répondit que c'eſtoit une Magicienne ;
il leur raconta toute l'hiſtoire du Prince
Belfloran, & de quelle maniere il venoit d'achever l'avanture de ſa délivrance. Aprés quoy il voulut charger
les garçons de la Ferme, diſant que c'é-
ſtoient des ſcelerats qu'il falloit exter-
miner. Mais Don Alvar & Don Carlos l'en empêcherent, & l'obligerent à
remettre ſon épée, en lui repreſentant
que puiſqu'ils ſe rendoient à diſcretion,
il faloit leur faire bon quartier.

Oui, Seigneur Don Quichotte, dit
l'Archipanpan, vous devez eſtre ſatisfait d'avoir délivré l'heritier de la maiſon de Grece. Il faut ſeulement ſonger
à le pourvoir d'une meilleure nourrice,

afin qu'il croisse & embellisse de jour
en jour , & qu'il soit bientôt en estat
de commencer à remplir ses grandes
destinées. Je me charge de ce soin-là,
moy, dit le Comte, & je le prendray
avec d'autant plus de plaisir que je suis
plus dévoüé qu'un autre à l'Empereur
Trébace que j'aime & que j'honore
comme mon Beau-frere & mon ami,
En achevant ces mots , il prit l'enfant
des mains de l'Ecuyer qui le tenoit encore , & le fit rendre secretement à la
Fermiere. Cela estant fait , les Dames
& les Cavaliers retournerent au Château , en se divertissant de l'avanture
& des Avanturiers.

# CHAPITRE LXV.

### Continuation des amours de Don Qui-
### chotte , & de Burlerine.

Nostre Chevalier avoit encore le
visage barboüillé de boüillie, lorsqu'il parut devant l'Imperatrice & l'Infante : Princesses, leur dit l'Archipanpan, je vous apprends que l'incomparable Don Quichotte a remporté aujourd'hui une victoire aussi importante

que celle d'hier. Seigneur , répondit
Burlerine d'un ton qui marquoit combien elle étoit fenfible à la gloire de
fon Chevalier , nous jugeons bien à fon
vifage couvert d'une noble pouffiere,
qu'il vient de faire quelque bel exploit,
& nous fouhaiterions fort , l'Imperatrice & moy , d'en fçavoir le détail.
L'Empereur ayant contenté leur curiofité , elles donnerent mille loüanges
à D. Quichotte, lui effuyerent le vifage
elles-mêmes avec des ferviettes , le def-
armerent au fon de plufieurs inftrumens, lui firent prendre une robe de
chambre de fatin bleu , & un bonnet
de nuit ; & en cet état l'ayant fait entrer dans la falle où l'on avoit fervi,
elles le placerent à table entr'elles deux.
Aprés le fouper il y eut un fort beau
bal : l'Empereur & l'Imperatrice le
commencerent par une Pavane. Don
Quichotte & Burlerine danferent enfuite une Sarabande ; & quoique le bon
Gentilhomme n'eût jamais appris àdan-
fer, il ne laiffoit pas de croire qu'il s'en
acquittoit trés-methodiquement, perfuadé qu'il fuffifoit d'être armé Chevalier, pour favoir faire toutes chofes dans
la derniere perfection. Les Dames & les
Cavaliers danferent à leur tour , juf-

qu'à ce qu'il fuſt tems de s'aller repoſer. Alors l'Empereur congedia tout le monde, & chacun ſe retira dans ſa chambre.

Quand Don Quichotte fut dans la ſienne, il ſe mit à rêver aux honneurs que l'Imperatrice & l'Infante lui a-voient faits, & à recevoir dans ſon imagination échauffée mille agreables images. Mais il ouit bientôt un bruit qui le tira de ſa rêverie. Il entendit diſtinctement gratter à ſa porte. Il ne manqua pas de s'imaginer que c'étoit quelque Dame de la Cour qu'il avoit charmée, & qui n'eſtant plus maîtreſſe de ſes amoureux deſirs, venoit les lui découvrir. Il ſe préparoit à faire le cruel, & déja ſa ſcrupuleuſe fidelité faiſoit à ſa Princeſſe un ſacrifice de cette malheureuſe Amante. Mais il penſa mourir de joye, lorſqu'il vit que c'étoit ſon Infante elle-même. O gloire des mortels, s'écria-t-il avec tranſport! ſouveraine Dame de l'univers! lumiere qui diſſipe les tenebres de mon ame, eſt-il poſſible que vous me veniez chercher? Un mortel peut-il joüir d'un ſi grand bonheur? Eſt-ce un ſonge? ou ſuis-je en mon bon ſens? Enfin, ma Princeſſe, eſt-ce vous que je vois?

Burlerine triſtement appuyée ſur ſa
Demoiſelle Laure qui tenoit une bougie à la main, entra dans la chambre
ſans répondre un ſeul mot, & s'eſtant
approchée du Chevalier, elle jetta ſur
lui des regards mourans, & puis ſe prit
à ſoûpirer & à pleurer de toute ſa force. Don Quichotte étonné de ce pré-
lude, la pria trés-inſtamment de lui
dire ce qui pouvoit l'affliger ſi fort. Elle
ouvrit par trois fois la bouche pour
parler ; mais par trois fois la parole lui
manqua, & l'excés de ſon affliction
arreſtant tout à coup le mouvement
de ſes eſprits, elle tomba évanoüie entre les bras de ſa Demoiſelle, qui con-
noiſſant la juſte cauſe de cette défail-
lance, ne put s'empêcher de s'écrier :
Ah pauvre Infante ! qui és plus malheureuſe que toutes celles dont il eſt
fait mention dans les pitoyables Livres
de Chevalerie : Que je trouverois ton
ſort heureux, ſi tu pouvois mourir en
ce moment ! car enfin, ſi tu vis, je
prévoy que tes jours ſeront remplis
d'amertume. Don Quichotte qui reſſentoit dans la plus ſenſible partie de
ſon ame la vive douleur dont la Princeſſe paroiſſoit ſaiſie, s'empreſſa fort à
la ſoulager ; & Laure de ſon coſté ne s'y

épargna pas. Heureusement leurs soins
ne furent pas inutiles : la Princesse
reprit l'usage de ses sens, & alors
le Chevalier lui dit : Au nom de Dieu,
ma belle Reine, apprenez-moy le sujet
de vos larmes, & de ce funeste éva-
nouïssement qui m'a percé le cœur.
Il prononça ces paroles d'un air si triste
que l'affliction de Burlerine en redoubla. Laure toute attendrie de l'état touchant où elle voyoit sa Maîtresse, lui
dit : Madame, cessez de vous faire une
si cruelle violence. Pourquoy vous
contraindre devant le Seigneur Don
Quichotte qui vous adore, & que vous
aimez si tendrement ? Rompez ce silence obstiné, ou permettez-moy de
parler pour vous. Hé bien, Laure, ma
chere Laure, répondit la Princesse d'un
ton languissant, instrui donc toy-mê-
me le Seigneur Don Quichotte du malheur qui me menace ; car je n'ay pas
la force de le lui annoncer. Seigneur
Chevalier, dit la Demoiselle, je vais
donc vous apprendre en deux mots de
quoy il s'agit. L'Empereur vient de déclarer tout à l'heure à ma Maîtresse
qu'il veut la marier incessamment au
fils du Grand Mogol son voisin ; &
que pour cet effet il a résolu de partir

dans huit jours pour s'en retourner en
Afie. Voilà, interrompit la Princeffe en
recommençant à pleurer, voilà ce qui
me defefpere ! J'aime mieux mourir
que d'époufer le fils du Grand Mogol.
Belle Infante, dit Don Quichotte,
moderez voftre douleur, je vous en
conjure. Le Ciel eft trop jufte pour
permettre qu'on vous livre à un Prince
que vous haïffez. Ouï, Madame, s'é-
cria Laure ; & au lieu de vous abandonner à voftre mal, vous devriez plûtôt fonger à y remedier. Helas ! dit
Burlerine, quel remede y puis-je apporter ? Quel remede, Madame, répondit Laure ? L'Amour vous en offre
un. Vous n'avez qu'à quitter vos parens, & aller courir le monde avec le
Seigneur Don Quichotte. Vous n'y
penfez pas, Laure, repliqua la Princeffe. Quoy ! vous ofez me confeil-
ler de me laiffer enlever ? Fy donc,
Madame, repartit Laure, vous donnez un mauvais fens à mes paroles. En termes de Chevalerie cela ne
s'appelle pas fe laiffer enlever ; cela
s'appelle faire une fortie. Et ce qu'il y a
d'heureux pour vous autres Infantes,
c'eft que ces équipées ne font point de
tort à vôtre réputation. Madame, croïez-

moy, fuivons le Chevalier de la Manche partout où il voudra nous conduire. Ah que nous aurons de plaifirs !
nous marcherons gayement depuis le
matin jufqu'au foir en cherchant des
avantures fur les grands chemins, &
la nuit nous irons coucher dans les
bois. N'eft ce pas une vie bien agreable ? Et faut-il s'eftonner fi les anciennes Princeffes y prenoient tant de goût.
Madame, dit alors Don Quichotte,
voftre fidelle Laure vous donne un bon
confeil : Puifque vous avez de l'a-
verfion pour le fils du Grand Mogol,
fuyez la violence qu'on veut faire à
vos fentimens. Venez avec moy, allons, parcourons enfemble tout l'u-
nivers. Et fi vous me recevez pour vôtre Chevalier, vous verrez peut-eftre
par mes actions que je ne feray pas indigne de l'eftre. Ah Chevalier, dit la
Princeffe en foûpirant, qu'il eft difficile de vous réfifter ! Je voy bien que
j'accepteray voftre propofition ; car je
fens qu'il n'y a que l'honneur, le devoir
& la vertu qui s'y oppofent. Grands
Dieux, fi vous vouliez que je fuffe in-
capable de faire une démarche indifcrete, deviez-vous me faire naiftre
fille ? Madame, dit Laure, vous êtes

donc déterminée à partir avec le Sei-
gnêur Don Quichotte? Ouï, ma Bonne, repartit Burlerine; mais partons
vifte, pour prévenir les réflexions. Car
je fuis fujette à fentir des retours de
mauvaife honte. J'ay quelquefois des
remords de confcience. J'avouë que
pour une femme de Cour, je fuis un
peu trop timide. La Princeffe ayant
donc confenti à la chofe, il fut réfolu
entr'eux qu'ils partiroient la nuit fuivante, dés que l'Empereur & l'Imperatrice feroient retirés dans leurs appartemens. Aprés cela l'Infante ayant
tendu une de fes mains jaunes & veluës
au Chevalier qui la baifa fort amoureufement, elle fortit avec Laure, pour aller rendre compte de cette nouvelle
fcene aux Dames & aux Cavaliers.

# CHAPITRE LXVI.

*De la rencontre que Don Quichotte &*
*son Ecuyer firent d'une Demoiselle*
*en allant à la chasse; & de ce qui se*
*passa entr'eux.*

TOute la compagnie le lendemain
alla prendre encore le divertissement de la chasse ; & comme Rocinantes & le Grison n'estoient pas meilleurs coureurs ce jour-là que le précé-
dent, Don Quichotte & son Ecuyer
demeurerent bientôt en arriere. Le
Chevalier ne fut pas fâché de se trouver seul avec Sancho ; car il y avoit
long-tems qu'il ne lui avoit parlé. Ami
Sancho, lui dit-il, je suis ravi de pouvoir t'entretenir ; j'ay bien des choses
à t'apprendre. N'admire-tu pas tous les
honneurs que je reçois dans cette superbe Cour? Ouï, Monsieur, répondit l'Ecuyer ; & quand j'y songe, j'en
suis tout honteux pour vous. Lorsque
je vous vis hier au soir à table auprés
de l'Imperatrice, par ma foy j'estois
comme le perroquet de maître Pierre,
je ne disois mot; mais je n'en pensois

pas moins. Hé que pouvois-tu penser,
repliqua Don Quichotte ? Monsieur,
repartit Sancho, cela n'est pas si difficile à deviner. Comme vous n'estes
qu'un Gentilhomme de village, il m'est
avis qu'il ne vous appartenoit pas d'ê-
tre auprés de l'Imperatrice, qui est une
Princesse d'un grand calibre. Je demeure
d'accord, dit D. Quichotte, que ma noblesse est infiniment au-dessous de la
sienne ; mais sçache, mon ami, que
les Chevaliers errans d'une certaine
réputation vont du pair avec les testes
couronnées, comme on le peut lire
dans les Livres de Chevalerie, qui sont
garents de cette verité. Par consequent
tu ne devois pas estre étonné de me
voir assis auprés d'une Imperatrice ;
mais ce qui veritablement doit te sur-
prendre, ce sont ces distinctions sin-
gulieres, ces déferences attentives que
tout le monde a pour moy. Il faut que
je le confesse, je suis confus de tous
ces honneurs. Neanmoins quoiqu'ils
me flattent beaucoup, j'y suis moins
sensible qu'aux bontés de Burlerine.
Cette Infante sans pareille m'aime, ou
plutôt m'idolâtre. C'est une chose qui
n'est pas concevable ! elle m'est venu
trouver cette nuit dans mon apparte-

ment, pour me dire que son pere prétend la marier au fils du Grand Mogol.
Si tu l'avois vûë, mon fils, tu aurois esté
touché de sa douleur & de son desef-
poir ! peu s'en est falu qu'elle ne soit
morte entre les bras de sa Demoiselle
Laure. Enfin l'amour qu'elle a pour
moy lui fait envisager de si affreux supplices dans le mariage dont on la menace, que pour l'éviter, & se conserver à ma flame, elle est dans la résolution de quitter la Cour de son pere,
pour me suivre partout où je voudray
la conduire : Et nous sommes convenus que nous partirions secretement
cette nuit. C'est fort bien fait, Monsieur, s'écria Sancho ; mais il faudra
que nous emmenions aussi Mademoi-
selle Laure avec nous ; car elle est trés-
gentille. Monsieur l'Ecuyer, dit Don
Quichotte en souriant, il me paroist
que la Demoiselle Laure vous tient bien
au cœur. Vive Dieu, mon ami, te voilà tombé à ton tour dans les lacets de
Cupidon ! il faut que tu sois amoureux
de Laure ; & pour te prouver que je
ne me trompe pas, je vais te dire ce
qui se passe actuellement en toy. N'est-
il pas vray que tu penses trés-souvent
à cette Demoiselle ? & que tu y penses

avec plaifir ? Hé ouï, par ma foy, répondit Sancho, j'y fonge à tous momens ; & je ne fçay pas pourquoy j'en
fuis tout réjoüi. Avouë encore, repli-
qüa Don Quichotte, que tu as de l'impatience de la revoir, & que tu voudrois déja que nous fuffions de retour
au Palais. Ah Dieu me foit en aide,
Monfieur, repartit l'Ecuyer, comment
pouvez-vous deviner tout cela fans que
je vous le dife ? Il n'y a, mardy, rien
de plus veritable. Je grille de retourner au Chafteau ; & moy qui auparavant ne m'ennuyois jamais fur mon
âne, j'y fuis à prefent comme un Cha-
noine à Matines. Ne fois pas furpris de
ma penetration, reprit noftre Chevalier en foûpirant ; je ne fuis que trop
experimenté en ces fortes de chofes.
Mais certes je ne puis affez admirer le
pouvoir de l'Amour ! Il n'y a point de
cœur à couvert de fes traits, puifqu'il
a bleffé le tien. Ouvre, mon enfant,
pourfuivit-il, ouvre ton ame à la joye;
& rends grace à ton heureufe étoile,
qui te permet de t'abandonner aux
plus délicieufes efperances. La Demoifelle Laure accompagnera fa Maîtreffe, & tous les jours tes yeux char-
més verront l'objet de ton ardeur. Mais

Monſieur, dit Sancho, ne pourray-je pas ſans façon l'emmener dans mon iſle? Eſt-ce que quelqu'un y trouvera à redire? Et les Gouverneurs n'ont-ils pas toûjours quelque Demoiſelle en leurs Chaſteaux pour leur ſervir de gouvernante?

Don Quichotte alloit réſoudre ce cas de conſcience, & d'une maniere peut-eſtre trop favorable pour Sancho; mais une Demoiſelle qui parut tout-à coup devant eux, rompit leur entretien, & les obligea l'un & l'autre, par ſon air & ſon habillement, à lui donner toute leur attention. Elle eſtoit montée ſur une blanche haquenée, & portoit un large paraſol de taffetas couleur de roſe, bordé d'une dentelle d'argent. Elle avoit un habit de damas blanc à fleurs d'or, avec un voile de ſatin de la même couleur. Elle vint droit à nos Avanturiers qui n'avoient des yeux qu'à demi pour la conſiderer; & lorſqu'elle fut auprés d'eux, elle oſta ſon voile, & leur fit voir le viſage d'une femme de ſoixante ans pour le moins; mais Don Quichotte ne laiſſa pas de la prendre pour une Princeſſe qui eſtoit encore dans ſa minorité, & qui avoit eſté enlevée à ſes parens par quelque déloyal

Chevalier qui l'avoit enfuite lâchement abandonnée. Prévenu de cette
imagination, il baiffa la tefte jufqu'à
l'arçon de fa felle, & dit à la Dame,
aprés l'avoir faluée fort refpectueufe-
ment : O belle Infante, qui avez fans
doute de grands fujets de vous plaindre de la fortune, puifqu'on vous voit
marcher fans efcorte & fans fuite. Quel
Chevalier, au mépris des fermens qu'il
vous a faits, & de la beauté raviffante
dont le Ciel vous a pourvûë, a pû fe
réfoudre à s'éloigner de vous ? Racontez moy, je vous en conjure, la malheureufe hiftoire de vos difgraces.
Vous ne pouvez les apprendre à un
Chevalier plus confacré que je le fuis
au fervice des Dames. Seigneur Chevalier, répondit la Demoifelle, je voy
bien à voftre air noble & galant que
le beau fexe n'a jamais vainement im-
ploré voftre fecours. C'eft pourquoy je
vous fupplie de m'accorder un don. Je
vous en accorderois cent mille, repliqua Don Quichotte ; parlez hardiment,
adorable Princeffe, qu'exigez-vous de
moy ? Je ne fuis point une Princeffe,
repartit-elle ; je ne fuis qu'une fimple
Demoifelle fuivante, & Dieu en foit
beni, puifque je ne puis eftre autre

chofe. Mais le don que j'ay à vous demander regarde une Infante que je fers, qui eft une des plus parfaites Princeffes du monde ; & vous ne fçauriez faire un plus glorieux ufage de voftre épée, que de l'employer pour elle. Difpofez de mon bras, dit Don Quichotte. Expliquez-vous : De quoy s'agit-il ? Il s'agit, répondit la Demoifelle, de punir un Chevalier qui a manqué de foy à ma Maîtreffe. Charmante pucelle, interrompit Don Quichotte, je me charge avec joye de cette commiffion: Vous n'avez feulement qu'à me nommer le traiftre qui a efté capable d'une fi grande felonie. Ah Seigneur Chevalier, reprit la Demoifelle, que je me fçay bon gré de vous avoir rencontré ! je fuis feure que la vengeance de ma Maîtreffe ne fçauroit eftre en meilleure main. Il ne faut pourtant point vous flatter, Seigneur; quelque confiance que j'aye en voftre courage, je ne laiffe pas de trembler pour vous ; car enfin je vous jette dans un extrême peril : vous allez combattre un Chevalier fameux, qui fait retentir du bruit de fes exploits toute la machine ronde, & qui femble mener partout la victoire par la lifiere. Quand il m'aura

vaincu,

vaincu, dit Don Quichotte, je le croiray invincible. Je brûle d'impatience
d'éprouver mes forces contre les sien-
nes. Dites-moy promptement comme
il se nomme, & où je le pourray trouver. Seigneur, répondit la Demoiselle,
il est, à ce qu'on m'a dit, en ce païs-
cy; & je vais vous apprendre en peu
de mots son nom & son histoire. Ce
volage, cet ingrat, ce felon s'appelle
Don Quichotte de la Manche, & la pi-
teuse Princesse qu'il a outragée, se
nomme Dulcinée du Toboso. Ce perfide, après l'avoir choisie pour sa Dame, après s'estre recommandé à elle
en mille avantures, qu'il n'auroit jamais pû mettre à fin sans l'assistance de
sa beauté sans pareille; ce cœur lâche
& sans foy l'a indignement oubliée, &
s'est amouraché d'une grosse Reine A-
mazone, vil rebut du Prince Hiperborean, & des Ecoliers d'Alcala. Vous
changez de visage, Seigneur Chevalier, ajoûta-t-elle; je voy bien que le
récit de cette déloyauté vous fait horreur. Vostre ame genereuse se révolte
contre un trait si noir, & vous voudriez déja avoir purgé la terre de cet
execrable monstre; mais que rien ne
vous arreste. Hastez-vous de l'aller

*Tome II.* R r

chercher & de répandre son infidelle
fang. Don Quichotte, comme on peut
se l'imaginer, fut étrangement surpris
& troublé de ce difcours, & voyant
que la Demoifelle attendoit fa réponfe, il lui parla dans ces termes : Fidelle
confidente de la Princeffe Dulcinée, je
fuis trop ennemi de la diffimulation,
pour vous cacher la verité. Il faut vous
avoüer que je fuis ce déplorable Chevalier dont vous me demandez la vie :
vous voyez l'infortuné Don Quichotte
de la Manche. Qui, vous, s'écria la
Demoifelle d'un air étonné ? Vous feriez ce traître dont ma Maîtreffe a fujet
de fe plaindre ? Ah certes, les phifio-
nomies font donc bien trompeufes ! Je
fuis plus malheureux que criminel, reprit Don Quichotte. Je prens le Ciel
à témoin que je ferois encore le Chevalier de l'Infante Dulcinée, fi elle
n'eût eu pour moy que de la haine ;
mais je n'ay pû réfifter à l'injurieux
mépris qu'elle a fait de mon amour.
Elle ne vous méprifoit, ni ne vous haïffoit pas, dit la Demoifelle, & ce n'eft
que par délicateffe qu'elle vous a toûjours fi maltraité. Elle vouloit éprouver voftre conftance, avant que de la
récompenfer. Mais ayant appris par la

Renommée que vous aimiez une autre
Dame, elle m'a fait partir auffi-tôt
pour venir vous déclarer qu'elle ne veut
vous voir de fa vie, & qu'elle vous défend même de remettre jamais le pied
dans la Manche. Voilà ce que j'ay ordre de vous dire de fa part ; & voicy
ce que vous allez entendre de la mienne : O volage Chevalier ! ne penfez
pas que le Ciel laiffe voftre inconftance
impunie. Il cefferoit d'eftre jufte, s'il
negligeoit de venger l'injure que vous
avez faite au plus beau de fes chef-
d'œuvres. Puiffent les Enchanteurs qui
vous font contraires, vous empêcher
de réüffir dans vos entreprifes ! puiffent-ils effacer de la memoire des hommes toute la gloire que vous vous êtes
acquife ! puiffent-ils faire croire aux
races futures que cet épouventable Bramarbas, que vous avez vaincu, n'a
efté qu'un geant de carton ! Et puiffent-
ils faire paffer ainfi dans l'efprit de la
pofterité tous vos faits heroïques pour
des actions extravagantes & ridicules !
Telles font les imprécations que je fais
contre vous, trop inconftant Don Quichotte; & afin que vôtre Ecuyer, qui eft
complice de voftre changement, ne
me reproche point de l'avoir oublié,

puiſſe-t-il rencontrer tous les jours des Yangois qui lui frottent les coſtes, ou des Forçats qui lui donnent des miches de S. Eſtienne ! Et vous, Madame la crapaude , interrompit bruſquement Sancho, puiſſiez - vous tomber dans quelque orniere avec voſtre haquenée, & vous rompre voſtre chien de cou ! A qui diable en a-t-elle ? Et que lui ay-je fait moy , pour me ſouhaiter tant de mal ? La Demoiſelle ſans ſe mettre en peine de repliquer à l'Ecuyer, tourna bride dans le moment, & preſ-ſa ſi bien du talon ſon bidet, que Don Quichotte & Sancho la perdirent bien-tôt de vûë.

---

## CHAPITRE LXVII.

*De l'étrange embarras où ſe trouva*
*Don Quichotte aprés le départ de la*
*Demoiſelle de Dulcinée : Des com-*
*bats inteſtins qu'il eut à ſoûtenir,*
*& du bon parti qu'il s'aviſa de pren-*
*dre.*

CEpendant le Chevalier de la Man-che triſtement appuyé ſur l'arçon de ſa ſelle, eſtoit la proye de mille af-

fligeantes réflexions. Il ne favoit à quoy
fe réfoudre. Tantôt il avoit envie de
fuivre la Demoifelle de Dulcinée , &
tantôt il eftoit retenu par la force de
fa nouvelle paffion. Sancho le voyant
dans cet accablement lui dit : Allons
guay, Seigneur Chevalier des Amours;
faut-il vous chagriner pour des injures
de foubrette ? Ah mon fils , répondit
Don Quichotte , l'as-tu bien enten-
duë ? Que je fuis malheureux ! Mais
helas , je fuis digne de l'eftre ! fa Maîtreffe a-t-elle dit, ne me méprifoit pas,
ne me haïffoit pas même ; & moy trop
prompt à me rebuter , je brife une chaîne fi belle, & perds par mon impatience le cœur d'une Princeffe toute adorable. O foible & lâche Chevalier ,
qui n'as du courage que pour combattre ! Les rigueurs & les dédains de cette
incomparable Infante devoient-ils laffer ta conftance ? Reprends tes premiers fers, cours, vole, va jurer à cette
aimable Ennemie que tu ne veux deformais vivre que pour elle. Mais je
ne fonge pas qu'elle me défend de me
préfenter à fes yeux. Iray-je par ma
defobeïffance irriter fon jufte courroux ? Non , il fuffit que je lui rende
l'empire de mon ame ; elle n'ignorera

pas long-tems que je fuis rentré dans mon devoir ; la Renommée aura foin de l'en inftruire. Que la Princeffe Dulcinée regne donc dans mon cœur ! qu'elle y regne ! Ah que dis-je, Infenfé ? dois-je abandonner la fille du grand Archipanpan des Indes ? Aprés ce qu'elle a fait pour moy, l'honneur y peut-il confentir ? Et juftement indignée de l'ingratitude dont j'auray payé fes bontés, n'aura-t-elle pas plus de fujet encore que Dulcinée de me détefter ? Jufte Dieu ! comment fortir de ce funefte embarras fans flétrir ma réputation ? Je ne puis eftre fidelle à Dulcinée fans eftre perfide envers Burlerine. Que la gloire eft un pefant fardeau ! De quelque cofté que je tourne la vûë, je voy ma memoire diffamée, & mon nom couvert d'ignominie. Cependant le tems preffe : l'Infante des Indes fe prépare à partir avec moy cette nuit. Que feray-je ? Ciel , infpire-moy le parti que je dois prendre.

Don Quichotte en cet endroit s'arrefta un inftant pour rêver au moyen de fortir avec honneur d'une affaire fi épineufe, aprés quoy il dit à fon Ecuyer: Sancho mon fils , graces à Dieu, je ne fuis plus dans l'incertitude. Je fçay pré-

fentement à quoy m'en tenir. Je viens
de me fouvenir de ce que fit le Chevalier du Soleil en pareil cas , & je prétends fuivre fon exemple. Hé qu'eft-
ce qu'il fit de bon, Monfieur, dit Sancho ? Je vais te l'apprendre , répondit
Don Quichotte. Il eftoit fur le point
d'époufer Lindabrides, lorfque Clari-
diane, fa premiere maîtreffe, lui envoya fa Demoifelle Arcanie pour lui
reprocher fon changement. Il fut fi
touché de ce qu'elle lui dit, qu'il quitta fur le champ la Cour de l'Empereur
Alicandre, & fe retira dans un defert,
réfolu de s'y laiffer mourir de douleur.
Fy donc, Monfieur , interrompit Sancho ; voilà une fotte réfolution. Vive
Dieu ! gardez-vous bien de la prendre. Tu ne fçais ce que tu dis , reprit
Don Quichotte. Puis-je mieux faire
que de me regler fur un Chevalier fi
celebre ? Il faut que je l'imite, mon
ami , & cédant comme lui aux mouvemens d'un jufte repentir, je bannis
dés ce moment Burlerine de mon cœur
& de ma memoire, & je vais m'éloigner de cette Cour , pour aller dans
quelque lieu fauvage achever le trifte
cours de ma vie déplorable. L'Ecuyer
révolté contre une fi étrange fantaifie,

essaya d'en détourner son Maître ; mais
tous ses raisonnemens furent inutiles.
Cesse, Sancho, lui dit Don Quichotte,
cesse de combattre par des paroles vaines un dessein si important pour ma
gloire. Sui-moy sans t'y opposer davantage, ou je te défends de m'accompagner desormais. A ces mots il lâcha
la bride à Rocinantes, qui prit par hazard le chemin de Tolede. Quelque
répugnance qu'eut l'Ecuyer à s'écarter
d'un Chasteau où il faisoit si bonne
chere, il préfera son devoir à son inclination, & suivit son Maistre, dont
la retraite trompa l'attente des Dames
& des Cavaliers, qui n'ayant mis en
jeu la Demoiselle de Dulcinée que pour
embarrasser le Chevalier, & jouïr de
son embarras, n'avoient nullement
préveu qu'ils le perdroient par-là.

---

## CHAPITRE LXVIII.

*Des tristes adieux de Don Quichotte,*
*& de son Ecuyer.*

NOs Avanturiers estoient déja prés
d'Illescas, lorsqu'ils quitterent le
grand chemin pour gagner un petit
bois

bois qu'ils voyoient dans la campagne.
Dés qu'ils y furent arrivés, ils mirent
pied à terre, s'affirent fur l'herbe, &
Don Quichotte trouvant le lieu propre
pour l'execution de fon deffein, il dit à
Sancho : Enfin, mon ami, c'eft ici que
je vais remplir mon fort en me facrifiant
à la colere de Dulcinée ; nous n'avons
plus que quelques momens à eftre enfemble : nous allons nous feparer pour
jamais. Quand l'Ecuyer entendit ces
paroles, il ne put s'empêcher de pleurer en difant : Ah mon bon Seigneur
Don Quichotte, quelle rage avez-
vous de vouloir vous laiffer mourir
pour avoir changé de Dame ? Eft-ce
qu'on meurt aujourd'hui pour cela ?
Modere ton affliction, dit le Chevalier, oppofe toute la force de ta raifon
à la rigueur de noftre mauvaife fortune. Je ne fuis pas moins fenfible que
toy à noftre féparation : Je m'eftois
promis une vie un peu plus longue ;
mais puifque ma gloire n'en a pas befoin, & que j'ay en mourant la confolation de te voir Gouverneur d'une
bonne ifle, je renonce au jour fans regret. Je fçay bien que tu comptois fur
moy, que tu te flatois que par mes confeils je t'aiderois à fupporter le poids

de ton Gouvernement. Je le croyois aussi ; mais n'importe. Ecoute-moy, mon fils ; je vais t'enseigner de quelle maniere tu dois gouverner ton isle, pour estre aimé de tous les habitans. Sois severe sans estre dur , bon sans estre trop indulgent ; sois genereux, vigilant, & prompt à soulager les personnes qui auront besoin de ton secours. Que les affaires des riches ne soient pas plutôt expediées que celles des pauvres. Que les presens ni les sollicitations ne flechissent point la droite verge de ta justice. Enfin que tout le peuple de ton isle vive tranquillement & jouïsse en seureté de ce qui est à lui. Je ne t'en diray pas davantage ; car outre que je ne veux point charger ta memoire d'instructions frivoles, j'aurois peur que le Sage , qui doit être mon Historien , & qui écrit tout ce que je dis , ne fatiguât ses Lecteurs par un trop long discours. Monsieur, répondit Sancho, il n'est pas necessaire de m'apprendre à gouverner mon isle. Je renonce à tous les Gouvernemens du monde. Je prétens mourir ici avec vous ; & ce sera une affaire bientôt faite : car je n'ay des provisions que pour un jour. Non , mon ami, dit Don

Quichotte, je te défends de suivre ma
deftinée. L'intereft de ta famille veut
que tu vives, & que tu conferves ton
Gouvernement. Il fuffit que je meure ;
Le courroux de Dulcinée ne demande
qu'une victime. Helas, reprit alors l'E-
cuyer en redoublant fes pleurs ; fi vous
mourez, que deviendront les pauvres
orphelins ? Qui défendra les geants
contre les Veuves ? O la maudite creature que Dulcinée ! elle fe feroit fort
bien paffée de nous envoyer une am-
baffade. Arrefte, Sancho, s'écria Don
Quichotte, prens garde, miferable,
de vomir des blafphémes contre cette
divine Princeffe. J'aimerois mieux voir
toute la nature rentrer dans fon premier cahos, que d'entendre proferer un
feul mot qui puft offenfer cette fouve-
rainé Dame. Au lieu de la maudire,
il faut que tu l'ailles trouver de ma
part. Tu lui diras, que ne pouvant fur-
vivre à fa colere & à la défenfe qu'elle
m'a fait faire de m'offrir à fes yeux,
je me fuis laiffé confumer de chagrin
dans ce defert. Tu te jetteras enfuite à
fes genoux, pour la conjurer de ne pas
haïr ma memoire ; & tu ne te releve-
ras point que fa royale bouche ne te
l'ait promis. Voilà ce que j'exige de toy.

Tu peux partir préfentement : Va, mon fils, ajoûta-t-il en lui tendant la main; fouvien-toy quelquefois de ton Maître. Adieu, je te donne de bon cœur ce qu'il y a dans la malle. Ce prefent, quoiqu'il fuft affez confiderable, ne put confoler Sancho, qui fit bien voir en ces triftes momens qu'il avoit une veritable amitié pour Don Quichotte; car lui prenant la main pour la baifer, il la baigna de larmes, & il parut faifi d'une fi vive douleur, que noftre Chevalier en eut l'ame émûë, & fut obligé de le faire partir promptement pour n'avoir plus devant les yeux un objet fi digne de fa pitié.

Dés qu'il ne vit plus fon Ecuyer, il s'approcha de Rocinantes, qui planté fur fes quatre pieds, la bride fur le cou, & les yeux fermés attendoit dans un grand repos ce qu'on ordonneroit de lui : Fidelle compagnon de mes travaux, lui dit-il en pleurant tendrement, le Ciel m'eft témoin que j'ay autant de peine à te quitter qu'en eut le Chevalier du Soleil à fe féparer de fon cornelin. Je vais, & tu le merites bien, t'addreffer le même difcours qu'il lui tint dans l'ifle du demoniaque Faunus. O mon bon cheval! Pour reconnoiftre les fervices

que j'ay reçûs de toy, il faut que je
rompe tes liens. Je t'affranchis. Va,
tu n'es plus soûmis à la puissance de
l'homme ; sui deformais ton penchant.
Joüis de la liberté dont joüissent les
autres animaux dans ce desert : aussi-
bien à quel Chevalier voudrois-tu servir aprés moy ? En achevant ces mots,
il lui osta la selle & la bride, & puis lui
donnant sur la croupe deux petits coups
du plat de la main : va donc, beau cheval, poursuivit-il, éloigne-toy de ce
lieu funeste que j'ay choisi pour mon
tombeau. Mais l'affranchi peu sensible
au précieux don de la liberté, se sentant débarrassé de son harnois, se coucha par terre pour se reposer. Ce que
voyant Don Quichotte : O mon cher
Rocinantes, s'écria-t-il ! tu ne peux
donc te résoudre à m'abandonner ? Et
préferant la mort à la liberté, Tu ne
veux pas survivre à mes disgraces ? Hé
bien, mourons ici tous deux ; & que
l'avenir apprenant que je suis mort de
regret d'avoir offensé ma Dame, apprenne en même tems avec admiration
que tu es mort de douleur de m'avoir
perdu. A ces paroles, le malheureux
Chevalier fit ses plaintes aux Echos, &
s'étendit sur l'herbe en implorant le se-

cours de la mort, & réfolu effectivement de fe laiffer mourir de chagrin.

## CHAPITRE LXIX.

### De la confolation inefperée que reçût Don Quichotte.

PEndant ce tems-là Sancho ayant
regagné le grand chemin de Tolede,
marchoit au petit pas, occupé de mille
penfées triftes, foûpirant, & s'arrêtant
quelquefois pour regarder l'endroit où
il avoit laiffé fon Maiftre. Mais fon
affliction fit bientôt place à la joye ;
car lorfqu'il s'y attendoit le moins, il
paffa prés de lui un homme qui eftoit
monté fur une mauvaife jument, &
qui l'ayant envifagé s'écria : Vive Dieu,
je ne me trompe point ! C'eft affeurément le Seigneur Sancho Pança que je
voy. Ah Monfieur le Barbier, répondit Sancho, qui reconnut d'abord maître Nicolas fon compatriote, eft-il
bien poffible que je vous rencontre ?
Hé par quel hazard eftes-vous dans ces
païs étrangers ? C'eft ce que je vous
diray de point en point, repliqua le
Barbier, aprés que vous m'aurez appris

ce qu'eſt devenu le Seigneur Don Quichotte. Helas, maiſtre Nicolas, repartit triſtement Sancho, il ne faut plus
parler de Monſeigneur Don Quichotte
qu'avec un *requieſcat*. Il n'a plus beſoin que de prieres. O Ciel ! que dites-
vous, interrompit le Barbier avec étonnement, voſtre Maiſtre eſt donc mort ?
Pas encore, répondit l'Ecuyer ; mais
ſa vie eſt bien avanturée. Je viens de
le quitter tout-à-l'heure ; & il eſt dans
ce bois que vous voyez, où il prétend
ſe laiſſer mourir de deſeſpoir pour Madame Dulcinée. Oh puiſque ce n'eſt
pas une choſe faite, dit maiſtre Nicolas, Dieu en ſoit loüé. Conſolons-nous,
mon ami. Le Seigneur Don Quichotte
ne mourra point ; je le cherche pour
lui annoncer des nouvelles qui lui ôte-
ront l'envie d'aller en l'autre monde.
Quelles nouvelles, reprit Sancho ? Les
plus ſurprenantes, répondit le Barbier,
& les plus agreables qu'il puiſſe jamais
apprendre. Mais hâtons-nous de les lui
porter ; car quelque bons que ſoient
les remédes, ils ſont inutiles, quand
on les donne trop tard. Sancho, qui a-
voit beaucoup de confiance en maiſtre
Nicolas, fit un grand fond ſur ſes paroles, & le conduiſit en diligence dans

l'endroit où eftoit Don Quichotte.

Ils le trouverent couché par terre, la tefte appuyée fur fa main, enfeveli dans une rêverie profonde. Monfieur, lui dit Sancho, je vous demande pardon, fi je viens vous interrompre dans voftre penitence, & troubler le plaifir que vous prenez à mourir de defefpoir; mais c'eft qu'il le faut : car voici le Barbier maître Nicolas que je vous amene, & qui vous apporte de bonnes nouvelles. Helas ! répondit Don Quichotte, que peut-il me dire, qui foit capable de me toucher dans le trifte état où je fuis réduit ? Je n'en fçay rien, Monfieur, repliqua l'Ecuyer ; mais je m'en fie bien à lui, & je me fens déja tout joyeux de ce qu'il va nous apprendre. Vous avez des préffentimens feurs, ami Sancho, dit le Barbier ; & voftre Maiftre n'aura pas moins de joye que vous, quand il fçaura que je le cherche pour lui donner avis que la Princeffe Dulcinée du Tobofo veut le rendre heureux. Qu'entends-je , s'écria Don Quichotte ? Quelles paroles flateufes ont frappé mon oreille ? Ah maiftre Nicolas mon cher ami, vous ne me les dites peut-eftre que pour tromper ma douleur & m'arracher à

la mort ! Non non, repliqua le Barbier, je n'avance rien qui ne soit veritable ; & pour preuve de cela, j'ay
une lettre à vous donner de la part de
cette noble Infante. Une lettre, grand
Dieu, repartit Don Quichotte avec
transport ! Seigneur Barbier, que j'ay
de graces à vous rendre ! je ne suis plus
Barbier, dit maistre Nicolas. J'ay ven-
du mes rasoirs, mon bassin & mes sa-
vonnettes. Je suis présentement Ecuyer
de la Princesse Dulcinée, & je me
nomme Tobosin. Par la gerni*, s'écria
Sancho, voilà de grandes nouvelles !
Quoy ! vous n'avez plus de boutique ?
Hé qui est-ce qui fait donc la barbe à
l'heure qu'il est dans nôtre village ? On
n'y fait plus de barbe, répondit maître Nicolas, & je vous en diray la raison. Courons d'abord au plus pressé.
A ces mots, il tira de sa poche la lettre dont il estoit question, & la présenta au Chevalier, qui la prit, & la
lut tout haut. Elle contenoit ces paroles :

### LETTRE.

*LA Princesse Dulcinée du Toboso, l'es-*
*clave des celestes brandons : à toy,*
*l'Auteur de mes malheurs, le Chevalier*

de la *Triste-figure*, Salut. Je devrois
fremir à ton seul nom, & pour te punir
du peu de soin que tu as de savoir de mes
nouvelles, je devrois effacer de ma memoire tous tes exploits qui, pour mes
pechez, y sont gravés comme sur de
l'airain : mais les Dames ne font pas
toûjours ce qu'elles devroient faire ; &
au lieu de te traiter avec la rigueur
que tu merites, je t'écris pour te commander par le pouvoir que l'*Amour* me
donne sur toy, de revenir dans la Manche aussi-tôt la présente reçûë. Mon
Ecuyer, qui ne t'est pas inconnu, t'ap-
prendra le besoin pressant que j'ay de
ton bras & de ta valeur. Le Ciel te
tienne en sa garde, & me conserve à
moy la vie, ce que j'ay de la peine à
croire, jusqu'à ce que je puisse joüir de
ton indigne & chere vûë.

O Ciel, dit-il, quel heureux changement ! à peine puis-je croire ce miracle. Que cette lettre est obligeante !
j'en suis d'autant plus surpris, qu'elle
s'accorde moins avec ce que m'a dit la
Demoiselle que nous avons rencontrée ce matin. Quelle Demoiselle a-
vez-vous donc rencontrée, dit le Barbier ? Une Demoiselle de l'Infante Dulcinée, répondit Don Quichotte. Hé

que vous a-t-elle dit , reprit maiftre Nicolas ? Elle m'a dit , repartit le Chevalier, que fa Maîtreffe me défendoit de me prefenter jamais à fes yeux, & de retourner dans la Manche. Troublé de cet arreft funefte je fuis venu dans cette folitude achever mon malheureux deftin. Dieu vous en preferve, repliqua le Barbier, qui jugea bien par là qu'on s'eftoit diverti de Don Quichotte : il eft vray que la Princeffe Dulcinée eftoit fort en colere contre vous, lorfqu'elle fit partir cette Demoifelle pour vous aller chercher : mais depuis ce temps-là les affaires de l'Infante ont bien changé de face, & il lui eft arrivé un incident qui lui a fait prendre des fentimens plus favorables pour vous. Dans la fituation où elle eft aujourd'hui, il lui fieroit mal de vous traiter de Turc à More. Elle doit plutôt faire la pate de velours, & vous parler en folliciteufe ; car tout franc elle a befoin de voftre épée. Expliquez-vous, Seigneur Tobofin, dit Don Quichotte avec tranfport, dans quel peril eft ma Princeffe ? haftez-vous de m'en inftruire. Elle eft, répondit maiftre Nicolas, dans le plus grand de tous les dangers. Il y a quelques mois qu'elle

refuſa d'épouſer l'Empereur de Trebifonde, qui pour ſe venger d'elle a formé
le deſſein de l'enlever. Et pour cet effet
il eſt arrivé au Toboſo avec une armée
de ſix cens mille hommes. Juſte Ciel !
interrompit Don Quichotte, pouvez-
vous favoriſer une pareille violence ?
Hé dites-nous, mon ami, ce qu'a fait
la Princeſſe dans cette extrémité ? Elle
a fait publier le ban & l'arriereban,
repartit le Barbier ; & non ſeulement
la Nobleſſe, mais tous les habitans des
villages du Toboſo & de l'Argameſille
ſe ſont aſſemblés dans ſon Palais, &
réſolus de la défendre juſqu'à la derniere goutte de leur ſang, ils ont tous
fait ſerment de laiſſer croiſtre leur barbe juſqu'à ce qu'ils ayent chaſſé l'ennemi. Voilà pourquoy je vous ay dit qu'-
on ne faiſoit plus de barbe. Or vous
ſçaurez qu'il s'eſt donné pluſieurs combats. L'arriereban a fait des merveilles
à ſon ordinaire : Les Payens ont toûjours eu l'avantage. Ils ont déchiré la
ſoutanne neuve du Curé Pedro Perés,
& coupé la langue à nos deux Juges,
pour les punir des mauvaiſes ſentences
qu'ils ont prononcées. Ah ſainte Vierge ! s'écria Sancho ; Meſſieurs nos Juges
ſont donc bien ajuſtés ! Enfin, Seigneur

Don Quichotte, reprit maître Nicolas, quoique les Tobofinois fe battent
avec beaucoup de courage, il faudra
qu'ils fuccombent à la fin; & quand le
Palais de Dulcinée feroit mieux défendu que le Chafteau d'Albraque, tôt ou
tard l'Empereur de Trebifonde s'en
rendra maître. Ainfi vous voyez bien
que fi vous ne fecourez au plutôt ma
Maîtreffe, c'eft une Infante perduë. Allons, allons, s'écria Don Quichotte;
il faut voler à fon fecours. Je ne fuis
pas moins capable que Roland de mettre en fuite une armée nombreufe. Sel-
lons promptement Rocinantes, & partons. Seigneur Don Quichotte, dit a-
lors le Barbier, je ne me fuis point trompé dans mon attente; je favois bien que
vous ne manqueriez pas de prendre feu,
dés que je vous dirois cette nouvelle.
Je vous avoüe que je fuis charmé de
voftre vivacité là-deffus; & la Princeffe
Dulcinée a raifon de fonder fur vous
toute fon efperance. Eft-il poffible, Seigneur Tobofin, repliqua le Chevalier,
que cette belle Reine faffe quelque cas
de ma valeur? Comment quelque cas,
repartit le Barbier? Vive Dieu, elle
vous eftime plus que les douze Pairs de
France enfemble. Va, mon cher To-

boſin, m'a-t-elle dit en partant, va trouver le Chevalier de la Triſte-figure. Di-lui qu'il vienne défendre ſa Prin-ceſſe. Ah s'il eſtoit ici, je ne craindrois guere l'Empereur de Trebiſonde! A ces paroles Don Quichotte embraſſa le Barbier, pour lui marquer le plaiſir qu'il lui faiſoit.

Pendant ce temps-là Rocinantes ayant ſenti la jument de maiſtre Ni-colas, auec laquelle il avoit autrefois bondi dans les prez du Toboſo, ſe leva fort peſamment, & ſe mit à faire de ſi grands hanniſſemens que tout le bois en retentit. Don Quichotte en con-çût un heureux préſage. Réjouïſſons-nous, mes amis, dit-il; Rocinantes preſſent la victoire que je vais rem-porter ſur l'Empereur de Trebiſonde. Nous ne ſçaurions partir ſous des auſ-pices plus favorables. Non vrayement, dit le Barbier en ſoûriant; Rocinantes eſt un vray devin; & s'il y avoit en-core à Rome un College des Augures, il meriteroit bien d'en eſtre. Mais il faut le ſeller & brider au plus viſte; Car les momens ſont chers. Je vous laiſſe à imaginer le dégaſt que peut fai-re une armée de ſix cens mille hom-mes dans un païs où elle vit à diſcre-

tion. Helas, dit Sancho, que deviendront mes bœufs, mes six brebis, mes
chevres, mes huit poules & mon cocq?
Ces Juifs les auront bientôt expediés.
C'en est déja fait, répondit maistre Nicolas; & c'est par où ils ont commencé.
Dés le premier jour qu'ils arriverent,
ils mangerent vos bœufs, vos chevres,
& vos brebis; & l'Empereur, qui n'aime que les petits pieds, mangea vôtre cocq à la daube. Et mes poules, reprit Sancho? ils en firent des boüillons
pour leurs malades, repartit Tobosin,
Misericorde, dit Sancho en pleurant,
je suis ruiné! Est-il permis, bon Dieu,
de manger ainsi le bien d'autrui? La
sainte Hermandad devroit bien arrester
tous ces Veillaques, & les conduire
aux galeres. Cela n'est pas facile, repliqua le Barbier; mais consolez-vous,
mon cher ami, vous servez un Maître qui tient dans le fourreau de son
épée la clef de la fortune: Et quant à
la perte que vous avez faite, je promets de vous en faire dédommager par
la Princesse Dulcinée. Sur cette asseu-
rance Sancho cessa de s'affliger. Il sella
ensuite, & brida Rocinantes. Aprés
cela ils sortirent du bois, & prirent le
chemin du Tobofo.

## CHAPITRE LXX.

*Quel estoit le dessein du Barbier. De ce que fit Don Quichotte à l'imitation de Don Belianis de Grece : Et enfin de la plus malheureuse avanture qui lui soit jamais arrivée.*

L'Historien Arabe au commencement de ce Chapitre voulant nous instruire du dessein du Barbier, dit qu'il faut savoir que Messire Valentin ayant appris par les Chanoines, à qui Sancho avoit fait le conte des oyes, que Don Quichotte estoit allé à Madrid, avoit écrit au Curé Pedro Perés pour lui en donner avis, & exciter sa charité à ne pas souffrir plus long-tems que ce bon Gentilhomme fût la fable de l'Espagne. Le Curé avoit montré cette lettre à maistre Nicolas, & aprés une meure deliberation ils estoient convenus tous deux qu'il falloit remettre Don Quichotte en cage, & le garder si bien qu'il ne pust desormais leur échapper. Que pour l'attirer dans la Manche, il n'y avoit qu'à supposer Dulcinée dans quelque grand peril, & composer une

lettre

A. clouzier sc

lettre par laquelle cette Princeſſe affligée imploreroit ſon ſecours. Que le
Barbier iroit lui-même trouver Don
Quichotte à Madrid, qu'il lui donneroit la lettre ſuppoſée, & ſe diroit E-
cuyer de Dulcinée, pour donner plus
de credit à la ſupercherie. C'eſt ce qui
fut executé de point en point. Repre-
nons preſentement le fil de noſtre hiſtoire.

Nos Avanturiers n'eſtoient pas encore hors du bois, quand Don Quichotte dit au Barbier : Seigneur Toboſin, je me ſouviens d'avoir lû que Don
Belianis ayant ſçû qu'il y avoit une
puiſſante armée devant Babylone pour
enlever Floriſbelle, il paſſa quatre jours
ſans vouloir parler à perſonne, pour
marquer ſon deſeſpoir. Ne me con-
ſeillez-vous pas de ſuivre ſon exemple ?
Sans doute, répondit maiſtre Nicolas ;
vous ne ſçauriez mieux faire. A quoy
ſert-il de lire les belles actions des
grands hommes, ſi on ne les imite pas ?
Oui, Seigneur Don Quichotte, ſoyez
quatre jours ſans parler, Dulcinée ſera
charmée d'un ſi raré trait de ſenſibilité : & je le lui feray bien valoir ſur ma
parole. Cela eſtant, reprit Don Quichotte, je vous prie l'un & l'autre de

ne pas troubler mon filence. Entrete-
nez-vous tous deux comme fi je n'étois
point avec vous. A ces mots il fe teut
tout court, pour commencer à imiter
Don Belianis. Oh ça, Sancho mon ami,
dit alors le Barbier, c'eft à nous à mêler
les cartes. Difcourons un peu pour nous
defennuyer. Ah par ma foy, répondit
Sancho, vous avez trouvé voftre homme! ma langue, Dieu mercy, n'a jamais refufé le fervice. Je fçay bien que
vous ne vous en acquittez pas mal non
plus; & ainfi nous allons entendre une
belle fonnerie. Hé bien, repliqua le
Barbier, pour vous mettre en train de
parler, racontez-moy toutes les avantures de voftre derniere fortie, afin que
j'en puiffe bercer à mon retour la Princeffe Dulcinée. Sancho ne manqua pas
de lui donner cette fatisfaction; aprés
quoy pourfuivant fon difcours : Maître Nicolas Tobofin, lui dit-il, expli-
quez-moy de grace à voftre tour une
chofe qui m'embarraffe l'efprit. Eft-il
bien poffible qu'il y ait un Palais au
Tobofo? & que la fœur de Bafile & de
Bertrand Nogalez foit une Princeffe?
Car enfin quand je lui ay porté des lettres d'amour de la part de Monfeigneur
Don Quichotte, je n'ay vû qu'une Paï-

fanne toute crachée. Et cependant fa
Demoiselle, que nous avons rencontrée ce matin, eftoit habillée comme
une Dame d'importance. J'eftois donc
apparemment enchanté, lorfque je
voyois Madame Dulcinée, & je ne le
fuis plus aujourd'hui. Cela eft fans difficulté, répondit le Barbier. Il faut qu'-
en defenchantant cette Infante Brenerine, dont vous venez de me parler,
vous vous foyez defenchanté vous-
même. Vôtre jeûne a pû faire cet effet.
Mon jeûne, s'écria Sancho en riant de
toute fa force! Ah, mardy, il eft bon
là! Pourquoy riez-vous ainfi, dit le
Barbier? Je n'ay jamais ri de meilleur
courage, répondit-il; & puifque mon
Maiftre ne fe foucie plus de l'Infante
Brenerine, je vais vous dire le fait.
Toute la Cour de l'Archipanpan, &
Monfeigneur Don Quichotte même
s'imaginent que j'ay jeûné pour elle;
mais au diable qui en a rien fait. Elle
eft pourtant auffi-bien defenchantée
que fi je n'avois rien mangé du tout;
& par-là vous voyez que bonne renommée s'engendre quelquefois du
menfonge. Don Quichotte ne pût
fouffrir ce difcours fans parler: Comment maraud, dit-il à fon Ecuyer, eft-

ce que tu ne te couchas pas fans fouper? D'accord, Monfieur, répondit-il;
mais quand vous vous mîtes au lit,
vous fouvient-il que je me levay? Hé
bien, repliqua le Chevalier? Hé bien,
repartit Sancho, ce fut pour aller rafler le
poulet & le quignon de pain que vous
aviez laiffés fur la table. Que viens-
tu nous dire, reprit Don Quichotte?
Tu nous debites un fonge pour une
chofe réelle. Je n'en doute pas, dit le
Barbier; la nuit qu'il jeûna, il rêva
qu'il s'eftoit levé pour aller prendre un
poulet & une piece de pain, & ce fonge
a fait fur lui une fi forte impreffion,
qu'il ne faut pas s'eftonner s'il le regarde comme une verité. Maiftre Nicolas dit cela d'un air fi ferieux que Sancho ne fachant plus ce qu'il en devoit
penfer, s'écria: Nôtre Dame! fe peut-
il que je n'aye mangé le poulet qu'en
fonge? A ce compte-là un homme
éveillé n'ofera pas jurer qu'il n'eft point
endormi? Tu es un mauvais Logicien,
dit Don Quichotte: tu ne dois pas dire
qu'un homme éveillé n'eft point feur
de ne dormir pas; mais il faut dire qu'-
un homme, qui fe croit éveillé, peut
fort bien eftre endormi; & alors tu
raifonneras cathegoriquement. Oh par-

dy, Monſieur, répondit Sancho, je
n'entens pas toutes ces morales ; mais
Dieu ſçait bien ce qui en eſt. Puiſque
cette Infante a eſté deſenchantée, reprit le Barbier, ſoyez perſuadé, mon
ami, que vous avez jeûné ; car on ne
ſçauroit tromper les Enchanteurs. Mais
Seigneur Don Quichotte, ajoûta-t-il,
reprenez voſtre ſilence ; & de peur de
le rompre, n'écoutez plus noſtre converſation que nous allons continuer,
s'il vous plaiſt. Le Chevalier ſuivit ce
conſeil, n'écouta plus leurs diſcours,
& s'occupant des grandes choſes qu'il
prétendoit faire aux yeux de Dulcinée,
il ſe livra tout entier à ſes réflexions,
& garda trés-exactement durant quatre jours le ſilence qu'il s'eſtoit impoſé.

Cependant ils approchoient de l'Argameſille & du Toboſo : & ils eſtoient
preſts à découvrir ces deux villages, lors
que le Barbier dit à Don Quichotte :
Enfin, Seigneur Chevalier, aprés une
longue traitte nous voici prés du lieu
où voſtre préſence eſt ſi neceſſaire. Helas, mon cher Toboſin, répondit Don
Quichotte, nous n'y pouvons arriver
aſſez tôt. Que d'idées cruelles s'offrent
à mon eſprit ! Peu s'en faut que mon
courage n'y ſuccombe. Quand je me

represente noſtre patrie deſolée, nos
campagnes couvertes de Payens, nos
moiſſons enlevées par des mains étran-
geres, nos concitoyens, nos amis é-
gorgés ; & ſurtout quand je me peins
ma Princeſſe éperdüe, & comptant a-
vec autant d'impatience que moy les
momens qui m'arreſtent & ſuſpendent
mes coups : ô Dieu ! quel ſupplice pour
un cœur auſſi ſenſible que le mien !
J'avouë que ces penſées ſont triſtes,
dit Toboſin ; mais il faut eſperer que
l'Infante Dulcinée aura plus de peur
que de mal. Songeons à la défendre,
& préparons-nous tous trois à frapper
d'eſtoc & de taille. Pourquoy tous trois,
dit Sancho ? Eſt-ce que nous devons
nous fourrer dans la bataille, nous qui
ne ſommes pas Chevaliers ? Oh qu'oui,
répondit maiſtre Nicolas. Il eſt bien
vray que nous ne pouvons combattre
des Chevaliers ; mais il nous eſt permis
de nous battre contre des miſerables &
des faquins, & je croy qu'il y en a de
reſte dans une armée de ſix cens mille
hommes. Il n'eſt pas beſoin que vous
me ſecondiez, mes amis, dit Don Quichotte : Quoique cette armée ſoit trés-
nombreuſe, je l'auray bientôt moy ſeul
miſe en déroute ; car j'iray tout droit

au quartier de l'Empereur ; & reconnoiſſant ce Prince aux trois couronnes qu'il a ſur la teſte, ſuivant la coutume des Empereurs de Trebiſonde, je me feray jour au travers des Soldats & des Chevaliers qui l'environnent , & je l'attaqueray. Il ne pourra réſiſter à mes forces, je l'abbattray ſous moy, & lui couperay la teſte ; de même que celle d'un de ſes Prédeceſſeurs fut coupée par Contumelian de Phenicie. Alors la nouvelle de ſa mort ſe répandant parmi ſes troupes , elles prendront auſſi tôt l'épouvente & la fuite. Par ce moyen, reprit le Barbier , noſtre patrie ſera tout d'un coup delivrée de tous ces Payens, & le Ciel en ſoit loüé. Ma foy, vivent les Livres de Chevalerie. On y apprend de belles ruſes de guerre. En s'entretenant ainſi ils découvrirent l'Argameſille , & lorſqu'ils en furent à deux cens pas, le Barbier voulant entrer le premier dans le village pour avertir le Curé de l'arrivée de leur Compatriotte, & pour faire préparer la cage , dit au Chevalier: Seigneur Don Quichotte, arreſtez-vous icy avec Sancho. Je vais reconnoiſtre l'ennemi ; & dans un moment je reviendray vous rendre compte de la diſpoſition où je l'auray trouvé.

Mais pendant ce tems-là tenez-vous
sur vos gardes, de peur de quelque surprise. Allez, brave Tobosin, répondit
Don Quichotte, observez tout avec
attention. Je n'y manqueray pas, repliqua le Barbier: J'examineray toutes
choses de la bonne façon, & je m'at-
tacheray principalement à démêler où
est le quartier de l'Empereur. En disant ces paroles il quitta Don Quichotte, & se hasta d'entrer dans le village.
Sancho mon fils, dit alors le Chevalier, faisons tous deux la sentinelle.
Regardons de tous costez, & veillons
si bien que rien ne nous échappe. Ah
plust à Dieu, Monsieur, repondit l'E-
cuyer, que les six cens mille Payens
voulussent s'échapper; par la mardy,
je ne les en empêcherois pas. Tandis
qu'ils promenoient leurs yeux de toutes parts, ils apperçurent par hazard
dans la campagne dix ou douze hommes à cheval, qui marchoient vers le
Toboso, & ces gens estoient une troupe
d'Archers de la sainte Hermandad.
*Guerre, guerre*, s'écria d'abord Don
Quichotte; voilà, mon ami, un gros
détachement de l'armée Payenne. Tu
vois l'élite des Chevaliers de Trebison-
de, que l'Empereur, instruit de ma
venuë,

venuë, envoye audevant de moy pour
m'envelopper. Mais je cours à eux, &
leur faifant à tous mordre la pouffiere,
je vais par leur défaite remplir de terreur tout le camp ennemi. A ces mots
il pouffa Rocinantes vers les Chevaliers
de Trebifonde. O Heros de la Manche!
où vous entraîne voftre valeur ? Quel
fpectacle vous allez donner à l'univers!
Tartares & Chinois, vous qui voyez
l'aurore ouvrir la barriere du jour, &
vous chez qui va tomber l'aftre qui
nous éclaire, peuples du nouveau monde; vous, bruflans Ethiopiens, & vous,
Lapons glacés, Don Quichotte va combattre, foyez tous attentifs à ce grand
évenement.

Les Archers voyant venir à eux Don
Quichotte, s'arrefterent pour l'attendre; mais s'il les furprit par fon air &
fon habillement, il les eftonna bien
davantage, lorfqu'eftant à portée de fe
faire entendre, il leur cria d'une voix
menaçante : O méprifables mortels!
qui ne meritez pas d'eftre appellés Chevaliers, puifque vous n'avez pas honte
d'appuyer l'injufte deffein de l'infame
Prince que vous fervez. Songez à vous
défendre. L'Officier qui eftoit à la tefte
de la brigade, s'imaginant que ce dif-

cours offenſoit le Roy ſon Maiſtre, repartit ainſi à Don Quichotte: Il faut
que tu ſois fou, ou bien inſolent, homme du diable, pour parler dans ces termes du plus reſpectable de tous les
Princes. Don Quichotte s'entendant
traiter de fou, & d'homme du diable,
s'affermit auſſi-tôt ſur ſes étriers, baiſ-
ſa ſa lance, & alla fondre bruſquement
ſur l'Officier, qui n'ayant pas le tems
ni l'adreſſe de parer le coup, le reçut
dans le cœur, & tomba roide mort entre les jambes de ſon cheval. Alors les
Archers, voulant ſe ſaiſir du Chevalier,
mirent l'épée à la main, & l'envelop-
perent; mais il tira la ſienne ſi preſte-
ment, & les chargea avec tant de fureur, qu'il en bleſſa deux ou trois. Déja
les autres, craignant la même deſtinée,
commençoient à reculer, lorſqu'un de
leurs compagnons, honteux de voir que
toute la brigade ne pouvoit arreſter un
ſeul homme, eut recours à ſa carabine, & mirant au viſage de Don Quichotte, il lui perça la teſte de deux
balles. Le pauvre Chevalier n'eut pas
beſoin d'un ſecond coup. Sa foible main
quitta la bride de Rocinantes, & aprés
avoir quelque tems chancelé ſur ſa ſelle, il alla tomber prés du cadavre de

l'Officier qu'il avoit tué. Sancho, qui regardoit de loin le combat, doubla le pas pour aller relever son Maître ; mais le voyant estendu sur la pouffiere, sans sentiment, & le visage couvert de sang, il s'abandonna à tous les transports d'un Ecuyer vivement affligé. Il pleura, s'arracha les cheveux, la barbe, & les sourcils, & fit retentir la campagne de cris, de plaintes, & de gemissemens.

Pendant qu'il se desesperoit, le Curé Pedro Perés, & le Barbier arriverent sur le champ de bataille, & ne trouvant à Don Quichotte aucun signe de vie, ils en eurent une douleur mortelle. Cependant les Archers vouloient s'emparer du corps de Don Quichotte, pour lui faire faire son procés, comme à un perturbateur du repos public, & rendre sa personne & sa memoire infames ; mais sitôt qu'ils furent instruits de son étrange folie, ils le laisserent entre les mains de ses compatriotes, & se retirerent avec le cadavre de leur Officier, qu'ils allerent faire enterrer dans un lieu que l'Arabe a oublié de nommer. Aprés leur départ, le Curé & le Barbier commencerent à déplorer la mort de Don Quichotte, dont ils ne pouvoient se consoler d'estre la

caufe , quoiqu'innocente ; & Sancho
recommença fes lamentations. O mon
bon Seigneur & mon Maiftre, s'écria-
t-il en pleurant à chaudes larmes !
C'eft donc cette fois-cy que nous fommes feparés ! Nous ne nous reverrons
plus que dans la grande vallée ! Ah pauvres Orphelins, voftre pere eft mort !
Les Princeffes auront beau crier , perfonne n'ira les fecourir ; & la Chevalerie va tomber pour le coup, puifqu'elle a
perdu le Chevalier qui l'étayoit. Helas!
que feray-je fans vous dans ce monde ,
mon cher Maître? Je n'ay plus de bœufs
ni de brebis; les Payens les ont expediés,
& l'Empereur de Trebifonde a mangé
mon cocq jufqu'à la crefte. Je n'ay pour
tout bien que nôtre malle que vous
m'avez donnée l'autre jour ; & je ne
fçay pas encore fi Monfieur le Curé ne
la voudra pas rafler pour voftre enterrement ! Non, Sancho, interrompit le Curé , je ne demande rien pour
cela, mon ami : Et fi voftre Maiftre
vous a fait prefent de cette malle, elle
vous reftera. Le Barbier ayant ajoûté
à ces paroles d'autres difcours confo-
lans , ils emporterent tous trois Don
Quichotte dans le village de l'Arga-
mefille , où il eft à croire qu'ils lui ren-

dirent les derniers devoirs avec toute
la pompe qui convenoit à la nobleſſe
de ſon caractere. Je dis, il eſt à croire; car le ſage Aliſolan en cet endroit
laiſſe de douleur tomber ſa plume. Il
eſt ſi touché de l'état funeſte où il voit
ſon Heros, que détournant ſes yeux
d'un ſi triſte ſpectacle, il abandonne
ſon ouvrage, & finit là cette hiſtoire.

*Fin du II. Tome.*

## PRIVILEGE DU ROY.

LOUIS, par la grace de Dieu, Roy de France & de Navarre : A nos amez & feaux Conseillers, les gens tenans nostre Cour de Parlement, Maîtres des Requestes ordinaires de nostre Hostel, Grand-Conseil, Prevost de Paris, Baillifs, Senechaux, leurs Lieutenans Civils, & autres nos Justiciers qu'il appartiendra, Salut. GABRIEL MARTIN, Libraire à Paris, Nous ayant fait supplier de lui accorder nos Lettres de Privilege pour l'impression des *Nouvelles Avantures de Don Quichotte de la Manche*, composées par le Licencié ALONSO FERNANDEZ DE AVELLANEDA, *natif de la ville de Tordesillas, & traduites en François, pour la premiere fois*, avec un *Traité de l'antiquité de la Nation, & de la langue des Celtes, autrement appellés Gaulois*. Nous lui avons permis & accordé, permettons & accordons par ces Presentes d'imprimer, ou faire imprimer ledit Livre par tel Imprimeur qu'il voudra choisir, en telle forme, marge, caractere, & autant de fois que bon lui semblera, pendant le tems de S. années confecutives, à compter du jour de la date des Prefentes, & de le vendre, ou faire vendre, & diftribuer par tout nôtre royaume; faifant défenfes à tous Libraires, Imprimeurs, & autres, d'imprimer, faire imprimer, vendre, & diftribuer ledit Livre fous quelque prétexte que ce foit, même d'impreffion étrangere & autrement fans le confentement de l'Expofant ou de fes ayans caufe, fur peine de confifcation des Exemplaires contrefaits, de quinze cens livres d'amende contre chacun des contrevenans, applicable un tiers à Nous, un tiers à l'Hôtel-Dieu de Paris, l'autre tiers audit Expofant, & de tous dépens, dommages & interefts; à la charge d'en mettre, avant de l'expofer en vente, deux exemplaires en noftre Bibliotheque publique, un autre dans le Cabinet des Livres de noftre Chafteau du Louvre, & un en celle de noftre trés-cher & feal Chevalier, Chancelier de France, le Sieur Philipeaux, Comte de Pontchartrain, Commandeur de nos Ordres; de faire imprimer ledit Livre dans nôtre Royaume, & non ailleurs, en beau caractere & papier, fuivant ce qui eft porté par les Reglemens des années mil six cens dix-huit, & mil six cens quatre-vingt six, & de faire enregistrer les Presentes és Registres de la Communauté des Libraires de nostre bonne Ville de Paris : le tout à peine de nullité d'icelles. Du contenu desquelles Nous vous mandons & enjoignons de faire jouïr l'Exposant, ou ses ayans cause, pleinement & paisiblement, cessant & faisant cesser tous troubles & empêchemens contraires. Voulons que la copie desdites Presentes, qui sera imprimée au commencement ou à la fin dudit Livre, soit tenu pour deuëment signifiée, & qu'aux copies collationnées par l'un de nos amez & feaux Conseillers & Secretaires foy soit ajoûtée comme à l'Original. Commandons au premier nostre Huissier ou Sergent de faire pour l'execution des Présentes toutes significations, défenses, saisies & autres actes requis & necessaires, sans demander autre permission, & nonobstant clameur de haro, Chartre Normande, & Lettres à ce contraires ; Car tel est nôtre plaisir. Donné à Versailles, le vingt-neuviéme jour d'Octobre, l'an de grace mil sept cens deux, & de nostre Reigne le soixantiéme. Signé par le Roy en son Conseil, Le Comte, avec paraphe. Et scellé du grand Sceau de cire jaune. Collationné à l'Original par nous Conseiller, Secretaire du Roy, Maison & Couronne de France & de ses Finances, CARPOT.

Je soussigné reconnois que quoique j'aye obtenu le Privilege du Livre mentionné ci dessus, intitulé *Nouvelles Avantures de D. Quichotte de la Manche, composées par le Licentié Alonso Fernandez de Avellaneda, natif de la ville de Tordesillas, & traduites en François pour la premiere fois*, je ne prétends m'en servir en aucune maniere ; & consens que M. le S. Auteur de cette Traduction, en obtienne un Privilege nouveau en son nom & à son profit, comme il avisera bon estre, me réservant seulement le Privilege de l'autre Livre y mentionné, intitulé *Traité de l'antiquité de la Nation & de la langue des Celtes, autrement appellés Gaulois*, qui n'est point compris dans le present désistement. A Paris, ce dix Novembre 1701.

G. MARTIN.

Je soussigné consens que la Cession ci-dessus faite en ma faveur par M. G. Martin, demeure au profit de Mad. Barbin, suivant le traité que j'ay fait ce jourd'hui avec ladite Dem. m'obligeant de plus à lui faire obtenir un nouveau Privilege, si elle en a besoin, en cas que la Cession ci-dessus ne soit valable ; à condition qu'elle payera les frais dudit Privilege. A Paris, ce 11. Decembre 1701. L. S.

*Registré sur le Livre de la Communauté des Libraires & Imprimeurs de Paris, n°. 55. p. 62. en execution de l'Arrest du Conseil du 13. Aoust dernier. A Paris, ce 24. Nov 1703.*

P. EMERY, *Syndic.*

Lettres de Pline le Jeune, troisiéme Edition. in 12. 3. vol.     6. l.

Philippiques de Demosthene, avec des Remarques par M. de Tourreil, in quarto.     6. l.

L'Iliade d'Homere avec l'Odissée, in douze, 4. vol. seconde Edition revûë, corrigée & augmentée.     10. l.

Histoire de la guerre des Romains contre Jugurta Roy des Numides, nouvelle Traduction.     2. l.

Histoire d'Herodien, Traduction nouvelle du Grec en François avec des Remarques, par l'Abbé de Mongo, in douze.     2. l.

Nouvelles Oeuvres posthumes de S. Real, qui fait le troisiéme Tome, in douze.     1. l. 16. s.

Nouvelles Oeuvres meslées de M. de S. Evremont avec son Portrait, in 12. qui fait le sixiéme Tome de ses Oeuvres.     2. l. 5. s.

Memoires du Duc de Navailles & de la Vallette, Pair & Maréchal de France, & Gouverneur de Monseigneur le Duc de Chastres, in 12. 1. l. 16. f.

Grammaire & Dictionnaire François & Espagnol de Monory, in douze. 1. l. 18. f.

Voyage des Indes Orientales mêlé de plusieurs Histoires curieuses par M. Carré, in douze, 2. vol. 3. l. 12. f.

Voyage de campagne avec les Comedies en proverbe par Madame Durand qui a emporté le prix de l'Academie, 3. l. 12. f.

La Comtesse de Mortane par Madame Durand qui a emporté le prix de l'Academie, 3. l. 12. f.

Prieres tirées des Pseaumes de David, quatriéme Edition, augmentée des prieres d'un Solitaire, in 12. 1. l. 10. f.

La Psiché de la Fontaine, in 12. 2. l. 10. f.

Histoire generale des Gots, 1. l. 15. f.

Memoires de Beaujeu, in 12. 2-0

Histoire de S. André, in 12. 2-0

La Tiranie des Fées, in 12. 1. l. 15. f.

Les nouvelles avantures de Don Quichotte de la Manche, d'Avellaneda, Traduction nouvelle, in douze, 2. vol. 4. l. 10. f.

INVENTAIRE

$Y^2$ 75.036

www.ingramcontent.com/pod-product-compliance
Lightning Source LLC
Chambersburg PA
CBHW070353030726

47504CB00001B/171